## JULES LEGRAS

# En Sibérie

Ouvrage accompagné d'une carte hors texte
et de gravures, d'après des photographies de l'auteur

Armand Colin & C<sup>IE</sup>, Éditeurs

Paris, 5, rue de Mézières

# En Sibérie

# DU MÊME AUTEUR

FORMAT GRAND IN-18

**L'Athènes de la Sprée**, par un Béotien (Luc Gersal).
(*Épuisé*). . . . . . . . . . . . . . . . . . . . . . 1 vol.

**Au Pays russe.** (*Ouvrage couronné par l'Académie française*). . . . . . . . . . . . . . . . . . . . . . . 1 vol.

FORMAT GRAND IN-8

**Henri Heine poète.** (*Ouvrage couronné par l'Académie française : prix Marcelin Guérin*). . . . . . . . . . . 1 vol.

Il a été tiré à part, sur papier impérial du Japon, dix exemplaires numérotés de *En Sibérie*.
Ces exemplaires sont mis en vente au prix de 15 fr.

Coulommiers. — Imp. PAUL BRODARD. — 997-98.

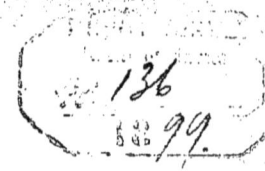

JULES LEGRAS

# En Sibérie

Armand Colin et C^{ie}, Éditeurs

Paris, 5, rue de Mézières

1899

A MON AMI

HILARION GALAKTIONOVITCH KOROLENKO

ET

A TOUS CEUX QUI M'ONT RENDU SI DOUX

MES DEUX VOYAGES EN SIBÉRIE

# AVANT-PROPOS

Ce livre n'a pas la prétention d'être autre chose
qu'un journal de route en Sibérie. La monotonie,
je le sais, en est grande; mais que pouvais-je faire
pour corser mes impressions sans en dénaturer la
franchise? J'ai visité deux fois la Sibérie. Dans
un premier voyage, entrepris à l'automne de 1896,
j'ai suivi l'ancienne route de la Kama; j'ai pris à
Perm le chemin de fer de l'Oural qui m'a permis
de visiter sans fatigue Ekatérinbourg et Tioumen.
De là, je suis parti en voiture pour Omsk, afin de
trouver, chemin faisant, l'occasion de voir de près
les villages des anciens colons sibériens. Arrivé à
Omsk, j'ai pu entreprendre une excursion dans la
plaine kirghize auprès des colons russes nouvelle-
ment installés. Je suis alors revenu en France
pour quelques mois. Certes, ce premier voyage en
Asie m'a laissé de profondes impressions, et j'aurais
pu en noter quelques-unes dans ces pages. Mais,

*a.*

pour décrire les forêts de bouleaux du district de
Tioumen; pour raconter les souvenirs étranges et
charmants que m'a laissés, par exemple, le grand
bourg de Poukhovo, où j'ai passé à l'école une
journée presque entière, tantôt au milieu des
enfants attentifs et affectueux, tantôt dans l'appar-
tement de l'institutrice, qui me chantait à mi-
voix des ballades populaires en s'accompagnant
de la mandoline, tandis qu'au dehors le vent glacé
d'automne faisait rage; ou bien encore, pour
retracer ici quelques croquis de la steppe grise çà
et là parsemée de bouleaux blancs, et pour faire
le récit de mes visites dans les yourtes kirghizes;
pour évoquer tous ces souvenirs, il m'eût fallu,
sans doute, suspendre le récit de mon second voyage
et y introduire des préoccupations étrangères. J'ai
préféré lui conserver son unité, au risque de sacri-
fier des notes qui me sont chères à bien des titres.

L'itinéraire de mon second voyage correspond,
dans les grandes lignes, à celui de tous les touristes
qui traversent le pays de part en part. Jusqu'à
Tomsk, je ne me suis écarté du chemin de fer que
pour visiter Barnaoul. De Tomsk, je me suis rendu
à Krasnoiarsk en explorant le canal de l'Obi à
l'Yénisséye. J'ai suivi alors jusqu'au Pacifique la
route ordinaire par Irkoutsk et Kiakhta, avec un
seul crochet important vers les mines d'or de la
haute Djida. Ce voyage n'a donc point les caractères d'une exploration, et n'a jamais, d'ailleurs,

prétendu à ce titre : il rappellera souvent ceux de
MM. Boulangier, Cotteau et Meignan qui m'ont
devancé en Sibérie. Toutefois, on remarquera,
entre ces voyageurs et moi, des différences nota-
bles dans le ton général, et jusque dans la peinture
des mêmes villes et des mêmes contrées. La
raison de ces divergences est simple : ces voyageurs avaient abordé la Sibérie sans préparation ;
pour ma part, au contraire, je connais dès longtemps la Russie d'Europe, ses coutumes, ses
besoins, ses aspirations et sa langue. Je n'ai donc
plus, comme eux, la faculté de m'extasier devant
un samovar ou devant les *zakouski* d'un dîner
russe : en revanche, je suis à même de causer
avec une foule de gens simples qui ne savent pas
le français et que, par suite, ces touristes eussent
négligés. Aussi bien, la différence est-elle essentielle entre le but de ces voyageurs et celui que
j'ai poursuivi. Ils sont venus ici pour se promener ;
je suis venu au contraire remplir une mission du
ministère de l'Instruction publique et poursuivre
une délicate enquête.

L'histoire de cette enquête est assez curieuse,
car, purement ethnographique au début, elle a
bientôt pris un caractère social. Mon idée primitive était d'étudier la pénétration réciproque des
Russes et de quelques populations mahométanes
qui vivent côte à côte avec eux dans la Sibérie
occidentale. Mais, à la suite de ma première

excursion, j'ai reconnu que ce n'était là qu'un cas
particulier d'un grand problème, celui du peuple-
ment de l'Asie russe. J'ai donc, dans mon second
voyage, porté surtout mes recherches sur ce mouvement colossal d'émigration qu'a suscité le Transsibérien. La situation réciproque des anciens Sibériens et de leurs voisins mahométans, bouddhistes
ou païens n'a plus, en effet, maintenant, qu'un
intérèt historique : avec la construction du chemin
de fer, ces relations se sont profondément modi-
fiées, et, depuis que l'on a brusquement crevé la
digue qui séparait l'Europe de l'Asie, c'est le flot
envahisseur et perturbateur qu'il convient surtout
d'étudier.

On ne trouvera pas cette étude dans ces pages
légères, qui n'en sont qu'une préface un peu
loquace peut-être. Sur la question précise que j'ai
étudiée, j'espère bientôt publier un travail d'ensemble, qui ne s'adressera pas, sans doute, à un
public aussi varié que celui d'une relation de
voyage, mais dont ce carnet d'étapes préparera la
complète intelligence. Outre la physionomie des
lieux et des gens, que je ne pourrais décrire dans
un travail plus sévère, on trouvera ici des détails
permettant de comprendre la difficulté que présente une enquête précise dans ce grand pays du
mensonge, la Sibérie. Car, il faut le dire bien
haut, sinon pour remuer des colères passées, au
moins pour établir nettement les positions, en

Sibérie, dans certaines classes de la société, on
ment, on ment avec délices, le plus souvent sans
intérêt, par habitude, par désœuvrement, pour
l'amour de l'art. Si je mets à part les amis qui
m'ont fidèlement renseigné, je pourrais compter
sur les doigts les hommes que je n'ai pas surpris
en flagrant délit de tromperie. Ah! l'offensant et
inutile flot de mensonges! On ment derrière moi
sans se douter qu'un miroir me trahit l'imposteur;
on ment à côté de moi, sans se douter que j'ai
l'ouïe fine et saisis les apartés; on ment en ma
présence, sans se douter que j'ai en mains la
preuve écrite de la duplicité. Ils mentent avec
naïveté, avec raffinement, ou avec cynisme, selon
les cas; ils mentent avec une caresse des yeux et
de la main. Certains m'enlèvent cette noble confiance qu'un homme de nos pays a dans un homme
de son rang, et, quand ils me racontent un fait ou
bien me citent un chiffre, ils me forcent à me dire :
« Dans quelle mesure cet homme dénature-t-il la
vérité? » On comprendra dès lors la difficulté de
toutes recherches précises et la prudence que l'on
doit montrer ici dans ses jugements et dans ses
conclusions...

La forme dispersée d'un journal de route cha-
grinera quelques lecteurs; on regrettera peut-être
que, devenu par mes études, familier avec la
Sibérie, je n'aie pas cherché dans ces pages à en
donner une image nettement et brièvement résu-

mée. La tentation était forte, sans doute, de construire de toutes pièces une théorie du Sibérien, et
d'en chercher la confirmation dans les faits. Ne
dit-on pas couramment que le Sibérien est un être
favorisé du ciel, un Russe qui s'est développé librement, sans connaître le joug infamant du servage,
ni la persécution politique et religieuse? C'est, je
l'avoue, avec cette idée préconçue que j'ai pour la
première fois passé l'Oural. L'expérience m'a bien
vite montré qu'elle était à peu près fausse. Nulle
part, je n'ai pu trouver un type constant du Sibérien, nulle part je n'ai pu même découvrir d'éléments isolés d'un groupe ethnique spécial. A part
de belles exceptions ne présentant guère de différence essentielle avec les éléments correspondants
de la Russie d'Europe, je n'ai guère rencontré ici
que des hommes plus grossiers, plus brutaux, plus
égoïstes, plus indifférents à la morale et à la religion, plus endurcis dans la jouissance physique de
l'alcool ou de l'argent, que ne sont la plupart des
paysans russes. J'ai vu de près ces paresseux, les
paysans voisins de la grande route, et ces arro-
gants ivrognes, les Cosaques que la conquête pro-
gressive a peu à peu semés sur chacune de ses
frontières provisoires vite dépassées. Or ces caractères négatifs, facilement expliqués par la difficulté et la rudesse de la vie au fond de la *taïga*
vierge, et surtout par l'infiltration perpétuelle,
infâme, de tous les éléments impurs qui ont

troublé la Russie d'Europe, assassins, voleurs,
vagabonds, filous, — ces tristes caractères que
manifeste une grande partie de la population sibérienne, n'ont rien d'essentiel, d'original ni de fixe.
Lorsque le Gouvernement russe comprendra que
pour régénérer ces hommes, il ne suffit pas de
leur bâtir des églises, mais qu'il faut cesser de
leur envoyer tous les criminels dont l'Europe ne
veut plus, nul doute alors que l'ancienne population sibérienne, d'ailleurs bientôt noyée dans le flot
des émigrants, ne vienne à s'amender. Ses vices
actuels ne doivent donc pas nous arrêter; ils sont
trop flottants, trop fortuits pour servir de base à
une étude du caractère sibérien.

En outre, la Sibérie, lorsqu'on la pénètre, apparaît si diverse, qu'il serait téméraire d'appliquer à
toutes ses provinces une même formule. Entre les
forêts noyées du gouvernement de Tobolsk, et la
steppe kirghize presque privée d'eau potable; entre
les districts fertiles de Barnaoul et de Minousinsk,
et les terres médiocres du district de Tomsk; entre
les grasses vallées occupées par les Bouriates, et
les plaines marécageuses du bassin de l'Amour, les
différences sont si profondes, que la vie et le caractère des habitants que l'on y rencontre ne peuvent
guère présenter de traits communs. Par suite,
essayer de les grouper dans un bref tableau, c'est
se condamner à négliger leurs traits vraiment dis-
tinctifs pour ne retenir que ce qu'il y a de plus

banal chez eux, l'ignorance et la grossièreté. Voilà
les raisons qui me retiennent de parler de la Sibérie
comme d'un pays homogène, et de caractériser les
Sibériens comme on peut, par exemple, caractériser les Hollandais ou les Danois.

Néanmoins, on pourra distinguer dans ce livre
une différence de ton entre la première et la
seconde partie. C'est que, sans faire attention aux
grandes divisions provinciales, souvent arbitraires,
je crois en effet qu'on peut séparer la Sibérie en
deux parties, la Sibérie cisbaïkalienne, et la
Sibérie transbaïkalienne. La première partie, la
plus peuplée jusqu'à présent, est précisément
celle où la nature du sol, steppe ou forêt, et où
les conditions climatériques se rapprochent le plus
de celles qu'on observe dans la Russie d'Europe.
C'est là que les émigrants se portent le plus volontiers et qu'ils retrouvent le plus aisément des horizons semblables à ceux de leur village natal. C'est
là aussi, par suite, que je me suis senti le plus à
l'aise. Mon travail avait ici un caractère purement
social, et le milieu dans lequel je le poursuivais
me présentait un peu l'image d'un milieu russe
très amplifié.

Le Baïkal franchi, tout change. Sans compter
même cette grandiose et inhospitalière Transbaïkalie, où la vie artificielle de l'exploitation
minière n'introduit aucune amélioration durable,
le bassin de l'Amour nous offre des caractères

nouveaux. La nature du sol, le régime des eaux,
la faune et la flore présentent des différences
essentielles avec la Russie. Ces plaines, inondées
périodiquement à la fin de l'été, ne sont plus des
terres à seigle, mais des terres à maïs; ces pâturages plantureux ne sont plus accessibles à des
milliers de bêtes à cornes, car les troupeaux y
sont régulièrement fauchés par des épizooties. De
plus, la grande route qui traverse la contrée,
c'est-à-dire le fleuve lui-même, suit là frontière
chinoise. Dès lors, la colonisation ne présente plus
seulement ici un caractère social et agricole, mais
en outre un caractère politique. C'est qu'en effet,
pour faire face à la Chine, il faut à la Russie des
hommes en ces parages, non pas seulement des
soldats comme ceux qu'elle accumule à Vladivostok, mais aussi des agriculteurs, gardiens
inconscients de la frontière contre l'invasion
jaune. Voilà pourquoi, dans cette seconde Sibérie,
si différente de l'Europe, presque tout est organisé
par les soins du Gouvernement, désireux d'y créer,
fût-ce artificiellement, un courant d'immigration.
En deçà du Baïkal, les colons travaillent pour
eux-mêmes et par eux-mêmes; au delà du rempart
de la Transbaïkalie, ils sont presque exclusivement dirigés par le Gouvernement. On ne saurait
donc s'étonner que cette seconde partie, moins
accessible à mes habitudes et à mes goûts, m'ait
moins séduit que la première, et que j'aie parlé

avec plus de tendresse de la Cisbaïkalie, où j'ai retrouvé presque partout cet horizon de plaines, ces conifères, ces bouleaux et ces trembles, que j'ai sous les yeux en écrivant ces lignes dans un domaine situé au cœur même de la Russie.

Pourtant, lorsque je me recueille et reviens par la pensée à cette immense terre de Sibérie, j'oublie ces distinctions et ces critiques. Ce pays n'est pas de ceux que l'on peut comprendre par un seul effort de la raison, car la raison y est trop souvent déçue. Ce n'est pas avec nos préventions d'Occident qu'il convient de l'aborder. Il faut, oubliant toute arrière-pensée, se laisser glisser durant des jours, durant des semaines, au courant lent de ses énormes rivières paresseuses, n'observant sur leurs rives d'autre décor que celui de l'immuable forêt vierge ; il faut laisser son regard errer nonchalamment sur ses steppes neigeuses que le soleil couchant fait toutes roses ; il faut se réjouir naïvement de l'incroyable, de l'adorable floraison que le printemps y sème follement, en prodigue, aux replis les plus perdus de la terre vierge, ces fleurs multicolores et rares, ces grands lis jaunes, ces orchidées magnifiques, ces églantines qui viennent s'épanouir jusqu'au bord du chemin, comme un sourire aux exilés qui passent ; — et, lorsqu'on aura joui longuement de toutes ces splendeurs, lorsqu'on en aura vu les revers, aussi, ces fleuves énormes impraticables, ces forêts envahissantes et indes-

tructibles, ces fleurs qui ont toutes les grâces, mais
qui n'ont point de parfum, on se sentira pris alors
d'une tendresse pour le colosse que l'on aura senti
triste jusqu'en ses séductions. On sera mûr alors
pour l'étudier, car, pour approcher les déshérités,
il faut leur apporter un peu d'amour. Eh bien,
j'aime de cette tendresse grave l'informe Sibérie :
puisse cet aveu servir d'excuse aux naïvetés de ce
carnet de route.

Pétrovskoyé, sur la Zoucha, 6/18 octobre 1898.

# EN SIBÉRIE

## I

### Tchéliabinsk.

LES ÉMIGRANTS. — LE CHEMIN DE FER. — OMSK. — BARNAOUL

*17 mars.* — Après six jours de lent voyage depuis
Moscou, je suis arrivé ce matin à Tchéliabinsk, la station frontière entre la Russie et la Sibérie, la porte
par laquelle le grand chemin de fer pénètre en Asie.
La gare est petite, beaucoup trop petite, comme la
plupart de celles de cette phénoménale ligne nouvelle; en cette saison, elle ne peut contenir tout le
monde, car le volume de chaque voyageur est doublé
par d'énormes pelisses. Sauf cet inconvénient, inconnu
en Russie, rien ne vous annonce que vous avez quitté
l'Europe. Le train qui vous a amené traîne depuis six
jours, en même temps que vous, quelques dizaines
de voyageurs que vous avez vus descendre à chaque
buffet important, et avec qui, peut-être, vous avez
fait déjà vaguement connaissance; il traîne également
les journaux que vous avez achetés il y a une semaine,
au départ de Moscou. Vous assistez donc, à Tchélia-

binsk, une fois de plus à l'exhibition de fourrures et de casquettes de *tchinovniks*, et au déballage de vieux journaux que vous avez observés dans toutes les principales gares du parcours. On voudrait du nouveau, un peu d'asiatique, de sibérien; mais c'est en vain qu'on ouvre les yeux et qu'on tend l'oreille : tout est, ou paraît, aussi russe et aussi banal ici qu'à la gare de Riazan, de Morchansk ou de Samara. On circule à grand peine entre des peaux de rennes d'où émergent des barbes, et l'on se heurte à des monceaux de bagages entassés dans tous les coins; on s'assied enfin, profitant de l'absence momentanée du titulaire d'une chaise. Quand il reviendra du télégraphe ou du bureau de renseignements, vous aurez fait autour de son siège un tel amoncellement de sacs et de pardessus, qu'il ne reconnaîtra plus sa place. En Sibérie, la première règle de vie est : chacun pour soi...

A force de patience, j'obtiens d'un garçon malpropre et mal poli une espèce de déjeuner : la soupe aux choux aigres où nage un morceau de bœuf bouilli, et l'invariable *côtelette* (*côtelette*, en russe, veut dire viande hachée) qui me poursuit depuis Moscou, et qui me suivra jusqu'à Vladivostok (et peut-être jusqu'à Nagasaki, si je prends un bateau russe!), impitoyablement la même à toutes les stations, dans tous les restaurants et sur tous les paquebots, mal cuite, sanguinolente parfois, avec des petits os traîtres et une douceâtre sauce à la crème. Les Russes aiment les plaisirs passifs, ceux qui ne coûtent aucun effort : courses à perte d'haleine en voiture ou en traîneau; bruit rythmé des colossales boîtes à musique que l'on écoute au restaurant, durant la digestion; viandes hachées et pâtés garnis qui possèdent les plus grandes qualités nutritives, tout en n'exigeant que le moindre effort des mâchoires... Oh! la cuisine passive du restaurant russe! que donnerais-je pour un bifteck français assurant l'activité des molaires!

La ville n'est qu'à une lieue de la gare; c'est une promenade en ce pays. Des traîneaux sont là, se détachant tout noirs sur le fond de neige du paysage éblouissant; en un clin d'œil, l'un d'eux m'enlève avec mes deux valises, mon fusil et mon appareil photographique. J'ai roulé autour de moi la pelisse de mouton qui recouvre mon grand pardessus ouaté, et aussitôt le trotteur velu s'est élancé. Après une semaine passée dans un wagon surchauffé, c'est une joie sans égale que de glisser à toute vitesse dans l'air pur. Il fait une trentaine de degrés au-dessous de zéro, mais pas un souffle de vent. La respiration, instantanément congelée, se dépose en givre blanc sur la fourrure de mon col relevé; mais j'ai bien chaud derrière cet abri, et, seuls, mes yeux perçoivent le vivifiant picotement du froid.

Tchéliabinsk est enfouie dans une dépression que l'on découvre après avoir dépassé un bois de bouleaux, et l'aspect en est charmant, dans ce décor de neige, d'où émergent les dômes bariolés des églises. Grâce à l'influence du chemin de fer, la petite ville possède déjà des hôtels, et je m'installe dans le plus propre, où l'on m'offre une petite chambre meublée à l'allemande, avec une pointe de confort : une vraie couchette de lit en fer (sans draps, bien entendu : chacun, ici, voyage avec sa literie), un guéridon, des fleurs artificielles dans des vases, et deux ou trois chaises recouvertes de velours. Que nous sommes

loin des rudimentaires auberges que nous décri-
vaient, il y a cinq ou six ans à peine, les voyageurs
en Sibérie! En revanche, il ne faut guère compter
sur le service des domestiques; vous ne trouvez le
plus souvent chez eux que paresse et grossièreté;
c'est une des incommodités qui pèsent le plus aux
habitants du pays neuf.

Il y a quelques années, Tchéliabinsk n'était qu'une
mince bourgade : la construction du chemin de fer
lui a donné une importance qui croît de jour en jour.
Station postale ignorée, placée d'ailleurs en dehors
de la grande voie du transit, elle est devenue tout à
coup la tête de ligne d'un énorme ruban ferré. Tout
ce qui entre en Sibérie et tout ce qui en sort par
terre fait station chez elle : les voyageurs pour
changer de train, les marchandises pour attendre
leur tour d'expédition. Aussi, les encombrements y
sont-ils perpétuels : à l'heure présente, le chargement
de plus de 4 000 wagons est entassé sous des hangars
hâtifs qui bordent la voie; il faudra plusieurs mois
pour écouler un pareil stock, et précisément, le
ministre des Voies de communication vient d'arriver
ici pour aviser en personne aux moyens de débloquer
la gare [1]. La solution de ce problème n'est pas aisée.
Bien que la ligne de Sibérie ne fonctionne encore
que d'une manière provisoire, on pourrait, assurément, y accélérer sans difficulté le transport des
marchandises : il suffirait d'ajouter à cet effet ne
fût-ce qu'un train supplémentaire par jour. Malheureusement, ce n'est pas en Sibérie, mais en Europe,
que se font les arrêts : à partir de Tchéliabinsk, la

---

1. En 1898, le même encombrement s'est reproduit.

circulation vers l'Ouest se ralentit sur la ligne de
Zlato-oust à Samara; cette ligne est, en effet, au traverser de l'Oural, coupée à chaque instant par des
travaux d'art, et cette partie du voyage, qui offre au
touriste un des plus jolis coups d'œil que je sache
en Europe, inquiète fort les ingénieurs. Les pentes y
sont considérables, les courbes et les stations rares :
en hiver, la neige; au printemps, le dégel; à l'automne,
les pluies y font des dégâts. Il est, par suite, impossible
d'y multiplier les trains ou d'augmenter le nombre
des wagons qui les composent. La ligne de Sibérie
fait donc à peu près l'office d'un entonnoir dont la
pointe serait tournée vers la Russie : elle entasse les
marchandises, et celles-ci ne s'écoulent que lentement
vers l'Europe à laquelle elles sont destinées.

Dans le sens opposé, c'est-à-dire d'Europe en Asie,
ce ne sont pas les marchandises, mais une certaine
catégorie de voyageurs, que le retard menace. Que
dis-je, des voyageurs! Ce sont des paquets de haillons vivants, presque des choses : je veux parler des
colons, de ces émigrants russes qui prennent leur
revanche de la Grande Invasion et retournent cultiver
les terres où ont passé les Peuples. Tchéliabinsk est leur
premier point d'arrêt. C'est là que pour la première
fois, sur ce long parcours, on s'occupe d'eux sérieusement pour les parquer, les nourrir, les chauffer, les
soigner — et vérifier leurs passeports. Remarquez
bien en effet ceci : la colonisation de l'Asie par des
paysans russes a été, au début, le plus fort argument
officiel invoqué pour justifier la construction du
chemin de fer sibérien; les émigrants sont les seuls
hôtes sur lesquels la Sibérie puisse compter d'une
façon durable, ce sont les seuls qui ne la quitteront

pas, une fois leurs poches remplies, les seuls qui, au
lieu de l'épuiser et de la maudire, y sèmeront la vie ; —
ce sont pourtant les seuls à qui l'entrée de la colonie
ne soit pas permise sans formalités. C'est que le Gouvernement russe s'est effrayé des proportions que
menaçait de prendre le mouvement des paysans vers
l'Asie ; l'exode annuel de deux ou trois cent mille
paires de bras lui a semblé constituer un péril grave
pour la Russie d'Europe ; il a craint que le prix de la
main-d'œuvre ne vînt à s'y élever, et que les propriétaires nobles, les *pomiéchtchiki*, à demi ruinés déjà,
n'achevassent de perdre l'ombre de puissance économique qui leur reste, si tous les meurt-de-faim dont
les bras leur étaient assurés à vil prix s'en allaient en
Asie chercher fortune. On a donc décidé que l'émigration ne saurait se faire sans permissions dûment léga-
lisées : ce sont ces permissions que l'on vérifie à
Tchéliabinsk, et c'est pour causer des colons futurs
que j'ai interrompu ici mon voyage.


\*
\* \*


Le fonctionnaire chargé du *point d'émigration* de
Tchéliabinsk, est M. Pierre Arkhipof ; c'est à lui que
je viens rendre visite, après avoir fait sa connaissance,
l'automne dernier, à l'autre *point* qu'il administre, à
Tioumen. C'est un homme à la fois doux et décidé ;
il suffit de l'entendre parler quelques minutes pour
comprendre qu'il se donne à ses difficiles fonctions
comme à une œuvre de charité et de dévouement.
Quinze ans de ce travail, auquel d'autres ne résistent
guère plus de cinq ou six ans, n'ont ni abattu son cou-

rage ni endurci son regard. Secondé par sa femme, infatigable autant que lui, il incarne avec elle, au seuil de la Sibérie rude et égoïste, ce qu'il y a de meilleur dans notre civilisation : la charité active. Dans cette Russie apathique et résignée, l'une des qualités les plus touchantes qu'il m'ait été donné de rencontrer, c'est le dévouement aux humbles. Chaque fois que j'ai vu s'abattre sur ce pays quelque fléau, famine, épidémie, tourments et misère de l'émigration, j'ai constaté qu'il faisait lever comme une moisson de modestes sacrifices personnels. Ce qu'il y a de hâtif et de rudimentaire encore dans l'organisation sociale de la Russie fait que les caractères s'y révèlent plus nettement : les occasions y sont nombreuses, sans doute, d'être indigne sans mesure ; mais, en revanche, elles y sont fréquentes de se donner tout entier à une œuvre que l'on croit bonne et à laquelle, bien plus que chez nous, on a conscience d'imprimer quelque chose de soi-même. Certes, je connais assez la Russie pour n'être pas aveugle sur ses défauts ; mais cette éminente qualité que je signale est un des plus puissants attraits que présente pour moi l'étude de sa vie sociale.

Les fonctions de *commissaire d'émigration* sont mal définies, comme la plupart de celles qui, en Russie, ne portent pas un caractère purement bureaucratique : c'est ce qui en fait le charme. Ce service a quelque chose de plus intime que tous les autres ; j'oserai même dire qu'il a quelque chose de sacré. Lorsque, en effet, on agit dans un état social bien établi, il semble qu'on porte moins la responsabilité du bien et du mal que l'on y crée. Au contraire, l'homme qui se trouve, dans une société encore incertaine, placé en face de plusieurs milliers d'émigrants, a

positivement charge d'âmes. Ils s'adressent à lui,
humbles, misérables, ignorants : c'est de lui qu'ils
dépendent, matériellement et moralement. Chargé
de les installer, il entreprend par là de créer leur
foyer : il sait que de la place qu'il leur assignera va
dépendre la vie de leur famille : s'il parvient à les
fixer dans un lieu favorable, c'est peut-être le pain
quotidien, c'est-à-dire le bonheur modeste, qu'il leur
aura donné. Si au contraire il les installe dans une contrée qui ne convienne ni à leurs aptitudes, ni à leur
genre de vie, il les condamnera par là même à
retourner périr de misère au champ natal, ou bien à
errer sans pain, en proie à l'hostilité des hommes et
de la nature, dans l'immense pays, qui déjà paraît
craindre l'invasion, et s'en défendre. Quelle complica-
tion, dans ce service, quelles difficultés multiples !
quelles futilités, aussi, qui veulent être prises en con-
sidération ! D'une part ordonne la loi, faite par des
gens parfois mal au courant des détails de l'émigration, et soumise à des considérations financières et
politiques ; d'autre part s'étalent les préjugés, l'apathie, l'ignorance et l'imprévoyance des nouveaux
colons. Il faut ici des qualités de pure abnégation ; il
me semble que bien peu, en ce poste, s'en sont,
jusqu'ici, montrés dépourvus.

*
* *

Le *point d'émigration* de Tchéliabinsk occupe un
vaste enclos où de grandes constructions en poutres
équarries sont semées parmi les bouleaux blancs, sur
la neige. Ce sont des dortoirs, des réfectoires, des

infirmeries, des cuisines, une salle de bains. Plusieurs heures se passent à examiner en détail ces installations, à questionner de-ci de-là les émigrants
rencontrés, et à observer le va-et-vient des solici-
teurs que reçoit le commissaire. En cette saison, l'émigration proprement dite n'a pas encore commencé :
on n'attend guère le premier lot de colons que dans
une quinzaine, lorsque le dégel se sera affirmé en
Russie. Les paysans qui, à cette heure, sont campés à
Tchéliabinsk, sont des retardataires de l'été dernier,
ou bien des *retournants*, à qui le premier essai a déplu.
Cependant quelques dortoirs sont pleins. Figurez-vous
une grande salle oblongue, autour de laquelle court,
à 0 m. 80 du sol, une espèce de table légèrement
inclinée, large d'au moins deux mètres. Cette table
(*nary*) sert à la fois de siège et de lit aux locataires de
la pièce. L'installation n'a rien d'original, c'est celle
qui est adoptée dans les corps de garde, dans les
asiles de nuit et dans les prisons. Seulement, ici, l'encombrement est considérable, et surtout paraît tel à
cause des innombrables bagages étalés pêle-mêle sur
la planche à côté de leurs propriétaires. Au dehors,
le froid est très vif, malgré le grand soleil ; aussi, dès
qu'on ouvre la porte du dortoir, s'en échappe-t-il,
comme d'une étuve, un nuage de vapeur. La pièce est
sombre ; la chaleur y est suffocante, et l'air extrêmement pénible à respirer. On distingue, dressés, assis
ou étendus sur les *nary*, des corps à demi nus, dans
un pêle-mêle lamentable. Les enfants sont, pour la
plupart, vêtus seulement d'une chemisette qui leur
tombe aux genoux ; les hommes portent un pantalon
et une chemise-blouse, sur laquelle ils endossent,
pour sortir, la lourde pelisse en peau de mouton ; les

femmes sont vêtues d'une chemise de toile et d'un jupon. Les paysans russes adorent une atmosphère étouffante comme celle qui règne ici ; pour sortir, ils se couvrent chaudement ; mais, dans leur intérieur, ils se mettraient volontiers tout nus. A notre entrée, un grand silence se fait, interrompu seulement par des ronflements, des accès de toux, et des vagisse- ments de nouveau-nés. Les hommes se lèvent, les enfants regardent curieusement ; quant aux femmes, indifférentes, elles interrompent à peine leur vague besogne. Sur la table fraternelle où tous, le soir venu, s'étendent côte à côte, gisent d'indescriptibles paquets de haillons. De toute cette vie amoncelée et de toute cette misère se dégage une odeur nauséabonde qui vous prend à la gorge.

... Et, patiemment, nous continuons notre visite. Ce n'est pas mon intention d'entrer ici dans des détails techniques sur l'émigration ; songez seulement que, dans quelques semaines, sur cet enclos paisible où se croisent à cette heure un petit nombre de désœuvrés, l'animation sera sans fin. Tous les émi- grants qui viennent en Sibérie par chemin de fer sont tenus de se présenter à Tchéliabinsk : l'an dernier, ils ont été 205 000... Vous faites-vous une idée de l'as- pect que présente une telle armée de miséreux, de toute la souffrance, de toutes les maladies qu'elle traîne avec elle, et de tous les dangers auxquels l'ex- posent la fatigue et le dénûment ?...

*<br>* *

*19-21 mars.* — J'ai repris le train, le train lent de Sibérie. Tout le monde sait le confort que présen-

tent les wagons russes : or, les wagons sibériens sont
meilleurs encore. Non seulement vous y trouvez les
commodités ordinaires des trains à couloirs, mais
encore vous y avez droit à une couchette pour passer
la nuit : ne doit-on pas, en effet, quelques égards
aux malheureux qui s'enferment durant huit à dix
jours dans la machine roulante [1]! En outre, le train
sibérien présente une physionomie à part. Sans doute,
vous ne trouverez guère d'agrément dans la première
classe, encombrée par les employés de toute sorte,
ingénieurs, contrôleurs, chefs de train, par tous ceux,
en un mot, qui, circulant gratuitement, ont une casquette suffisamment galonnée pour ne pas craindre
une semonce d'un inspecteur imprévu, — dans cette
première classe où vous n'êtes jamais à l'abri d'une
irruption d'employés sans gêne, fumant, causant
bruyamment, malgré vos protestations, et s'inquiétant peu de troubler la dixième nuit d'un malheureux
voyageur, pourvu qu'ils parviennent gaîment à la
station où les appelle leur service. Mais, en deuxième
classe, et, si j'en puis juger, en troisième et en quatrième, la vie est tout autre : il y règne cette cordia-
lité à laquelle les Russes n'échappent guère, s'ils n'ont
pas sur la tête la casquette ornée de la petite plaque
du *tchinovnik*. Me voici donc en deuxième classe. A
peine casés, on se questionne : « D'où venez-vous, où
allez-vous? » On sait que l'on vivra côte à côte plusieurs jours de suite; il faut bien faire connaissance.
Alors on prend ses aises, on s'installe. Le wagon est

---

1. Depuis le printemps de 1898, il existe un train de luxe qui
va de Moscou à Tomsk en six jours au lieu de douze. Le succès
en a été si rapide que, de bimensuel, il est devenu bihebdo-
madaire.

séparé en boxes qui donnent directement sur un cou-
loir latéral, et dont les cloisons ne s'élèvent pas jusqu'au plafond : il ne présente donc pas une série de
compartiments, mais une sorte de grande salle avec
des coins. En un clin d'œil, il prend l'aspect d'une
chambre d'hôtel. Aux patères pendent les pelisses et
les toques ; sous les banquettes errent des chaussures
variées, bottes, pantoufles, caoutchoucs ; sur les
tablettes, auprès des fenêtres, se montrent des bou-
geoirs, des livres, des boîtes de bonbons, une théière,
des verres à thé dans leurs soucoupes, du sucre dans
un sac en toile ; sur les banquettes, voici des sacs de
voyage, et surtout des oreillers — les indispensables
compagnons de tout Russe qui se déplace. Bientôt on
échange les menues friandises dont on s'est muni au
départ, lamelles de gruyère, ronds de saucisson,
petits poissons fumés, bonbons, etc. ; de mains en
mains passent les journaux, vieux de huit jours, que
l'on a pris en quittant la capitale ; le thé circule, les
cigarettes s'allument..., on cause.

Nous sommes au grand complet, dans le train lent
de Sibérie, et dans mon boxe sont installés, outre
mon ami Gavril Pétrovitch et moi, deux tout jeunes
gens, un agronome et un *feldscher* (officier de santé).
Gavril Pétrovitch est un homme de quarante ans,
grand, gros et fort, brun comme un Bordelais et
barbu comme un Sibérien, bien qu'il soit Russe. De
loin, il inquiète un peu par cet étalage de puissance
vitale ; mais il suffit de voir sourire ses tout petits
yeux vifs pour comprendre sa bonté et deviner son
intelligence. Appelé, par les fonctions que lui confie
une grande entreprise privée, à parcourir sans cesse
la Sibérie, il est un des hommes qui, à l'heure

actuelle, en connaissent le mieux la moitié occidentale, au point de vue social et économique. Il y possède dans tous les coins des connaissances, amis
simples et relations d'affaires, et comme il est un
homme extrêmement cultivé, et de plus, indépendant,
il n'est personne qui ne compte avec lui. Nous avons
fait jadis connaissance en Russie, durant « l'année de
la faim », et, à l'automne dernier, nous nous sommes
inopinément retrouvés sur la Kama, à bord d'un
même bateau. Cette fois-ci, nous nous sommes, à
quinze cents lieues de distance, donné rendez-vous à
Tchéliabinsk, et nous faisons route ensemble.

Le *feldscher* est tout jeune, gai comme un pinson,
mais peu bavard : il rit sans cesse, mais ne raconte
guère : il écoute, dort ou boit du thé. L'agronome,
au contraire, qui sort à peine d'une école spéciale,
prend à la conversation une part active. C'est une
grande figure maigre, pâle, blonde, un peu maladive :
il y a quelque chose de hollandais dans son abord
flegmatique, et de triste dans son regard, quand il
songe. Il s'en va dans la Sibérie méridionale occuper
un poste de confiance, et j'éprouve une véritable sensation de joie à constater le naïf enthousiasme qu'il y
apporte. Nature toute droite, sans détours, il entend
mal les roueries du fonctionnarisme ; *tchinovnik* d'une
génération qui vaut cent fois l'ancienne, il tient beaucoup plus à l'esprit qu'à la lettre, c'est-à-dire que, au
lieu de n'être qu'un gratte-papier, il se montrera
homme de cœur. Son métier, qui doit le mettre en
contact perpétuel avec les paysans et les nouveaux
colons, lui apparaît comme une œuvre à laquelle
on doit se dévouer, et non comme une fonction de
bureau à remplir mécaniquement, chaque jour, de

telle à telle heure. Je le vois lire, au lieu des romans
de chemin de fer, des livres spéciaux sur l'histoire
de la Sibérie et de sa colonisation. C'est un sérieux
et un enthousiaste, auquel bien vite s'attache la sympathie. J'aurai sans doute plus d'une fois dans ces
pages l'occasion d'esquisser des profils de coquins
ou de filous; je ne pourrai même pas noter au passage tous ceux que j'aurai frôlés, ou même à qui,
comme les autres, j'aurai donné la main : il m'est
doux, au moins, de rencontrer, au seuil de ce voyage,
des hommes de toute probité sociale...

— Mais que diable peut-on bien se dire dans un
wagon sibérien?

— Mon Dieu, les conversations y sont fort variées,
en seconde classe, tout au moins, car, en première,
j'ai rencontré, la plupart du temps, la même banalité
froide que chez nous. En deuxième classe, on s'observe moins, on est plus franc et plus peuple. Certes,
là non plus, les sots ne manquent point, et l'on n'y
échappe pas plus qu'ailleurs aux faiseurs de calem-
bours et aux conteurs de bons mots. Mais, en général, on y cause vraiment : on commente quelque fait
récent, ou bien on discute sur quelqu'une des grandes
questions qui passionnent la Sibérie : émigration,
chemin de fer, voies fluviales, etc. Ces discussions
prennent un caractère d'autant plus animé que la plupart des interlocuteurs sont des gens qui ne connaissent pas, ou connaissent peu le pays, mais y parviennent avec toute une batterie d'idées préconçues au
sujet de chacune de ces grandes questions. Aussi bien,
les Russes instruits sont-ils fort amateurs de « par-
lotes » purement théoriques.

Parfois, cependant, vous avez la bonne fortune de

mettre la main sur un homme qui connaît réellement
un sujet : c'est un voyageur, un ex-déporté, un
entrepreneur, un ingénieur ou un marchand. Vous
l'écoutez ravi, et vos voisins viennent, çà et là, pour
l'entendre, faire cercle à l'entrée de votre boxe. Mais,
bientôt, vous vous apercevez qu'il convient de n'accepter qu'avec réserve les renseignements et les chiffres qu'il vous communique. En Russie, et surtout en
Sibérie, un homme, fût-il des plus honorables, a souvent des raisons qu'il croit bonnes pour dissimuler au
moins une partie de sa pensée, et garder pour soi,
tout en amusant la galerie, l'observation réelle, le fait
précis dont il a connaissance. Il y a, dans ce pays, des
virtuoses du mensonge, et ils sont parfois d'autant
plus déconcertants que rien ne fait supposer qu'on
puisse avoir à se défier d'eux. Le mensonge qui, dans
l'Occident, n'est guère qu'une arme de défense, assez
rarement employée, et à contre-cœur, joue ici un tel
rôle que l'on songe parfois à la proximité de la Chine.
J'éprouve moi-même, au cours des enquêtes les plus
sérieuses et les moins compromettantes, une très
grande difficulté à obtenir la vérité. Dans ce pays si
neuf encore, bien peu de gens semblent capables de
comprendre qu'un étranger puisse s'intéresser à ce qui
les intéresse, sans avoir lui-même l'intention de leur
jouer quelque méchant tour. Il est difficile de trouver
ailleurs qu'en Sibérie autant de cachotterie enveloppée de plus de bavardage et d'amabilité. Le marchand
vous trompe sur les prix moyens que vous voulez
noter, l'entrepreneur sur le genre de vie de ses ouvriers, l'usinier sur sa fabrication, l'armateur fluvial
sur la nature des transports qu'il effectue; les fonctionnaires enfin, quand ils ne sont pas des amis ou

des sujets d'élite, vous trompent à peu près sur tout, soit par ignorance du détail demandé, soit par calcul de prudence. Il faut donc sans relâche contrôler les chiffres que l'on vous communique, se livrer à une étude psychologique de chaque nouvel interlocuteur, et se résigner, malgré toutes ces précautions, à être dupé en plus d'un cas. Aussi, quand on met sa main dans celle d'un homme de toute franchise, éprouve-t-on, ici, comme un choc d'étonnement; ce sont de tels hommes que je recherche, et si, par bonheur, j'espère en présenter un nombre respectable en profil perdu, je tenais du moins, par une explication préalable, à faire ressortir le rare mérite de leur vertu.

On comprend aisément par là que les conversations de chemin de fer, si animées qu'elles soient en ce pays, ne méritent guère qu'on s'y arrête. Connaissances d'un jour qui ne se reverront jamais, les voyageurs hésitent encore moins que chez nous à gasconner entre eux. Malheur au touriste naïf qui note des renseignements recueillis de la sorte! Une grande partie des sottises que les Russes ont relevées dans tels livres français sur leur pays, viennent de ce que nous ajoutons trop naïvement foi aux confidences d'un compagnon de route. Ajoutez que, souvent, ces confidences nous sont faites en français, et qu'à l'erreur plaisamment soufflée se mêle souvent l'erreur qui provient d'un contresens. Quelques jours après ma première arrivée en Russie, il y a sept ans, un Russe de haute culture me dit, afin de me mettre au courant des usages : « Pour sortir nous mettons toujours des chaussures en *résine*. » Grâce au ciel, je n'ai jamais imprimé nulle part ce fait extraordinaire, et, lorsque j'ai pu lire les enseignes, j'ai compris que, avec la meilleure foi du monde, mon ami s'était trompé de mot, *rézina*, en russe, signifiant caoutchouc!..

\*
\* \*

Si j'avais lu plusieurs romans et un paquet de journaux entre Königsberg et Omsk, et surtout durant la traversée de l'Oural et de la plaine sibérienne, je me serais privé de l'émotion visuelle la plus continue et peut-être la plus délicate que j'aie jamais éprouvée : je n'aurais pas regardé la neige. Dix jours de glissement doux et lent entre des forêts et des steppes où la neige immaculée s'étalait, m'ont donné des impressions plus variées peut-être que celles de tout un hiver passé en Russie. Mais, comment en noter le fugitif reflet? Que puis-je faire, sinon énumérer les détails de mes visions, avec l'amère conscience que tout le charme s'en évapore?

Au lieu de la haie qui court chez nous le long des rails, les Russes dressent une palissade à claire-voie formée de claies mobiles que l'on accote les unes aux autres durant l'hiver. Cette palissade est destinée à protéger quelque peu la voie contre les amoncellements de neige qu'y balayent les terribles ouragans de la steppe. Je ne sais trop jusqu'à quel point cette protection est efficace par les gros temps; du moins, à l'ordinaire, la neige, entraînée par le remous de vent que provoque la claire-voie, s'accumule sur les bas côtés. Elle forme ainsi, à quelque distance des rails, une sorte d'énorme bourrelet blanc, dont le bord supérieur semble s'affaisser sur lui-même, à la façon d'une vague qui déferle : c'est comme un retroussis de pâte blanche figée en plein mouvement; l'aspect m'en rappelle avec une curieuse persistance le vers où Sully Prudhomme compare les ailes éployées d'un cygne « à des neiges d'avril qui croulent au soleil »...

La neige est aussi changeante que la mer : les nuances se succèdent à sa surface morte, aussi variées, aussi riches, qu'à la surface de l'éternelle Agitée. Le matin, sous le soleil radieux de ces contrées qui ne connaissent guère le ciel gris, la neige semble étinceler de myriades de diamants : on dirait que chaque petit cristal étoilé y réverbère un rayon de soleil, et nous glissons chaque jour, durant deux ou trois heures, dans un infatigable étincellement de menus papillons de feu. Vers dix ou onze heures, toutes ces pierreries s'éteignent, mais, à mesure que le soleil prend une nouvelle inclinaison, la surface blanche reçoit un nouveau reflet. Étincelante, angélique, jeune, surtout, le matin, à force de pureté, elle prend, à mesure que le jour s'avance, des tons bleuâtres plus sérieux qui s'accusent dans les ombres portées par la vapeur du train, mais qui restent si doux que le bleu du ciel s'en trouve comme terni. Vers le soir, c'est un suprême éclat : sur la plaine infinie où l'œil se perd, et que bordent tout là-bas d'incertaines forêts, fine estompe appliquée en trait droit au bord extrême de l'horizon; sur la steppe morte où, tout à l'heure, toute chose qui vivait, homme, cheval, arbuste, oiseau, faisait tache noire; sur l'immobile étendue où l'œil était lassé du blanc, voici que tout à coup le couchant vient poser un baiser rose. La lueur rose peu à peu s'épand, gagne de proche en proche, s'affirme par degrés insensibles, rehaussée çà et là par des plis d'ombre bleu

d'acier, et, par d'infinies ondulations, s'allonge jusqu'au bord assombri de l'horizon. Un dernier rayon
du soleil oblique colore tout à coup d'un jaune d'or
éclatant quelques surfaces banales, palissade ou mai-
sonnette en bois, qui se détachent un instant en
pleine vigueur; puis l'astre s'éteint. L'ombre, alors,
bleuit et s'accuse, la neige prend des tons mats, et
la lueur rose qui la couvrait semble se réfugier en
écharpe au bord du ciel froid dont, longtemps encore,
elle illumine le crépuscule... Ah! l'admirable neige, la
tendre amie! Oublierai-je jamais les jouissances que
m'a procurées chaque jour sa contemplation!...

La steppe immaculée ne s'anime pas seulement par
les lueurs changeantes qui frissonnent à sa surface :
les traces qu'on y découvre révèlent en outre à un
regard attentif la vie de ses habitants. En Russie, les
traces entrevues le long de la voie ne témoignaient
guère que des monotones allées et venues des riverains et des ouvriers; mais, avec l'Oural et la plaine
sibérienne, l'animation semble redoubler le long de la
voie ferrée. La neige bavarde me raconte à présent,
avec d'impayables détails, la vie intime de la forêt.
Voici des passes tranquilles, prudentes, toutes droites,
de loups qui sont allés sans bruit, flairant çà et là les
buissons, et qu'on devine, de temps à autre, arrêtés,
l'œil flamboyant, l'oreille au guet et le museau tendu
au vent. Plus loin, ce sont des renards chafouins,
pressés, légers, fourrés partout; puis des oiseaux
trotte-menu, aux ongles en étoile; puis des bestioles
que je ne devine pas, mille petits riens craintifs qui
ont couru bien vite d'un buisson à un autre, et qui
s'y sont tapis, tremblant encore d'un si long voyage.
Puis enfin, ce sont les lièvres, les innombrables et

fous promeneurs de cette forêt et de cette plaine; sans
relâche, leurs traces se dessinent, croisant la voie ou
s'allongeant à côté d'elle, parfois si nombreuses
qu'elles ont creusé un sentier dans la neige, mais, le
plus souvent, distinctes et plaisamment variées :
lièvres tranquilles, en promenade, à petits bonds bien
nets, très rapprochés les uns des autres, avec une
halte, çà et là, pour prêter l'oreille ou ronger un bout
d'écorce; lièvres joueurs, dont souvent les gambades
inégales semblent se suivre, longtemps parallèles,
faisant penser à une causerie, sous la lune; enfin
lièvres effarés, fuyant avec des feintes, des retours
et des sauts énormes où les griffes ont, au passage,
égratigné la croûte neigeuse. C'est toute la vie nocturne de ces contrées que je trouve inscrite ici, et je
m'en amuse comme d'un livre à gravures nonchalamment feuilleté.

*
* *

De temps à autre, au bout d'une heure et demie ou
de deux heures de glissement cahoté, le train siffle et
s'arrête. On aperçoit alors, au milieu du désert plat,
quelques jolies maisonnettes en bois avec des toits
rouges : ce sont les gares, véritables joujoux de
Nuremberg posés tous les 40 ou 50 kilomètres sur la
steppe énorme, loin des villages, d'ailleurs invisibles,
auxquels elles correspondent. Comme elles sont
rares, on y fait des haltes sérieuses : vingt, trente
minutes, trois quarts d'heure même, suivant l'humeur
du chef de train et du chef de gare. Toutes n'ont pas
de buffet, mais, dans les plus humbles, on peut tou-

jours trouver du thé et de la *vodka* (eau-de-vie blanche); c'est tout ce qu'il faut pour satisfaire à tous les goûts. La plupart des voyageurs descendent à chaque arrêt : il ne reste guère dans les compartiments que ceux qui dorment, ou ceux qui ont accepté la charge de veiller sur les bagages. En Sibérie, en effet, les vols sont incessants, en chemin de fer comme ailleurs : à l'un de mes compagnons de route on a volé ses bottes, à l'autre ses caoutchoucs; à moi, on m'a volé une toque d'astracan; mais j'ai fait de si bruyantes recherches dans l'autre moitié de mon wagon mixte, affectée à la troisième classe, que, bientôt, comme par hasard, ma toque s'est retrouvée au buffet, où je n'avais pas mis les pieds.

Les gares sont si petites que les voyageurs ont peine à s'y loger tous. C'est une bataille auprès du comptoir pour avoir un verre de thé ou de *vodka*; à la table commune, vous avez grand peine à vous loger, vous et votre pelisse, pour dévorer le *chtchi* (soupe aux choux aigres), la « côtelette » de viande hachée, ou le quartier d'oie aux choux sucrés, qu'un garçon arrogant et graisseux dépose devant vous. Le plus souvent, c'est une cuisine infâme, malpropre en outre, et relativement chère. Une portion de *chtchi* où nage un morceau de bouilli coûte environ de 1 fr. 25 à 1 fr. 50; une portion d'oie ou une *côtelette* de hachis, de 1 fr. 75 à 2 francs; or, dans ce pays, une oie vivante vaut de 0 fr. 40 à 1 franc, et la livre de bœuf de 0 fr. 20 à 0 fr. 30. On se désaltère surtout avec de la bière locale; celle de Kourgane, par exemple, est très agréable, et vaut 0 fr. 60 la bouteille. Les gens avisés laissent rarement échapper un buffet sérieux sans y prendre quelque chose : ici une soupe, là un rôti, plus loin, une soupe *et* un rôti, et, le soir, avant de s'endormir, une soupe *ou* un rôti !

Vous vous êtes donc lesté, mangeant vite, des deux mains à la fois, sans causer, presque sans toucher au pain ; vous buvez alors de la bière ou du thé, et, bien vite, vous sortez pour aller visiter vos bagages. Coup d'œil, calcul rapide : grâce au ciel, ils sont tous là ! Ressortons : la promenade de long en large .est douce, le long du train immobile sous le grand soleil, et bizarre, avec les innombrables tuyaux des appels d'air dont il est surmonté. On cause, on fume, en attendant le troisième coup de cloche et le dernier coup de sifflet.

Les passagers de troisième et de quatrième classe ne demandent guère, à leur buffet spécial, que de la *vodka* et de l'eau bouillante versée dans une théière en fer battu, dont ils savourent le contenu au cours de la route. On voit, du train aux buffets, généralement placés à trente ou quarante mètres de la voie, un va-et-vient constant, un affairement curieux de gens qui entrent et sortent, porteurs d'ustensiles de toute forme, ou simplement émmitouflés dans des fourrures. La plupart des voyageurs sont des Russes ; mais, au matin du second jour, les Kirghizes font leur apparition. Ils ont déjà, en ces parages, pris leur parti de la machine nouvelle. Durant les premiers mois, on les voyait, de temps à autre, se mettre en ligne, et, sur leurs petits chevaux infatigables, lutter de vitesse avec le train. Ils n'avaient pas de peine, sans doute, à l'emporter ; mais la machine, pour être moins rapide, n'en atteignait pas moins le but lointain plus tôt qu'ils n'eussent fait eux-mêmes. Ils ont fait leur paix, et maintenant ils prennent place bra-

vement en troisième classe. Ils sont là, vêtus de houp-
pelandes graisseuses fourrées de mouton, chaussés
de grosses bottes rouges, et coiffés de capelines à
fleurs. Ils sont là, paisibles, causant peu, assis, leurs
courtes jambes écartées, et ne quittant pas leurs
pelisses, malgré la chaleur du wagon. Leurs visages
larges, bronzés et comme tannés, aux yeux obliques
et aux pommettes saillantes, reluisent; curieusement
leurs regards errent d'un objet à l'autre. Que se passe-
t-il dans leur cerveau? Ils savent bien que ce train
commode, qu'ils ne dédaignent plus, transportera
bientôt des milliers de colons qui viendront s'établir
sur leur steppe natale, libre hier, aujourd'hui déjà
parsemée d'échiquiers de terre où leurs troupeaux
n'ont plus le droit de paître. Ce train, c'est le boule-
versement de leurs habitudes séculaires; bientôt,
peut-être, c'en sera fait de leur libre vie nomade : les
moujiks russes, patients et féconds, auront vite fait
de les serrer sur ce territoire qui leur appartenait et
qu'on leur ravit. Sur l'horizon sans fin de cette plaine
où, hier encore, les tombeaux de leurs ancêtres étaient
les seuls points de repère du voyageur, vont s'élever
bientôt des *isbas* grisâtres, puis, de place en place,
des églises blanches et vertes. Songent-ils à tout
cela, ces bons Kirghizes bronzés? Non, peut-être, en
résignés musulmans! Voici qu'à l'avant-dernière station je rencontre inopinément le vieux Kotchembaye
qui, à l'automne dernier, durant une nuit glacée, m'a
offert l'hospitalité sous sa yourte de feutre, et m'a
régalé de mouton bouilli; sa main énorme étreint la
mienne avec une véritable expression de joie. C'est
donc qu'il n'a pas de rancune contre l'envahisseur,
avec lequel, bien sûr, il me confond? Car, comment

aurait-il pu deviner que je plains du fond du cœur le sort de ses fils, les beaux et libres gars que la civilisation va courber?...

—   Un long arrêt, puis une traversée lente d'un pont de 800 mètres, sur l'Irtyche glacé, pareil, sous la lune, à une énorme chaussée blanche; des coups de sifflet, une invasion de porteurs en tabliers blancs, m'annoncent enfin que j'ai atteint la première étape de mon voyage. Je suis à Omsk, la capitale de la Steppe.

*  
* *

J'ai eu l'heureuse fortune de ne pas saisir la bonne ville d'Omsk en son aspect classique : lors des deux visites que j'y ai faites, à l'automne naissant, qui la balayait de grandes rafales de vent glacé, et vers la fin de l'hiver, le froid y tenait emprisonnée la boue qui en fait un légendaire cloaque. Je n'y ai donc pas connu la pire incommodité dont on s'y plaint ordinairement, et je risque d'être pour elle un peu partial. Mais quoi! dois-je m'excuser si, captivé par son air simple, par les bonnes causeries qu'on m'y a ménagées autour du samovar, et par la vue de deux ou trois des plus jolis visages que j'aie rencontrés en Sibérie, j'ai conservé de cette capitale en miniature une impression affectueuse et souriante?

Située au croisement de deux grandes voies commerciales, le Transsibérien qui l'unit à l'Europe, et l'Irtyche qui la relie avec la Chine, Omsk est loin d'être sans importance, et son avenir est gros de promesses. Elle est déjà le centre administratif d'où se

gouverne une immense province qui touche à l'Oural
et va rejoindre le Turkestan. Elle est la résidence
de l'un des trois vice-rois de la Sibérie, le Gouverneur
général de la Steppe, et elle possède en outre un Gouverneur et tout un cortège de fonctionnaires militaires
et civils. Elle offre un milieu beaucoup plus cultivé
que celui de la plupart des villes sibériennes, et,
comme les grosses fortunes sont loin d'y donner le
ton comme c'est le cas dans l'Est, la société instruite,
l'*intelliguensia*, comme disent les Russes, y forme un
noyau solide qui organise en partie la vie publique.
Certes, une ville administrative est une ville d'intrigues et de potins : Omsk connaît ces deux maux;
mais, en revanche, elle est trop près de l'Europe pour
vivre exclusivement de ses petits intérêts locaux,
comme pour s'oublier sans remords dans les cartes
et l'alcool. Elle est un centre où l'on cause et où l'on
discute, où quelques-uns croient encore au progrès,
et où l'on prend à cœur la plupart des innombrables
sociétés qui se sont formées pour combler diverses
lacunes dans le service de l'administration locale.
Omsk n'est plus qu'à une semaine de Pétersbourg,
et pourtant, elle est située sur la lisière d'un immense
pays neuf qui s'ouvre à peine et où se porte le flot de
l'émigration : les fonctionnaires qu'on y envoie ont
à guider l'armée des colons et à défendre les intérêts
de la population kirghize dont, peu à peu, on envahit
la steppe natale. L'ouvrage ne fait donc pas défaut,
et l'on peut s'y consacrer ici avec d'autant plus
d'ardeur qu'on se sait assez près, somme toute, de la
capitale qui récompense les efforts.

*
* *

En Russie, les gares sont toujours, par raison d'économie, fort éloignées des villes qu'elles desservent : en
Sibérie, où les mêmes raisons ne valaient plus, les
intrigues locales ont souvent introduit la même incommodité. Omsk est à une bonne lieue de sa gare : une
lieue de terrains vagues où la moindre pluie étale un
marécage, où le moindre vent souffle en tempête, et
où la tombée de la nuit oblige les prudents à se munir
d'un revolver. L'administration du Transsibérien n'a
pu, dit-on, s'entendre avec la Ville au sujet des terrains. Il y a là des terres qui appartiennent aux Cosaques ; or, en Sibérie, partout où l'on rencontre des
Cosaques, on est à peu près sûr de se trouver en face
d'une rapacité sans bornes et d'une intransigeance
haineuse. Les Cosaques sont les premiers colons de la
Sibérie ; on les y voit installés sur toutes les frontières
provisoires que la conquête a successivement débor-
dées ; ils occupent encore tous les avant-postes, et ils
ont charge de les défendre. L'État leur assure, en
revanche, des avantages nombreux, en particulier, la
jouissance perpétuelle de quelques-unes des meilleures
terres. Fiers de leur situation exceptionnelle, les paysans cosaques en abusent volontiers, et je ne sais personne en Sibérie, qui soit plus qu'eux constamment et
solidement détesté du public. Mais j'aurai l'occasion de
revenir sur ce sujet. Je ne retiens pour l'instant que
ceci : les Cosaques propriétaires de la banlieue
d'Omsk ne purent s'entendre avec les ingénieurs
chargés de construire le chemin de fer. Grâce à ces
divisions, non seulement le Transsibérien eut sa gare

loin de la ville, mais (et cela est infiniment plus grave)
le grand pont sur lequel il traverse l'Irtyche fut construit pour son usage strictement exclusif. On n'accorda pas même une passerelle aux piétons, et, après
comme avant, la population dut continuer à traverser
le fleuve sur un lent et incommode bac à remorque...
Il faut, pour comprendre ces choses-là, avoir quelque
expérience de la Russie.

Omsk n'est pas, je l'avoue, une ville très brillante.
Les voyageurs maussades l'appellent un grand village, parce qu'elle n'offre guère d'édifices publics, et
surtout parce que les trottoirs n'y sont qu'une exception — ou un souvenir. Mais, je le répète, je ne l'ai
visitée qu'en deux saisons où une bonne chambre
chaude semble préférable à la plus belle architecture,
et où la gelée, le meilleur agent voyer de la Russie,
rendait les rues aussi sèches que l'est notre macadam :
je n'y ai donc pas souffert de ce qui choque presque
toujours les touristes d'été. Aussi bien n'ai-je pas
l'intention de donner de la ville une description en
règle : je préfère transcrire ici, sans arrangement
subtil, une partie des notes que j'y ai prises durant
mon dernier séjour.

A peine arrivé, reposé, réconforté, je pars au
matin, pour aller faire une visite à mon ami Ivan
Kravtsof. Il demeure tout au bout de la ville, près
de la forteresse, et c'est une joie que de glisser une
demi-heure, dans un petit traîneau joujou, par les
rues ouatées d'une neige jaunâtre, sous un grand
soleil d'hiver qui met des teintes roses au bord du
ciel bleu. Mon cocher m'a reconnu, et nous bavar-
dons. Il vit ici depuis une vingtaine d'années, exilé
par son village ; sa femme, usant de son droit, est

restée au pays et s'est remariée. Il raconte tout cela
sans grande émotion. Nous sommes, ne l'oublions
pas, en pleine Sibérie, et, sauf les fonctionnaires, il
n'est pas ici beaucoup de gens qui soient venus de
leur plein gré. Vous ne faites pas dix mètres dans la
rue sans vous heurter à quelque exilé — à quelque
*exporté*, comme dit avec un sourire triste une de mes
amies russes. Mon cocher, qui se jure innocent, a
sans doute jadis volé des chevaux en Russie; le
patron de mon hôtel est un Polonais exilé il y a
trente-cinq ans; le médecin auquel s'est adressé
Gavril Pétrovitch indisposé a été mêlé, me dit-on, à
des troubles universitaires; et cette dame avec qui
j'ai longuement causé, dans le train, de l'avenir économique de la Sibérie, a passé dix ans aux confins de
l'Asie, près du détroit de Behring, dans le plus
terrible lieu de déportation que possède la justice
russe, à Sredné Kolymsk. Mon cocher est exilé de
droit commun; les trois autres sont ce qu'on appelle
des *politiques*. Ni les uns ni les autres n'aiment à
faire allusion à leur exil ni à en conter les péripéties :
les premiers, parce que cet exil est la punition d'un
crime; les autres, je pense, par défiance et par
dédain. Les exilés politiques sont, naturellement,
les seuls que l'on rencontre régulièrement dans la
bonne société. N'allez pas croire, en effet, que le
fait d'être exilé politique constitue une tare, et
soit, dans les grandes villes, un obstacle aux relations. Seules, les menaces d'un policier trop zélé
peuvent, dans des coins perdus, détourner une population villageoise de ces hommes qu'elle voit doux,
probes, pauvres et bons. Dans les villes, on n'observe
rien de semblable, et plus d'un des exilés pour cause

de libéralisme arrive à y jouer un rôle important. De grands personnages, peu suspects de partialité, m'ont avoué que le pays devait beaucoup à leur activité. Forcés de vivre dans des centres à demi barbares, ils y ont introduit quelque chose de la civilisation d'Occident. Ils sont devenus hôteliers, horlogers, médecins, comptables, entrepreneurs, etc. Un certain nombre d'entre eux ont d'abord passé par le bagne, les autres par un exil pire encore, peut-être, dans des hameaux perdus. Peu à peu, ils ont obtenu l'autorisation de se rapprocher des villes, et, maintenant, ils y utilisent de leur mieux les débris de leur vie gâchée. Ici, je le répète, rien, sinon, pour la plupart, leur intégrité et leur admirable droiture d'esprit et de cœur, ne les distingue du reste de la population cultivée. Loin de les montrer au doigt et de les fuir, chacun les apprécie, et ceux qui en ont le moyen leur donnent de l'emploi. Qu'on n'attende donc pas que je les détache du groupe social auquel ils se sont associés, et que j'interrompe à chaque instant mon récit pour dire : « X., avec qui je viens de dîner, a subi cinq ans de réclusion cellulaire, dix ans de bagne et vingt ans d'exil à cause d'une lettre inconsidérée écrite à l'âge de dix-huit ans. Y., qui m'a délivré des cachets de quinine, a fait des études météorologiques à Verkhoyansk, le pôle du froid, et c'est lui qui a enregistré la plus basse température connue sur notre globe : — 68° centigrades : on l'avait soupçonné, à l'École de pharmacie, d'avoir la tête un peu chaude... » Non, je ne suis pas venu en Sibérie pour étudier des cas exceptionnels ni pour m'occuper de questions pénitentiaires et d'exils à sensation. Seulement, je ne dois pas oublier que la société sibérienne contient un

nombre considérable de ces exilés; tel ou tel des profils que j'esquisse dans ces pages est donc celui d'un
de ces malheureux. Je ne les cherche pas plus que je
ne les évite : mais, je tiens à le dire bien nettement :
aucune des figures douteuses ou méchantes qui ap-
paraîtront çà et là sous ma plume n'appartient à leur
monde...

Quelle joie d'embrasser mon ami Ivan Kravtsof et
de le retrouver dans la paix de son *home* hospitalier,
où sa charmante jeune femme préside avec la grâce
paisible de certaines Russes! Nous avons fait, lui et
moi, à l'automne dernier, une expédition dans la
steppe kirghize pour y examiner des installations de
colons. Nous avons dormi côte à côte sur du foin,
dans des *isbas* surchauffées; nous avons passé la nuit
à même le sol par un froid de — 10° dans une yourte
kirghize à ciel ouvert; nous avons partagé la vermine
commune aux anciens comme aux nouveaux habitants
de la grande steppe; — depuis lors, nous sommes
liés. Aussi, ne fais-je pas de difficulté pour passer
chez lui des demi-journées entières à causer de la
Sibérie ou à étudier des plans de colonisation.
M. Kravtsof est ingénieur. C'est un travailleur
acharné, mais une âme délicatement simple et candide. Ses fonctions consistent à faire dans la steppe
des forages artésiens pour fournir d'eau les nouveaux
villages de colons. Cette énorme Sibérie manque
partout d'équilibre : elle possède en certains endroits
des fleuves larges de plusieurs kilomètres et des
forêts immenses baignant dans des marécages; ailleurs, comme ici, elle n'a pas d'eau, ou du moins, elle
n'a rien que de l'eau salée. Il faut souvent, dans la
steppe, faire quatre ou cinq sondages avant d'atteindre

une couche d'eau potable. Alors, il faut creuser le puits, l'étayer, le couvrir et le protéger; après quoi, les colons pourront venir. Mais ce travail, si simple en apparence, est singulièrement pénible, quand il se poursuit à la fois sur divers points du désert herbeux, et se complique d'un hiver de sept mois. Parfois, le puits terminé, l'eau tout à coup se transforme : elle devient amère ou salée — et tout le travail est à recommencer, à grands frais, avec mille fatigues. Si les colons déjà sont installés, leurs troupeaux dépérissent et meurent, quand l'eau potable n'est pas restituée à temps.

Conçoit-on l'importance d'une fonction comme celle de mon ami, et se représente-t-on bien la somme de souffrances désespérées et sans issue que ferait naître parmi les émigrés la moindre négligence de sa part, ou la mauvaise volonté des hommes placés sous ses ordres? En ces parages, un fonctionnaire moyen a souvent plus d'importance que chez nous un ministre. C'est qu'il agit, sans l'interposition de rouages adoucissants, sur toute une foule de pauvres diables qui, à la lettre, dépendent de toutes ses décisions. Ainsi, par exemple, André Stankévitch, un autre de mes amis d'Omsk, occupe un poste où, de même que M. Kravtsof, il a entre les mains le sort de plusieurs milliers de familles.

M. Stankévitch, bien que tout jeune encore, est fort connu dans toute la Sibérie occidentale : il est ami et disciple de M. Arkhipof que j'ai rencontré à Tchéliabinsk; tous deux sont comme les grands maîtres de la colonisation dans cette partie de l'Asie russe. Toutefois, bien que travaillant dans le même sens, ils diffèrent beaucoup et paraissent se compléter l'un

l'autre. Chose rare, ces deux *tchinovniks* sont à leur
place, et il semble qu'on ait précisément confié à
chacun d'eux le poste qui convenait le mieux à ses
aptitudes. M. Arkhipof, secondé infatigablement par
sa femme, est bien l'homme qu'il fallait pour subir le
premier contact avec l'armée ignorante et misérable
des émigrants : il a cette profonde et caressante douceur que l'on retrouve souvent chez les Russes de la
société moyenne : on la lit dans son regard, et il ne
la dément ni par un geste, ni par une parole d'empor-
tement. Deux fois, il a été atteint du typhus contracté
dans les baraquements des colons; ses amis ont
attendu fiévreusement sa guérison; mais nul ne s'est
étonné de son mal, ni de ce que, à peine debout, il en
ait oublié l'avertissement. Il semble que de certaines
natures on accepte le dévouement comme un don
attendu et qui ne surprend pas. M. Stankévitch, qui
peut aussi bien que son ami, peut-être, mourir à la
peine, est cependant un tout autre homme. L'un
m'apparaît comme une espèce de fraternel avocat
et de protecteur des émigrants; l'autre, plutôt comme
un administrateur et un répartisseur des colons.

Comme la plupart des meilleurs fonctionnaires de
la Sibérie, M. Stankévitch est jeune : il appartient
comme eux à cette génération née de 1860 à 1870,
qui semble avoir sur la vie et sur la Russie des idées
plus hautes que n'en ont eu ses aînés. Il est venu
ici en 1891 attiré par la grande famine et l'occasion
d'offrir sa peine. Depuis lors, il a fait connaissance
intime avec le pays, et il a su y acquérir, dans un
vaste rayon, une véritable autorité. Ses fonctions consistent à répartir entre l'Oural et l'Yénisséye les émigrants qui ont passé la porte de Tchéliabinsk. Ce n'est

Une *isba*, avec de la viande qui sèche à l'air (p. 49)

Les blanchisseuses de Tomsk (p. 119)

guère qu'en Russie que l'on voit confier pareille besogne à un seul homme; c'est là un système hardi qui
assure, du moins, une grande unité aux multiples
détails de cette lourde besogne. M. Stankévitch est
sans cesse en route pour surveiller les divers « points
d'émigration » placés sous son contrôle : ces points
sont échelonnés sur 2 000 kilomètres, c'est tout dire!
Il lui faut donner des instructions à ses collaborateurs, songer à la préparation des territoires, à l'eau,
au bois, au blé surtout; s'improviser arpenteur,
architecte, agronome, pourvoyeur; s'entendre avec
les Gouverneurs et pétitionner auprès du ministre.
C'est une grosse responsabilité et un travail terrible,
mais il s'en tire à merveille : une intelligence souple
et éclairée, des vues hardies et des connaissances précises, voilà ses armes : c'est un homme du bon coin...

*22 mars.* — Quelqu'un m'a entraîné ce matin au
musée. J'y ai trouvé des choses curieuses, des collections ethnographiques locales d'un haut intérêt, des
ustensiles de paysans et de sauvages, des poissons,
des oiseaux, des bêtes. J'y ai noté aussi une curiosité
que je signale aux touristes. C'est le modèle d'une
voiture imaginée jadis par un Gouverneur pour le
transport des condamnés politiques. On sait que ces
pauvres gens sont en général d'allures très douces;
chez eux la langue seule est dangereuse, — et le cerveau. Or, que peut-on faire pour les rendre inoffensifs
durant les six, huit ou dix mois que dure leur trans-
fert jusqu'au lieu de relégation? Leur mettre les fers
aux pieds? La mesure est bonne à tout hasard, mais
elle n'est pas suffisante. Songez, en effet, au mal que
peut causer, au traverser des villages sibériens, un
étudiant coupable de libéralisme. Il arrive là avec le

« parti » de galériens; tous sont hâves, poussiéreux, affamés, harassés : quel danger pour l'État, si les vertueux Sibériens pouvaient distinguer, au milieu des assassins, des voleurs et des faussaires, un honnête visage tout jeune et très las! Voilà pourquoi le général imagina sa voiture : c'est une espèce d'énorme et lourd coupé. L'intérieur est divisé en deux parties au moyen d'une cloison perpendiculaire au siège du cocher. Sur un banc fixé à cette cloison, prennent place, de chaque côté, deux ou trois prisonniers. La portière est munie d'un judas de couvent : les dangereux criminels pourront du moins respirer. Les gendarmes qui les gardent prennent place en arrière de la voiture sur un siège couvert, placé comme celui du cocher d'un cab. Ils commandent ainsi la position, jouissent des gaîtés de la route, fument et surveillent... Je me hâte d'ajouter que cette trouvaille d'une imagination malade n'a jamais éveillé que le sourire des uns et le mépris des autres : la fameuse voiture n'a jamais été adoptée. Le Gouvernement russe, en effet, ne torture pas spécialement les condamnés politiques qu'il expédie en Sibérie, et même, à l'heure actuelle, il les transporte, quand il le peut, par chemin de fer, avec autant d'égards que les galériens.

*24 mars.* — Chaque matin, nous avons encore de — 18° à — 25° centigrades... mais on m'assure que l'hiver est fini! Pendant le jour, la température remonte de 10 à 15 degrés, pour s'abaisser de nouveau au coucher du soleil. Le ciel n'a pas un nuage : le soleil, le ciel bleu et rose, sont le décor habituel des jours d'hiver dans les pays froids. Pour moi, je ne m'en lasse point et j'admire chaque jour avec la même joie les adorables dégradations du ciel au crépuscule.

Si l'on veut se faire une idée de la population
d'Omsk, il n'est guère utile d'errer par les rues
droites ; il suffit de passer, de temps à autre, une heure
sur le pont de l'Ome, qui unit les deux moitiés de la
petite ville. Je ne manque jamais d'y flâner, quand je
suis libre durant l'après-midi. D'ailleurs je n'y suis pas
seul : dans les niches qui s'y trouvent ménagées, des
flâneurs, ou *bâilleurs*, comme on les nomme ici, sont
installés à toute heure, la toque cachant les oreilles,
et le col levé cachant la toque. Tous ceux qui ont
affaire en ville sont obligés de traverser le pont, et
comme, par ordre de police, les chevaux doivent n'y
marcher qu'au pas, vous avez tout loisir d'examiner
les passants. Les traîneaux de maître et les traîneaux-
fiacres se succèdent, et ceux qui les occupent sont
si bien emmitouflés qu'on ne voit plus rien de leur
visage. Partout débordent les fourrures, et, dans la
barbe des hommes, au moindre vent, pendent des
glaçons. Voici des Kirghizes qui passent lentement,
s'en retournant à la steppe où les attend la hutte
d'hiver en terre glaise. Ils sont debout sur de grossiers traîneaux, ou bien à cheval. Leur vêtement est
une courte pelisse en mouton, leur chaussure, une
paire de hautes bottes en cuir rouge fourrées de
mouton blanc. Sur la tête, ils portent leur tradi-
tionnelle capeline, fourrée, elle aussi, de mouton
blanc, et recouverte à l'extérieur d'une indienne blanchâtre à fleurs : au fond de cette capeline claire,
leurs visages bronzés et leurs yeux blancs ont un air
que l'on croirait sinistre, si l'on ne savait la mansué-
tude de ces bons nomades. Quelques-uns conduisent
des chameaux velus qui avancent lentement, à pas
comptés, sur la neige silencieuse, faisant tinter une

clochette à leur cou, et tirant sans effort un traîneau
qui, derrière leurs grandes pattes sèches, nues, et
guindées, semble un joujou. Voici encore des paysans; ce sont de nouveaux colons établis à portée de
la ville. Beaucoup d'Allemands sont parmi eux, et
fort reconnaissables, car le type s'est conservé chez
eux absolument pur depuis leur arrivée en Russie,
qui date de plus d'un siècle. On les désigne infailliblement au passage, sous la défroque graisseuse du
paysan russe : pas une seule fois je n'ai adressé à faux
la question : « Sind Sie ein Deutscher? [1] » Enfin voici
des soldats qui défilent à pas pressés; le froid leur
fait le nez tout rouge, et leurs oreilles sont protégées
par le *bachlyk*, une espèce de capuchon en drap jaune,
pointu comme un bonnet carnavalesque. De long en
large circule un sergent de ville, son grand sabre en
sautoir, l'air paisible, endormi, un peu brute. Sous le
pont, des patineurs prennent leurs ébats. Au loin, on
aperçoit un cadre tout blanc de neige et de bâtiments
blancs, et sur tout cela s'étend un ciel radieux dont
le froid semble adoucir et voiler délicatement l'azur...

Le journal d'Omsk s'appelle *Stepnoye Kraye* [2] :
c'est le nom russe de la province de la Steppe. A
mon sens, ce journal est l'un des deux meilleurs de
la Sibérie. En ce pays, c'est une entreprise singulièrement complexe et risquée que de fonder une feuille
publique. Pour la lancer, il faut toute une série d'autorisations; pour la rédiger, il en faut plus encore;

---

1. « Êtes-vous Allemand? »
2. Depuis le 1er janvier 1898, cette feuille a cessé de vivre, faute
d'entente entre la rédaction et l'éditeur. Le journal du même nom
qui l'a remplacée, me dit-on, n'a plus rien de commun avec elle.

non seulement, en effet, les journaux sibériens sont
soumis aux conditions générales de la censure russe,
qui sont loin d'être tendres, mais encore ils sont
assujettis à une censure locale généralement exercée
par le Gouverneur ou par un de ses employés. C'est
un terrible étau. Pas un article, pas un entrefilet qui
ne soient lus et corrigés par le censeur : les nouvelles
les plus innocentes peuvent être supprimées, s'il
l'ordonne ; or, contre ses décisions, il n'est point de
recours. Passe encore lorsque le censeur est un
homme intelligent, fidèle à ses principes, conséquent
dans ses suppressions ; chargé d'empêcher certaines
tendances de se faire jour, il efface tout ce qui lui
semble incliner dans le sens interdit. Les journalistes alors se tiennent sur leurs gardes ; ils n'effleu-
rent qu'avec prudence les sujets épineux et traitent
les autres avec plus de franchise. Malheureusement,
un tel censeur est bien rare en Sibérie. D'ordinaire,
de minces employés déchargent de ce soin le Gouverneur ou le Vice-gouverneur : alors, les suppressions
à l'encre rouge sont purement arbitraires. J'en sais
un, par exemple, qui met son point d'honneur à ne
pas rendre un seul article sans l'annoter : il émonde
jusqu'aux entrefilets. J'ai vu de mes yeux, dans une
ville que je ne veux pas nommer, la note suivante
exciter sa défiance : « Notre régiment s'est rendu
au champ de tir ; les résultats du tir ont été assez
bons. » Le digne *tchinovnik* avait biffé le mot : *assez!*
Le même n'avait pu admettre la phrase suivante :
« Au bruit de son gazouillis (il s'agissait d'une dame
qui parlait en wagon), je m'assoupis. » Il effaça le
mot *gazouillis* pour le remplacer par le mot *paroles!*
Un autre avait supprimé le mot *peuple* toutes les fois

qu'il se présentait au cours d'un article sur une
institution populaire! Il est difficile de témoigner
plus de sottise ou d'hypocrisie. Remarquez, d'ailleurs,
que si l'article aussi odieusement mutilé ne paraît
pas, l'abstention du journal est considérée comme
séditieuse. Si, enfin, dans un ou plusieurs articles
acceptés et paraphés par cette minutieuse censure,
un journal a exprimé une série d'idées qui, prises
isolément, sont innocentes, mais, réunies, paraissent
dangereuses (la dynamite n'est-elle pas formée d'éléments inexplosifs!), le journal est châtié par le ministère. Il reçoit ce qu'on appelle un « avertissement »;
or, le troisième avertissement est un ordre de suppression. Oh! les bouffons exemples que l'on pourrait
citer de cette comédie pseudo-politique, et comme
elle amuse un observateur impartial! On peut
s'étonner, après cela, que la presse sibérienne puisse
subsister; elle subsiste, pourtant, mais, quand elle est
honnête, son existence est une perpétuelle angoisse.

Outre les secs télégrammes de l'Agence russe,
seules nouvelles promptes de l'extérieur qui pénètrent
en Sibérie, notre journal, le *Stepnoye Kraye*, fournit,
sur tous les événements d'importance, des détails
qu'il emprunte aux journaux russes ou étrangers.
Sur la guerre turco-grecque, par exemple, nous
avons, au bout d'une quinzaine, des renseignements
circonstanciés. Mais, il faut l'avouer, à mesure qu'on
pénètre plus avant au cœur de l'Asie, l'intérêt pour
le monde civilisé diminue : il est si loin, ce monde!
La chronique locale prend dès lors, de ville en ville,
une importance croissante. L'originalité du *Stepnoye
Kraye* est de comprendre cette rubrique au sens large
et d'y faire entrer des articles et des renseignements

précis sur divers points de la province, beaucoup plus
que sur les potins d'Omsk. Ses correspondants sont,
en général, parmi les mieux informés de Sibérie, et je
suis sûr que l'autorité supérieure leur doit la découverte de plus d'un abus. Enfin, un feuilleton y est
consacré à des questions de littérature ou de politique
générale : c'est un curieux reflet des préoccupations
qui agitent le monde cultivé de Moscou et de Saint-
Pétersbourg : on y reconnaît bien vite que l'influence
des capitales n'est pas encore éteinte ici, et que nous
ne sommes qu'au seuil de la Sibérie. Au fur et à
mesure de l'éloignement, nous verrons cette influence
décroître, puis s'éteindre.

...Sans compter mon ami Gavril Pétrovitch, qui est
tombé malade, et que nous soignons de notre mieux
dans sa chambre d'hôtel, je connais intimement, depuis
mon dernier voyage ici, trois hommes que je vois
chaque jour, soit l'un, soit l'autre, entre deux courses,
à dîner, ou au chevet du malade. Ils m'inspirent tous
trois une vive sympathie. Le premier s'appelle
Alexandre Pavlovitch : il est ingénieur. C'est un
homme de haute taille, marchant, sans se plier, d'un
pas glissé toujours rapide et brusque; il a de longs
cheveux rejetés en arrière, et son visage est encadré
d'une barbe longue. C'est un honnête visage russe,
sans rien de frappant; mais, dans ses yeux où brille
tant de douceur, on voit passer, de temps à autre, un
fugitif voile de tristesse, et aux coins de sa bouche
qui révèle tant de bonté, se marque, par instants, un
pli amer. On sent que cet homme a plus souffert qu'il
ne veut paraître, et que la douceur de tout son être,
après avoir été impulsive, a dû devenir volontaire,
comme une sorte de réaction voulue contre des senti-

·ments de colère ou de vengeance qui l'avaient un
instant troublée. Les Russes ont souvent au fond du
caractère quelque chose qui nous échappe et parfois
nous déconcerte : chez Alexandre Pavlovitch, je crois
deviner ce fond mystérieux; nous n'en avons jamais
parlé, mais je crois sentir, à la façon dont il me serre
la main, qu'il me sait gré de ne pas m'être arrêté au
masque de douceur satisfaite dont il s'est couvert.

Le second, que ses amis appellent l'Enfant, est tout
petit, tout frêle, avec une voix douce, une voix de
femme, presque. Très silencieux, très timide, mais
toujours à l'œuvre; un homme sûr, précis et bon. Le
dernier, enfin, de passage seulement à Omsk, est une
étrange figure : des cheveux blonds demi-longs, en
broussaille; une barbe blonde, rude et rare; dans cet
encadrement, deux yeux très bleus, singulièrement
rapprochés, des yeux restés très jeunes, et qui rient,
de temps à autre, d'un rire charmant, en quelque
sorte intérieur, qui les plisse d'une façon bizarre : au-
dessus de ces yeux, enfin, une ligne droite de sourcils retroussée aux angles extérieurs, démesurément,
comme une moustache de Méphisto.

Outre ces trois amis, cinq ou six autres jeunes
hommes de trente à trente-cinq ans, quelques-uns
mariés, font partie du cercle, et, dans ce grand village où l'on voisine si aisément, où, pour un peu, on
irait, comme les bonnes femmes de chez nous, à la
veillée avec une lanterne, nous sommes toujours en
nombreuse compagnie. C'est là que je me repose de
mes visites officielles, de mes enquêtes. Nous causons
beaucoup; nous transformons dans nos discussions
l'informe Sibérie : nous abordons même l'Europe.
Nous sommes rarement d'accord en politique, car, à

ces Russes un peu portés à l'abstraction et au dédain
des nuances, mais libéraux (comme tous les Russes
qui savent lire), j'explique parfois le jeu de nos institutions avec une pointe de scepticisme. Je me suis
attiré un soir de vertes remontrances pour un mot
plutôt dur dont j'avais caractérisé les quatre cin-
quièmes de notre Chambre des Députés. Mes interlocuteurs comprennent mal la situation d'un député
engagé quatre ans d'avance sur des questions importantes, par ses promesses électorales. De plus, eux
qui, pauvres, travaillant pour vivre, s'intéressent
pourtant à cent questions diverses, ils croient que
j'exagère quand je parle de l'ignorance qui distingue
la plupart de nos représentants. Ils concluent en
disant que je suis un échantillon (épuré, je l'espère!)
de cette « abominable bourgeoisie qui paralyse l'effort
de la France ». Pour eux, d'ailleurs, le mot « bourgeois » a un sens beaucoup plus large que pour
nous, et dans un journal qu'ils reçoivent, j'ai lu, par
exemple, avec stupeur, un article constatant « la
dégénérescence de cette bourgeoisie française qui
encourage l'art inutile et vain des décadents! »...

Ce soir, Alexandre Pavlovitch m'a proposé d'aller
souper chez un jeune officier de sa connaissance : je
dois goûter là un plat exotique. Il fait nuit noire, et
seule la réverbération de la neige nous indique la
direction des rues, des rues sombres où, çà et là, un
traîneau passe avec un grésillement. Nous atteignons
enfin la maison où T. est installé avec son ordonnance.
Nous entrons sans cérémonie dans la cour, nous traversons des corridors très compliqués, nous enjambons
des pas de porte : nous voilà dans la salle à manger,
une grande pièce toute nue, meublée seulement d'une

table, de quelques chaises, d'un petit bureau et d'un joujou comique. On me montre le joujou en attendant T. qui, nous dit-on, va bientôt nous rejoindre. Il apparaît enfin. Son dolman déboutonné, les pommettes roses de chaleur, il arrive de la cuisine, portant à deux mains, dans une serviette, une casserole de cuivre où se trouve le merveilleux plat exotique. T. est un homme mince, grêle, avec un long cou et de grands yeux doux et confiants, où le succès présent fait briller une flamme : c'est une apparition qu'on n'oublie pas, tant on y trouve de candeur et de simplicité. Le plat exotique vient, en droite ligne, de l'Asie centrale : des hommes très bruns, au nez busqué, l'ont médité longuement là-bas, quelque part sur la frontière afghane : cela s'appelle un *kaouardak*. Ce sont des morceaux de mouton, de pommes de terre et de carottes cuits et servis dans de la graisse de mouton fondue. Ce plat est positivement délicieux, quand il fait au dehors — 22° centigrades, et quand on a « fait le trou » avec deux ou trois petits verres de *vodka*. Un *kaouardak* et un pilaf d'agneau, tel est notre menu. Malgré ces ingestions de choses lourdes, la conversation est fort animée. T. me peint le vide terrible de la vie de garnison sur les frontières de Sibérie, dans des postes isolés où l'on n'a rien, ni livres, ni logis convenable, ni occupation, ni société, — et il insiste sur cette terrible situation d'un lieutenant : recevoir triple paye, et ne pouvoir en dépenser le quart !... Voilà une soirée un peu sauvage, pense-t-on, un peu asiatique, tout au moins : elle se termine pourtant, assez tard dans la nuit, par une causerie très aimable et très précise sur Maupassant...

Oui, c'est bien là ce qui déroute mes amis : ils

trouvent tout naturel, avec leur flexibilité slave, que
l'on puisse à la fois confectionner un *kaouardak* et
disserter sur Maupassant. C'est là le moins, pensent-
ils, qu'on puisse exiger d'un homme moyen, et ils
croient que je plaisante quand je leur affirme que,
chez nous, dans le monde politique surtout, les deux
choses sont fort distinctes, et que la cuisine et la
rhétorique suffisent, séparément, à illustrer un
homme.

Nous causons souvent de politique sociale : c'est
une question que les Russes de toutes les classes et
de tous les partis abordent volontiers : ce peuple
n'a-t-il pas, entre tous, le communisme dans le sang?
Ce qui me frappe, chez quatre ou cinq de ces
hommes, c'est, d'une part, la conformité de leur vie
sociale avec leurs théories, et d'autre part, je n'ose
pas dire le danger, mais du moins l'embarras de cette
conformité même. Socialement, ce sont des hommes
parfaitement vertueux, trop vertueux, peut-être : ils
dédaignent l'argent et les honneurs, vivent de fort
peu, d'ailleurs sans compter, et partagent fraternellement. Ils n'agissent pas ainsi au nom d'une théorie
morale ou d'une loi religieuse, mais en vertu d'un
instinct. Un médecin qui est là, par exemple, soutient — et tous sont d'accord avec lui — que ni lui
ni ses confrères ne devraient avoir le droit de se faire
payer leurs visites, fût-ce par les riches. Il estime que
l'exercice de la médecine devrait être une fonction
plus ou moins modestement rétribuée par l'État,
comme l'est l'enseignement, par exemple. Dans une
pareille hypothèse, on conçoit en effet que les médecins ne seraient point absorbés par la clientèle au
point de devenir étrangers à la vie publique. Tous

ces hommes sont d'une anxieuse intégrité, et je sais
de deux d'entre eux des exemples convaincants à cet
égard. Bornés d'ambition, indifférents au bien-être
et à l'argent, orientés vers le bien simple et une sorte
de charité universelle, ils ont pourtant, à mes yeux,
un défaut : ils n'ont pas assez conscience des com-
plications et des nuances de la vie pratique ; ils sont
trop abstraits, et, par suite, trop exclusifs. N'éprou-
vant aucune contrainte à mener la vie qu'ils mènent,
et n'en concevant aucun orgueil, ils arrivent tout
naturellement à juger avec sévérité ceux qui ne leur
ressemblent pas. Le monde est, pour eux, un peu
trop simplement composé de purs et d'impurs : ils
ne possèdent pas, ce semble, la forme supérieure de
la charité, qui est l'indulgence active, et ils sont un
peu de ces gens qui préfèrent démolir un édifice
plutôt que d'en améliorer par détails la disposition.
Moi qui ne dédaigne ni mon traitement ni tout avan-
cement, je leur parais un homme immoral : je le suis
très probablement, mais pas en ce sens. Je suis surpris quand je vois des hommes si généreux et si bons
exiger de moi, pour m'estimer complètement, ce qui
me semble être la négation même de mon éducation :
le laisser-aller de l'individu, son oubli et sa fusion
dans la masse impersonnelle. Et pourtant, si j'ai
raison peut-être, au point de vue occidental, ils sont
du moins beaucoup meilleurs que moi, et je les aime.

*26 mars.* — Chaussé de bottes caoutchoutées,
et la toque sur les oreilles, j'ai fait tantôt une
grande promenade solitaire. D'abord, j'ai gagné
l'Irtyche glacé : le fleuve est tout blanc de neige ; il
est si large que les théories lentes de chevaux et de
chameaux qui le traversent ont l'air, près de l'autre

rive, d'un chapelet de grains noirs. Au loin, le pont qui coupe l'infini horizon blanc semble un frêle treillage, un jouet. Des ouvriers, à grands coups de pic, entament la glace épaisse d'un mètre et demi, et en détachent de gros quartiers, dont les reflets de cassure sont bleus. Par un long détour, j'ai gagné les quartiers pauvres de la banlieue, et, dans la paix du crépuscule qui fait tout roses les toits enneigés, je suis arrivé à une petite place où se dressent une vingtaine de moulins à vent gros comme le poing; sur le ciel qui s'assombrit, les croix de leurs ailes grises immobiles se dressent dans un bizarre pêle-mêle. En face de moi est un cimetière planté de bouleaux blancs, d'où émerge, charmante, une église en briques rouges, avec des toits verts, cinq croix d'or étincelantes, et de capricieux rehauts de neige à la moindre saillie des corniches... Et, dans ce coin, voici une *isba* pauvre, toute menue, enfoncée à demi dans le sol, où ses deux minuscules fenêtres viennent juste affleurer. Extérieurement, les volets de bois sont calés, à ras de terre, par d'invraisemblables galets d'argol aggloméré, que des chameaux indifférents ont semés là, et dont la gelée a fait des pierres.

*29 mars.* — Alexandre Pavlovitch a offert, en l'honneur de mon départ, un dîner fin, dans sa maison basse, au coin de la grande rue blanche. Pour moi, il a tenu à dévaster son potager : son potager est constitué par quelques têtes d'oignons poussées dans les caisses des plantes vertes qui font partie indispensable d'un mobilier russe. Quelques oignons verts ont été cueillis, et on les a hachés menu pour les mêler au hareng qui ouvre notre repas. Le potage est fait avec des têtes d'esturgeons gelés : il est excel-

lent; puis, voici du bouilli de cheval, un des mets
favoris de nos voisins les Kirghizes, qui tuent un
poulain comme nous tuons un veau. Cette viande de
cheval jeune et sain est réellement succulente, et la
graisse jaune qui l'entoure est un régal. On sert
ensuite une oie rôtie, sur un plat de sarrasin. Au dessert, du lait caillé et des gâteaux secs... Mais, à la
bonne humeur, à l'entrain qui assaisonnent ce festin,
se mêle, de mon côté, une tristesse. Je pars ce soir
pour Barnaoul. Gavril Pétrovitch est hors de danger,
et laissant mon ami achever ici sa convalescence, je
me hâte vers l'Altaï avant que le dégel ait rendu les
routes impraticables.

*30 mars.* — Après une longue nuit de cahotements
doux dans le train, me voici, au lever du soleil, parvenu à la rive gauche de l'Obi, où je vais prendre
des chevaux pour gagner Barnaoul. Dans la petite
gare (elles sont déjà toutes trop petites, en Sibérie),
la cohue est brutale : chacun tient à se restaurer
avant d'aller, de l'autre côté du fleuve gelé, prendre
le train qui mène vers l'est. Pour moi, j'ai bientôt
trouvé un cocher pour me conduire au premier relai
de poste, dans un traîneau de paysan, simple caisse
en bois et en nattes, où je m'allonge pêle-mêle avec
mes bagages. Nous partons dans le matin radieux.
Je ne me lasse pas d'admirer les effets de lumière
dans ce pays : ceux qui n'ont jamais vu un lever de
soleil sur la steppe neigeuse ne sauraient comprendre
un tel enthousiasme, qui se fige dans les mots
rebelles. Dans ces contrées où le ciel reste pur
presque aussi longtemps que sous les tropiques, mais
prend des teintes adoucies et fondues, la lumière se
diffuse infiniment sur toutes choses. Nous ne con-

naissons pas ici d'ombres violentes ; nous n'avons
que des nuances et des transparences. En outre, la
gaze de vapeurs qui enserre le ciel bleu emprunte
aux diverses inclinaisons du soleil des colorations
qui sont si tendres que l'œil ne peut s'en détacher.
C'est donc une joie sans égale que de glisser, chaudement vêtu, par les chemins glacés qui luisent
comme des miroirs blancs. Bientôt, nous atteignons
le fleuve, et nous voilà lancés au grand trot sur la
glace. L'Obi est énorme à cet endroit : il a, selon les
places, de 1200 à 1800 mètres de large ; mais, couvert
d'une croûte de neige, il ne se distingue de la plaine
que par les caprices de ses rives brodées d'un feston
noir de forêts. Une piste serpente sur le fleuve, évitant les blocs de glace, qui, par endroits, se sont
superposés en muraille cyclopéenne ; sur cette piste,
lentement, au pas, glissent les traîneaux des paysans
qui transportent des marchandises vers le sud de la
Sibérie. Ils s'en vont par files de cinquante, soixante,
cent traîneaux, tout noirs de loin, sur la neige
blanche ; ils s'en vont, d'une allure résignée, suivant
tous les méandres de la piste qu'ils obstruent, et ce
long chapelet noir semblerait à peine vivant, si les
chevaux, tous ensemble, à chaque pas, comme pour
s'aider, ne faisaient un hochement de tête. Quand
nous atteignons l'une de ces files, mon cocher hèle
les conducteurs d'arrière-garde, qui sommeillent ou
rêvent dans leur pelisse, et, de groupe en groupe, le
cri se propage : « Arrête! » La file, enfin, s'est
arrêtée. Si la piste est large, et si les cochers sont
complaisants, on nous fait, sur le côté, un passage.
Mais, le plus souvent, mes chevaux sont obligés
d'entrer dans la neige non frayée, où ils s'enfoncent

jusqu'au poitrail. Ce sont alors des jurons sans fin, et mon cocher, un jeune paysan de mine sympathique, svelte dans son paletot fourré, se retourne pour éclater de rire, chaque fois qu'il a lancé à pleine gorge quelqu'une de ces affreuses injures sibériennes : il nous a vengés, pense-t-il, du retard et du bain de neige. Deux fois, mon traîneau culbute — et mes plaques de photographie, grand Dieu! Mais, tout cela n'est qu'un hors-d'œuvre; j'en verrai bien d'autres, sans doute!

Au premier relai, à Berzka, je quitte la glace du fleuve et je loue un traîneau pour toute l'excursion. C'est un monument que ce traîneau : une caisse en bois, extrêmement lourde et solide, posée sur deux patins, et recouverte à moitié par une capote rigide. N'ayant plus besoin, désormais, de déménager à chaque station, je m'installe confortablement. D'abord, tout au fond de la caisse, un lit de foin (il n'y a pas de sièges, dans les véhicules sibériens); sur ce foin, deux couvertures. Je suis vêtu d'un pardessus ouaté recouvert lui-même d'une pelisse en peau de mouton; aux pieds, deux paires de bas de laine et deux paires de *pimy* caucasiennes, sorte de bottes souples en poil de chèvre tressé, à la fois imperméables et chaudes. Une fois assis, ou plutôt à demi couché, je me couvre jusqu'au menton d'un plaid en laine, d'une couverture en fourrure et d'une toile imperméable sur laquelle je rabats le tablier. Mes bagages, calés à mes côtés, me soutiennent. Dans cet équipage, je puis bien affronter les — 20° ou — 25° centigrades que j'aurai certainement cette nuit; j'irais même jusqu'à — 30° ou — 35°; mais, au delà, je devrais échanger ma pelisse en mouton contre une *dakha*, faite d'une peau de

Après la débâcle (p. 116)

Le *Nicolaï* (p. 129)

renue et d'une fourrure, adossées cuir à cuir. J'évite heureusement ce surcroît de dépenses et d'embarras : ne me répète-t-on pas, depuis huit jours, que l'hiver est bien fini !

Les intervalles des stations varient de 25 à 40 kilomètres; mais, aux relais, tandis qu'on attelle, je sors rarement de mon traîneau, me contentant d'un verre de lait et d'un morceau de pain noir qu'on m'y apporte. Vers deux heures, cependant, j'ai fait halte dans un grand bourg, et commandé un samovar et des œufs. Une vieille maman, indolente et grasse, tient la maison de poste : elle a près d'elle en ce moment une de ses filles et un garçon de quinze ans secoué de fièvre. Je donne à ce pauvre diable quelques doses de quinine, et me mets en devoir de confectionner des œufs brouillés. La jeune fille qui m'aide à cette opération est d'une laideur toute sibérienne, mais elle a de bons yeux doux et francs, et rit à pleine gorge. Je casse les œufs, j'y mêle un peu de lait, et je bats : c'est un événement, et tous, jusqu'au cocher, me regardent faire. La jeune paysanne se charge de surveiller la cuisson : « Veux-tu goûter ? lui dis-je, quand tout est prêt. — Oh non ! c'est jour de jeûne, nous ne pouvons pas manger d'œufs! » — et de rire...

Toute la journée et toute la nuit, je glisse au grand trot, parfois au grand galop de ma *troïka*. Le paysage, tout plat, n'offre de charme que grâce aux jeux de la lumière : tantôt une coulée de rayons d'or, tantôt une vision rapide, au crépuscule, de bouleaux frêles et comme vaporeux se détachant sur la ganse lilas qui encercle le bord du ciel. Au dernier relai, il faisait nuit encore, et après avoir payé mes chevaux, je

m'étais rendormi. Quand je m'éveillai, au jour naissant, je glissais de nouveau sur la glace de l'Obi que
nous avions rejoint, entre des bouquets de saules
poudrés de givre; puis, tout à coup, à un tournant,
un grand pin maritime se détacha en contre-haut : il
avait des formes si capricieusement esthétiques, et
des tons sombres si harmonieux sur le fond opale
du ciel froid, que ce fut un sentiment d'adoration
pure qui me saisit, à cette infixable jouissance des
yeux...

Enfin, voici les gorges au delà desquelles la ville
est tapie. Des centaines de traîneaux sont là, resserrés
dans une passe étroite; la montée est très sévère, et,
comme la neige y a fondu, on est contraint de glisser
à même la terre gelée. Les chevaux peinent, se
ramassent, se détendent sous les sifflets, les encouragements tendres, les coups, et, dans un pêle-mêle
bizarre, mais pittoresque, au prix de mille efforts,
tous ces traîneaux se hissent peu à peu. On se sent
ici très loin de toute civilisation, et l'on se dit que,
dans ces gorges dénudées, tous les hivers, longtemps
encore, sous le ciel fin, peineront, durement et sans
profit, les laborieux petits chevaux roux.

Barnaoul est une petite ville bâtie (ou plutôt,
ajustée, car elle est toute en bois) sur des collines de
sable : elle n'est pas de celles qui, par leur pittoresque, attirent l'étranger. J'y suis venu afin de
recueillir quelques renseignements généraux sur la
région de l'Altaï, dont elle est le centre administratif,
et dont il m'est impossible, cette année, de visiter les
profondeurs. L'Altaï est le nom d'une chaîne de montagnes qui forme une partie de la frontière sibéro-chinoise : par extension, on désigne du même nom la

province que limite cette chaîne, c'est-à-dire la plus importante des *Terres du Cabinet*. On appelle en Sibérie : *Terres du Cabinet* les territoires qui font partie du domaine personnel de l'Empereur. Le Tsar est, en effet, l'un des deux propriétaires qui se partagent la Sibérie ; l'autre propriétaire, c'est l'État russe. A d'infimes exceptions près, ces deux puissances possèdent l'immense territoire de l'Asie russe. On croira sans peine que les Tsars se sont réservé la meilleure portion. C'est à peu près comme si deux hommes se partageaient la France, de telle sorte que l'un eût toute la terre labourée et toutes les forêts, tandis que l'autre, modestement, se contenterait des vignobles. Les « grands crus », c'est-à-dire les bons coins de la Sibérie, s'appellent *Terres du Cabinet*. Le Tsar tout seul les administre et en touche les revenus ; il est vrai qu'il est, dit-on, déchargé de ce dernier soin par un certain nombre de *tchinovniks* chamarrés d'or, qui mènent grand train à ses frais. Cette propriété privée du souverain est placée sous le contrôle de fonctionnaires spéciaux qui, bien que représentants d'une personne privée, sont néanmoins considérés comme fonctionnaires de l'État, qui les paye et les pensionne. C'est un piquant imbroglio.

Toute cette province de l'Altaï présente pour la Sibérie une importance considérable : extrêmement fertile, jouissant d'un climat plus doux et surtout plus régulier que celui des *gouvernements* septentrionaux, elle est moins sujette aux écarts de récolte. Elle peut donc, dans une certaine mesure, régulariser les prix du blé dans le reste de la Sibérie, ou même, parfois, y prévenir des famines partielles. Elle est desservie par un fleuve immense l'Obi ; aussi le transport du grain depuis Barnaoul jusqu'à Krivochokovo (point où le Transsibérien franchit l'Obi), ou jusqu'à Tomsk, est-il d'un prix extrêmement faible. En outre, le grain n'est pas le seul produit que la province de l'Altaï puisse expédier dans le reste de la Sibérie : sans même compter les minéraux et le charbon de terre, il faut y joindre, par exemple, la viande et le sel. On comprend que je ne pouvais exclure une pareille province du cercle de mes investigations, dont le but était précisément de déterminer certaines modifications économiques et sociales de la Sibérie contemporaine. Pour cette fois, tout au moins, n'ayant pas le temps d'explorer le pays en détail, je voulais recueillir des renseignements, des livres, et quelques confidences auprès des gens qui, à Barnaoul, l'administrent ou le voient administrer. Hélas ! mon enquête a été bien courte ! A peine avais-je pris possession d'une chambre dans l'auberge du lieu, que déjà la température s'était élevée au-dessus de zéro. Dans la ville haute, la neige et la glace fondaient, et des torrents d'eau boueuse bondissaient sur la pente : dans la ville basse, toutes les dépressions formaient des étangs noirâtres. Le dégel, la terrible *Razpoulitza* des Russes, était à nos portes. On désigne de ce nom le laps de temps qui s'écoule entre le moment où la neige fondue ne livre plus passage aux traîneaux, et celui où la terre, d'abord liquéfiée par le printemps, a repris assez de consistance pour supporter les roues d'une voiture. Durant cette période, l'endroit où vous êtes vous sert de prison : il serait aussi vain que téméraire de tenter de circuler au temps de la vraie *Razpoulitza*. Or, l'arrêt forcé peut durer quinze jours ou trois semaines : j'eusse été au désespoir de perdre tout ce temps à Barnaoul — en pareille saison.

Cependant, en dépit de mes anxiétés, j'ai trouvé en Sibérie peu de villes où je me sois senti aussi à l'aise qu'à Barnaoul. Comme Omsk, c'est un centre administratif, et l'on y trouve réunie une nombreuse société de gens cultivés qui se fréquentent les uns les autres. C'est là un des plus sérieux avantages de la petite ville, et il n'est pas un coin de Sibérie où l'*Intelliguensia* m'ait paru plus unie et, partant, plus puissante qu'ici. Agronomes, chimistes, forestiers, ingénieurs, médecins, statisticiens, fonctionnaires de l'État ou du *Cabinet*, ils se réunissent sans éclat pour discuter ou pour agir, c'est-à-dire pour fonder et entretenir quelque modeste établissement d'utilité publique : une école, un ouvroir, une infirmerie, une bibliothèque, un musée. Oh! les bonnes matinées sérieuses et pleines que j'ai passées chez Serge Ivanovitch C... Oh! les soirées douces, familiales, occupées à écouter les observations pénétrantes et parsemées d'humour de Nicolas Dmitrévitch Z... et de quelques-uns des hôtes qu'il réunit en mon honneur autour du samovar! Un courant de sympathie s'établit tout de suite entre ces hommes et moi, et je voudrais que, si jamais ils lisent ces lignes, ils se persuadent que j'ai emporté de leur groupe autre chose que la fugitive reconnaissance d'un touriste pressé. Sur les événements d'Europe, ils me questionnent avec passion; mais ils me renseignent aussi, sans se lasser, sur les événements locaux, sur l'immigration arrêtée provisoirement, sur la question si difficile en Sibérie des engrais efficaces, sur la nature de la terre et sur la production du blé, sur les lectures populaires, sur l'assistance médicale, sur le régime des forêts, sur

les mines d'argent, les gisements de fer et de houille
qui viennent d'être cédés par le *Cabinet* à une grande
compagnie — bref, sur toutes les questions vitales
de cette riche province. On me conte aussi l'histoire
du dernier recensement. Je savais déjà qu'en Russie,
il avait causé des désordres graves, et que, près de
Kazan, un employé avait été tué par la foule. Dans
la steppe sibérienne, il avait aussi provoqué une effervescence dont j'avais appris les détails à Omsk : sur
les feuilles de recensement distribuées aux Kirghizes
et traduites dans leur langue, on avait oublié de
retrancher la question relative au service militaire.
Les Nomades, qui sont exempts de ce service, ont
cru à une atteinte portée à leurs droits déjà lésés par
la défense qui leur a été faite d'aller cette année à la
Mecque, par crainte de la peste : on a dû leur distri-
buer de nouvelles feuilles explicatives. Dans l'Altaï,
les plus sérieuses difficultés ont été causées par la
présence d'un fort contingent de Vieux Croyants.
Cette secte n'admet pas le ministère des prêtres : elle
a ici des partisans parmi des populations rurales que
l'on cite comme des modèles de tempérance et d'activité : mais, naturellement, les popes orthodoxes ne
cessent de les persécuter. Le recensement leur en a
fourni un nouveau moyen. Les Vieux Croyants se
marient légalement sans prêtres, par une simple
déclaration à la police. Les popes en ont profité
pour traiter, sur les feuilles de recensement, leurs
femmes de concubines, et leurs enfants d'enfants illé-
gitimes. Il en est résulté des plaintes, des démarches
officielles... N'a-t-on pas, dans ces simples indications,
une idée singulière de cet enchevêtrement de races
et de religions que présente la Sibérie, et de ce qu'il

faut au Gouvernement russe de tact et de flexibilité
pour faire avancer du même pas cette masse confuse?

Hélas! il me faut me hâter. Chaque jour, le dégel
devient plus menaçant; les cochers ne répondent
plus de me tirer d'ici avant la réfection des routes,
si je m'attarde auprès de mes hôtes si chers. Nicolas
Dmitrévitch ne me laisse plus perdre une minute : il
me conduit de l'un à l'autre, fiévreusement. Puis, il
m'annexe : c'est dans sa famille, dans son *home* si
cordial que je dois prendre mes repas. Les personnes
que je n'ai pu atteindre encore viennent me trouver
là, et me donnent des brochures, des livres, des chiffres, des renseignements sur les objets de leur compétence. C'est un travail accablant, mais il m'est faci-
lité par l'obligeance la plus affectueuse et la moins
banale. En quatre jours, ici, j'ai recueilli autant de
notes et de renseignements statistiques que dans
telle autre ville en trois semaines. Par exemple, je
n'ai pas eu le temps de les vérifier ; mais mes hôtes
veillaient sur moi et ne laissaient point passer d'affirmation douteuse. Si je sais quelques petites choses
justes sur l'Altaï, c'est à Nicolas Dmitrévitch et à Serge
Ivanovitch que je le dois : ils ont fait le travail, je
l'ai cueilli seulement.

Ces quatre jours charmants de hâte, de courses
dans l'eau boueuse, d'interviews, de visites d'établissements, de causeries enjouées ou sérieuses, de discussions douces dans un cercle ami, ces quatre jours
sont passés. J'ai serré des mains, j'ai embrassé des
barbes, je pars. Il est sept heures du soir ; j'espère
que la gelée va bientôt durcir la route. Les domestiques m'ont bordé dans mon traîneau, où j'étouffe

maintenant, et cinq forts chevaux, au lieu de trois, y
sont attelés : le cocher espère, de cette façon, me
sortir de la ville en me traînant sur la terre nue. Il
fait un soir superbe, avec des transparences de crépuscule que nos contrées ne connaissent pas : au ciel,
une planète, je ne sais laquelle, brille, si grosse, si
lumineuse, si proche, semble-t-il, qu'un frisson me
saisit à la contempler. Je repasse par les gorges nues,
solitaires à cette heure sombre, j'atteins les bouquets
de saules, dépouillés de leur givre vaporeux, puis la
glace du fleuve, sur laquelle, déjà, un demi-pied d'eau
miroite; enfin, au premier relai, au bout de trois
heures, je respire : désormais, m'assure-t-on, j'aurai
de la neige en quantité suffisante pour continuer ma
route. Je m'endors, réveillé de temps à autre par les
cochers qu'il faut payer; je m'endors, rompu de
fatigue, et sans me soucier des dangers légendaires
de la forêt sibérienne.

*5 avril.* — Je m'éveille complètement à l'aurore,
reposé, rafraîchi, et, dans cet état de bien-être physique, je savoure l'effet de neige le plus merveilleux
qu'il m'ait jamais été donné de contempler. C'est une
joie inexprimable des yeux que ces clartés tendres,
ces couleurs simples et fondues, ce rose, ce bleu et
ce blanc, atténués, semble-t-il, par le froid, et par on
ne sait quelle buée indécise qui flotte à l'horizon. Puis,
le soleil paraît, et alors, c'est une émotion à chaque
brin d'herbe. Tout là-bas, de grands bouleaux clairsemés ont leurs moindres ramilles gantées de givre,
et semblent d'énormes bouquets blancs dans des étuis
bruns. Un peu plus loin, ils m'apparaissent, je ne sais
pourquoi, comme une foule de gigantesques commu-
niantes qui marchent, toutes un peu penchées en

avant, vers les splendeurs roses de l'horizon. Et les
grandes herbes folles que nous frôlons sont blanches
aussi, et les perdrix blanches qui, près de nous, sans
s'effaroucher, restent immobiles au bord de la route,
semblent avoir, également, revêtu une livrée et jouir
comme moi de cette paix blanche ensoleillée. Mais,
par exemple, tout objet vivant paraît noir sur cette
neige : des hommes que nous croisons ont la barbe
engivrée, et, dans ce collier blanc, leur visage prend
un air cocasse : on dirait des pantins noirs avec des
taches roses, des bonshommes artificiels jovialement
peinturlurés pour faire contraste... Le soleil m'a laissé
longuement jouir de ces merveilles simples qu'il con-
templait, lui aussi, le curieux; puis, il les a fondues,
et mon rêve s'est évanoui. Je ne crois pas oublier
jamais l'indicible émotion de ce lever du jour. Il m'a
payé de bien des heures tristes, et j'y ai vu comme un
symbolique retour à la nature, après les faussetés
poussiéreuses de notre Occident affairé...

Mon retour s'effectue par les mêmes villages que
l'aller, et, comme, vers la fin, je suis moins pressé,
sûr désormais de me tirer d'affaire grâce au froid
plus vif, je m'arrête volontiers pour causer dans les
*isbas*. Je retrouve en passant la jeune paysanne à qui
j'ai montré comment on fait des œufs brouillés : cette
fois, elle les prépare toute seule, en riant de tout son
cœur : — « Comment t'appelles-tu? lui dis-je. —
Zénovia. Et toi? reprend-elle — Iouli! ». Me voilà
introduit dans la famille où tout le monde me tutoie,
depuis la maman jusqu'à son fils aîné, un géant, un
type magnifique et souriant de moujik sibérien. Je
trouve, en somme, bon visage à tous les relais, et cette
rapide excursion confirme la bonne opinion que j'ai

conservée des paysans sibériens après un séjour fait à
l'automne dernier dans le gouvernement de Tobolsk.
La suite du voyage me devait montrer que c'était là
un jugement bien téméraire !

*6 avril.* — Je suis arrivé cette nuit au village de
Krivochokovo, où la voie ferrée croise justement
l'Obi, et, comme le train trihebdomadaire ne part
qu'après-demain, j'ai tout un jour pour flâner. Je
vais d'abord examiner le pont.

Le pont de l'Obi est le troisième grand pont du
Transsibérien : le premier est celui de Kourgane, sur
la Tobole, le second celui d'Omsk, sur l'Irtyche. Celui
de Krivochokovo est achevé, et l'on y termine les
derniers préparatifs pour accueillir le comité de
réception qui arrive dans deux jours. C'est un pont de
belle allure : il mesure 755 mètres. Toutefois, pour se
rendre compte de l'importance du travail, il faut
l'examiner en détail : j'ai d'abord fait en voiture
le tour des piles, sur la glace ; puis, j'ai dû, pour
en apprécier la longueur, en compagnie du très
aimable ingénieur, M. V. Lenk, parcourir, en pelisse,
par un tourbillon de neige, les 755 mètres de traverses, sur lesquelles on n'avait pas encore achevé de
poser la passerelle des piétons, et qui laissaient voir,
dans leurs intervalles, comme au fond d'un abîme, la
glace du fleuve. C'est un fort beau pont, et il a prouvé
à l'essai, deux jours après ma visite, une résistance
supérieure à toutes les prévisions.

J'avais une lettre pour un notable du lieu : je suis
allé le voir, et j'ai trouvé auprès de lui et de sa femme
la classique hospitalité sibérienne. C'est chez lui que
j'ai goûté pour la première fois de ces excellentes
pommes gelées dont parle un voyageur français, et

dont, jusqu'ici, les Sibériens à qui j'en avais parlé, avaient ri comme d'une invention de touriste. Je cite le fait, d'abord parce que peu de gens savent combien les pommes gelées sont délicates, puis aussi, pour souligner un travers fréquent chez les Russes, en Europe comme en Asie : celui de donner avec un air d'autorité des renseignements sur des faits qu'ils ignorent. Rarement ils conviennent de leur ignorance, si excusable qu'elle soit. On avait ri de cette « invention » des pommes gelées, chaque fois que j'en avais parlé : cependant, ces pommes se consomment bel et bien, et j'en ai goûté. Or, si, au lieu d'un mince petit fait, il s'agit d'une affaire d'importance, on comprend aisément combien on peut être induit en erreur par le travers d'affirmation que je signale : joint à cette propension aux erreurs volontaires qui est ici d'autant plus accusée, je crois, que l'on s'élève davantage dans la société, il contribue à rendre l'étude des choses russes beaucoup plus délicate et compliquée que ne le croient bien des touristes.

Grâce à l'hospitalité si cordiale dont je fus l'objet, grâce à une conversation animée et pleine, je passai chez mes hôtes une journée captivante. Ils m'avaient retenu jusque vers dix heures du soir en me répétant : « Mais, qui vous presse? » et j'allais décidément prendre congé, lorsque j'entendis la maîtresse de la maison dire tout bas à son mari : « Faut-il faire atteler? » Le mari répondit : « Non! » A ce mot, un frisson me passa. Sans doute, cet hôte si prévenant qui, le matin, m'avait fait renvoyer le cocher que je voulais garder toute la journée, ne se doutait pas de ce que signifiait ce refus, car, s'il s'en était douté, il m'aurait dit simplement : « Voici un sofa, couchez

ici. » Il ne réfléchit pas, assurément, mais je réfléchis
à sa place, et j'éprouvai quelque chose qui dut res-
sembler à ce que ressentit P.-L. Courier, lorsqu'il
entendit le terrible : « Faut-il les tuer tous deux! »
Ma situation était grave, mais que faire? Au bout de
quelques minutes, je me levai sans affectation pour
prendre congé, et, ayant demandé où je pourrais
trouver un cocher, je reçus pour réponse qu'il n'y en
avait plus à cette heure; je sortis. La tourmente de
neige s'était apaisée, et le dégel, qu'elle avait interrompu un instant, recommençait. Que faire? Krivochokovo est un village dont la position est si admirable que, depuis l'ouverture des travaux du chemin
de fer, sa population a passé, en trois ans, de 600 à
11 500 âmes; malheureusement, ces âmes constituent
un véritable ramassis de l'écume sibérienne. Le village ne possède encore ni rues, ni éclairage, ni
police : il passe pour un coupe-gorge où les honnêtes gens s'enferment à la nuit close. Je n'avais ni
canne ni revolver, et je portais sur moi une grosse
somme d'argent; en outre, ma pelisse en peau de
mouton embarrassait ma marche. Enfin, j'ignorais la
position exacte de mon auberge, située là-bas, à
deux kilomètres, dans un taillis non défriché. Des
chiens, tout d'abord, se jetèrent sur moi : je les
écartai et partis devant moi, au jugé, la neige ayant
effacé toute trace de la route. Oh! quel flux de pensées! indignation, colère contre mon hôte, regret de
ma légèreté, résolutions pour l'avenir — si je me
tirais de là, — puis la peur, et, enfin, la résignation
au pire. Il faisait une nuit noire, sinistre. Dans
l'informe agglomération du bourg, il n'y avait pas
même de rangées régulières de maisons sur lesquelles

je pusse me guider, à défaut de rues. Je me souve-
nais d'avoir traversé en voiture un ravin dont le fond
était plein d'eau. Comment y passer maintenant? Je
l'avais atteint et me tenais, hésitant, tâtonnant, sur
le bord de la pente, lorsque j'entendis un : « Qui va
là? » C'était le gardien d'un tas de bois qui me hélait.
Il m'aida à passer à pied sec, et, me cassant une
grosse branche en guise de canne, il me dit : « Tu
as tort, bârine, de te promener comme ça sans ton
revolver. Le lieu n'est pas sûr. Que Dieu te protège! »

Faut-il détailler mes angoisses, mes tâtonnements,
mes faux pas? J'hésitais dans l'obscurité, trébuchant
contre des mottes, m'enfonçant dans des ornières
profondes où la glace se rompait, étouffant dans ma
pelisse que j'étais obligé de tenir fermée avec une
main, car elle ne se boutonnait pas. Impossible de
m'approcher des maisons près desquelles, çà et là,
un gardien agitait ses castagnettes : des chiens
accouraient dès que je paraissais à leur portée.
J'appelai une ou deux fois : pas de réponse! Craignant d'attirer par ces cris l'attention d'un malfai-
teur, je préférai me taire. — Tout à coup, je me
trouvai dans un taillis, mais, loin de l'auberge. Je
revins sur mes pas, à tâtons. Un gardien claquait
ses planchettes. Malgré les chiens, et à tout hasard,
je le hélai longtemps. Au bout de plusieurs appels,
il m'entendit. D'abord, il parlementa prudemment à
distance, puis, persuadé sans doute de la pureté de
mes intentions, il s'approcha. Je le décidai avec peine
à m'accompagner. Chemin faisant, il m'apprit que,
l'avant-veille, une femme, logée à mon hôtel, étant
partie de bonne heure pour prendre le train, avait
été assassinée à cinq cents mètres de là; et il ajouta :

« Vous êtes bien imprudent, vous! » — Enfin, j'aperçus l'auberge. On fut long à s'éveiller, à m'ouvrir : on m'ouvrit pourtant; j'arrivai dans ma chambre trempé de sueur, tremblant de fièvre et de fatigue, et je tombai là, sans force, ayant conscience d'avoir passé une heure et demie dont le souvenir serait long à s'effacer. — Quant à mon hôte si aimable, dont l'hospitalité aurait pu me coûter la vie, il ne saura jamais, sans doute, cette aventure...

Le surlendemain, après vingt-quatre heures de cahotement dans un train lent, j'étais à Tomsk.

## Tomsk.

Tomsk ne se trouve pas sur la ligne du Transsibérien; les ingénieurs chargés du tracé ont joué à la
plus grande ville de Sibérie le vilain tour de ne lui
accorder qu'un embranchement : — « C'est faute de
s'entendre », disent les mauvaises langues! — Cet
embranchement n'a que 65 kilomètres; mais, comme
on passe une nuit à les franchir, on a le temps de les
savourer. J'arrive de grand matin dans une·gare
minuscule, située, bien entendu, au milieu des
champs, à quelques verstes de la cité. Des cochers
sont là, qui se disputent à grands cris les voyageurs :
un traîneau me reçoit, et nous dévalons cahin-caha
dans la direction de la rivière. Mon ami Gavril Pétrovitch, chez qui je dois descendre, demeure tout là-
bas : il faut, pour atteindre sa coquette maison de
bois, traverser la ville endormie. M'y voici enfin ; je
confie mes bagages à son domestique, et je m'en
vais, pour attendre son réveil, flâner dans les environs. La rivière, la Tome, s'étale largement sous une
croûte de neige : sur la berge, des hommes et des

femmes attellent des chevaux à des poutres équarries, et, dans le silence du matin froid, leurs éclats
de voix sont étranges. Me voici, un peu plus loin,
sur une petite place commerçante dont tout un côté
est bordé par des étals de bouchers. Plusieurs boutiques sont ouvertes déjà, et je jette, en passant,
un coup d'œil dans leurs profondeurs. Ce sont des
salles noires, d'une révoltante malpropreté ; le long
des murs, des cadavres de bœufs et de veaux déca-
pités, raidis par la gelée, se dressent sur le train de
derrière, accotés les uns aux autres dans une position à la fois comique et lamentable : les bouchers,
chaudement vêtus, et gantés de grosse laine, saisissent de temps à autre un bœuf gelé, et le laissent
tomber sur le sol ; alors, les jambes écartées, la tête
penchée, le regard attentif, ils découpent des morceaux de viande par de grands coups de leur hache
acérée. Au dehors, on aperçoit devant chaque boutique d'énormes balances de bois, hautes de 2 m. 50 ;
ce sont les balances obligées du marchand de gros en
Sibérie. Devant les portes, enfin, dans des corbeilles
où les chiens errants fourrent le nez sans cérémonie,
des tripes et des pieds gelés s'étalent ; tout cela est
racorni par la gelée, noirâtre, répugnant.

Gavril Pétrovitch est debout quand je rentre : il
m'installe chez lui avec cette bonhomie charmante
qui est le signe de l'hospitalité russe : « Voici votre
chambre, Iouli Antonovitch, voici une clef ! » Rien de
plus, pas une phrase. Mais ce silence même veut
dire : « Vous n'êtes pas chez moi, vous êtes chez
vous ; je ne me gênerai pas pour vous ; ne vous gênez
pas pour moi. » Cette impression est délicieuse :
avoir un intérieur, un véritable intérieur, auprès

d'un vieil ami, dans cette ville lointaine, au centre presque de l'Asie.

Déjà, durant la journée, le dégel commence à s'annoncer : la lutte est indécise encore, au milieu de la boue glissante, entre les voitures à roues et les traîneaux. Vers la fin de l'après-midi, j'ai escaladé la pente raide contre laquelle s'appuie la rue Million-naya ; c'est une montée pénible, dans la glace fondante, parmi les immondices de toute sorte et de toute odeur que le dégel, peu à peu, découvre. Du sommet de ce rebord, on domine une partie de la ville, et le coup d'œil dont on jouit est séduisant, bien que le crépuscule s'annonce par un ciel sombre, un vent glacial de tempête, et de la neige rare. Devant moi, la ligne énorme, toute blanche, de la rivière insaisissable en ses limites ; puis, sur l'horizon, une barre mystérieuse et triste de forêts saupoudrées de neige. De tous côtés, s'étalent des toits plats, verts ou gris, des maisons grises, sans rien de bien spécial, sinon ce mélancolique agrément que présentent toutes les villes russes, vues d'un peu loin. Tout près de moi, une église, avec des murs roses et des coupoles sobrement verdâtres, se détache gaîment de toute cette grisaille.

La ville a bon air, malgré la saleté partout épandue et les immondices que la neige souillée ne peut déjà plus dissimuler. Les grandes rues sont sillonnées de fils électriques que relient les uns aux autres des fils perpendiculaires retenus au moyen d'anneaux en porcelaine ; les fils cuivrés du téléphone, en réseau serré, pendent çà et là, si bas, qu'on les toucherait de la main. Quelques grandes maisons de brique rouge, une grosse cathédrale blanche avec un dôme bleu de ciel, un marché très animé, une circulation très dense, à certaines heures, voilà ce qui me frappe d'abord ; or, tout cela est signe de prospérité. Tomsk est en effet un centre important, bien plus vivant qu'Irkoutsk, l'ancienne capitale, à peu près détrônée aujourd'hui ; seulement, ici, c'est encore l'esprit positif des marchands qui domine. On espère beaucoup, pour civiliser et policer la ville, de l'Université naissante, et du noyau considérable de fonctionnaires qu'a attirés ici l'ouverture du chemin de fer. Mais il faut compter d'une part avec la grossièreté native des mœurs et des goûts sibériens, d'autre part, avec les inquiétudes de l'autorité, peu soucieuse de voir se développer au grand jour, si près de la frontière russe, un foyer de libéralisme. Tomsk souffre tout ensemble de cette lutte que j'indique entre les éléments intellectuels, officiels et commerçants qui se disputent la conduite des affaires, — et de la situation difficile que lui fait sa position géographique. Elle se trouve en effet à 50 kilomètres de son vrai fleuve, l'Obi, — et à la même distance du Transsibérien ; la Tome, qui l'arrose, n'est qu'un affluent du grand fleuve, et la voie ferrée qui la dessert n'est qu'un embranchement de la grande ligne. Peu favorisée de la nature, et n'étant, de plus, ni franchement marchande, ni franchement intellectuelle, la cité souffre beaucoup de cette situation ambiguë. C'est à démêler les éléments si divers qui la composent, que je compte employer les semaines qui vont s'écouler jusqu'au moment de la débâcle des fleuves.

...Pour commencer le récit de mes impressions, il n'est que trop juste de remercier le général Assinkrit Assinkritovitch Lomatchevski, Gouverneur de Tomsk,

du cordial accueil qu'il m'a ménagé. Dépouillant
volontiers avec moi cette morgue officielle dont quelques-uns de ses collègues croient devoir s'entourer,
il m'a fréquemment reçu à son foyer avec infiniment
de gaîté et de simplicité. Ce sont des procédés que
l'on n'oublie pas; j'en garde au Général et à M<sup>me</sup> Lomatchevski une vive reconnaissance.

. *9 avril.* — La température attiédie transforme la
chaussée. La neige superficielle, qui était réduite à
une sorte de poussière grise, a disparu, laissant apercevoir un feutrage jaunâtre, serré, épais de plusieurs
centimètres, et composé de tout ce que, durant sept
mois, des milliers et des milliers de chevaux ont laissé
tomber sur leur route. Sous ce feutrage, une boue
glacée s'est constituée; voici que la chaleur mobilise
cette boue; de toutes parts, dans la crasse de la rue,
glissent des ruisselets et gargouillent des cascatelles.
L'invraisemblable saleté est presque gaie, sous ce
souffle printanier; les enluminures des enseignes et
des rares églises me semblent vraiment jolies, sous
ce chaud soleil. Quand je suis rentré, les deux enfants
du portier, qui jouaient dans la boue de la cour, ont
interrompu leur intéressante besogne; le petit garçon,
qui a bien quatre ans, et dont la mine est si drôle,
sous sa casquette trop grande, m'a dit : « Oncle,
tiens, nous avons fait un canal! » — et de rire! Eux
aussi, ces bambins crasseux et déguenillés, ils sentent
la joie du printemps.

J'ai reçu la visite d'un professeur de l'Université,
un chirurgien : des yeux bleus, myopes, à fleur de
tête, un air hollandais; on doit avoir à Sumatra,
cette indolence et cette lassitude polie. Nous avons
causé de l'organisation chirurgicale des Universités

en Allemagne : elle est, me dit mon visiteur, vraiment
de premier ordre : « A vrai dire, il faut payer pour
tout; mais, pour de l'argent, on peut se procurer
toutes les commodités; chez vous, au contraire,
ajoute-t-il, tout est ouvert gratuitement, mais on n'a
pas l'installation pratique que vous offrent les Universités allemandes : les Français sont trop prati-
ciens, trop artistes, et trop peu professeurs. » — Cela
n'est pas si mal observé! J'apprécie d'ailleurs autant
qu'il convient ce collègue qui, à la veille des vacances
de Pâques, m'annonce qu'il part de Tomsk pour
Berlin, et va renoncer à faire ici ses leçons d'été pour
s'assouplir là-bas la main par l'anatomie du cadavre;
cela me semble si rare et si précieux, cette régression
passagère d'un artiste vers ce qui est la base même
de son art, ce désir qu'éprouve un chirurgien de se
remettre, en guise de repos, à refaire en quelque sorte
ses gammes!

*10 avril.* — Ce matin, par 12° de froid, j'ai vu un
vélocipédiste se prélasser sur sa machine dans la rue
principale; il n'avait pas l'air d'exécuter un tour de
force : il se promenait lentement à cause des aspé-
rités de la boue gelée : il jouissait du beau temps!

J'ai fait, dès mon arrivée, une visite au personnage
le plus important de Tomsk après le Gouverneur, au
Recteur [1], Son Excellence V. M. Florinski [2]. Il a sous
ses ordres la moitié occidentale de la Sibérie; son
académie est grande comme bien des fois la France;

---

1. J'appelle *recteur* le *Popétchitiel okrouga*. Je prie mes lecteurs russes de croire que je sais mon français et que je ne
confonds pas un *Recteur* avec le *Rector* russe, chef des quatre
facultés.
2. M. Florinski a pris sa retraite quelques mois après mon
passage, et a été remplacé par l'ancien *Rector*, M. Soudakof.

mais, en revanche, elle n'est guère peuplée. Le recteur est un homme qui a passé la soixantaine ; son
regard, un peu lassé, est d'une rare pénétration. On
dit couramment, en Sibérie, que Vasili Markovitch
est un des plus intelligents parmi les grands personnages de l'Asie russe : on a raison. Mais, en revanche,
ses tendances autoritaires lui ont créé bien des résis-
tances et bien des ennemis. Je n'ai pas, témoin
impartial, à intervenir dans les querelles qui partagent la ville de Tomsk ; mais je puis bien constater
que le recteur est un des combattants les plus
acharnés de ces luttes politiques, sourdes ou avouées.
Malheur à qui lui déplaît, car il a la main longue et
lourde ; sous lui, personne ne bronche, ni les professeurs de la Faculté de médecine (qui constitue à
elle seule l'Université de Tomsk [1]), ni les étudiants,
qui sont menés militairement, et dont le vêtement, la
coiffure, les sorties, les réunions, le mariage même,
sont soumis à une sévère réglementation : quant aux
lycéens, garçons et filles, ils sont paisibles comme
des communiants [2]. Il règne partout, dans le monde
enseignant et étudiant, une crainte sourde qu'on n'ose
se confier qu'à l'oreille. Comme le recteur sort très
peu, n'apparaissant qu'à de rares intervalles, au grand
trot de ses magnifiques chevaux blancs, la retraite
relative où il se complaît lui fait attribuer par le
public le caractère d'une divinité qui foudroie derrière un nuage. A-t-on quelque difficulté administrative, encourt-on quelque reproche d'un supérieur :

1. La Faculté de droit, rendue nécessaire par la réforme
judiciaire en Sibérie, n'a été ouverte qu'au mois d'octobre 1898.
2. Il leur est, par exemple, interdit d'aller au théâtre en
semaine, fût-ce avec leurs parents ! Et ils sont tous externes !

« Bon! se dit-on, j'ai déplu à Vasili Markovitch!... »

Tel est, ou à peu près, l'homme que se représente toute la Sibérie, — car M. Florinski est un des personnages les plus connus du monde officiel russe. — Il m'est apparu, à moi, un peu différent de ce portrait, au cours des fréquentes visites que nous avons échangées, et des longues conversations dont il m'a honoré. D'abord, ce terrible chef du corps enseignant est un parfait galant homme; puis, c'est un savant, avec qui causer est une vraie joie. Il est probable que, sur bien des questions que nous avons eu la discrétion de ne pas aborder, nous ne serions pas tout à fait du même avis, mais je ne puis me souvenir sans un vif plaisir des conversations que nous avons eues sur la Sibérie, sur l'histoire de Tomsk, sur l'archéologie locale, sur des questions de méthode en histoire et en critique. C'est avec le recteur que, dans ce voyage d'un caractère surtout pratique, j'ai passé quelques-unes des heures les plus intellectuelles de mon long séjour à Tomsk. Point d'enjouement, on le croira sans peine, peu de fioritures et de penchant aux digressions anecdotiques, mais, quelle vision nette et quelle souplesse dans cet esprit! Sans effort, il passe d'une discussion pratique sur le prix des briques, par exemple, à une suite de réflexions originales sur la marche de la migration des peuples en Sibérie, ou à la discussion d'une trouvaille archéologique et des déductions qu'impose au savant le dernier *kourgane* éventré. Quand on se promène à travers le Musée qu'il a installé dans deux salles de l'Université où il loge, quand on examine, sous sa bienveillante conduite, des aiguilles de l'âge de bronze, ou bien des ornements ostiaks qui lui per-

mettent de supposer que l'Amérique du Nord a été
peuplée par une migration asiatique passée par le
détroit de Behring, on a peine à se représenter alors
que ce même savant fera peut-être punir demain un
étudiant aperçu sans sa casquette d'uniforme.

M. Florinski est médecin; il fut autrefois, à l'Université de Kazan, professeur de clinique obstétricale :
mais il se consacre exclusivement, depuis bien des
années, à l'administration et à l'archéologie. D'une
santé débile, il ne recule pourtant pas devant des
tournées en *tarentass* par les villes et villages de son
académie; il fait ainsi chaque année des milliers de
kilomètres, recueillant des pierres et des souvenirs
préhistoriques, distribuant des exhortations et surtout des ordres. En Russie, le rôle d'un recteur ne se
borne pas à réglementer ou à contenir les enseignements secondaire et supérieur : les principaux efforts
de ce fonctionnaire doivent porter sur l'enseignement
primaire. Qu'on le veuille ou non, l'instituteur est
plus important, au point de vue politique, que le professeur de Faculté, et le Gouvernement russe, tout
comme le nôtre, s'efforce de modeler les écoles à son
image. Seulement, en Russie comme en Sibérie, la
question est plus compliquée que chez nous. En
France, le préfet et le recteur ne s'occupent pas de
savoir *si* l'on enseignera : ils examinent seulement
*dans quel esprit* on enseignera. En Sibérie, les deux
problèmes se posent successivement; avant d'examiner la direction qu'il convient d'imprimer aux insti-
tuteurs, il faut, là-bas, résoudre la question suivante :
convient-il d'encourager le mouvement d'instruction
primaire, d'augmenter le nombre des écoles et d'en
étendre le programme? Chez nous, de quelque

nuance que soit le ministère, et par suite, le préfet,
on n'empêchera pas que tous les petits Français
n'apprennent à lire et à écrire ; en Sibérie, selon que
le recteur suivra telle ou telle politique, il y aura plus
ou moins d'enfants instruits des éléments. On voit
toute l'importance d'un tel poste. Or, le Gouvernement russe a bien compris que multiplier le nombre
des écoles, c'était déposer dans le peuple des germes
nombreux de libéralisme, c'était, par suite, se préparer
des ennemis. Toutefois, ne pouvant songer à tenir de
force tout un peuple dans l'ignorance, il a eu l'habileté de prendre la direction du mouvement qu'il ne
pouvait entraver. A cet effet, il a cherché à mettre les
écoles aux mains des ecclésiastiques, les popes
n'étant jamais suspects de libéralisme. Mais, en face
de ces écoles religieuses, auxquelles le procureur du
Saint-Synode, M. Pobiédonostsef, a donné une si puissante impulsion, il existe d'autres écoles, en général
beaucoup mieux organisées, qui sont subventionnées
par les conseils généraux ou les particuliers. Ces écoles
*non* ecclésiastiques sont de beaucoup les plus floris-
santes et les plus aimées du public, mais elles portent
souvent ombrage aux autorités ; on ne pourrait les
supprimer : on leur fait une guerre sourde, et c'est
de cette lutte que se compose toute l'histoire de
l'instruction primaire en Russie depuis une dizaine
d'années. Le rôle du recteur consiste donc surtout,
ici tout au moins, à soutenir les unes et à contenir
les autres. Or, en Sibérie, ce rôle est délicat, car, si,
d'une part, l'autorité est plus armée encore qu'elle
ne l'est en Russie, l'opposition, de son côté, est moins
coercible, car ceux qui vivent en Sibérie ne craignent
plus d'y être expédiés.

Ces explications permettront, je l'espère, de comprendre le caractère principal des fonctions exercées à Tomsk par M. Florinski, et, en même temps, la tendance de ce qu'on appelle là-bas la *Société d'instruction primaire*.

Dans le monde russe tout entier, les écoles sont souvent créées par initiative privée. Je sais, par exemple, une jeune fille qui a ouvert en Russie, par son seul dévouement, une trentaine d'écoles de village. En Sibérie, où les centres habités sont séparés par de longues distances, et où il faut lutter contre l'apathie d'une population qui vit grassement dans sa séculaire ignorance, les particuliers qui s'intéressent à l'instruction primaire se sont, dans les principales villes, constitués en sociétés. Ces sociétés, reconnues par l'État, ont pour but d'instruire le peuple par tous les moyens légaux, écoles primaires, écoles d'adultes, écoles du dimanche, représentations populaires, créations de bibliothèques, lectures populaires, conférences, etc. Il semble donc qu'elles facilitent au recteur la partie la plus ardue de sa tâche. Ce serait exagérer, toutefois, que prétendre qu'il règne toujours entre eux une parfaite harmonie : je soupçonne que si les sociétés et le chef de l'académie sont d'accord sur le but : nécessité inéluctable de donner au peuple quelques miettes de savoir, ils ne s'entendent peut-être pas aussi bien sur le moyen d'atteindre ce but...

J'ai, en ma qualité de membre du corps enseignant, pris grand intérêt au fonctionnement de cette généreuse société d'instruction primaire à Tomsk. Sans me mêler à des questions qui ne me regardaient point, j'ai assisté à plusieurs des séances plénières.

En voici une, par exemple. Dans une grande salle transformée en théâtre, sont réunies trois cents personnes environ. C'est dimanche, mais on n'est pas spécialement endimanché : tous sont vêtus simplement et proprement. On me montre des savants, des professeurs, des ingénieurs, des fonctionnaires, des marchands, des paysans, des étudiants : les classes les plus diverses de la société sont représentées ici : çà et là, un joli visage de jeune fille se retourne, et c'est un repos pour l'œil, entre toutes ces barbes. Devant une petite table, trois messieurs, qui forment le bureau, sont assis, et, à tour de rôle, prennent la parole. On ne saurait se figurer le sérieux de tous les assistants, la conscience avec laquelle ils écoutent les rapports du comité, la franchise avec laquelle ils avouent leurs moindres scrupules. On discute par exemple sur les moyens d'augmenter les ressources de la société : divers membres font des propositions. « A Pétersbourg, dit l'un, nos collègues réalisent de beaux bénéfices en vendant de vieux papiers et des chiffons. — A Pétersbourg, répond un voisin, papiers et chiffons se vendent 100 francs la tonne ; ici, on en tirerait à grand peine 18 francs ! » Durant deux heures, on cause ainsi, sans prétention, avec une bonhomie convaincue. J'emporte de là l'impression de m'être trouvé en contact avec de braves gens encore gonflés d'illusions, mais si fortement décidés à leur mission de charité intellectuelle, que je me sens rougir un peu de mon scepticisme de blasé. — « Que diable êtes-vous allé faire là ? » me disait, en souriant, un haut fonctionnaire. — « Oh ! tout simplement me mêler à de très honnêtes gens désintéressés, et me chauffer à leur si noble enthousiasme. »

... J'ai fait connaissance avec le Bureau des voies
de communications fluviales. L'ingénieur en chef, le
baron B. A. Aminof, est le constructeur du canal de
l'Obi à l'Yénisséye. Il me reçoit avec une accueillante
bienveillance, et, à peine lui ai-je avoué mon désir
d'explorer le fameux canal, qu'il met à ma disposition
le bateau qui ravitaille là-bas les postes d'éclusiers,
et qui doit partir aussitôt après la débâcle des glaces.
J'aurai encore 500 kilomètres à parcourir en canot
toungouze pour gagner la ville d'Yénisseisk ; mais,
l'eau ne m'a jamais fait peur. Le baron Aminof parle
peu du canal, puisque je le verrai : en revanche, il est
inépuisable sur la question du réseau fluvial de la
Sibérie occidentale, et me donne de précieux détails
sur son exploration de l'Irtyche noir. Durant une
heure, nous remuons des cartes et des chiffres, nous
discutons des tarifs, nous posons des rails, nous per-
çons des seuils de montagne : l'union de la Sibérie
avec l'Europe par eau est déjà faite quand nous nous
quittons. Le « Baron » passe à bon droit pour un des
plus éminents ingénieurs fluviaux de la Russie ;
malgré sa timidité, il fait une grande impression, que
ne dément pas, je puis l'ajouter maintenant, l'examen
de sa belle œuvre sibérienne.

Me voici prenant le thé, ce soir, chez un autre fonctionnaire du même département, Piotre Mikhaïlovitch B. C'est un homme brun, un peu réservé, aux
yeux très doux. Plusieurs ingénieurs et fonctionnaires
sont là. Notre conversation prend tout de suite et sans
peine le caractère technique que je désire partout lui
imprimer. Il faut entendre avec quelle passion chacun
ici s'occupe de ces problèmes si difficiles des moyens
de communication, de colonisation et de culture,

auxquels, chez nous, les spécialistes seuls prêteraient
l'oreille. Naturellement, les hôtes ne manquent pas
de jouer aux cartes ; j'en profite pour causer avec le
fils de la maison, un enfant de sept ans, aux allures
décidées, au teint de pêche, et aux lèvres si rouges
qu'on les dirait peintes au carmin. Planté devant moi,
dans ses bottes plissées, son pantalon noir bouffant
et sa chemisette de soie bleue qu'il porte à la russe,
il pose sur moi, l'étranger, l'être nouveau et extraordinaire, ses regards interrogateurs : nous causons, et
je lui donne cent détails sur notre genre de vie, à nous.

— Alors, vous n'avez pas de poêles comme les
nôtres ?

— Mais non !

— Et de la neige ?

— Chez nous, c'est une exception ; d'ailleurs, elle
fond tout de suite.

— Alors, comment faites-vous pour aller en traîneau ?...

A chaque réponse surprenante, il se retourne en
riant vers sa mère qui est là, indifférente, elle aussi,
au jeu de cartes. C'est une femme brune, simple et
réfléchie, d'une expression à la fois douce et décidée.
Elle est originaire de l'extrême sud de la Russie : les
montagnes ont été l'horizon de son enfance. Elle
souffre plus qu'elle ne l'avoue de son séjour dans ce
pays rude, au climat extrême, dans cette Sibérie où
le printemps n'a pas de grâce ni l'été de séduction,
où l'on n'a pas de jardins, mais seulement, dans les
bois, une soudaine et folle poussée de fleurs. L'amour
des fleurs, des fruits et du plein air, voilà ce qui fera
toujours la différence entre les habitants de l'extrême
nord et nous autres, peuples gâtés de la nature.

Nous causons de la société féminine de Tomsk.
M^me B. la trouve peu ouverte, peu accueillante,
elle n'y rencontre pas trace de l'expansion naturelle
aux femmes russes du sud-est. Aussi ne fréquente-
t-elle guère ici régulièrement que des femmes de fonctionnaires : entre elles, elles cultivent et choyent leurs
tristesses d'exil volontaire. Et puis surtout, M^me B.
se concentre sur sa famille : n'est-ce pas l'éternelle
consolation! A ce propos, nous parlons des Françaises,
et, sur quelques exemples d'évaporées qu'elle a pu
observer çà et là, mon interlocutrice les juge sévère-
ment. Hélas! on ne juge nos mères, nos femmes, nos
sœurs, que sur nos romans inconvenants (on ne lit pas
les autres), et sur quelques fâcheux exemplaires de nos
compatriotes que la gêne ou quelque mauvais génie a
transplantées là-bas, tout en leur faisant perdre leurs
qualités natives. Qui donc sympathiserait avec les
Russes, si on ne les voyait qu'à Monte-Carlo? Qui
donc aimerait les Françaises, si l'on ne connaissait
pas celles qui restent autour de leur clocher? Ah! que
les étrangers nous sont injustes!

Je parlais de la France, l'autre soir, avec une jeune
femme, russe elle aussi, et appartenant à la classe des
petits employés. Joli visage, aux yeux brillants et
comme noyés çà et là, intelligence moyenne, avec de
la naïveté fraîche et quelque lecture. Elle m'interrogeait sur nos mœurs, sur nos goûts; et, tout en satis-
faisant gaîment sa curiosité, je ne pouvais m'empêcher
de trouver à part moi qu'une Française de sa classe
sociale ne la vaudrait pas : la Française, qui croit
toujours devoir s'observer et se retenir, comme si elle
allait glisser, aurait certes moins d'abandon, et, en
outre, dans le souci qu'elle aurait de plaire, elle aurait

peine à dire autant de choses justes que cette Russe
indifférente à l'effet qu'elle peut produire, et tout
entière à la conversation.

*11 avril.* — Le bibliothécaire de l'Université, Stépane
Kirovitch Kouznetsof, est un savant doux, myope,
pince-sans-rire, très sympathique, et toujours plein de
prévenance. L'autre jour, il me faisait voir les trésors
de la bibliothèque, dont le fonds principal vient du
comte Strogonof et d'un prince Demidof. Tantôt, je
déjeune chez lui, dans une intimité reposante et gaie.
La conversation est charmante, autour de la table, et
je m'y laisse entraîner comme à une conversation de
France. Je mets notre hôte sur le sujet des fouilles
archéologiques poursuivies par lui aux environs de
Tomsk. Il me montre des bibelots préhistoriques, et
des photographies d'un intérêt puissant : me voilà
emporté dans un autre monde ; mais, çà et là, une malice lancée par notre hôte à l'adresse de quelque savant
confrère, me ramène à la réalité. Stépane Kirovitch sait
tout, positivement, mais il est surtout archéologue et
ethnographe. Aussi, comme tous ceux qui ont une
spécialité plutôt restreinte, est-il, malgré sa bonhomie,
d'une humeur combative et intransigeante pour tout
ce qui concerne la science. En voici un exemple. Il
s'est occupé avec grand soin et avec une rare compétence de la race des Votiaks, qui vivent en Russie,
dans le bassin de la Kama. Il est donc qualifié pour
parler de l'affaire fameuse de Moultane, dans laquelle
un village votiak fut accusé faussement par quelques
coquins russes, d'avoir pratiqué un sacrifice humain.
Ce procès, qui passionna toute la Russie, fut embrouillé
par un ethnographe qui prétendait étendre aux
Votiaks les coutumes religieuses d'une peuplade voi-

sine. M. Kouznetsof entra en lice, et, au point de vue
scientifique, prit la défense des accusés. Je sais tout
cela de longue date ; mais ce m'est un régal d'entendre
le récit de ces discussions fait par le savant lui-
même. Il conte doucement, comme avec une ironie
intérieure, et, autour de la table, une houle d'hilarité
s'élève lorsqu'il nous fait le récit du défi qu'il a porté
à son adversaire, le professeur Smirnof. L'idée d'un
tournoi scientifique entre ces deux savants exaspérés
est délicieuse ; d'ailleurs, il n'y a pas eu de sang
versé : le professeur Smirnof s'est dérobé, et Stépane
Kirovitch triomphe modestement [1].

Les étudiants donnaient ce soir, au théâtre, un
concert de charité au profit de l'enseignement primaire : j'y suis allé. Le théâtre de Tomsk appartient
à un particulier qui l'a fait construire sur une belle
place, après s'être, comme il convient, muni de toutes
les autorisations nécessaires. Malheureusement, l'archevêque s'aperçut un beau jour que, sans être directement face à face, la cathédrale et le théâtre étaient
en vue l'un de l'autre : était-il possible de tolérer une
si démoniaque impiété ? Un théâtre, à trois cents
mètres d'une cathédrale ! Voilez-vous la face, pieux
Sibériens ! Non, jamais pareil lieu de perdition ne
serait supporté à côté d'un temple. Les Russes ne
sont pas bigots : les Sibériens le sont bien moins
encore. Aussi la colère de l'archevêque provoqua-
t-elle en ville une douce gaîté. Néanmoins, un archevêque est un gros personnage : il fallut lui obéir.
Jeter bas le théâtre eût été dur ; le prélat d'ailleurs

1. Cf. la spirituelle préface de M. Paul Boyer à sa belle traduction des *Etudes ethnographiques* du Pr Smirnof (Leroux, 1898).

n'allait pas jusqu'à exiger pareil sacrifice. Le propriétaire se contenta d'élever entre la cathédrale et le
théâtre, pour les séparer nettement, une grande
bâtisse. La religion serait ainsi respectée. Seulement,
à quoi notre propriétaire (un riche marchand) pour-
rait-il bien employer sa grande bâtisse? Des magasins? — il s'en trouve en ville, et, d'ailleurs, la place
n'est pas favorable. Des maisons d'habitation? — on
est bien près des autorités. Si l'on en faisait un hôtel?
L'hôtel fut autorisé, et comme il s'élève en bordure
d'une belle place, il peut être assuré du succès. Je
félicite sincèrement Monseigneur de sa victoire. Un
hôtel n'est pas, certes, comme un théâtre, un lieu
excommunié par les canons, mais, pour qui connaît
les hôtels sibériens, il est extrèmement piquant de
voir l'un d'eux s'élever en face d'une église, car ces
auberges n'ont guère de scrupules, et donnent bien
lieu, pour le moins, à l'exercice de quatre ou cinq
des péchés capitaux.

Tomsk a donc conservé son théâtre. La salle en
est assez grande, toute blanche, meublée, en bas, de
rangs de chaises dont le prix est d'autant plus élevé
qu'on est assis plus près de la scène. L'éclairage électrique est médiocre, mais enfin, il fonctionne. Je res-
sens, en plus grand et en moins intime, une impression
analogue à celle que me fit, il y a quelques années, le
théâtre d'Arkhangel : seulement, dans ce dernier, la
lumière était fournie par une cinquantaine de bougies,
et cela était si délicat, qu'on se sentait comme en
famille. Le rideau du théâtre de Tomsk est peint de
sujets qui sont allégoriques, je pense : au centre, se
dresse une énorme femme, autour de laquelle volti-
gent des anges. Ces anges sont si grands qu'ils ont

l'air de robustes adultes, et l'un d'eux, qui, avec l'innocence d'un bébé, étale, tout au premier plan, de volumineuses chairs roses, est comique à en mourir.

Les étudiants ouvrent le feu. Leur chef d'orchestre, très jeune, très sérieux, ganté de blanc, et sanglé dans son uniforme à liserés bleus, bat la mesure avec une conviction émue, un peu gêné, je pense, par la présence du Gouverneur. Après les étudiants, défilent tour à tour des artistes amateurs, appartenant à la meilleure société de la ville, et tout cet ensemble de bonnes volontés unies est vraiment agréable, à force d'être sans prétention.

*12 avril.* — Je lis religieusement, chaque matin, les deux journaux locaux. Ils sont bien faits, un peu trop bien faits, même, pour mon goût, car je suis trop habitué à cette cuisine du journalisme, pour être flatté de la retrouver au centre de l'Asie. Ils ont des rédacteurs attitrés, des reporters même. Je ne retrouve pas, même dans le meilleur d'entre eux, autant de grâce sérieuse que dans le *Stepnoye Kraye* d'Omsk. Mais, comment être sévère pour une rédaction qui m'a fait un si flatteur accueil, et qui m'a abreuvé de vin rouge, en m'accablant de questions? Le *Tomsky Listok*[1] (la feuille de Tomsk) est intéressant, et bien informé, en général, surtout des menus faits de la vie provinciale. Il est libéral avec prudence, et sait défendre à la fois les intérêts de la bonne cause politique et ceux de son propriétaire, le grand libraire Makouchine. C'est une feuille d'avenir, et qui gagne de l'argent. L'autre journal est le *Sibirsky Viestnik* (messager de Sibérie[2]).

1. Devenu depuis lors journal quotidien, sous le nom de *Sibirskaya jizne* (La vie sibérienne).
2. Supprimé par la censure, au mois de mai 1897.

L'autre jour, je lisais dans l'une de ces feuilles,
l'entrefilet suivant : « Un jeune homme, appartenant
à une administration publique, se permet de poursuivre certaines jeunes filles en leur adressant des
propos inconvenants. Le frère d'une lycéenne ainsi
importunée est venu nous raconter la chose. Nous
prévenons, en conséquence, l'intéressé que, s'il recommence à harceler les femmes qu'il rencontre, nous
imprimerons ici même son nom. »

Souvent, aussi, j'ai lu des remarques du genre de
celle-ci : « Nous prions l'agent de police de telle rue
de jeter un coup d'œil dans la cour de la maison tel
numéro : des tas de fumier s'y étalent, au mépris de
tous les règlements, et sont une menace pour la santé
des voisins. »

Et encore cette note bien typique : « Nous avons
acheté du pain dans une boulangerie située dans
telle rue; ce pain contenait des crottes de souris et
d'autres immondices; nous portons ce fait à la connaissance de nos lecteurs. »

Sans doute, à première vue, on peut trouver que
ces procédés de presse provinciale manquent un peu
de dignité; pourtant, cela n'est-il pas plus utile
qu'une énumération des chiens écrasés? Si la presse
se mettait résolument à signaler les abus, petits et
grands, elle aurait un beau rôle. Malheureusement, la
concurrence lui dicte la lâcheté. Mon premier mouvement a été de sourire de ces dénonciations mesquines;
mais ensuite, je les ai trouvées plus crânes que les
vilaines compromissions de nos journaux à nous,
même ceux de l'opposition, devant tout ce qui porte
un titre ou possède quelque influence. Peut-on sourire des journaux sibériens, quand on voit, en France,

les compagnies de chemins de fer tenir en laisse nos
milliers de feuilles publiques, et leur interdire toute
critique à leur égard, par le seul don grincheux d'une
douzaine de permis gratuits de circulation!

*13 avril.* — J'ai vu souvent, depuis mon arrivée, le
commissaire de l'émigration, A. V. Dourof. C'est un
homme paisible, affable, d'une franchise simple, et
sur qui pèse une tristesse : il a rapporté récemment
de ses visites aux baraquements des émigrants, des
germes de fièvre scarlatine, et a communiqué la contagion à l'un de ses enfants, qui en est mort. Il faut
voir à l'œuvre, en Sibérie, ces hommes qui surveillent,
protègent et installent la troupe misérable des paysans chercheurs de pain; à Tchéliabinsk, à Omsk, à
Tomsk, je retrouve chez eux, avec des nuances
diverses, le même dévouement simple, dont le spectacle réconforte. La fatigue, les soucis, le contact
de la misère criante contre laquelle on ne peut rien,
le danger des épidémies, enfin, pour eux et pour leur
famille, rien ne les effraye ni ne les détourne.

Aussitôt après le lunch, Alexis Vasiliévitch est venu
me prendre dans sa voiture, et, par des chemins
abominables, risquant de verser vingt fois, nous
sommes allés visiter le *Point* d'émigration, c'est-à-dire
les baraquements qui servent de premier asile aux
émigrants. La vallée de la Tome forme une dépression
dans laquelle Tomsk est bâtie, escaladant çà et là le
rebord de la falaise, quand celle-ci se rapproche du
fleuve. Le *Point* est situé à cinq ou six kilomètres en
aval de la ville, à l'endroit même où se trouve installé
le port estival. Il faut savoir, en effet, que la rivière
n'est praticable aux paquebots que durant les grandes
eaux printanières; un mois après la débâcle, on ne

s'embarque plus aux quais de la ville, mais là-bas,
au port : une ville russe ou sibérienne serait, je le
crois bien, un peu honteuse, si elle avait dans ses
murs mêmes sa gare et son embarcadère fluvial! Une
voie ferrée vient justement d'être construite pour
relier le port à la gare du chemin de fer : comme la
prairie où elle s'allonge est couverte lors des grandes
eaux, on a établi un remblai dont on a protégé les
revers par des amas de pierres que soutiennent des
losanges de branches entrelacées : d'un jour à l'autre,
on attend la débâcle, et, pourtant, tous les ouvriers
travaillent ici mollement, sans conviction [1]. La gare,
surélevée de plusieurs mètres, trône au milieu de cette
bourgade de bois, entrepôts, comptoirs, baraquements, qui, dans quinze jours, va se trouver inondée.

Je ne crois pas utile de relater ici, dans le détail,
ma visite dans les chambres où quelques familles
d'émigrants *qui s'en retournent* attendent la débâcle
du fleuve et l'arrivée des paquebots; c'est toujours le
même spectacle de misère en haillons et la même
odeur spéciale de l'émigrant russe. Ceux-ci, pourtant, ont peut-être l'air encore plus affaissé que tous
ceux que j'ai rencontrés jusqu'à présent; c'est que,
s'en retournant, ils ont perdu jusqu'à cette ombre
d'illusion qui, peut-être, soutenait un peu leurs frères.
A l'infirmerie, quelques typhiques achèvent leur convalescence. L'impression totale est lugubre. L'em-
placement de ce *Point* est piteusement choisi, sans
doute, mais, à moins de frais considérables, on n'eût
pu mieux faire. Bon gré, mal gré, il faut subir ici,

---

1. Dix jours après cette visite, l'inondation emportait plusieurs
kilomètres de la nouvelle voie!

au printemps, l'assaut de la rivière, et l'on s'y résigne.
Lorsque les eaux viennent à monter, on place le
bétail sur des radeaux qui, peu à peu, s'élèvent avec
le flot; les personnes valides s'installent sur les toits;
quant aux malades, on les porte en barque à l'infirmerie, où ils entrent par les fenêtres. Je ne verrai
pas ce spectacle, car pour le voir, il faudrait s'enfermer
ici durant plusieurs jours, et j'avoue n'en avoir aucune
envie; mais la simple description que m'en fait un
domestique, d'une voix paisible, me fait frissonner.

*15 avril.* — Il fait décidément chaud, et le dégel qui
n'était qu'ébauché, s'accuse chaque jour davantage.
La rue a si bien fondu qu'elle a pris l'aspect d'une
rivière de boue couleur chocolat, où les pieds des
chevaux s'enfoncent jusqu'au boulet, inclusivement.
Les senteurs, qui étaient d'abord individuelles, si je
puis dire, à mesure que chaque unité odorante se
dégageait de sa croûte de glace, se sont maintenant
fondues, elles aussi, et, sans plus rien pouvoir affirmer
sur la provenance de telle ou telle effluve, tout ce que
l'on peut dire, est que cela sent bien mauvais. Dans
la ville haute, bondissent les eaux printanières. Chose
curieuse, bien que j'aie vu, il n'y a pas deux mois, le
printemps à Nice, celui-ci me réjouit comme si je
l'attendais depuis octobre. A sentir cette tiédeur, à
voir enfin la terre pointer sous la neige, à voir glisser
ces eaux que je m'étais accoutumé déjà à croire
emprisonnées, à entendre babiller toutes ces choses
qui étaient mortes, je me sens pris d'une joie de con-
valescent; c'est un épanouissement de tout mon
être, et j'y puise le courage de supporter sans aigreur
les ennuis de ce printemps horrible qui nous emprisonne dans les maisons, tandis qu'il fait son œuvre.

A cette gaîté printanière s'ajoute l'impression charmante d'une visite et d'un déjeuner chez le directeur du service des mines, Michel Alexandrovitch Chostak. Des manières distinguées et prenantes, une voix au timbre singulièrement caressant, un abandon de confiance que l'on trouve rarement dans un tel poste, un esprit lucide et très orné, voilà mon hôte. Certes, je ne puis rapporter ici toutes les conversations techniques vers lesquelles je dirige mes interlocuteurs si variés; il est évident que je ne vais pas voir un financier pour lui parler d'agriculture, ni un ingénieur des mines pour l'interroger sur l'émigration. Mais, je puis bien rappeler, en passant, que peu de spécialistes m'ont paru aussi nets que M. Chostak, auquel je dois une bonne partie de ce que j'ai appris, durant mon long séjour à Tomsk, sur la Sibérie minière. D'ailleurs, les ingénieurs, en général, sont beaucoup plus francs que les *tchinovniks* et les commerçants. L'éducation solide et pratique qu'ils ont reçue tend à leur donner un peu de cette naturelle horreur du mensonge inutile que tant de leurs compatriotes n'ont jamais connue. Puis, les sujets qu'ils traitent ne sont pas aussi glissants que les sujets politiques, commerciaux ou administratifs. Il est, sans doute, aussi, parmi eux, des médiocres qui m'ont fait des contes bleus dont je ris encore, mais, à tout prendre, c'est dans le corps des ingénieurs que j'ai le plus constamment rencontré, en Sibérie, des hommes à l'esprit droit et cultivé, avec lesquels on pouvait s'entretenir de questions impersonnelles sans craindre de perpétuelles affirmations mensongères.

Michel Alexandrovitch m'a mis au courant de la question houillère dans la province de Tomsk. Il y a tout près d'ici des gisements considérables de charbon de terre excellent, et mon hôte en emploie pour sa cuisine. Il en a analysé devant moi un échantillon. Comme il se propose justement d'aller examiner des travaux de prospection exécutés à quelques kilomètres de la ligne magistrale du Transsibérien, il m'a proposé de l'y accompagner. On ne refuse pas une telle aubaine. Une pareille excursion me séduit beaucoup plus que la classique opération du laboratoire de fonte, où l'on voit verser dans un creuset le contenu d'un sachet de sable d'or, puis ensuite précipiter dans l'eau qui rugit un jaune lingot d'or. Cette opération, que décrivent tous les touristes, se répète la même à Ekatérinbourg, à Tomsk et à Irkoutsk, et, pour intéressante qu'elle soit, on s'en blase assez vite, quand l'or fondu ne vous appartient pas.

*17 avril.* — De grand matin, je suis en route par les rues où la boue a gelé en dures ornières, et, cahin-caha, mon fiacre sautille dans des flaques d'eau printanière, dont la glace se brise au passage. Le train lent, surchauffé à la fois par des poêles et par le soleil déjà ardent, emploie sept ou huit heures pour franchir les 60 kilomètres qui séparent Tomsk de la station *Taïga,* où son embranchement se raccorde à la grande ligne. Cette gare, où l'on est obligé d'attendre, selon les cas, de 6 à 24 heures les trains de l'est ou de l'ouest, aurait dû être considérable, puisqu'elle dessert une des plus grandes villes de Sibérie : pourtant, dans le projet primitif, dans ce projet qui témoigne de l'ignorance absolue où l'on était en Russie du développement dont la Sibérie était capable, la pauvre gare de bifurcation était si étroite, qu'au bout d'un an, on a dû la reconstruire, et l'augmenter d'annexes. Elle est

encore beaucoup trop petite, ridiculement trop petite,
comme celles de tous les points importants du parcours : on y étouffe, on s'y écrase, et l'on ne sait où y
trouver un coin pour passer les interminables heures
de l'attente. Nous allons, après déjeuner, visiter le
village de Taïga : c'est une des curiosités de la Sibérie
moderne, c'est un village champignon, qui fait penser,
de même que Krivochokovo, situé à 60 kilomètres à
l'ouest, aux centres d'exploitation que les États-Unis
de l'ouest ont vu *boomer* en quelques mois. Il y a juste
deux ans, il n'y avait absolument rien, à cette place,
rien que la *taïga*, la forêt vierge inextricable, où les
coqs de bruyère roucoulaient paisiblement, et où
paissaient les rennes sauvages. Un beau jour, une gare
se construisit sur ce point; la population flottante,
que la grande entreprise du Transsibérien traîne avec
elle, flaira d'instinct l'importance de cette place, et
s'y installa. Tout ce qui part vers Tomsk et tout ce
qui en vient, passe nécessairement ici : la gare doit
être, de toute nécessité, un entrepôt considérable de
machines, de wagons et de marchandises; il est évident, dès lors, qu'il y a beaucoup à gagner autour
des dépôts et autour des voyageurs. Les ouvriers se
construisirent des cabanes à proximité de la station.
Les cabaretiers ouvrirent des débits à l'usage de ces
ouvriers; peu à peu, ils vinrent en nombre, les *isbas*
s'ajoutèrent aux *isbas*, les mauvais lieux aux mauvais
lieux, les voleurs aux fainéants et aux ivrognes, si
bien que, au bout de quinze ou dix-huit mois, le
bourg comprenait déjà 2 000 âmes. Il faut visiter cet
amas de huttes pour se rendre compte de ce que
représente l'écume de la population sibérienne.
Aucun plan, sinon celui de rester le plus près pos-

sible de la gare, n'a présidé à la construction de ces
abris en planches. Nous enjambons des amas d'immondices qui dégèlent, nous pataugeons dans des
fumiers, nous glissons dans des couretles, nous nous
heurtons à des impasses dont il nous faut sortir par
escalade : bref, nous errons, pendant une heure, dans
le plus affreux tohu-bohu de campements sordides et
compliqués. Ce qui me frappe, c'est le nombre des
cabarets : l'alcool est un ami dont l'homme du
peuple, en Russie, ne sait jamais se séparer. Naturellement, il n'y a ici ni police, ni administration : le
bourg n'existe officiellement que depuis le recensement de l'automne dernier, et, de Saint-Pétersbourg,
on n'a pas encore donné l'ordre d'organiser cette
fourmilière. En attendant, les vols, la débauche, voire
les meurtres, vont leur train dans le bourg de *Taïga*,
premier germe impur de la ville qui, dans un quart
de siècle, peut-être, doit supplanter Tomsk.

Nous nous réfugions chez le médecin de la station,
un tout jeune homme, affable et hospitalier, qui met
à ma disposition, une fois pour toutes, un lit, un
samovar et des livres, pour quand il me plaira de
revenir ici. Tandis que nous sommes occupés à
causer hygiène locale, la porte s'ouvre, livrant passage à un être assez extraordinaire. C'est un petit
homme brun, frisé, alerte, étrange : tout est rond
dans sa personne : son nez, un bon gros nez arrondi
et rubicond, ses yeux, de bons gros yeux à fleur
de tête, très doux et très bleus, son menton, sa
bouche, sa tête. Ses mouvements sont rapides et
décidés. Il est à l'aise dans une *paddiovka* fourrée, un
vêtement long, ajusté jusqu'à la ceinture, et terminé
par une jupe très ample. Il traîne à la laisse un grand

chien ostiak, aux oreilles droites, une bête sans
pareille pour la chasse à l'ours. Derrière lui, se montre
son domestique, portant trois fusils et deux paires de
raquettes à neige, longues de deux mètres, et formées
d'un cadre en bois recouvert de peau de renne.
Nicolas Serguiévitch, on s'en doute bien, est un
chasseur. Ses occupations en ville sont assez élasti-
ques pour lui permettre de passer dans la *taïga* la
majeure partie de son temps. Voilà donc enfin le premier chasseur sérieux sur qui je mette la main, cette
année. A l'automne dernier, à Tioumen, un très
aimable hôte m'avait convié à une battue aux lièvres ;
mais, depuis ce massacre fort curieux, je n'avais pas
trouvé une seule occasion de brûler une cartouche ou
même de parler chasse avec un homme compétent.
Nicolas Serguiévitch semble comprendre mon impatience, et le voilà, lui qui, pourtant, n'est pas de
nature très bavarde, nous contant cent histoires vraies
ou vraisemblables. Il nous décrit le *tok* du coq de
bruyère, le coq faisant la roue en gloussant, au milieu
d'un cercle de poules attentives ; il nous affirme qu'il
avale de petites pierres brillantes pour s'alourdir,
et qu'il est si discret dans ses ébats amoureux que
nul œil humain n'en a jamais été témoin. Comme
plusieurs d'entre nous mettent en doute ces faits
extraordinaires, Nicolas Serguiévitch se contente de
sourire mystérieusement, et d'affirmer encore, par surcroît, ceci que tout le monde peut en effet contrôler :
le coq avale sa langue, durant la période de ses glous-
sements printaniers. La véracité des histoires me
préoccupe en somme assez peu, mais je m'intéresse
vivement à ce type de chasseur sibérien, passionné
pour la *taïga*, et dont tous les rêves viennent se

grouper autour de cette bonne vie libre et tueuse du
bois triste... Nous nous reverrons, je l'espère.

Notre train arrive enfin, assez tard dans la soirée,
et, vers minuit, nous débarquons à la station de
Soudjenka, située à environ 80 kilomètres de Tomsk,
par la voie ferrée, à 50 kilomètres au plus, à vol d'oiseau. Il nous a fallu 16 heures, y compris les arrêts,
pour franchir cette distance ! Nous devons partir
demain matin, au point du jour, et, en attendant,
nous nous allongeons, mes deux compagnons et moi,
sur des tables et sur des bancs, pour passer la nuit.

*18 avril.* — Le jour vient enfin, avec une aurore
pourpre au bord de l'horizon : la bande sanglante
s'étale, coupée çà et là par le fût d'un bouleau, et les
teintes du matin frais sont délicieuses. Tout près de
nous, à ce qu'il semble, un coq de bruyère glousse
dans le silence de ce désert. Deux traîneaux attelés en
tandem viennent nous chercher, et nous partons par
le sentier neigeux, profitant de ce que la gelée nocturne a raffermi la croûte glacée. Malheureusement,
à mesure que nous avançons, le dégel s'accuse davantage; nous trouvons sur notre route des ruisseaux
bondissants et des étendues de neige pourrie, dans
laquelle les chevaux trébuchent, s'enfoncent parfois
de travers, jusqu'au poitrail, au risque de se casser
vingt fois les jambes. Nous arrivons enfin à la mine.
Les travaux préparatoires sont commencés : de nombreux sondages ont été exécutés, et déjà les bois
sont prêts pour étayer les galeries. La houille devient
excellente à partir d'une vingtaine de mètres, et la
disposition des filons permet, paraît-il, une extraction
prompte et peu coûteuse. L'aspect de ces baraquements, de ces puits de sondage, de ces poteaux de

mine, de ce travail civilisé au milieu d'un désert neigeux, et au bord d'une *taïga* sombre, a vraiment
quelque chose d'impressionnant. De la force, de la
chaleur, de la vie sortiront de là dans quelques
mois; d'ici peu, sans doute, ce sol vierge sera
retourné, et tout là-bas, au fond du trou, des hommes
travailleront dans le noir [1].

Au retour, la route est pire encore qu'à l'aller :
toutefois, nous parvenons à la station sans accident
grave : notre traîneau a bien versé; mais, par
miracle, nous n'avons même pas endommagé un
panier d'œufs que nous avions achetés au village.
Nouvelle attente du train montant. Puis, arrivés à
Taïga, attente plus longue encore du train de Tomsk.
Par bonheur, vers 4 heures de l'après-midi, nous
voyons entrer au buffet le directeur de l'exploitation
de la section centrale du Transsibérien, F. M. Valouief.
M. Chostak me présente, et nous sommes invités à
prendre place dans le train spécial qui rentre à la
ville. Ce n'est qu'en Sibérie que l'on voit monter dans
un wagon-salon des hommes accoutrés comme nous
le sommes en ce moment; l'indulgence est grande,
en ce pays, et M. Valouief ne nous tient pas rigueur
de nos bottes imperméables et de nos pelisses de
mouton. Grâce à sa délicate prévenance, nous sommes
à Tomsk à 10 heures du soir, au lieu de n'y parvenir
qu'à 7 heures le lendemain matin. Je me trouvai là,
pour la première fois en Sibérie, en contact avec un

---

1. Un an après mon passage, il s'élevait déjà à cet endroit une
cité ouvrière et une usine d'extraction. Un hardi capitaliste
russe, M. Michelson, a conclu un traité qui lui assure la four-
niture des sections occidentale et centrale du Transsibérien, où
l'on chauffe désormais à la houille, alors qu'en Russie, on
chauffe encore presque partout au bois.

personnage officiel qui pouvait quelque chose pour
me faciliter le voyage : je puis dire maintenant que,
depuis le jour où M. Valouief m'a ramené à Tomsk
dans son train spécial, jusqu'à celui où M. Khorvat,
directeur de la ligne d'Oussouri, non content de
m'amener à Vladivostok dans son wagon, m'envoyait
encore son coupé pour me prendre à la gare, je n'ai
pas cessé d'être l'objet des prévenances des ingénieurs et des grands personnages rencontrés.

*19 avril.* — En revenant ce soir d'une visite pleine
et instructive au jeune ingénieur qui accompagnait à
Soudjenka le Directeur des mines, je repassais dans
mon esprit les renseignements si nets qu'il m'avait
donnés sur divers points de législation minière.
Comme il est originaire des provinces baltiques, je
ne pouvais m'empêcher d'admirer les qualités de précision, d'ordonnance et de sérieux que lui confèrent
ses origines allemandes. Fonctionnaire très apprécié
à Tomsk, parfaitement intègre, il faisait, de plus,
preuve tout à l'heure, devant moi, d'une telle netteté
de méthode dans l'exposition et la discussion de plusieurs problèmes délicats, que je me trouvais reporté
en pleine Europe centrale, dans ce foyer d'études
méthodiques que les hasards du voyage m'ont fait
un peu oublier. Il y a quelques jours, précisément,
un ingénieur russe se dérobait aux questions que je
lui posais sur les règlements relatifs à l'entretien des
ouvriers des mines d'or; mon présent interlocuteur,
au contraire, sans s'étonner, comme l'autre, de me
voir m'intéresser à une question qui échappe à ma
compétence officielle, se lève, prend une brochure,
et me met les règlements entre les mains : quelle
différence, entre ce bavard russe qui semait de jolis

mensonges, et cet Allemand sérieux qui cause sérieusement! Le premier a beaucoup vécu en Sibérie, le
second a subi la discipline de la science occidentale.
La distance qui sépare l'un de l'autre est appréciable.

Tandis que, pour revenir, je descendais la colline,
le crépuscule tombait sur la ville : le soleil couché
avait laissé au ciel un large voile pourpre, sur lequel
se détachaient en vigueur quelques silhouettes d'arbres dénudés, des bulbes de chapelles, et les croix
d'or de la cathédrale. Sur tout cet horizon, planait
comme une gaîté d'animation printanière.

*20 avril.* — J'a ipassé la soirée chez l'ami A .S. Fialkovski. C'est une figure un peu sombre, lente à
s'animer, avec des traits accusés et des yeux pro-
fonds. C'est un des innombrables Polonais qu'une
effervescence de jeunesse a fait transplanter en
Sibérie. Il y travaille avec sa forte intelligence, et
met au service de grands travaux publics son iné-
branlable intégrité. Plus je le vois et plus je m'attache
à lui : peut-être un semblant de défiance le faisait-il
se tenir sur ses gardes, et l'empêchait-il, au début, de
causer de choses sérieuses avec moi qui n'étais pour
lui qu'un de ces nombreux touristes que la Sibérie
voit passer comme des vols de canards sauvages.
Mais, depuis qu'il a reconnu que je travaillais, que,
sans vouloir prendre parti dans les querelles locales,
je cherchais, du moins, à m'en instruire, que j'avais
en vue une compréhension aussi large et aussi nette
que possible de la Sibérie, il n'a plus hésité à mettre
à ma disposition sa vaste expérience des choses sibériennes. Nous causons ainsi des heures entières, chez
lui ou chez moi. Nous effleurons mille sujets : France
et Russie, littérature et politique, administration et

économie politique; instruction primaire et grandes
entreprises. Le Transsibérien nous arrête fréquemment, et il me donne à son sujet de précieux détails.
C'est vraiment chose curieuse pour moi de voir que
cet homme qui, pour une peccadille libérale, a été
arraché jadis à sa ville natale et à sa carrière, est
cependant plus dévoué à la cause publique que bien
des Russes que l'on envoie ici avec de gros traitements. D'ordinaire, par exemple, lorsque je parle du
Transsibérien, les uns m'assurent que personne ne
vole en le construisant : ceux-là mentent si naïvement qu'ils me font sourire ; les autres m'affirment, au
contraire, que tout le monde se remplit les poches ;
ceux-là exagèrent et me font quelque peine. Pour
A. S. Fialkovski, loin de nier les abus, il les éclaire
nettement ; mais il les circonscrit. Il m'expliquait, par
exemple, que ce sont d'ordinaire les minces entrepreneurs qui opèrent des gains illicites, sur la différence
entre le prix prévu par le cahier des charges et celui
qu'ils payent réellement à des ouvriers illettrés ou
indifférents qui signent, les yeux fermés, tous les
papiers de contrôle qu'on leur présente. Il est certain
que cette explication me donne du personnel une
plus haute idée que les négations des uns et les exa-
gérations des autres. Il en est de tout ainsi. J'ai d'ailleurs toujours observé qu'en Russie comme en Sibérie, les affirmations les plus erronées se répandaient
sans peine, parce que beaucoup de Russes n'aiment
pas convenir qu'ils ignorent quoi que ce soit. Plutôt
que de l'avouer, ou, par prudence, de feindre l'ignorance, ils imagineront une explication fantaisiste, ou
bien se feront sans remords l'écho d'un mensonge.
C'est donc une bonne fortune que de mettre la main

sur un homme qui sait vraiment quelque chose avec
précision : la réalité alors apparaît sous des couleurs
moins sombres. Mais, en vérité, un grand personnage russe pourra-t-il croire que ce sont des exilés
politiques qui m'ont bien fait juger de telle entreprise, de telle administration et de tel haut fonctionnaire sibérien ? Pourtant, le fait s'est souvent produit.

Puisque je parle d'exilés politiques, je veux rappeler une conversation que j'ai eue, l'an dernier, un
soir d'octobre, avec plusieurs d'entre eux, au sujet de
leur exil. C'est un souvenir qu'ils n'aiment pas toucher,
non par prudence, certes, mais par dédain. Cependant, à ma prière, les uns et les autres se laissèrent
aller, ce jour-là, à répondre à mes questions. D., le
premier qui parla, avait été, un beau jour, transporté,
avec un ami, sans savoir pourquoi, dans une toute
petite ville perdue dans la Russie du Nord, au milieu
des forêts. Il avait de l'instruction ; mais, ni lui, ni
son compagnon d'exil ne reçurent l'autorisation de
donner des leçons : l'exercice de l'enseignement est
rigoureusement interdit à ceux qu'on nomme « les
politiques ». A tout hasard, son ami se fit cordonnier ;
quant à lui, s'étant, jadis, un peu occupé de serru-
rerie par passe-temps, il s'aboucha avec deux serruriers pétersbourgeois exilés eux aussi dans ce trou
de province et, avec leur aide, fonda une boutique où
l'on entreprit d'abord la réparation, puis la fabrication de fusils, de serrures, de samovars, de montres
même. Grâce à ce métier qui lui laissait encore quelques heures de loisir pour la lecture, D. gagnait, par
mois, une centaine de francs : une véritable fortune.
Un peu plus tard, ayant fait la connaissance d'un
chimiste également exilé, il ouvrit avec lui une rudi-

Les femmes de Maximkiniar (p. 142)

Notre remorqueur sur le canal (p. 157)

mentaire fabrique de savon. Malheureusement, le
chimiste manquait de pratique, il n'avait pas le tour
de main. Sur ces entrefaites, nos amis rencontrèrent
un Tatar qui leur enseigna quelques secrets de fabrication appris par lui dans une grande savonnerie de
Kazan, sa ville natale. Le savon marcha si bien que
la fabrique, fort agrandie, existe encore aujourd'hui,
après bien des années. « Malheureusement, conclut
D., elle ne m'appartient plus ! »

Un autre des assistants, un grand brun, A., avait été
expédié dans un village sibérien du bassin de l'Yénisséye. Deux amis l'accompagnaient : ceux-ci étaient
charrons ; lui-même était étudiant en médecine. A eux
trois, ils avaient 200 francs en argent et 100 francs
de dettes. Arrivés à la fin de septembre, ils employè-
rent tout le mois d'octobre à se construire une *isba* :
leurs économies y passèrent toutes, soit 100 francs de
bois équarri, et 100 francs pour payer les charpen-
tiers. Chez les marchands du village, ils prenaient à
crédit. Une fois logés, ils commencèrent à travailler.
Les principaux revenus étaient fournis par A. Étudiant en médecine de troisième année, il se mit à
soigner de son mieux les malades qui, d'instinct,
affluaient vers lui, car pour les pauvres êtres de ces
pays perdus, tout homme civilisé est un médecin. Il
n'acceptait pas d'argent pour ses visites [1], mais, en

---

1. Les libéraux russes trouvent presque déshonorant pour un
médecin d'accepter des honoraires. D'ailleurs, tous les médecins, en Russie, reçoivent le prix de leurs visites, comme en
cachette ; on ne demande jamais là-bas : « Docteur, combien vous
dois-je ? » on taxe soi-même son guérisseur, et on lui glisse les
roubles-papier le plus délicatement possible, dans une poignée
de mains. On doit se tromper de temps à autre dans l'éva-
luation. Durant tout le temps de la visite, les yeux du médecin
et du patient semblent exprimer ceci : « Qu'est-ce que je lui

échange des médicaments, les patients donnaient ce
qu'ils jugeaient à propos. Bien que ces paysans fus-
sent très pauvres, leurs dons suffisaient, et au delà, à
l'entretien de nos trois amis : dès la fin de novembre,
ceux-ci avaient payé leurs dettes. Toutefois, cette prospérité ne fut pas de longue durée : A. dut renoncer à
l'exercice de la médecine, faute de pouvoir vaincre
l'ignorance de ses clients. Il lui était impossible de leur
persuader que la santé ne s'achète pas chez le médecin
comme le sucre chez l'épicier : les paysans voulaient
conclure des marchés, payer tant pour être guéris à
telle époque et de telle façon ! En outre, les malades
refusaient de se soumettre à toutes prescriptions
hygiéniques : l'usage de l'eau froide, par exemple, ne
put jamais leur être imposé. A. finit par prendre de
l'ouvrage chez un menuisier. Aujourd'hui, il est libre...

Un troisième interlocuteur, dont les yeux mobiles
brillaient derrière son lorgnon, prit la parole à son
tour : c'était l'excellent T. « L'histoire de mes débuts
en Sibérie est moins gaie, dit-il, que ne vous le semblent peut-être celles que vous venez d'entendre. Nos
amis ne vous ont pas dit l'horreur de leur isolement,
les tortures de leur transport : à quoi bon insister
là-dessus? lisez le livre de Goltz : *Dans le monde des
réprouvés*, et vous saurez une bonne partie des maux
que nous avons endurés, eux comme moi. Mais enfin,
puisque vous êtes loin de chercher des histoires à
sensation, puisque vous êtes ici, non pas, comme
vous dites, pour faire du reportage américain, mais

donnerai? trois ou cinq roubles ? » ou bien ceci : « Qu'est-ce
qu'il va me donner? un, deux, trois roubles? ah! s'il m'en don-
nait cinq ! » Les Russes blâment notre brutalité, en pareille
matière : le médecin, disent-ils, n'est pas un marchand... Vérité
en-deçà de la Vistule, erreur au-delà...

seulement pour étudier, pour comprendre la Sibérie, je ne veux pas m'attarder là-dessus. J'étais tout jeune, moi aussi, quand on m'a envoyé ici : j'avais beaucoup d'illusions, et elles m'aidaient à tout supporter. Un des incidents de notre vie d'étapes vous intéressera peut-être. Avec nous cheminait vers les confins de l'Asie un vieux Juif. Le brave homme ne savait ni le russe, ni le polonais, ni l'allemand, mais seulement son jargon hébraïque. Il était aussi paisible qu'il était indifférent à la forme du Gouvernement : pourtant, il marchait avec nous, les *politiques*. Voici pourquoi. Cet homme tenait, dans une petite ville du sud-ouest, en Russie, une sorte de poste particulière, à laquelle s'adressaient, par économie, les pauvres gens. Un jour, une perquisition fut faite chez lui, et l'on saisit, entre autres, une lettre adressée, sous son nom, à l'un de ses clients. La lettre était compromettante. Notre homme fut arrêté sans explications, — et expédié... Quant à moi, j'avais pour vivre 9 roubles (environ 30 francs) par mois, dans un village perdu, où la farine de seigle valait 12 francs les 16 kilogrammes. Il fallut apprendre à cuire son pain : un de mes amis et moi nous servîmes pour cela d'un petit livre d'écolier, car nous ignorions profondément l'un et l'autre les éléments de la boulangerie. Nous utilisions une sorte de farine d'orge. Les paysans, autour de nous, cuisaient le pain chaque jour : nous voulûmes d'abord, afin de gagner du temps pour nos études, ne cuire que deux fois par semaine; mais ce pain, lorsqu'il était rassis, était tellement indigeste, et la farine en était si grossière, que j'eus bientôt une espèce de dysenterie. Nous vivions là-bas dans l'isolement le plus absolu, au milieu de blancs plus gros-

siers que des sauvages. Cependant, peu à peu, ils
s'habituèrent à nous. Nous donnâmes lecture des
*Récits d'un chasseur* de Tourguénief, et, lorsque le
livre fut terminé, il fallut recommencer. — C'est un
beau succès! » conclut T. avec un sourire triste.

... Non, chers amis, je ne cherche pas à recueillir
des histoires à sensation. Mais les vôtres me servent
à éclairer la formation d'une partie de la société sibérienne, la plus cultivée et la plus honnête. Un quart
de siècle a passé sur vos premières souffrances; vous
êtes maintenant des hommes faits, vous avez une
famille, une situation, vous êtes parmi les citoyens
les plus respectés de la ville que vous habitez. Vous
avez travaillé durement, dans ce dur pays; maintenant, vous semez autour de vous le bon grain de
l'instruction primaire, et vous répandez l'inappré-
ciable exemple de la vertu civique dans ce qu'elle a
de plus noble, au milieu d'une société corrompue,
qui peu à peu, sous votre action, se modifie. Vos histoires ne sont pas pour moi des anecdotes : ce sont
des faits typiques...

* *

Ce soir, cette conversation de Tioumen me revenait
en mémoire, en constatant que A. S. Fialkovski,
comme tant d'autres, fait partie de cette cohorte
d'exilés intellectuels qui a civilisé la Sibérie, tandis
que les forçats la corrompaient, et que tant de fonctionnaires la pillaient. Certes, je le répète, nous
abordons rarement, lui et moi, pareils sujets. Nous
causons plus volontiers de l'avenir et du présent que
du passé, et il me met surtout au courant des obser-

vations qu'il a faites, ou bien me fait me rencontrer avec tel ou tel de ses amis dont l'expérience enrichira mes notes.

Après avoir ainsi causé, ce soir, chez lui avec des ingénieurs du chemin de fer, et avec un médecin, nous passions dans la salle à manger, pour prendre du thé et pour souper, lorsque, en entrant, mes yeux tombèrent sur une grande carte d'Europe, pendue à la muraille. Depuis deux mois, je suis habitué à voir sur les parois des appartements des cartes de Sibérie; aussi une douce nostalgie m'a-t-elle étreint tout à coup à contempler notre Europe : elle est si jolie, si finement découpée, depuis son extrémité occidentale, ciselée, civilisée, bruissante, jusqu'à sa morne extrémité orientale, lourde massue qui touche à l'Asie ! Et ce petit morceau de France, joli comme un jouet, si gracieux et si bien équilibré, m'apparaît plus tendre encore, maintenant que j'ai les yeux remplis par tant de visions de cartes sibériennes, énormes et désertes...

*22 avril.* — J'allais faire visite à l'Université à M. Kouznetsof. Il se trouvait à l'église : prévenu de ma présence, il est venu me chercher et m'a entraîné dans la chapelle à laquelle on accède par des couloirs. Nous sommes en pleine semaine sainte, et, à défaut du peuple, les fonctionnaires de Tomsk font tous les jours leurs dévotions. La chapelle de l'Université est, par excellence, l'endroit « comme il faut » pour faire ses Pâques : c'est la Sainte-Clotilde de Tomsk. Il y a pour cela une bonne raison : le Gouverneur y fréquente; on y est donc bien en vue et l'on a ainsi la joie d'accomplir son devoir, avec la douce assurance que nul n'en ignorera. Pour ma part, je n'aime guère

les cérémonies du culte orthodoxe, qui nous forcent
à rester debout des heures entières : mais ce soir, je
n'ai pas regretté ma fatigue, car j'ai pu observer
l'assistance. Chacun des fidèles tient à la main un
petit cierge allumé, et l'on voit, d'après la position du
cierge, quelque chose du caractère de celui qui le
porte. Il y a d'abord l'homme sérieux, convaincu, qui
vraiment prête attention au service divin; il sait que
le cierge est un symbole et ne saurait être tenu négli-
gemment : il s'est accoté à un pilier; grave, il tient
son cierge droit, immobile, sans une bavure et sans
un égouttis. Voici la maman soigneuse qui s'est
enveloppé la main de son mouchoir; son cierge est
droit aussi, mais c'est surtout parce qu'elle craint les
taches; quand elle s'allonge sur les dalles pour les
toucher du front, elle souffle le cierge, dévotement,
prudemment. Près d'elle, un indifférent se fatigue de
son cierge, et finit, distrait, par le pencher légèrement, mais, il le relève bien vite, persuadé que la
verticale est la seule position pratique qui permette
d'éviter les larmes de cire. Et ce *tchinovnik*! il est
soigné, peigné, huilé, ciré, parfumé — il sent même
très fort —; ses boutons reluisent, il est en grande
tenue. Il arrive en retard, ayant passé beaucoup de
temps à sa toilette, comme une femme; il achète
un cierge, ni très cher ni très bon marché, à quinze
copeks; puis, uniquement soucieux de protéger son
uniforme, il tient le cierge à 45° d'inclinaison sur
l'horizontale, le plus loin qu'il peut de sa poitrine :
les larmes de cire coulent lentement sur le parquet,
et la charité chrétienne de cet homme si dévot n'est
pas suffisante pour l'avertir du surcroît de besogne
qu'il crée ainsi à la pauvre femme qui nettoiera la

chapelle ! Il y a les dédaigneux qui brûlent vite et les économes qui éteignent souvent. J'aperçois aussi un vieil étudiant pauvre dans sa tunique râpée : il tient dévotement, sans distraction, une mince petite chandelle de deux sous, touchante de simplicité, qui me fait penser à sa famille, une pauvre famille de pope, bien sûr, dans un grand village hostile, et qui évoque dans mon souvenir vagabond toute une série de profils de popes entrevus. Pourtant, au milieu de toutes ces nuances de piété, on aperçoit que le cierge tenu deux heures durant est une manière de joug égalitaire, et là seulement je retrouve le vrai cachet chrétien. Dans un bas côté, debout à un comptoir en bois ciré, un petit homme infirme vend les cierges; de temps à autre, il se signe, selon la mesure, puis, un client venant à s'approcher, il penche vers lui sa grosse tête : « A combien? — A cinq sous! — Voilà ! » J'écoute chaque fois le petit dialogue furtif, m'amusant à deviner d'avance, d'après l'aspect du client, quelle chandelle il choisira. Enfin, quand les vêpres sont dites, le petit marchand, tout en multipliant d'une main ses signes de croix, dépose de l'autre, sur un plateau, quatre ou cinq cierges éteints : il veut ainsi appâter les fidèles et les engager à lui rendre ce qui leur reste de la pieuse marchandise.

*24 avril.* — Samedi saint. Un temps de mai radieux et chaud, qui fond la neige tombée hier. De tous côtés, par la ville, c'est une agitation ; les magasins regorgent de clients, tout le monde est en joie. C'est demain Pâques, et je sens bien que cette fête signifie, pour ce peuple emprisonné huit mois, la délivrance, le signal du renouveau, la nature, l'air, l'eau, la forêt, les fleurs, dont on jouira librement. C'est pourquoi ils

mettent dans cette fête toute l'expression de leur allé-
gresse : les illuminations des églises durant la semaine
sainte, et ce soir, de copieuses « boustifailles » de
réveillon. Dans le salon de Gavril Pétrovitch, une
table énorme est dressée le long d'une paroi, et sur
la table sont exposés les produits les plus délicats des
charcutiers et des marchands de comestibles. Au
centre, un cochon de lait, tout enguirlandé de sain-
doux ; aux angles, des *bâba* ou des *koulitchkis*, hautes
tourelles de pâtisserie sèche semée de raisins de
Corinthe, et qui se mangent avec le thé. Des plantes
vertes forment le fond, et nous avons passé longtemps, Gavril Pétrovitch, le domestique Ivan (un vrai
type de faux nigaud, au langage bouffonnement
solennel), et moi, à ranger tout cela. Dans l'intervalle
des grosses pièces, s'étalent : un énorme jambon
fumé, des harengs, du beurre de Berzka, des sar-
dines, des anchois, du caviar, du homard, du filet de
porc fumé, des fromages variés, du lard cru, des œufs
multicolores, des oranges, des citrons, de l'esturgeon
fumé, que sais-je encore ? mille et mille bonnes
choses dont le souvenir me ferait, pour un peu, venir
encore l'eau à la bouche. Puis des vins, de la *vodka*,
des liqueurs variées et de toutes couleurs. Mon ami a
bien fait les choses !

Durant la nuit du samedi saint, toute la ville est en
liesse. Les églises, aux environs de minuit, regorgent
de monde et d'illuminations ; j'éprouve exactement
l'impression de notre Noël. C'est d'un charmant effet.
Sur le parvis des grandes églises, ou sur les bas
côtés, des tables sont dressées, où les gens du peuple
ont apporté dans des serviettes blanches des victuailles que le clergé va bénir. Des hommes, des

femmes, des enfants montent la garde devant ces
pâtés ou ces gâteaux, et, lorsque la messe de minuit
est terminée, lorsque l'on se sépare aux cris répétés
de « Christ est ressuscité », le clergé vient marmotter
quelques prières, et lancer quelques gouttes d'eau
bénite sur ces provisions étalées. Chacun alors referme
les coins de sa serviette, et, par la ville, où s'épandent
de gros flocons de neige, les files pressées des fidèles
rentrent à la maison pour... se « décarêmer ». L'expression russe est jolie et exprime bien la chose. Après
la longue abstinence pascale, on n'attend pas le
déjeuner de Pâques pour faire un festin : on réveil-
lonne en sortant de la messe.

J'allais, vers une heure du matin, me retirer, lorsque
tout à coup, les cloches d'alarme sonnèrent au feu.
Information prise par téléphone, c'est le *club* qui
flambe : vite, une voiture, et j'arrive sur le lieu du
sinistre. La maison incendiée est une grande bâtisse
sans étage, qui sert aux bals, aux concerts, à toutes
les réunions de jeu et de société ; pas d'accident de
personne à craindre, car nul ne s'y trouvait cette
nuit. Il neige avec une violence inouïe ; une rougeur
immense s'étale au ciel, et la neige, vivement éclairée
par-dessous, donne l'impression d'un nuage mouvant
de grosses étincelles rouges. La foule est parfaitement
indifférente, et un piquet de soldats protège contre
l'indiscrétion des spectateurs le mobilier sauvé des
flammes.

*25 avril.* — Le jour de la Pâque russe s'annonce par
un temps gris et un grand vent. A peine levés, nous
partons en visite, mon ami et moi. Toute la ville est
sur pied ; les fiacres et les voitures de maître sillonnent, dès dix heures, les rues de Tomsk. L'étiquette

exige que l'on fasse une apparition de quelques minutes
chez toutes les personnes de sa connaissance, que l'on
échange avec elles les trois baisers chrétiens, et que
l'on se tire le mieux possible de l'offre inévitable qui
vous est faite d'un verre de vin ou de liqueur. La première partie du programme s'exécute aisément : de
jolis visages frais, chrétiennement effleurés des
lèvres, vous dédommagent de bien des barbes que
l'on a dû étreindre. Mais, pour le verre de vin ou de
liqueur, la chose est moins aisée. Il y a deux façons
de s'en tirer : se griser sans souci, ou bien détourner
l'attention du maître de la maison, et changer son
verre plein contre un verre vide. Néanmoins, j'aurais
mauvaise grâce à ne pas avouer que cela ne va pas
sans quelques accrocs, et que, vers deux ou trois
heures de l'après-midi, on ne souhaite pas plutôt un
fauteuil que son dîner. Particuliers et personnages
officiels, tous sont également accueillants, aimables :
les Russes excellent toujours à exercer l'hospitalité
avec une simplicité large et franche...

Depuis ce matin, la rivière monte ; on voit peu à peu
son énorme carapace de glace se soulever, s'enfler :
d'heure en heure, on attend la débâcle, et ce grand
spectacle imminent m'émeut d'avance.

*26 avril.* — L'état des rues est effrayant : hier, j'ai
vu un ivrogne risquer de se noyer en traversant la rue
Nétchaievska, et le fait n'aurait rien eu d'extraordinaire, puisque l'an dernier, une vache s'est si bien
embourbée dans une rue marécageuse, qu'elle y a
disparu tout entière et y a péri en quelques minutes.
Les plus grands personnages de la ville ont eu des accidents : enlisement de voiture, chevaux abattus ; on ne
compte plus les fiacres versés en pleine boue gluante.

Au milieu de ces transes que tous partagent, j'ai vu tantôt une voiture étroite sur roues, vacillante, s'engager à l'endroit le plus difficile de la grande rue, et rouler bravement dans le bourbier : quatre ivrognes l'occupaient; riant comme des fous, ils se cramponnaient les uns aux autres pour ne pas être projetés sur le sol, et celui qui conduisait tapait à tour de bras sur le cheval, tout en criant gaîment : « Doucement! prudemment! » La voiture est passée sans encombre!

Malgré ces menaces d'accident, j'ai traversé toute la ville pour aller passer la soirée chez M. Kouznetsof. Il m'a fait faire la connaissance du professeur de botanique de l'Université, V.V. Sapojnikof, un jeune savant formé à nos méthodes occidentales, esprit lucide et charmant, intrépide avec cela, car il compte parmi les plus hardis et les plus heureux explorateurs des montagnes de l'Altaï. La soirée s'était passée gaîment en conversations diverses, autour de la table, parmi les innombrables bibelots de Stépane Kirovitch, ou dans le salon où M^me Kouznetsof sème tant de grâce, lorsque, le souper réunissant les divers groupes, le maître de la maison me dit avec un demi-sourire, derrière ses lunettes : « Savez-vous l'histoire du mammouth de la *taïga* de Mariinsk? » Personne ne la savait au juste. Le savant bibliothécaire tire alors d'un rayon un petit livre rare : « *Croquis de la Russie du nord* » de Sidorof, et commence à nous donner lecture des pièces authentiques, lettres et télégrammes échangés à propos de cette belle découverte. Voici l'histoire. Au printemps de 1877, des ouvriers employés sur un placer appartenant à un certain Gromof, juif baptisé, découvrirent les restes d'un mammouth en parfait état

de conservation : la peau et les poils étaient intacts.
Nouvelle en fut immédiatement donnée à l'heureux
possesseur de la mine, et à l'Académie des Sciences
de Saint-Pétersbourg. La docte assemblée télégraphie
aussitôt : « N'épargnez rien pour retirer l'animal
entier ; envoyez-nous, si c'est possible, un morceau de
sa chair, et *surtout, ne manquez pas de garder tout ce que
vous trouverez dans les intestins.* » Grand émoi : tout le
monde se mêle de la découverte. L'*ispravnik* (officier
de police) du district vient faire son enquête : des
chiens, devant lui, avaient dévoré des lambeaux de
chair de l'animal ; le propriétaire de la mine, Gromof,
lui-même, en avait fait tailler un bifteck, et l'avait
mangé, le déclarant exquis. L'*ispravnik* alors rédige
son rapport (et Stépane Kirovitch nous le lit, ce déso-
pilant rapport !) : appelant à son aide tous ses souvenirs de rhétorique, le brave commissaire, dans un
style pompeux et fleuri, expose la découverte, l'effet
produit dans la province, ses impressions person-
nelles, ses expériences, ses conjectures scientifiques,
et le résultat des mesures faites sous ses ordres : le
mammouth colossal est long déjà de 60 mètres, et
encore n'est-il pas tout entier mis à jour ! Évidemment
l'excellent homme croit sa fortune faite après un tel
morceau de style.

Cependant, l'Académie continue à échanger des
télégrammes avec Gromof. On agite la question de
savoir si l'on montrera l'animal dans les villes du parcours, lorsqu'on le transportera à Saint-Pétersbourg,
et si l'entrée sera payante. On précise cent détails, on
s'agite en pleine effervescence... Sur ces entrefaites,
un ingénieur, envoyé par le Gouverneur, arrive sur les
lieux, et démontre au public ébahi que la prétendue

chair du mammouth est constituée par un filon d'argile comestible, et sa peau par une espèce d'amiante! Je suppose que Gromof en eut une indigestion rétrospective...

*27 avril.* — L'Université de Tomsk, ou plutôt, la Faculté de médecine, est un immense bâtiment blanc délicieusement niché au milieu d'un bois de bouleaux. Comme les Russes, et plus encore les Sibériens, aiment leurs aises, ce bâtiment est toute une ville : il comprend les logements de plusieurs fonctionnaires, une bibliothèque, un musée, une chapelle, outre les différents services de botanique. Je m'y retrouve ce matin chez le professeur Sapojnikof, examinant avec lui ses collections, ses serres, son laboratoire, écoutant le récit qu'il me fait de son dernier voyage dans l'Altaï, et des préparatifs de celui qu'il y projette pour cet été. Voilà une véritable température printanière, et tout à l'heure, nous avons pu nous asseoir sur le gazon, pour contempler le vaste horizon morne où la Tome, toute blanche de glace encore, va s'animer d'une heure à l'autre.

*28 avril.* — De grand matin, j'apprends que la débâcle a commencé : j'accours à la rivière. Tout, hier soir, était encore lisse et blanc, et voici que, pendant la nuit, l'eau a monté de plus de deux mètres, faisant éclater cette carapace glacée épaisse encore, en moyenne, de quatre-vingts centimètres. Les glaçons énormes, terribles, se dressent les uns contre les autres dans un furieux désordre, et j'ai l'impression d'un cataclysme terrifiant. Rien ne saurait donner l'idée de l'effet produit par ce grandiose hérissement de glaces, par ce subit changement à vue : jamais la puissance des eaux ne s'était, même dans une tempêle marine, révélée à moi d'une façon plus concrète, plus imposante.

Hier soir, en dînant chez Nicolas Serguiévitch, le chasseur dont j'ai fait la connaissance l'autre jour à la gare de Taïga, j'ai accepté une partie de chasse; nous sommes en route ce matin pour l'exécuter. Mais, avant de raconter la chasse, je désire montrer le chasseur à son foyer. Lorsque j'arrivai à la maison que Nicolas Serguiévitch habite dans le beau quartier, tout là-haut, il me reçut clopin-clopant, s'étant, quelques jours auparavant, blessé à la jambe, en tombant avec son cheval. Mais, n'importe, il voulut d'abord me présenter ses chiens : il en a dix, et tous, chacun à sa façon, l'adorent. Jamais je n'ai vu pareille exhibition de toutous en liberté : chiens ostiaks au poil rude, aux oreilles courtes et droites, au museau pointu; setters de race; chiens de croisement; bêtes fines et bêtes dégénérées, toute une compagnie caressante, contente, léchante. En rentrant, M. D. ouvre un buffet d'office, et j'y vois pêle-mêle un amas de gelinottes et de gros gardons, que la gelée conserve fraternellement, côte à côte. Voici, dans un coin de la cour, un traîneau spécial pour la chasse; plus loin, un canot spécial; puis encore, une selle spéciale pour les longues chevauchées par la *taïga*. C'est ensuite le tour des fusils : fusils de chasse ordinaires, à percussion centrale; fusil à ours, d'un calibre énorme, et chargé d'avance; carabines à balle, de divers calibres; puis des munitions de toutes sortes, des appeaux, des mannequins de canards et de tétras, un bric-à-brac extraordinaire de chasseur fervent, et un désordre en proportion. Assis sur une chaise, pour ménager son pied, Nicolas Serguiévitch vise tranquillement,

avec une carabine, le ventilateur de la pièce voisine,
et le traverse d'une balle; après quoi, il me regarde
avec son bon sourire innocent. A table, nous causons
chasse; après dîner, nous causons chasse, et en nous
quittant, nous convenons que demain nous partirons
pour la chasse.

Nous voici donc ce matin supportant stoïquement
la torture d'un voyage sur l'embranchement qui dessert Tomsk. A peine arrivés dans le fameux village
de Taïga que je décrivais l'autre jour, nous envoyons
chercher des chevaux. On finit, vers cinq heures, par
nous en amener deux, l'un sellé, l'autre nu : c'est ce
dernier qu'on me destine, car Nicolas Serguiévitch
souffre de la jambe. Nous partons ainsi sous une pluie
battante, suivis par Alexandre, le moujik chasseur,
domestique de mon compagnon. Nous faisons
d'abord trois ou quatre kilomètres sur la voie ferrée
non ballastée, maintenant avec peine nos chevaux
qui se fatiguent à sautiller ainsi entre les traverses.
Enfin, un demi-tour, et nous sommes dans la *taïga*
(forêt vierge), où la neige est si profonde et si friable
que nos bêtes s'y enfoncent parfois jusqu'aux épaules.
Je n'ai pas fait trente mètres que mon cheval, butant
contre un arbre tombé sous la neige, m'envoie par-
dessus sa tête. Avec l'aide d'Alexandre, je me hisse
de nouveau en place. Cinquante mètres plus loin,
nouvelle chute : cette fois, le cheval s'abat avec moi;
mais, la neige le soutenant, il tombe sur les genoux,
et je le relève d'un appel. Le voyage continue ainsi,
avec d'innombrables chutes, occasionnées par ces
troncs d'arbres qui, sous la neige, sont étalés partout,
sans que rien les décèle : d'ailleurs, mon cheval
bronche au moindre obstacle. C'est une pénible che-

vauchée, sous le jour tombant, dans l'incertitude du but où nous tendons, et avec la crainte vague d'un accident sérieux qui laisserait trace! Nous errons ainsi, lentement, au pas, entre les arbres. De temps à autre, un ruisseau de neige fondue se présente, et nos chevaux glissent, en le traversant, sur la glace qui en tapisse les berges. L'un de ces cours d'eau est plus profond qu'on n'attendait : le cheval de mon compagnon y disparaît et se met à la nage. Pour moi, je passe le mien à la bride, traversant moi-même au moyen d'un arbre abattu en travers du courant. Durant ce travail, je glisse à mon tour, et me voici, jusqu'à la ceinture dans l'eau glacée! Heureusement, l'abri n'est pas loin.

L'abri consiste en un énorme sapin dont les branches horizontales nous servent de toit; des plaques d'écorce complètent ce toit rudimentaire, et, comme la pluie ne tarde pas à cesser, nous ne sommes pas trop mal abrités du vent. Vite, un grand feu. Réchauffés par un bol de *vodka* que chacun de nous avale sans sourciller, nous faisons sécher nos vêtements : je ris encore en pensant à la mine que je devais avoir, déshabillé complètement et roulé dans un plaid, tandis que mes hardes de chasse fumaient devant le feu clair. Assis sur des plaques d'écorce, à même la terre mouillée, nous attendons le jour, tout en grignotant des provisions et en devisant sur la chasse. Alexandre, le moujik chasseur, est le type même du paysan qui vit de sa carabine : à la ville, il a l'air stupide; mais ici, dans la forêt vierge, dans son élément, il se transforme. Son intelligence se révèle par mille détails, où je reconnais sa finesse d'observation, sa bonne humeur silencieuse, sa force

Le *Kater* au seuil de la première écluse (p. 161)

Forêt inondée sur le canal (p. 157)

et son adresse. En ville, il répondait à peine à mes
questions ; ici, nous causons fraternellement, en
buvant du thé sans sucre. C'est le coq de bruyère
que nous sommes venus chasser. Près d'ici se trouve
une clairière où Nicolas Serguiévitch sait, par expérience, que les coqs viennent glousser leurs séré-
nades amoureuses devant les poules assemblées. Ces
oiseaux sont, on le sait, absolument assourdis par
leur gloussement : tandis qu'ils le font entendre, on
peut marcher ou tirer sans les effrayer : quand ils
s'arrêtent, il faut rester immobile et muet. Le mieux
est, dans ces forêts vierges, de s'embusquer près de
leur clairière favorite, pour les tirer sans se déranger.
C'est ce que nous allons tenter. Vers une heure et
demie du matin, une lueur à peine perceptible se fait
au ciel, et nous partons pour la clairière. On me poste
au pied d'un tremble, avec ma carabine ; j'attends
patiemment deux longues heures, seulement distrait
de mes méditations par le grand vent glacé qui hurle
dans les cimes et balance au loin les mélèzes. Tout
à coup, sans bruit, arrive je ne sais d'où un très gros
oiseau noir : il se pose sur la neige, à soixante mètres
de moi, et me regarde ; puis, comme je ne bouge pas,
il se met à sautiller sur la neige, avec une légèreté
silencieuse qui me fait littéralement penser aux entre=
chats d'une ballerine. A force de patience, j'arrive à
retirer ma carabine que je portais en bandoulière, et
à l'ajuster, sans que le coq ait remarqué un seul mouvement : cela m'a pris plusieurs minutes. Tout à
coup, à côté de moi, j'entends glousser, et instincti=
vement je me retourne. A vingt-cinq mètres, environ,
un coq se livre à ses ébats : oubliant celui que j'allais
tirer, c'est ce dernier que je vise, sans doute parce

qu'il est plus près : à la première balle, il fait un
bond et cesse de chanter ; puis, il reprend son *tok*
au bout de quelques minutes — j'ai su depuis que
je lui avais coupé un orteil. La seconde balle met fin
pour toujours à sa chanson. Pendant ce temps, l'autre
coq avait continué, sans s'inquiéter de moi, sa sau-
terie sur la neige. En ce moment, à soixante-dix mètres, il était perché sur un arbre abattu par la tempête :
ma balle le traversa de part en part. On devine ma
satisfaction. J'attendis une demi-heure encore, sans
plus rien voir, jusqu'à l'arrivée de Nicolas Serguiévitch qui s'était placé ailleurs : il me dit qu'il n'y avait
plus rien à faire, la nuit ayant été trop mauvaise, et
j'allai ramasser mes oiseaux. Quel gibier ! Leur tête
énorme, tout emplumée, avec un bec jaunâtre et un
demi-cercle de pourpre au-dessus de l'œil, leur corps,
gros comme celui d'un dindon, leurs épaisses pattes
velues, tout cela faisait mon admiration : je ne crois
pas que mon premier lièvre ou mon premier perdreau
m'aient réjoui aussi naïvement que mon premier coq
de bruyère, si chèrement acheté [1].

Il était quatre heures et demie du matin quand nous
nous retrouvâmes au pied de l'arbre : le séchage, le
déjeuner, puis le retour à cheval, avec la même série
de chutes de nos bêtes qui n'avaient pas mangé,
tout cela prit environ trois heures. Il nous fallut donc
attendre à la gare de huit heures du matin à onze

---

1. Nous étions convenus, avec mon compagnon, de tirer à
balles, et nous n'avions emporté que des carabines de petit
calibre. Avec du plomb, on a rarement l'oiseau : il faut au moins
des chevrotines. La balle a l'avantage de tuer sur place ou de
de ne rien faire ; d'ailleurs, je me suis très bien trouvé, dans
ce voyage, de l'emploi constant d'un mousqueton Winchester du
calibre 32.

heures du soir l'arrivée du train de Tomsk : le lendemain matin seulement, nous débarquions en ville ! La
chasse, au dire de Nicolas Serguiévitch, avait été
misérable [1]; mais on voit ce qu'il en coûte là-bas
pour aller à l'affût du coq de bruyère.

*1ᵉʳ mai.* — Il n'y a pas moins de 2 000 Polonais à
Tomsk, et ils y jouent, grâce à leurs fonctions, à leur
tenue et à leur intelligence, un rôle considérable. Ce
soir, ils donnaient une fête de charité catholique, et,
par suite, polonaise. Comme on s'y sentait bien entre
soi, en famille, presque, la gaîté y était plus franche
qu'elle n'est d'ordinaire dans les réunions de ce genre.
Peut-être aussi l'entrain qui régnait dans la fête était-il
dû à la présence d'une société plus vive, plus gaie que
la société russe : il m'a bien semblé en saisir quelque
chose dans les physionomies, comme dans l'allure
vive des mouvements de danse et des conversations.
Il est curieux de retrouver l'élément polonais d'un
bout à l'autre du pays russe : on l'y voit partout irré-
ductible dans sa haine et sa rancune, séduisant par
sa grâce, trop ondoyant parfois, dans un pays où le
manque de ténacité est un des défauts les plus communs. En Sibérie, le rôle des Polonais a été considérable : ils ont apporté au pays où on les a exilés
en masse, un peu de la civilisation occidentale : ils
continuent à y venir en qualité de fonctionnaires,
et l'on sent qu'ils y comprennent leur devoir social.
Les hauts fonctionnaires russes ne voient pas toujours sans ombrage cette minorité unie et puissante,
et plus d'un cherche à en entraver le développement.
Ces tracasseries n'ont guère pour effet que d'aug-

---

1. Quelques jours après, il rapporta d'une expédition analogue
15 coqs et poules de bruyère, sans compter 50 gelinottes !

menter le nombre des mécontents dans un pays où
la résistance au pouvoir local est infiniment plus
accusée qu'en Russie. Certes, je me rends bien
compte du danger que fait courir à une société la
formation dans son sein d'un noyau hostile à ses tendances générales ; mais on ne peut plus, à la fin de
notre siècle, agir contre ces intrus par des moyens
radicaux ; on ne peut plus trancher, éloigner vio-
lemment, on ne peut guère que tenter d'affaiblir
la résistance des minorités en surveillant de près
l'influence qu'exercent ceux de leurs représentants
qui sont en place, en évitant qu'ils ne soutiennent
exclusivement leurs frères, et surtout en favorisant
leur fusion avec l'élément dominant. Tout cela, sans
doute, nous ne le savons que trop en France, est plus
facile à concevoir qu'à réaliser...

*2 mai.* — Temps gris et bas, avec de grandes
rafales glacées qui passent, par instants, comme
venant d'on ne sait quel lointain champ de neige. La
rivière, subitement élargie depuis la débâcle, roule
lentement, dans un lit factice, ses terribles îlots de
glace aux cassures bleues. Tout ce qu'ils rencontrent
sur leur passage est broyé, roulé, emporté, sans
rémission, comme dans une naturelle dérive. Toute
la partie de la ville qui se trouve installée sur la rive
même de la Tome, est en ce moment submergée :
paisiblement, les habitants, coutumiers du sinistre,
se sont réfugiés sur les toits, et, par les rues transformées en canaux, on circule dans des barques, à coups
de pagaies courtes. En contemplant cette colossale
passée de glaces emportées d'un mouvement égal
vers ce nord mystérieux sur lequel l'horizon bas tombait, je songeais à la trop excusable incurie de cette

race. Cette inondation, comme la plupart des précédentes, cause des frais énormes, et l'on a déjà signalé plusieurs noyades; pourtant, durant des années encore, des siècles, peut-être, il en sera de même à chaque printemps. On connaît le fléau, on sait à peu près l'époque de son retour; on l'attend avec une résignation épuisée; on le subit en silence au lieu de tâcher de l'arrêter; il faudrait l'attaquer, et c'est tout au plus si l'on cherche à parer un peu ses coups. On trouve commode d'habiter au bord du fleuve : on s'y installe, quitte à voir sa maison détruite un beau matin par les grandes eaux, ou son entrepôt inondé. Le fatalisme russe se montre ici nettement. Mais il faut songer aussi qu'il est favorisé par ce qu'il y a d'imparfait dans l'organisation de ces centres hâtifs, placés en face d'une nature colossale que toute notre civilisation aurait elle-même grand peine à endiguer. La flexible civilisation russe, cette civilisation de bois, flotte sur les grandes eaux printanières, là où notre pierre et notre acier s'enfonceraient peut-être : elle est roseau, nous, un peu chênes. Certes, les fléaux périodiques lui causent des dégâts; mais c'est comme un tribut qu'elle paye sans murmurer au Minotaure immense. Chez nous, si une inondation prend une vie humaine et une maison, c'est une calamité publique, un désarroi : ici, dix hommes déjà, et des millions sont engloutis — la vague passe, et tout s'oublie...

6 mai. — Les premiers paquebots sont arrivés, et déjà, sur la berge à peine sèche, au milieu des amoncellements de glace que la rivière a laissés en se retirant, court et rit une animation printanière. Tout ce peuple, évidemment, voit dans la rivière qui

bleuit au soleil, comme inconsciente de sa furie
d'hier, un véritable symbole de la courte vie d'été qui
s'ouvre pour lui. De toutes parts, on voit des gens
flâner; les bêtes elles-mêmes semblent heureuses.

*8 mai.* — Les quais sont devenus, décidément, le
centre de la ville. Les marchands y débouchent les
soupiraux de leurs magasins, que des amas de terre
glaise gardaient de l'inondation; les portes en restent
grandes ouvertes pour sécher les intérieurs; les porteurs d'eau, guidant leur cheval attelé d'un chariot
sur lequel est placé un tonneau percé d'une ouverture carrée, passent péniblement dans la boue; des
cochers entrent déjà dans la rivière pour laver leur
voiture; au milieu de ce va-et-vient de gens affairés,
la foule circule, regardant curieusement sur la
rivière qui sourit, toute bleue, les vapeurs qui ont
pris leur place, en file blanche et pimpante. Déjà,
quelques moujiks ont apporté un tonnelet blanc peint
d'une enseigne : « *Kvass de fruits* »; ce sont les marchands de coco de Tomsk; immobiles et silencieux,
ils attendent le client. Sur tout ce décor, brille un
soleil radieux. Tout à l'heure, trois ou quatre jeunes
filles fraîches et bavardes étaient venues jeter ici un
coup d'œil avant d'entrer au lycée : l'aspect de cette
jeunesse gracieuse et pépiante est un apaisement
dans ce joyeux brouhaha.

Parmi les vapeurs amarrés à quai, voici ceux des
divers services publics, et parmi eux le *Nicolaï*,
sur lequel je dois prendre passage dans quelques
jours. Tous ces bateaux de l'État sont blancs, propres, fins, tenus à la perfection, et leur aspect
tranche si vivement sur le laisser aller général, qu'on
les reconnaîtrait entre mille.

La ville, elle aussi, a changé d'aspect. D'abord, les rues en sont praticables, pour qui, du moins, ne craint pas les nuages de poussière; car la boue innommable des semaines dernières s'est réduite en une poudre qui nous apporte à domicile les parcelles odorantes de toutes les choses de la rue. On observe de toutes parts un bouillonnement d'activité : dans toutes les voies, des chantiers s'installent, et des ouvriers en chemise rouge ajustent lentement les poutres dont sont construites ici la plupart des maisons. C'est l'été déjà, mais un été rude, avec des coups de vent traîtres qui ont passé sur la *taïga* enneigée.

La lumière a pris un éclat plus vif; le soleil, presque chaque soir, semble se coucher dans de l'or en fusion ou dans des lacs de pourpre, et le matin, quand je descends ma rue, la Millionnaya, j'aperçois, entre des sapins, les bulbes et le campanile d'une petite église ravissante, nichée parmi des jardins : elle est peinte en bleu tendre, avec des rehauts d'or et de blanc, et se détache curieusement sur l'horizon gris perle du matin.

Un joli tableau encore, sur les bords de l'Ouchaïka, une petite rivière informe et malpropre, une sorte de Bièvre à découvert, qui traverse un coin de Tomsk : près du pont, les blanchisseuses ont leur quartier général : elles sont là, debout, sur un radeau à claire-voie, les pieds dans la boue et dans l'eau, les jupes troussées, et, ignorant l'usage du garde-genoux, elles rincent le linge à bout de bras, nonchalamment; le grouillement de leurs vêtements rouges est amusant.

L'ingénieur en chef de la section centrale du Trans-sibérien, Nicolaï Pavlovitch Méjéninof, qui revient

de Saint-Pétersbourg, m'a reçu ce matin avec une
amabilité bon enfant qui m'a touché. Non seulement,
il m'a permis de prendre passage à bord du *Nicolaï*,
le vapeur de sa section [1], pour explorer le canal de
l'Obi à l'Yénisséye, mais encore, il y a mis à ma disposition sa propre cabine : « Faites attention, a-t-il
ajouté, que le voyage peut durer longtemps et que
vous n'aurez guère de société, dans ces déserts. Vous
vous ennuierez! — Tranquillisez-vous, ai-je répondu,
ces lenteurs et cette solitude sont justement ce qui
m'attire. Je ne crains pas plus l'imprévu que la maigre
chère. Je ne m'ennuie jamais, quand j'observe. »

Nicolaï Pavlovitch a souri, puis, quelqu'un qui était
là, a ajouté : « Tous ceux de *ses* compatriotes qui
passent par ici ne sont pas aussi faciles à contenter :
c'est tout juste si l'un d'entre eux n'a pas protesté,
l'an dernier, contre la lenteur d'un train où il avait
pris place gratuitement : ne voulait-il pas forcer un
de nos chefs de service à débarquer quelques ouvriers
pour lui faire immédiatement place dans un train de
pose!... » — Oui, je le sais, quelques-uns de nos compatriotes passent là-bas comme en pays conquis;
munis de papiers officiels, ils se croient tout permis.
Tel d'entre eux a ainsi accumulé derrière lui, dans ses
fréquents voyages, bien des ressentiments, et ce sont
ses successeurs qui en souffrent : il est triste pour un
Français de ne pas pouvoir, sur la grande route de
l'Asie russe, prendre la défense de tous les Français
qui l'y ont précédé : et pourtant, peut-on se solida-
riser avec de pareils imprudents?

1. J'avais obtenu pareille permission du baron Aminof; mais
le *Nicolaï* offrait sur la *Fortuna* l'avantage de pousser jusqu'à
Krasnoiarsk et de m'éviter un long trajet en canot.

*10 mai.* — On s'habitue si bien aux douces choses
que je n'ai pas encore songé à consigner dans ces
notes la joie et le profit que je retire de l'hospitalité que
m'offre Gavril Pétrovitch : la jouissance m'a fait ingrat.
Gavril Pétrovitch est une de ces natures de choix dont
j'ai noté déjà ici quelques exemplaires : il est fait d'enthousiasme enveloppant et de dévouement. Son intelligence nette et souple, toujours en éveil, n'est jamais
en travail pour un intérêt personnel : il se contente
de si peu que la fortune n'est pas un but pour lui. Sa
vie de sentiment le tourne sans cesse vers sa famille ;
sa vie intellectuelle le lance dans toutes les entreprises
où il voit en jeu un intérêt public. C'est un tendre,
mais c'est un passionné de l'intelligence. Un peu
abstrait, et par suite extrême dans toutes ses théories, comme le sont généralement les Russes, il discute fréquemment avec moi. Mais, outre ses qualités
de cœur et d'esprit, qui font que j'ai pu passer avec lui,
dans mes deux voyages en Sibérie, six mois sur dix,
sans éprouver un instant de lassitude, outre ces vues
larges et nobles qui me le font si délicatement aimer,
il possède une qualité rare en ce pays où, par le mensonge, on se sent si près de la Chine : il est droit, il
est franc. Quand il affirme quelque chose, on peut le
croire. C'est bien peu sans doute que cela, aux yeux
d'un Européen : et pourtant, c'est beaucoup aux yeux
d'un homme qui s'est tant de fois, ici, heurté à la
dissimulation sans cause, au mensonge pour l'amour
de l'art. Gavril Pétrovitch connaît de très près la moitié
occidentale de la Sibérie, et il y possède un peu partout des connaissances ou des amis avec lesquels il
me met en relation. Grâce à lui, j'ai ainsi dans chaque
ville, outre les relations officielles que me procurent

mes papiers, des refuges où je m'entretiens sans contrainte et à cœur ouvert. En outre, Gavril Pétrovitch s'intéresse à toutes les questions que je suis venu étudier ici, la colonisation, le développement économique, etc. J'échange donc avec lui, au jour le jour, les renseignements que j'ai recueillis, et le plus souvent, nous les discutons, nous les pesons. Il est rare, je l'ai dit, qu'en Sibérie, un homme vous communique exactement un chiffre ou un fait dont il a connaissance; après la plupart des entrevues que l'on a eues, il ne convient pas de se demander si *tout* ce qu'on en a noté est exact, mais bien, sans hésitation, dans quel sens la vérité a été altérée, car on peut être sûr qu'elle l'a été. D'ordinaire, quand je tiens d'une personne un chiffre quelconque, je ne le note que provisoirement; je vais ensuite interroger sur le même sujet une, ou, si c'est possible, deux autres personnes; le plus souvent, les renseignements ainsi recueillis ne concordent pas. Il me faut alors établir entre les réponses une sorte de moyenne, dans laquelle je tâche de tenir compte des éléments psychologiques de l'erreur. Combien de fois alors Gavril Pétrovitch m'a-t-il donné la clef nécessaire à une telle interprétation! Souvent le soir, devant le samovar, nous discutons ainsi :

— J'ai vu telle personne, fais-je.

— Ah! vous avez été fort bien reçu, mais vous avez rapporté des chiffres faux!

— Allons donc! vous soupçonnez trop vite. Je suis persuadé que j'ai eu affaire à un honnête homme, très sincèrement ému du problème que nous avons abordé.

— N'importe, les affirmations qu'il vous a faites sont inexactes.

J'ai bien bataillé, je l'avoue, sur certains points.
Quoique je ne fusse pas doué d'une crédulité sans
limite, j'ai plus d'une fois défendu pied à pied les renseignements que tel ou tel m'avait donnés. Or, je dois
le dire maintenant : pas une seule fois Gavril Pétrovitch ne s'est trompé quand il m'a dit : « Ne croyez
pas cet homme. » Chaque fois qu'il m'a été donné de
vérifier personnellement les faits ainsi discutés entre
nous, j'ai constaté, à ma confusion, que mon ami avait
toujours eu raison. Certes, bien d'autres m'ont guidé
comme lui; mais jamais je n'ai trouvé chez personne
une pareille infaillibilité de pénétration; jamais je
n'ai vu personne employer avec un si merveilleux à-
propos ce mot que les Russes disent si volontiers,
lorsque quelqu'un devant eux ouvre la bouche : *one
vriote* (il ment).

*14 mai*. — Quelques amis m'avaient demandé si je
ne consentirais pas à donner une conférence au profit
de la société d'instruction primaire, cette si noble
entreprise. J'avais consenti, non sans une certaine
appréhension du résultat. La conférence a eu lieu ce
soir et tout s'est bien passé. Mais les préparatifs ont
été assez curieux pour que j'en dise un mot. La réso-
lution prise, il fallut d'abord la soumettre en principe
aux autorités; puis il fallut préparer la conférence.
La ferais-je en français, en allemand ou en russe?
« En français! évidemment! disaient quelques-uns :
ce sera une joie pour ceux qui savent votre langue, et
ceux qui ne la savent pas viendront quand même!
— En russe! disaient les autres. Vous n'aurez pas
la même variété d'élocution, mais du moins, tout le
monde vous comprendra. » Je me décidai pour ce
dernier parti. Il me fallait, dès lors, renoncer à parler

ma conférence, et me résigner à la lire. Je l'écrivis
donc de mon mieux; après quoi, je la fis revoir par
un ami chargé de faire disparaître ce qui eût été
étrange ou incorrect, tout en respectant l'allure évidemment exotique du développement. Après quoi je
la fis copier. La copie fut remise au chef du secrétariat
du recteur : après rapport de ce fonctionnaire, Vasili
Markovitch lui-même en prit connaissance; puis il
l'envoya à la chancellerie du Gouverneur. Le général
Lomatchevski n'eut plus alors qu'à transmettre ses
instructions au maître de police qui prit les mesures
d'ordre nécessaires. On voit de quelles précautions on
s'entoure pour empêcher tout écart de langage en
présence d'un public populaire. Il va sans dire que si
j'avais eu à parler à l'Université, devant des collègues,
et quelques invités du Tout-Tomsk, je n'aurais pas eu
à me soumettre à cette censure, qui fut d'ailleurs fort
courtoise à mon égard.

Ce soir donc, je donnai lecture de quelques-unes de
mes impressions russes devant une salle attentive au
point de m'intimider. Deux questions, évidemment, se
posaient pour le public : comprendrait-on l'étranger?
et, comme d'ordinaire je parle à voix relativement
basse, m'entendrait-on au fond de la salle? On fut
rassuré, dès que je commençai à lire. La conférence n'était pas guindée : lorsque vint une première
remarque plaisante, au lieu d'un sourire que j'attendais de cette salle si cérémonieuse, ce fut un rire
large et plein, non pas un éclat direct, mais un rire
progressif et successif, s'allumant par traînée, comme
une rampe de gaz. La lecture, ainsi qu'il convient,
dura une heure environ : lorsque j'eus fini, je pliai
mes papiers et je m'en allai dans la coulisse. J'attends

une minute, deux minutes; rien ne bouge. D'où vient
que la salle ne se vide pas? je ne puis m'esquiver que
par l'entrée commune, et je tiens à me soustraire aux
interviews. Enfin, apparaît un des membres du bureau.

— Le public, dit-il, ne s'en va pas!

— Je le vois bien! et pourquoi cela?

— On déclare qu'on ne vous laissera pas partir ainsi,
que c'est fort intéressant, et qu'on vous prie de continuer...

— De continuer?

— Eh oui, vous avez bien d'autres souvenirs!

— J'en ai des volumes, mais ils ne sont pas sur ce
papier; ces choses-là, vous le savez bien, ne s'impro-
visent pas.

— C'est vrai, mais, que faire?

— Rien du tout, les laisser ici... à moins qu'ils ne
désirent me voir recommencer. Auquel cas, je suis à
vos ordres, puisque c'est pour votre société!...

Le public, convaincu à la fin que c'était bien tout,
dut se contenter de mes saluts : il se retira lentement.
Mais quelle joie il m'avait faite! je l'aurais embrassé,
ce bon public, pour sa naïve résistance! D'ordinaire,
quand je parle en France, personne, ce me semble, ne
demande de supplément : je vis une fois de plus, ce
soir, que l'on n'est pas prophète en son pays... C'est
la haute moralité de cette anecdote où je me mets en
scène de la façon la plus immodeste...

*15-18 mai.* — Ces quatre jours se sont écoulés dans
une fièvre de départ. Mon paquebot, le *Nicolaï*, n'attendait plus que des instructions pour partir. J'avais déjà
fait connaissance avec le capitaine, accumulé les provisions nécessaires à la route, distribué des visites
d'adieu, des remerciements, des poignées de mains et

des embrassades. Je ne tenais plus en place, à force
d'impatience, dans cette ville où, il y avait six semaines,
j'étais arrivé en traîneau, et où maintenant l'été trô-
nait parmi des nuages de poussière. Cependant, Tomsk
m'avait si bien accueilli, que je ne pouvais, sans un
vif regret, lui dire un long adieu. Plusieurs familles
m'y étaient devenues chères, j'y avais déjà des coins
préférés, j'y connaissais jusqu'à des chiens qui me
caressaient...

Dernière nouvelle : demain, nous appareillons au
point du jour. Malgré une tempête de neige qui vient
de s'abattre sur la ville, Stépane Kirovitch est venu
passer la soirée avec Gavril Pétrovitch et moi. Puis,
vers onze heures, dans la nuit noire et sous les rafales
de neige, nous sommes descendus vers le quai et nous
avons atteint le paquebot par une planche glissante.
Il est maintenant minuit, à peu près, et mes deux
amis viennent de me quitter; dans le salon, j'entends
des employés du chemin de fer discuter très haut en
buvant, puis rire à grand bruit. Demain, nous les
mettrons à quai, et nous lèverons l'ancre; demain,
nous partirons à la découverte et nous nous lance-
rons sur le désert fluvial ; demain, ce sera la délivrance attendue, le large...

# III

## La taïga.

*19 mai:* — Ce matin, vers cinq heures, nous avons
largué nos amarres; la rivière nous a emportés le
long du quai désert et de la ville endormie sous la
neige. Étrange impression que celle de ce silencieux
départ, après les coups de sifflet, de ce départ pour
l'inconnu! Les rivières que nous allons suivre sont
semées d'écueils : bien peu de pilotes les ont prati-
quées, et, de plus, la glace ou les basses eaux peuvent
nous y retenir prisonniers. Mais je désire passion-
nément connaître ce canal sur lequel on fait courir
tant de bruits divers, dont les uns affirment qu'il
n'existe que sur le papier, et les autres, qu'il est
tout au moins impraticable. Nul ne peut dire combien durera notre traversée jusqu'à Krasnoiarsk, mais
je sais que la plus grande partie du voyage se passera
dans la forêt vierge, et cela aussi, cette incertitude et
cette solitude, constitue un puissant attrait. Puis,
enfin, n'avoir pas autour de soi le bavardage des passagers, voyager comme sur son yacht, sans autre

compagnie que le capitaine, le mécanicien et l'équipage, quelle joie pure !

J'ai saisi bien vite dans le regard des matelots une expression que je ne connaissais pas encore aux Sibériens, et j'en ai parlé au capitaine. Il s'est mis à rire : « Vous ne vous êtes pas trompé, dit-il : ce ne sont pas des Sibériens, mais des Russes, tous originaires du gouvernement de Viatka, de braves garçons que je connais de longue date. » Jamais encore, depuis que je voyage dans ce pays, je n'avais eu une démonstration aussi nette de la différence qui existe entre sa population et la population russe. Partageant les idées communes en Occident, je m'étais attendu à trouver, au delà de l'Oural, une race assez semblable d'esprit à la nôtre, parce qu'elle n'a pas connu, comme la Russie, le joug du servage. Peu à peu, cependant, mes illusions s'étaient dissipées : en général, je m'étais senti plus loin des hommes du peuple en Sibérie, que je ne l'avais jamais été des paysans russes. Et voici que, ce matin, en lisant dans les yeux de nos matelots une expression calme et attachante, j'ai eu la preuve de ce que mon observation avait eu de fondé. Ils ont dans toute leur attitude quelque chose de si simple et de si confiant, que je me sens de suite en communion morale avec eux. Sans doute, le monde de nos idées est complètement différent ; sans doute, ils seront loin de me dire toujours la vérité ; pourtant, je sens bien que sur tel grand principe vital, nous sommes pratiquement du même avis : c'est plus qu'il ne faut pour nouer entre des hommes le lien ténu de la fraternité.

Tout de suite j'ai fait connaissance avec un des matelots, *Sacha*. Il a pour principale mission de se

L'équipage supérieur du *Nicolaï* (p. 129)

Estuaire de rivière obstrué par des troncs d'arbres qu'y ont roulé
les grandes eaux (p. 138)

tenir à l'avant pour lancer la perche de sonde dans les passes difficiles. Assis tous les deux sur un paquet de cordages, nous causons. Il est tout petit, tout drôle, avec son air à la fois toujours étonné et pourtant très crâne. Je vois sans peine qu'il est instruit, qu'il a lu et réfléchi, et qu'il est fort intelligent. L'an dernier, il a déjà fait le même voyage ; il faisait partie de l'équipage qui a conduit à Krasnoiarsk le vapeur *Evguénii*. La traversée du canal fut affreuse, car, à 300 kilomètres de l'Yénisséye, en certaines parties de la rivière Kasse, le vapeur calait 10 centimètres de plus que la profondeur de l'eau : il fallut, durant des jours entiers, le traîner presque à sec sur des rouleaux. Cela me donne à penser que nous en verrons de belles !

Notre bateau, le *Nicolaï*, est un petit vapeur de 24 chevaux : il est tout blanc avec une bordure noire à la ligne de flottaison : je le trouve charmant. Il a travaillé au pont de l'Obi ; il s'en va maintenant prêter son concours au service des transports que nécessitent les travaux du pont de l'Yénisséye à Krasnoiarsk. J'y occupe, sur le pont, la cabine de l'ingénieur en chef de la ligne du Sibérien central, N. P. Méjéninof, et je m'y trouve admirablement installé pour un long voyage : une de mes fenêtres a vue sur l'avant ; les autres me permettent d'observer la rive.

Notre capitaine, Vladimir Ivanovitch Stoïlof, est un des marins qui connaissent le mieux cette partie de la Sibérie. L'an dernier déjà, il a conduit par le Canal le vapeur *Evguénii*, et nous savons qu'entre ses mains, nous pouvons dormir tranquilles. C'est un homme de quarante ans, de manières choisies, d'une tenue toujours correcte, d'un abord extrêmement ouvert et sympathique. Il est russe, lui aussi, et depuis huit

jours environ que je le connais, je sens pour lui un
attachement croissant. Il est peu bavard, bien que
fort gai; il surveille son bateau comme une mère son
enfant : je ne sais pas quand il dort...

Après avoir glissé quelques heures sur la Tome,
nous atteignons l'Obi , une énorme masse d'eau
boueuse qui coule à pleins bords et nous entraîne
rapidement avec elle vers le nord vague. Des forêts
basses bordent les deux rives; on voit les berges rongées par les récentes grandes eaux, et quand les
arbres n'y sont pas déracinés et couchés, lamenta-
bles, dans l'attente de la débâcle prochaine, qui les
emportera, qui sait? jusqu'à la mer, peut-être! ils
sont écorchés, limés par le frottement des glaces. Il
fait froid; par instants, il neige. Nous faisons lever
des vols de canards sauvages, et, çà et là, j'aperçois
une blanche théorie de cygnes qui décrivent là-bas,
lentement, des zigzags et des ronds, leurs grandes
ailes étendues, et leur vilain cou visible seulement
par intervalles. Vers le soir, quelques paysans passent en canot, pagayant vite de leurs courtes et larges
pagaies. Après cette agitation des dernières semaines
de Tomsk, je sens pénétrer en moi la paix physique
et morale, le repos tant désiré. Nous jetons l'ancre,
vers dix heures du soir, à l'embouchure de la Tchoulyme, devant une nappe d'eau large de plus de deux
kilomètres, et par vingt mètres de fond.

*20 mai.* — Quand je me suis éveillé, ce matin, nous
étions en marche : il était deux heures et demie et
grand jour! Nous suivions toujours une énorme
avenue d'eau boueuse bordée par des forêts basses.
Nous atteignîmes en quelques heures le grand bourg
de Kolpachévo, et, tandis que l'équipage entassait sur

le pont le bois nécessaire à la machine, des femmes et des jeunes filles vinrent nous offrir des provisions. Rangées sur deux files, elles posèrent sans mot dire leurs paniers sur le sable, et attendirent les acheteurs. Elles avaient là du pain, du lait, des œufs, des poissons, des noix de cèdre, des canards sauvages (à cinq sous la paire), et, en outre, des bas et des mitaines de laine, spécialité de leur village. Nos matelots se nourrissent à leurs frais : c'est donc à eux que s'adressaient surtout ces offres ; il fallait les voir marchander, tout en plaisantant, et, je crois même, en pinçant les jolies Sibériennes !

Au début de l'après-midi, tandis que nous glissions sur l'eau calme, entre des bois, un coup de sifflet de la sirène nous a appris que nous venions de quitter l'Obi pour pénétrer dans la Kiète : j'aime beaucoup ce salut du bateau à chaque départ et à chaque arrivée, au moindre événement qui rompt la monotonie de l'eau déserte.

La Kiète, affluent de droite de l'Obi, est une magnifique rivière à peu près longue comme le Rhin : nous devons la remonter sur environ 500 kilomètres. Ses eaux ont une couleur d'un jaune ferrugineux tout à fait caractéristique. Elle est bordée de hautes forêts où se mêlent le tremble, le bouleau et toutes les espèces résineuses : c'est le début de cette immense forêt vierge, de cette *taïga* dans laquelle nous allons glisser, sans éclaircies, durant des semaines... De place en place, sur le rivage, un grossier abri de branchages et d'écorce décèle la présence de l'homme : toutes les deux ou trois heures, nous apercevons un village ou bien une ferme isolée.

Je suis venu m'asseoir à l'avant, à ma place de pré-

dilection, sur un paquet de cordages, à côté du petit
Sacha Mochkine qui, silencieusement, regardait l'eau
couler. Je l'ai interrogé sur ses occupations d'hiver,
au pays, et il m'a traduit, dans son langage simple,
les impressions qu'il ressent durant l'interminable
hivernage de sept mois, le désir ardent qu'il éprouve
du jour où de nouveau l'eau coulera librement, où il
verra défiler à ses côtés des arbres et des villages, où
il regardera au loin l'horizon sans cesse changé, où
il jettera l'amarre, le pont volant et la perche-sonde.
Son ami, Nicolas, chargé lui aussi du service de
l'avant, est venu se joindre à nous. Ces deux matelots ont vingt-trois ans, et sont mariés depuis deux
et trois ans.

— Et cela ne vous fait rien, de quitter ainsi vos
familles, une fois le printemps venu, pour aller vous
engager au fond de la Sibérie?

— Sans doute, au départ, on est triste; mais ensuite
on s'y fait, et puis, on est entre soi, presque tous
gars du même village ou du même canton. Cela remplace la famille.

Ces jeunes gens, dont le capitaine m'a fait tant
d'éloges, ont déjà roulé sur bien des rivières sibériennes, et leur apparente naïveté cache infiniment
d'expérience. Comme je mettais la conversation sur
le caractère des Sibériens, ils m'en ont dit des choses
peu édifiantes ; Nicolas, lui-même, moins communi-
catif que Sacha, n'a pu retenir l'expression de son
antipathie à leur égard. Une telle conformité d'impressions est frappante, entre eux et moi, et quand je
cherche à découvrir la cause des sentiments qu'éprou-
vent ces Russes à l'égard des Sibériens, Sacha la
résume de ce mot que je trouve profond : « Ils ne

respectent rien (*oni nitchévo nié ouvajayoute*). » Oui!
ce mot est vraiment profond. Il exprime toute la différence de conception morale du Russe et du Sibérien.
Ce dernier, habitué à vivre seul au fond de ses forêts,
à se défendre contre une nature hostile, contre des
bêtes, contre des voleurs, contre des administrateurs
d'autant moins scrupuleux qu'ils sont moins surveillés, s'est habitué à ne compter que sur lui-même.
Le paysan sibérien est un féroce égoïste, et pour lui,
il n'existe trop souvent ni Dieu, ni loi, ni habitudes,
ni traditions : « il ne respecte rien ». Le paysan russe
est à son antipode; pour lui, la moitié de sa morale
est faite de respect traditionnel.

Il est huit heures et demie du soir. La rivière est
admirable. A gauche, la rive, échancrée comme par
une anse que simule un tournant, est plantée de bouleaux et de pins que le soleil couchant inonde d'une
coloration jaune si vibrante que j'en suis ébloui. A
droite, dans la pénombre, s'allonge une admirable
forêt de cèdres. Dans l'intervalle, la nappe d'eau,
large de trois ou quatre cents mètres, absolument
calme, comme une glace où passeraient des moires,
est complètement rose, d'un rose chaud et délicieusement fondu, qui reflète le rose plus violent d'une
épaisse couche de nuages. Tout là-bas, à l'horizon,
une ligne de neige fait repoussoir. En écrivant, mon
papier devient rose du reflet étalé sur toutes choses.
Sur l'eau rose passent, tout noirs, des canards; le
rose gagne, s'épand, et se transforme sur l'eau en
une nuance améthyste que notre marche, impitoyablement, dérobe bientôt à mes regards.

Nous arrivons, à la clarté mourante, au village de
Panovo, dont les huttes misérables sont entassées sur

la rive droite, élevée en falaise sablonneuse. Tous les
paysans sont sur la rive, et, en quelques instants, le
bruit se répand parmi eux qu'il se trouve à notre bord
un professeur d'Université; or, comme ils ne connaissent d'autre Université que celle de Tomsk, où il
n'y a encore qu'une Faculté de médecine, ils en concluent que je suis médecin. Aussitôt, des malades
m'entourent, des mères surtout, qui me présentent
leurs enfants chétifs et souffreteux. J'ai beau me
récuser, elles insistent, elles supplient. J'ai bien sur
moi quelques médicaments, mais je n'oserais jamais
les administrer à des enfants, et il me faut résister
aux prières ou donner seulement de vagues conseils
d'hygiène, tout en souffrant cruellement de mon
impuissance. Tout à coup, un jeune homme, une
espèce d'hercule vêtu d'une jaquette en peau de
chien, poil en dessus, fend la foule et s'approche :

— Je t'en prie, me dit-il, viens voir mon père!

— Qu'est-ce qu'il a, ton père?

— Il s'est broyé un doigt.

Je consens à aller examiner la plaie. Dans une *isba*
petite, pauvre et triste, où il fait déjà très sombre, le
vieux est assis. C'est un homme d'une complexion
athlétique : je n'ai jamais vu de près des bras et des
mains aussi énormes. Il s'est broyé l'index contre un
rocher, et, tout en m'expliquant l'accident, il déroule
les linges noirâtres, imbibés de graisse d'oie sauvage,
dont jusqu'à présent, il a tenu la plaie enveloppée.
Sur la chair rose et saine d'apparence, s'étale une
suppuration qui me semble sans gravité : la plaie est
toute superficielle. J'explique au brave homme l'usage
des linges propres, bouillis, de l'eau bouillie pour les
lavages, et je lui laisse quelques cachets qui lui per-

mettront de faire des lavages antiseptiques. Peu à peu,
pendant notre conversation, l'isba s'est remplie, toute
la famille du vieux s'y est réunie; et comme j'allais
me retirer, le fils aîné du malade écarte les femmes et
s'approche en apportant, sur une assiette de bois, cinq
œufs : « Tiens, prends ces œufs, dit-il, c'est tout ce
que nous pouvons t'offrir. » Et comme je refuse,
objectant qu'ils en ont plus besoin que moi, et que
d'ailleurs je suis très touché de leur intention, le jeune
homme insiste pour me faire prendre au moins ce bel
œuf vert, un œuf de cane sauvage! Les pauvres gens!
Ils sont en contradiction avec l'idée que je me fais de
leurs compatriotes en général; aussi me touchent-ils
d'autant plus profondément.

Les paysans des rares villages que nous avons
aperçus se nourrissent pauvrement, misérablement,
pour mieux dire, des produits de leur chasse : le blé
ne pousse ici que dans les années très favorables, et
à force de fumure; encore ne mûrit-il pas toujours
complètement. La chasse aux oiseaux d'eau, en revanche, est fructueuse. On ne compte pas les canards
abattus; et, pour les oies sauvages, les paysans me
disent en tuer chacun de cinquante à trois cents par
an. Ils les chassent à l'affût. Sur un des îlots de sable
que ces oiseaux choisissent volontiers pour leurs
ébats, ils installent quelques mannequins de bois
recouverts d'une peau d'oie sauvage; s'ils peuvent,
ils attachent également là une oie vivante. Dissimulés
dans des fosses, ils tirent les oiseaux lorsque ceux-ci
s'abattent en bande serrée autour des appeaux. Un
chasseur vend à notre cuisinière une oie au prix de
50 copecs (1 fr. 35) : à Tomsk, on l'eût payée de 20 à

30 copecs (de 0 fr. 55 à 0 fr. 80). Je dois ajouter qu'elle était exquise!

*21 mai.* — A dix heures et demie du soir, il faisait à peu près nuit; mais dès une heure et demie du matin, il fait presque clair : nous partons bientôt. Chaque soir nous devons faire une halte de quatre ou cinq heures, pour permettre à notre unique pilote de prendre quelque repos. Je ne sais d'ailleurs pas comment cet homme résiste à ces vingt heures d'attention soutenue.

Toute la matinée, le soleil joue sur l'eau jaunâtre, et, assis à l'avant, je passe mon temps à observer la magnifique forêt dont les rives sont garnies, à bavarder avec l'un et avec l'autre, et à tirer des canards sauvages.

Vers quatre heures de l'après-midi, nous faisons du bois à Chirokovo, un semblant de hameau formé de trois *isbas* qui se dressent sur la rive gauche, basse et marécageuse. Quatre individus étranges sont là, petits, misérables, les jambes serrées d'une étoffe noire en forme de pantalon collant, le torse couvert de chemises rouges sur lesquelles sont boutonnés des vestons étriqués, en mauvaise étoffe. Leurs cheveux noirs et rudes sont réunis au sommet du crâne par une espèce de bague en verroterie blanche, et retombent en crinière sur leurs épaules Ils ont le type chinois tellement accusé que l'on en dirait une caricature. Ce sont des Toungouzes, des représentants de cette race assez mystérieuse qui peuple une grande partie de la *taïga* sibérienne. Ils vivent au fond de la forêt, nomades entre les nomades, puisqu'ils ne subsistent que par la chasse, ne se construisant pas d'abris sérieux, mais vivant, durant l'hiver, sous des

tentes grossières qu'ils quittent fréquemment, selon
les besoins de la chasse. L'été, ils circulent volontiers en canot sur les innombrables cours d'eau de
la *taïga* vierge, et c'est précisément par ce moyen
que ceux que voilà, et qui nous considèrent, recro-
quevillés sous la pluie glaciale, sont venus jusqu'ici.
L'un d'eux, garçon de vingt ans, affirme-t-il, parle
assez couramment le russe, et m'apprend qu'il est
venu ici, avec ses trois compagnons, pour chercher
de la farine. Chacun d'eux possède un canot long de
six mètres, formé d'écorce de bouleau tendue sur un
cadre en bois léger ; c'est une sorte de large périssoire
qui se manie d'ailleurs, comme la nôtre, avec une
double pagaie. Ils ont, assure-t-il, pagayé pendant
sept jours le long d'un affluent de la Kiète, un cours
d'eau inconnu qui vient du nord et qui, s'il dit vrai,
doit être pour le moins aussi long que la rivière
elle-même. Ils ont acheté à un marchand ambulant,
qui suit la rivière avec une barque organisée en
boutique-bazar, les vêtements qui les couvrent, et ils
attendent patiemment ici l'arrivée d'un vapeur où ils
pourront acheter quelques *pouds* (16 kg.) de farine.
Ce vapeur est la *Fortuna*; il appartient au service du
canal, dont il assure le ravitaillement et les communications avec Tomsk. Aux différents villages, il cède
quelques sacs de farine, lorsqu'il en a de disponibles.
Les Toungouzes échangent des pelleteries contre les
produits de la civilisation : farine, *vodka*, vêtements.
Mais, cette fois, ayant, ou bien la mission, ou bien le
ferme désir de se procurer le premier de ces articles,
et ayant constaté que nous ne pouvions le leur vendre,
ils nous affirment n'avoir pas avec eux une seule peau
d'écureuil; nous sentons bien qu'ils mentent et se

réservent pour la *Fortuna*. Tandis que nous les inter-
rogions, le bois avait été chargé à bord, et nous
allions partir, lorsque l'un des indigènes, ayant aperçu
entre les mains d'un matelot quelques-uns de ces
petits ronds de farine fine que l'on nomme des *souchki*,
échangea rapidement quelques mots avec ses camarades. Les voilà tous les quatre, eux si calmes l'instant d'avant, qui détalent à toutes jambes, et disparaissent dans l'une des *isbas* voisines. Au bout d'un
instant, ils en sortent, les poches bourrées de peaux
d'écureils, et les doigts embarrassés de canards sauvages. Le marché aussitôt s'engage entre eux et les
matelots qui leur vendent des *souchki*, et, sans doute,
leur font payer cher cette fantaisie naïve. A voir l'air
si misérable de ces demi-sauvages, à deviner le désir
que fait naître en eux un peu de farine douce, je me
sens pris d'une pitié : mais, si je leur donne quelques
copecs, on m'accusera, à bord, d'avoir fait manquer
un marché avantageux, et je me détourne tristement,
sous la pluie glaciale.

*22 mai.* — Nous glissons toujours, infatigablement,
sur l'eau boueuse et rougeâtre, où flottent des tapons
d'écume ; à chaque instant, nous croisons des arbres
entiers, bouleaux, pins et mélèzes, de dimensions
souvent considérables, qui, déracinés par la crue,
s'en vont au fil de l'eau, dressant au ciel leurs racines.
La rivière varie de cent cinquante à quatre cents
mètres de largeur, elle se divise fréquemment en
bras, ou bien reçoit des affluents, à l'estuaire des-
quels, des arbres flottants se sont amassés, se sont
enchevêtrés comme des plantes vivaces, et constituent une infranchissable barrière.

Des oies sauvages passent de temps à autre, filant

vite et prudemment vers le nord. Dans toutes les
criques, sous les moindres buissons, sur les eaux
calmes, s'ébattent des canards, canards gris, canards
blancs, cols verts, et canards parleurs, les uns gros
comme le poing, les autres d'une taille énorme, puis,
des plongeurs noirs, des bécassines, une sorte
d'alouette blanchâtre, de grandes mouettes blanches,
et, à des tournants lointains, des cygnes défiants. En
l'air, on voit partout planer des aigles et des faucons.

Le *Nicolaï* n'a plus de secrets pour moi : je l'ai
exploré dans tous les coins : je suis aussi à l'aise à
l'arrière, parmi les matelots qui rêvent au fil de l'eau,
que dans la chambre de la machine, où je regarde
« bricoler » notre excellent ami Vasili Mikhaïlovitch
Guéliof, le chef mécanicien. Il prend ses repas avec
le capitaine et moi, et j'aime beaucoup sa compagnie,
où j'ai toujours quelque chose à apprendre : souvenirs de voyage sur le bas Obi, traits de mœurs sibériennes, détails sur la vie des ouvriers de fabrique,
réflexions saines et nettes sur la vie. C'est un homme
de trente-cinq ans environ, grand, fort, peu bavard,
mais toujours net, avec un regard paisible et doux qui
parle. Il est fils de ses œuvres, et il conserve, malgré
la position à laquelle il est parvenu, une timidité
charmante dont il ne se départit que dans la stricte
intimité. Je l'aime beaucoup.

La rivière serpente en des méandres innombrables ;
ma boussole prend peu à peu toutes les positions, et
l'aiguille y fait parfois le tour du cadran, comme sur
une montre. Toujours le même calme, entre une
double muraille de grands arbres où, çà et là, se
montrent des marécages.

Nous avons fait halte un peu plus tôt que de cou-

tume, et nous nous sommes amarrés tout près de la
rive, en eau profonde. Aussitôt, je suis parti en
chasse par la *taïga*, en compagnie de notre pilote,
Ivan Vasiliévitch, un homme brun, trapu, un passionné chasseur d'ours. Le sol est tapissé d'une herbe
haute et rude desséchée par l'hiver; partout des
ronces, des arbustes épineux, des arbres tombés dans
tous les sens, pourris parfois, et, dans les fonds, de la
neige et de l'eau. Bientôt, un marécage nous barre la
route, et, bien que la forêt soit, en cet endroit, très
clairsemée, nous revenons péniblement, égratignés et
cinglés par les branches. A cinquante mètres, j'aperçois un animal roux et j'hésite à lui envoyer une balle,
parce que j'entends un matelot marcher un peu plus
loin dans sa direction, et que, d'ailleurs, je suppose
que c'est peut-être un chien égaré : « Eh! bârine,
tirez donc, me crie Ivan! c'est un ourson! » Il est
trop tard. Tout à l'heure, alors que la nuit était
tombée, et que nous étions accoudés sur le pont,
nous avons aperçu, à quelques mètres, sur la rive,
deux yeux brillants, et nous avons entendu broyer
l'herbe sèche : « C'est l'ourse, c'est la mère! » ont
dit mes compagnons. J'avoue que je ne puis rien
affirmer... En ce moment, il est près de minuit,
l'obscurité n'est pas complète; je vois en face de
nous, sur l'autre rive, de jeunes bouleaux, enveloppés
d'une buée légère et reflétés dans l'eau calme, prendre
des airs vaporeux, mystérieux, comme un décor irréel
qu'un souffle va dissiper...

*23 mai.* — Par grand soleil et grande brise, nous
sommes arrivés vers midi au dernier village que nous
trouverons avant l'Yénisséye, au village le plus connu
du bassin de la Kiète, à Maximkiniar. Il est perché

sur une falaise sablonneuse que forme la rive droite,
et s'adosse à une belle forêt de cèdres et de mélèzes.
Comme il possède un pope, nous en profiterons pour
faire dire une prière solennelle. A peine sommes-nous
amarrés que déjà le bon prêtre, le P. Paul, nous fait
visite. C'est un homme de cinquante à soixante ans,
petit, trapu, agité d'un perpétuel tremblement :
barbe grise, cheveux gris, regard franc et sympathique. Tout en cassant une croûte avec nous, il
cause volontiers et me donne sur son village tous les
détails que je désire. Il n'est pas loin, lui non plus, je
crois, de me prendre pour un médecin et pour un
personnage officiel, et il m'explique que les adultes
de son village meurent les uns après les autres d'une
toux opiniâtre sans crachement de sang. Il ajoute que,
pour consoler son exil au milieu de cette population
d'Ostiaks convertis, il aurait grand plaisir à voir
arriver quelques émigrants russes bien pensants. Je
ne puis, malheureusement, les lui fournir!

Je vais visiter quelques *isbas* ostiakes; elles ne se
distinguent en rien de celles que l'on voit en Russie,
sinon par l'emploi exclusif de vaisselle en écorce et
en bois. Le P. Paul m'invite à son tour : il veut me
faire goûter ses provisions, du caviar pressé, du fro-
mage de Hollande, du madère de Crimée! Son *isba*
est spacieuse, claire et propre, égayée aux fenêtres
par des géraniums et des plantes grasses. Le bon
prêtre a introduit ici l'apiculture, que les Vieux
Croyants cultivent avec grand succès un peu plus au
sud, sur les bords de la Tchoulyme. Il élève également
des poules, des oies, des dindons, et des rennes dont
il veut introduire l'usage parmi ses indolents parois-
siens. Il possède en outre un enclos qu'il fume soi-

gneusement, et où il fait pousser du seigle, denrée
précieuse qu'il revend, dit-il, sans bénéfice. Il achète,
enfin, de la poudre de chasse, et la recède à ses
ouailles à prix coûtant, ce qui, en Sibérie, est un
beau trait de charité chrétienne. Bref, il me donne
l'impression d'un homme avisé, qui ne se laisse pas
abattre par l'isolement auquel il est condamné, et qui
fait beaucoup pour sa misérable paroisse, agissant
plus encore par l'exemple que par les préceptes.

C'est dimanche, je crois bien : les femmes de
Maximkiniar sont vêtues de robes multicolores,
bleues, vertes, rouges, jaunes, de tons criards, qui
pourtant égaient la vue. Quelques-unes des plus
jeunes filles sont fort jolies, avec leur teint bronzé, et
leurs yeux noirs, vifs et rieurs ; elles ne sont pas parvenues à s'enlaidir avec leurs oripeaux bariolés. Je suis
mêlé à leur foule sur la crête sablonneuse qui domine
la rivière, et, tout en débitant à quelques-unes des
madrigaux, dont elles rient de tout leur cœur en se
cachant le visage, je considère la cérémonie religieuse qui se poursuit sur le pont du *Nicolaï*. Sur
l'avant débarrassé des cordages et des perches, le
P. Paul, vêtu d'une belle chape violette, dit une prière
solennelle, devant une table couverte d'une nappe,
en guise d'autel. Sur la table blanche sont posés un
cierge, que le vent fait pleurer, et une soupière pleine
d'eau bénite. La prière terminée, le prêtre fait baiser
au capitaine sa croix d'argent, et, d'un vigoureux
coup de goupillon, asperge le crâne chauve de l'excellent Vladimir Ivanovitch : je vois d'ici des goutte-
lettes y scintiller au soleil. Puis, à tour de rôle, tous
s'approchent sous la douche sainte, et quand l'équipage y a passé jusqu'au dernier chauffeur, c'est le

tour de quelques élégants du village qui ont tenu à
se joindre au service. Cela est à la fois très simple,
très noble, et tout à fait familial. Un groupe de vieilles
Ostiakes reste indifférent à ce spectacle : accroupies
à l'écart, elles fument en silence des « bouffardes »
grosses comme un poing d'enfant : elles sont désa-
busées des choses de ce monde; mais la vue de mon
appareil photographique effarouche leur pudeur.

Nous partons enfin, non sans avoir offert quelques
souvenirs au P. Paul, et lui avoir acheté des provisions pour la suite de notre voyage. Nous achetons
aussi des chiens ostiaks, et le prêtre nous laisse sans
regret emmener une bête au poil rude, qu'il aime
beaucoup, dit-il, mais dont il redoute la funeste habitude de lui étrangler ses rennes.

*10 heures du soir.* — Nous avons glissé lentement
— trop vite encore, à mon gré! — entre ces admirables forêts impolluées. Le charme de ce désert d'eau
et de bois est reposant, adoucissant : j'en jouis en naïf
désœuvré. Tout à l'heure, c'était un coucher de soleil
rose et pourpre qui, par delà les cèdres et les mélèzes,
enflammait le ciel d'une lueur d'incendie que l'eau,
discrètement, rappelait. Maintenant, c'est la paix du
soir clair. Nous avons jeté l'ancre auprès d'une berge
toute couverte de grandes herbes sèches. Au loin, l'on
entend le gloussement d'un coq de bruyère, et dans les
intervalles de silence, on ne perçoit plus que le frais
clapotis de l'eau qui passe contre notre bordage. Nos
hommes se reposent. Les uns pêchent du goujon au
balancier; les autres ont allumé là-bas un grand feu,
et, sur leurs visages éclairés vivement, apparaît la
joie naïve que répandent toujours, dans la forêt,
l'aspect et la caresse d'une flamme. Tout ce peuple

reprend doucement contact avec la nature. Seuls, deux ouvriers de Tomsk que nous avons embarqués, semblent ignorer cette paix et cette joie du plein air : ils errent d'un groupe à l'autre, sans prendre part à rien. On devine que, déshérités, ils n'ont jamais vécu en contact avec la vraie vie naturelle, et qu'à cette interminable promenade sur l'eau déserte, ils préféreraient quelques heures de cabaret. L'un d'eux, de sa voix lasse, me disait, alors que je faisais observer le danger que présente un tel brasier sur l'herbe sèche : « Bah! qu'est-ce que ferait un incendie ici! C'est la *taïga*, personne n'y vit! » Ainsi, pour cet homme, la *taïga* n'est pas, comme pour ces matelots, comme pour moi, une chose terrible, il est vrai, mais bourdonnante de vie et grosse de fécondité, mais, au contraire, une chose morte, banale! Pour ce serrurier sibérien, un bel arbre brisé par la tempête n'est pas, comme pour nous autres, une victime, mais seulement un morceau de bois hors d'usage!

*24 mai.* — Lorsque nous partons, le matin, vers deux heures, dans le grand jour, les colorations du ciel sont charmantes. Aujourd'hui, au départ, les bandes roses qui s'étalaient au ciel paraissaient appliquées par un pastelliste; il semblait que l'on vît la fine poussière du pastel, qu'un rien allait écraser. La rivière, en reprenant ce reflet, l'adoucissait, le fondait. Bientôt, sur des nuées grisâtres, jaillirent en éventail des fusées de colorations violettes, et, dans le ciel plus puissamment éclairé, le rouge triomphateur surgit lentement de l'horizon boisé...

Dès huit heures du matin, nous avons abandonné la Kiéte, notre jolie compagne, que nous n'avons guère suivie que sur la moitié de son cours, et nous

Marchandes à Kolpachévo (p. 130)

Paysage de *taïga* sur la Kiète (p. 140)

sommes entrés dans un de ses minces affluents de droite, l'Oziornaya. C'est une rivière à multiples méandres, comme toutes celles de ces parages, et elle fait directement partie du système ob-yénisséien : ses tournants trop brusques ont été adoucis, son lit a été creusé, sa largeur rectifiée : bref, les ingénieurs ont passé par là, et nous avons quitté le royaume du rêve pour entrer dans une très pratique réalité. A neuf heures et demie nous nous amarrons à quelque distance de la première écluse, *Lomovaty stane*. Le premier acte de notre traversée est achevé ; les difficultés vont ici commencer, et nous sommes assez inquiets sur la manière dont s'accomplira désormais notre passage.

Le système qui unit l'Obi à l'Yénisséye se compose d'un réseau de rivières canalisées ; sur une longueur de 150 kilomètres, 12 écluses y sont réparties, qui maintiennent le niveau des eaux. Nous sommes en face de la première de ces écluses, et la difficulté consiste d'abord pour nous dans l'étroitesse de ses portes. Elles ont, il est vrai, des dimensions que nous trouverions fort belles en France : elles mesurent 8 m. 50 ; c'est cependant trop peu pour nous, car le *Nicolaï*, vapeur à aubes, mesure 11 m. 36 dans son extrême largeur. Il faut donc, pour lui permettre de franchir les portes d'écluse, démonter les roues et les cabines qui les surmontent. Ce travail demande au moins deux jours. Puis, une fois privés de nos roues nous aurons besoin d'un remorqueur pour nous amener jusqu'au-delà de la dernière écluse. Tout cela s'explique en deux mots ; mais ici, en plein désert, les difficultés ainsi créées sont sérieuses.

En ce moment, les eaux sont très hautes. Les

trois petites rivières qui s'unissent en ce point roulent
à pleins bords une eau boueuse; là-bas, la maison-
nette de l'éclusier apparaît comme un îlot dominant
des pieux noirs, seul vestige de l'écluse inondée. Partout du sable, des pins, des mélèzes, des marécages
et des cours d'eau. Je suis enfermé dans une espèce
d'île dont je ne pourrais sortir qu'en barque : mais la
marche est si difficile au milieu des troncs d'arbres
abattus, des grandes herbes coupantes, des ronces
et des fondrières, que j'ai peine à en faire le tour. La
pêche ne donne rien; la chasse ne me livre que des
canards et un grand vautour roux. Tandis que j'erre
ainsi dans le bois morne, tout l'équipage travaille
péniblement à démonter les roues et la machinerie du
*Nicolaï*. Il fait très chaud, et déjà les moustiques,
ces fameux hôtes de l'été sibérien, nous envahissent.

*26 mai.* — Tout à l'heure, on m'a apporté une
lettre par laquelle l'ingénieur du canal m'invite à me
rendre chez lui, pour attendre le moment où notre
vapeur pourra être remorqué, et pour étudier de
près, sur les plans et avec des spécialistes, la disposition des écluses et des ateliers. Quatre matelots
m'amènent en barque à l'écluse inondée, et je trouve
sur la berge une voiture qui m'attend. Nous partons
au grand trot, par une majestueuse forêt où les pins
s'élancent au ciel, tout droits, tout rouges, mêlés çà
et là de cèdres et de mélèzes. De tous côtés apparaissent des troncs d'arbres calcinés; d'autres, déracinés par la tempête, se sont affaissés, et demeurent
appuyés à quelques-uns de leurs voisins. La piste
sablonneuse, poussiéreuse, péniblement défrichée au
milieu de la forêt vierge, serpente dans cet imposant
décor. Le cocher est un jeune moujik de vingt-deux

ou vingt-trois ans, grand, gras et fort; il a le teint
hâlé, une barbe blonde naissante, le nez régulier et
fin; un de ses yeux semble perdu; mais l'autre est
clair, grisâtre, et animé d'un perpétuel sourire, chose
rare chez un Sibérien. A chacune de mes questions,
au lieu de répondre de son siège, il se retourne poliment, et je vois dans son regard une franchise et une
fraîcheur qui sont bien en harmonie avec la nature
vierge qui nous entoure. Son premier mot est d'une
charmante naïveté : « Ça ne vous fait rien, bârine,
d'aller vite? mon patron aime beaucoup cela : plus
on va vite, plus il est satisfait! » Je l'assure que la
vitesse folle me ravit, moi aussi, et, avec une
incroyable sûreté, il lance ses chevaux par la route
tortueuse, coupée de fondrières et de ponts que forment des madriers non équarris, simplement juxta-
posés, sans un clou ni une cheville pour les maintenir.
Je saute et tressaute dans mon tarentass moelleux et
je me grise, moi aussi, de cette vitesse dangereuse. De
temps à autre, je pose une question à Gavrilo : il est
venu ici de Tomsk, il y a une dizaine d'années; nourri
et logé, il gagne bien sa vie dans ce lieu perdu, et
malgré la monotonie de l'existence hivernale, il ne
se déplaît pas à son métier. C'est d'ailleurs un gars
solide et déluré, qui sait se tirer d'affaire, et dont la
naïveté n'entame pas l'instinct pratique. Cependant,
nous filons toujours à toute vitesse, évitant, par
instants, d'un brusque écart, les *pni*, les souches
d'arbres non déracinées, qui se dressent parfois au
beau milieu de la piste, et qui sont une des plus
méchantes spécialités des routes forestières en Sibérie.
Tout à coup, un vol de coqs de bruyère s'élève à
grand bruit du milieu de la piste. Gavrilo arrête ses

chevaux : « Ils n'iront pas loin, fait-il, à voix basse, vous en pourrez tuer un. » En effet, son œil exercé distingue bientôt une poule qui s'est réfugiée sur un arbre, comme inconsciente de notre présence à quatre-vingts mètres derrière elle. Il me la désigne du doigt, mais je suis longtemps sans rien distinguer : enfin, je l'aperçois, immobile, et je la traverse d'une balle. Gavrilo est pour le moins aussi heureux que moi de ce modeste coup de fusil.

Nous avons franchi de la sorte les trente-cinq kilo-mètres qui nous séparaient du *Glavny stane*, où se trouve la résidence de l'ingénieur en chef, Stanislas Antonovitch Jbikovski. Au son des clochettes, mon hôte accourt, et nous faisons connaissance. C'est un homme de trente-cinq ans environ, blond, au front haut et intelligent; ses yeux, protégés par des lunettes, s'éclairent par intervalles d'un sourire jeune qui en corrige l'expression un peu froide et soucieuse. On était à table; je m'y assieds sans autre préam-bule, et j'entre ainsi sans gêne, à la russe, dans une des familles qui m'ont laissé en Sibérie le plus affec-tueux souvenir. Après huit jours de rêveries et de conversations surtout pratiques et un peu rudes, c'est pour moi une joie véritable que de me retrouver dans une société délicate et choisie.

On me fait visiter la maison. Devant nos fenêtres, s'étend une place gazonnée où paissent un couple de rennes. Un peu plus loin, enchaînés sous un arbre, grognent et gambadent deux oursons d'un an, Machka et Michka, au museau long, aux gestes brusques, aux yeux gourmands et sournois. La rivière coule devant la maison, en contre-bas, et, sur deux côtés, s'étend une forêt marécageuse, où déjà

s'entendent les coassements ininterrompus qui précèdent le crépuscule tardif. C'est pour l'œil un repos
charmant que l'aspect de ce mélancolique horizon
sur lequel s'abaisse lentement la gaze transparente
de la nuit septentrionale.

*27 mai.* — Une partie de mon temps se passe à
travailler en compagnie de Stanislas Antonovitch.
Aujourd'hui, par exemple, nous sommes allés en
barque visiter en détail les écluses voisines et les ateliers où se préparent toutes les pièces métalliques
nécessaires pour les travaux. D'ailleurs, en raison de
l'éloignement où l'on se trouve ici de tout centre
civilisé, on emploie le métal aussi peu que possible.
Les écluses sont faites entièrement en bois; la pierre,
introuvable ici, n'y est pas employée, et le métal ne
sert qu'à relier les poutres qui remplacent la maçon-
nerie des perrés. Je n'aurais jamais cru que l'on pût
donner à un ajustage de poutres et à des caissons de
bois remplis de terre une si parfaite étanchéité, et
une résistance à l'effort des eaux, qui égale, dans la
pratique, celle du béton. Ces écluses sont absolument
étanches, et elles n'ont pas bougé depuis leur construction, qui remonte, selon les cas, à dix ou à quinze
ans [1]. Je ne puis dissimuler l'étonnement joyeux que
me cause un travail aussi sérieux exécuté dans un
pareil désert, au milieu de difficultés de toutes sortes,
dans la forêt vierge marécageuse, au milieu des moustiques et des fièvres, avec un ramassis d'ouvriers
d'aventure et surtout avec des crédits plus que modestes. Voilà ce canal dont on fait tant de plaisante-

---

1. Le procédé a été imité de celui qui a présidé à la construction des écluses sur le *Système Marie*, reliant la Volga au
lac Onéga.

ries à Tomsk, et dont le Gouvernement lui-même se serait, pour un peu, désintéressé, de peur de créer une concurrence au chemin de fer! Les ingénieurs et les entrepreneurs qui sont passés par ici se sont trouvés, par un hasard surprenant, également animés d'intentions honnêtes et d'amour pour leur besogne. L'argent qui leur était remis, ils l'ont employé tout entier à leurs travaux, sans en distraire l'habituel prélèvement qui rend si dispendieux les travaux publics de l'Empire russe. Ils ont été scrupuleusement probes, et, comme avec cela ils ont été modestes, comme ils n'ont pas fait de réclame pour leur œuvre, qui se poursuit toujours, ils ont été méconnus. Il ne s'est pas trouvé un Sibérien pour croire que des ingénieurs aient pu, sans être surveillés, travailler de la sorte au fond de la *taïga*. Comme les sommes allouées étaient relativement minimes, on s'est mis à dire couramment que le canal était un mythe et n'existait que sur le papier. C'est que pas un des marchands intéressés à ce canal n'a jugé à propos d'en faire lui-même ou d'en faire faire l'exploration. L'apathie sibérienne est telle qu'ils n'ont pas les moindres renseignements (en dehors de ceux des ingénieurs, trop intéressés pour qu'on les croie) sur cette belle entreprise qui pourrait avoir pour la contrée une telle importance [1]. Voilà comment on juge les hommes et

---

1. J'ai publié des notes détaillées sur ce canal dans le *Novoïé Vrémia* des 17, 20 et 22 juin 1898. Que A. S. Souvorine me laisse le remercier à cette place de m'avoir si libéralement ouvert ses colonnes. Cette publication m'a attiré, de divers points de la Russie, des remercîments chaleureux. Et même le journal du prince Oukhtomski, *Pétersbourgskia Vièdomosti*, m'a consacré, le 20 juillet, un long article pour me réfuter. Quelques-unes des objections que me fait le correspondant anonyme sont justes; quelques-unes sont enfantines, d'autres, enfin, sont dirigée

les œuvres, dans ce pays : c'est que l'on a tant de fois été trompé et volé, que l'on hésite à croire à la probité spontanée d'un administrateur. Je m'honore de connaître de fort près quatre de ceux qui ont, à des titres divers, collaboré au canal : leur nom m'était d'avance une garantie de travail scrupuleusement honnête ; mais, maintenant que je vérifie sur place mes prévisions, je trouve plus encore que je n'attendais, et je me prends à me demander ce qui serait fait déjà sur toute l'étendue de l'immense Empire, si les hommes de cette sorte y étaient plus communs...

En revenant, par la forêt, nous avons, à notre ordinaire, fait lever un vol de coqs de bruyère, et puisque je me suis laissé aller, çà et là, à parler de coups heureux, je puis bien noter ici le curieux effet de ma maladresse. Un coq s'était perché sur un arbre mort : j'approchai à une distance que j'évaluai à tort à cent mètres, et je tirai sur lui mes six dernières balles, sans l'atteindre une seule fois : le seul effet fut de faire çà et là tourner la tête à l'énorme oiseau, qui, non seulement entendait la détonation, mais de plus devait percevoir de bien près le sifflement des balles ! Notre voiture s'éloigna sans que le coq daignât s'envoler.

*28 mai.* — A trois heures du matin, nous partons en chasse, Gavrilo et moi, par la route poussiéreuse qui s'enfonce dans la forêt. En revenant, par le soleil déjà chaud à sept heures, nous causons gaîment ; il finit par m'interroger sur la France. La première question d'un Russe, en pareil cas, est toujours rela-

contre des affirmations qui me sont faussement attribuées. On a donc fait, en somme, beaucoup d'honneur à mes réflexions de touriste.

tive au souverain. J'explique donc à Gavrilo que nous n'avons pas de souverain, mais, à sa place, un président de notre choix, une manière de *starosta* (maire de village, chef d'association, etc.).

— Et, qui est-il, votre *starosta*? il est noble, sans doute?

— Non! chez nous, il n'y a plus de classes sociales, et tout le monde peut aspirer à ce poste.

— Et il est riche?

— Naturellement, on lui fournit de l'argent pour nous représenter dignement. Bientôt même, il viendra rendre à votre souverain une visite que celui-ci lui a faite l'an dernier.

Gavrilo n'a pas l'air de se soucier beaucoup de ces échanges de politesse qui ne disent rien à son imagination. Il reprend :

— Et votre pays, bârine, est soumis à notre tsar?

J'ai quelque peine à faire comprendre à ce moujik, bien intelligent, cependant, que nous sommes un pays à part. De tous les renseignements qu'il recueille ainsi de moi, ce qui semble lui plaire surtout, c'est l'absence chez nous de cette échelle des *tchines* (grades) entre lesquels se trouve répartie la portion de la Russie qui administre l'autre portion. Evidemment c'est là une preuve de cette liberté d'esprit qui distingue le Sibérien du Russe, et un indice de cette fierté personnelle qui fait que, de ce côté-ci de l'Oural, un paysan, tout en se sentant moins puissant, s'estime cependant à sa valeur, même en face d'un bourgeois, et n'hésite pas à lui toucher la main. Sans doute, la causerie de ce matin avait fait à Gavrilo une certaine impression, car il en a reparlé, ce soir, à une dame qu'il accompagnait à cheval. De bonne foi,

celle-ci lui a dit que j'avais dû plaisanter! Reste à
savoir si Gavrilo n'a pas pensé, à part lui, que la
dame et moi, nous mentions tous les deux!...

Stanislas Antonovitch n'est pas chasseur : mais il a
une passion pour la musique; il est, à vrai dire, un
des pianistes amateurs les mieux doués que j'aie
jamais entendus. Je ne saurais exprimer, dans ce pâle
récit de mes journées, le ravissement des heures où
j'écoute le piano chanter sous ses doigts. Sans doute,
sa grande virtuosité, sa sensibilité vibrante et le
moelleux de son doigté agiraient puissamment sur
moi au milieu d'une grande ville aussi bien qu'ici
même. Mais, en ce désert mélancolique, après ces
jours d'isolement intellectuel et ces semaines de réalité souvent triste, l'effet de ses accords est si violent
sur moi, que toute ma sensibilité se trouve remuée
et comme entraînée au fil de ses rêves harmonieux.
Je ne crois pas, sinon à de rares instants, avoir
jamais subi aussi profondément l'influence de Beethoven, de Chopin et de Schumann. Durant des
heures, je l'écoute, immobile, les yeux perdus sur les
rideaux d'une fenêtre, où, dans un paysage d'hiver,
une *troïka* échevelée emporte un svelte traîneau.
J'écoute, et ma pensée vagabonde, et mon rêve, subitement délié, s'élance.

Ah! les heures délicieuses de souvenirs assoupis
qui s'éveillent, bercés par la modulation des sonates!
Il semble que le désert boisé où nous vivons se
peuple pour moi de visions douces dont le sourire me
trouble délicieusement. Des hallucinations persis-
tantes m'accompagnent, et je vis, à certaines heures,
dans une sorte de rêve tendre que j'identifie avec
l'endroit où il est éclos ainsi, de rien, d'une simple

vibration mélodieuse. Il faut être, comme ici, loin de toute agitation des villes, pour comprendre une si violente action de la musique. Dans une telle solitude de rêve, les impressions les plus fugaces prennent une importance extrême, et il suffit d'un frémissement de l'âme pour déterminer en nous de longues ondulations de joie ou de chagrin. Si la musique évocatrice peut agir de la sorte sur des nerfs pourtant bien calmés, je conçois la puissance envahissante que doit acquérir une passion réelle, lorsqu'elle germe en pareil lieu dans un cœur inoccupé. Et je trouve ainsi, d'une façon très inattendue, l'explication de ces héros d'Ibsen, qui nous apparaissent si souvent troublés jusqu'à la mort par un amour ou un regret dont notre agitation quotidienne n'aurait même pas su percevoir le frisson...

*29 mai.* — Je suis allé chasser en barque sur la lagune qui borde notre habitation; Gavrilo m'accompagnait pour manier les rames, et il avait pris également son bon fusil à un coup. Nous avons guetté et poursuivi des canards, mais, surtout, nous avons causé. Gavrilo m'a confié que la vie qu'il mène ici est libre, il est vrai, mais, aussi, uniforme et vide. Il en sortirait volontiers pour aller voir, ne fût-ce qu'en courant, les beautés de l'Occident. « Je consentirais bien, dit-il, à servir deux ans sans gages, si l'on m'emmenait là-bas! Quand j'ai tiré au sort, j'ai un peu cligné des yeux, pour que l'on ne vît pas mon œil malade : on m'a déclaré bon pour le service, mais, malgré mes efforts, je ne suis pas parti, exempté que j'étais par un frère sous les drapeaux. D'ailleurs, je ne reste pas toujours ici durant l'hiver. C'est ainsi qu'il y a deux ans, j'ai fait, en qualité de roulier, le

voyage de Kiakhta; possédant à Tomsk plusieurs
chevaux, j'ai pu me joindre à un convoi organisé par
un entrepreneur de transports pour mener à la frontière chinoise des produits manufacturés, et rapporter
de là-bas du thé en briques. Nous étions une centaine
de traîneaux. Ah! la vie est dure alors! il faut faire
toute la route à pied, manger et dormir comme on
peut, et où l'on peut. Il faut être sans cesse sur le qui-
vive, à cause des détrousseurs de caravanes. Un soir,
nous avons été attaqués, mais nous avons tué les chevaux de nos voleurs, qui ont dû chercher refuge dans
la forêt. » Et il conclut : « Je suis fort, je ne crains
ni le froid ni la faim, mais, ici, la vie, somme toute,
n'est pas fameuse, car, voyez-vous, bârine, je ne me
grise pas!

— Mais, si tu sors d'ici, tu auras le mal du pays, tu
regretteras la libre *taïga*.

— Bah! fait-il avec un sourire qui découvre cette
double rangée de magnifiques dents blanches qui
constitue l'ordinaire parure des Sibériens, — bah! il
n'y a rien, dans la *taïga*! et puis, je voudrais si fort
jeter les yeux autour de moi!... D'ailleurs, reprend-il,
le peuple d'ici me déplaît, les Sibériens sont égoïstes,
paresseux et corrompus (*isportchény*)... »

Je suis profondément frappé de cette dernière observation. Je n'ai pas encore entendu un honnête homme
digne de foi élever la voix en faveur du caractère des
paysans sibériens. Mais, jusqu'à présent, c'étaient des
Russes que j'entendais parler : ici, c'est un pur Sibérien. Sans doute, il est gras d'inactivité, mais il ne
recule jamais devant une besogne; sans doute, pratiquement et physiquement, sa vie ne diffère pas beaucoup de celle de ses compatriotes, mais je le crois

sincère quand il flagelle ce qu'il y a d'égoïste et de corrompu dans le cœur des Sibériens. C'est que, sans doute, il est d'une autre essence que la plupart d'entre eux, d'un autre instinct, plus aimant et plus franc, et que, sans se rendre compte de sa supériorité morale, il souffre de ne trouver autour de lui personne qui réponde à son instinctif besoin de sympathie et de droiture. Il me plaît par là, ce jeune paysan borgne et insouciant.

*30 mai.* — Ce matin, en faisant ma toilette, je causais avec un autre domestique, Porfiri, qui me versait de l'eau sur les mains. C'est un moujik de petite taille, aux traits réguliers et déplaisants. Comme c'est dimanche aujourd'hui, je lui demandais où les femmes de *Glavny stane* allaient prier. Il a répondu : « Elles font comme les hommes, elles se passent de prier.

— En vérité ! Elles ne pensent pas à Dieu ?

— Bah ! ni elles, ni nous : la *taïga* est trop lointaine et trop triste : le bon Dieu s'y ennuierait, il y aurait peur... »

Ces mots donnent un peu brutalement une idée des sentiments religieux que professent beaucoup de Sibériens. Peut-être serait-on tenté d'y voir la marque d'un progrès de franchise sur la dévotion toute extérieure de tant de Russes ; mais, quand on songe que pour ces natures frustes, l'idée religieuse tient lieu de toute notion morale, on est épouvanté, quand on la voit cyniquement remplacée par la dévotion à l'alcool. Le doute, pour être triste, n'est ni laid ni inquiétant, lorsqu'il s'allie à une haute culture morale ; mais, dans ces profondeurs de la quasi-bestialité, il fait positivement frissonner...

J'ai parlé de mes chasses : un mot maintenant de ma

première pêche. Le *Nicolaï*, pour qui l'on avait enfin
trouvé un remorqueur, est arrivé tantôt devant nos
fenêtres, et s'est amarré à la prochaine écluse. Je suis
allé, avec Stanislas Antonovitch, passer la soirée à
bord. En arrivant, quelqu'un me dit qu'on prend du
brochet au déversoir : j'y cours. Vite, une petite
perche en bois vert : j'y attache une ligne terminée
par une cuillère et un triple hameçon. Les matelots et
les éclusiers me demandent ironiquement ce que je
veux faire; leur étonnement est grand, lorsque je
retire, au bout d'une demi-heure, coup sur coup,
deux brochets, l'un de quatre, et l'autre de trois kilogrammes.

*31 mai*. — C'est ce matin que je dois partir, et ce
départ m'afflige étrangement. M'éloigner, c'est dire
adieu aux mélodies évocatrices qui chantent sous les
doigts de mon hôte; quitter pour jamais ce lieu, pourtant bien triste et bien indifférent, c'est pour moi
comme quitter le rêve harmonieux qui m'envelop-
pait, qui me pénétrait, et cette seule pensée est déchi-
rante...

Me voici de nouveau installé à bord de mon cher
petit vapeur; mais, privé de sa machine et de ses roues,
le *Nicolaï* a perdu sa grâce. Un remorqueur le tire, et
cette dépendance est presque humiliante. Nous avançons lentement sur de petites rivières canalisées,
maintenues à une largeur minimum de dix-sept mètres,
mais tourmentées d'infinis méandres. Le coup d'œil
sur les rives si proches est très beau : les forêts de bouleaux et de conifères se succèdent sans interruption, et
çà et là, tout un bois, se trouvant inondé par suite du
relèvement des eaux qu'ont produit les écluses,
dépérit et meurt, avec des airs lugubres, presque

humains. Nous faisons halte, vers le soir, au point
culminant du système, à l'entrée d'un lac. Nos hôtes
nous avaient accompagnés jusqu'ici : ils nous quittent, et cette fois, nous sommes bien seuls, rendus à
nous-mêmes et aux difficultés du voyage.

*1er juin.* — Le *Balchoié ozéro* (grand lac), sur lequel
nous naviguons ce matin, mesure environ quatre kilomètres de longueur sur deux de largeur moyenne : il
est profond de 2 mètres à 2 m. 50. Placé au point culminant du système, il en est pour ainsi dire la clef,
car il fournit sur le versant de l'Obi, comme sur celui
de l'Yénisséye, la quantité d'eau nécessaire pour ali-
menter les écluses. On peut se représenter le système
du canal à la façon d'un perron muni de deux escaliers, l'un à gauche, l'autre à droite. La plate-forme à
laquelle on accède au moyen de ces escaliers, figure
assez bien le *Grand Lac*. Il est facile de comprendre
l'importance d'un tel réservoir d'eau pour un canal dont
la pente est considérable, et l'on ne peut que rendre
justice à l'habileté des ingénieurs qui ont su choisir le
tracé actuel au milieu d'une contrée à peine accessible
et profondément inconnue.

Ce matin, par temps gris et pluie fine, le lac a une
teinte blafarde d'un effet lugubre : rien n'apparaît au
loin que l'eau grise mouchetée de milliers de points
noirs qui sont des canards. Les rives, bordées de
forêts, sont basses, tristes, sans caractère. Je sais
peu d'endroits au monde, dont l'aspect soit plus
déprimant.

Le *Grand Lac* est relié à la rivière Kasse, affluent
de l'Yénisséye, par une tranchée artificielle de 8 kilomètres. Les rives sablonneuses en sont plantées de
saulaies qui empêchent le glissement des terres rap-

portées. Dès neuf heures, nous avons franchi le
poteau qui marque la frontière de la Sibérie orientale, et bientôt après, nous avons atteint le Petit Kasse,
affluent du Grand Kasse; c'est une petite rivière aux
rives formées de hauts seuils de sable, et pour le
moins aussi tortueuse que les cours d'eau de l'autre
versant. La chasse et la pêche occupent tout le temps
qui me reste libre après l'étude de chaque écluse et les
mesures que nous tenons à y prendre nous-mêmes. Je
ne manque pas d'agiter ma cuillère de métal dans les
déversoirs des barrages. A *Mariine stane*, par exemple,
durant un court arrêt (exactement en quatorze
minutes), j'ai pris six brochets dont le plus petit
pesait deux livres et le plus gros trois kilogrammes. Je
les voyais, dans l'eau profonde, se battre pour happer
l'objet brillant qui les tentait! Un peu plus loin, à
l'écluse *Mokriaki*, où nous faisons halte vers le soir,
par suite d'un incident de route, le niveau de l'eau
est très bas, à cause d'un apport de sable opéré par
les grandes eaux. Quelques matelots et moi, nous
mettons à pêcher au ver des perches et des gardons,
qui mordent d'une façon presque ridicule, et sans
distinction, à mes hameçons anglais comme aux grossiers engins de Mikhaïl. J'avoue même que Mikhaïl
a eu raison de ne pas vouloir puiser dans ma trousse :
ses hameçons primitifs, plus gros que les miens,
accrochent de plus fortes pièces! Malheureusement,
les moustiques font rage et nous torturent. Vers le
soir, les matelots ont trouvé plus expéditif de pêcher
au balancier, et, en une heure, ils ont rempli quelques
barils de poissons qu'ils nettoient et salent à mesure...

.*2 juin.* — La grande chaleur a fait son apparition,
mais on la supporte sans peine, car le soleil inexorable

dégage de vivifiantes senteurs des forêts de conifères
qui bordent les deux rives de l'étroite rivière où nous
glissons. Des bouleaux paraissent bien çà et là, mais
les pins, les mélèzes, et surtout les cèdres sont les
essences dominantes. Quel arbre splendide que le
cèdre! Avec sa verdure plus sombre, il se détache en
vigueur sur les tons un peu jaunâtres des mélèzes et
des sapins. Au lieu de s'étriquer à la cime en une
maigre branche, la fusée droite de son corps étoffé
s'épanouit en une gerbe vert sombre, et ses longues
aiguilles flexibles, groupées en bouquets nonchalants,
lui communiquent une grâce qui réjouit l'œil, en ces
solitudes. A mesure que nous avançons entre les hautes
berges de sable, la forêt devient plus admirable de
grandeur et de simplicité noble. Les arbres même,
que le vent a déracinés, ont encore grand air, appuyés
sur leurs frères plus heureux. Je ne puis me rassasier
les yeux de ce paysage toujours changeant, et ce calme
imposant de la forêt vierge me pénètre.

La rivière est très encaissée, mais encaissée de
sable; ses innombrables méandres se sont creusés
dans un sol qui ne cesse d'être sable que pour devenir
marais. Aussi son lit est-il changeant. Le moindre
mouvement d'eau y crée des bancs et des trous. C'est
pour remédier à ces déplacements que l'on a commencé à consolider les rives avec des fascines, de
façon à contraindre la rivière à reporter l'effort de
son impétuosité sur le fond de son lit qu'elle devra
ainsi creuser elle-même, au lieu de l'ensabler.

Vers le soir, nous atteignons enfin la dernière écluse,
et le grand remorqueur nous abandonne. Désormais, nous avons la route ouverte sans obstacles jusqu'à l'Yénisséye. Peut-être serait-il bon de remonter ici

Toungouzes en route pour la ville (p. 162)

Paysage sur le Grand Kasse (p. 164)

notre machine ; mais le capitaine craint de voir baisser
pendant ce temps le niveau de la rivière, et il décide
que nous irons ainsi jusqu'au fleuve, bien que nous
n'ayons plus, pour remorquer le *Nicolaï* et une péniche
assez lourde, qu'une barque à vapeur, ou *Kater*, d'une
force de quatre chevaux ! Nous partirons donc demain
de bonne heure, lorsque le patron de la barque dai-
gnera sortir du lit.

Ce soir, vers huit heures, la moitié du ciel était
rose, et le soleil n'était pas encore couché. Il est maintenant minuit et demi, et déjà le jour se lève, très
pur, virginal dans sa pâleur froide, sur laquelle se
détachent, toutes noires, les formes charmantes d'un
bouquet de cèdres, et les brindilles des trembles, où
bientôt les bourgeons vont éclater.

*3 juin.* — Lorsque je me suis éveillé ce matin, nous
étions en marche depuis longtemps, et, en bas, dans
ma cabine fraîche aux rideaux clos, je n'en avais
aucune idée : pas un mouvement du bateau ; de temps
à autre, seulement, des pas rapides sonnaient au-dessus
de ma tête. Nous glissons lentement, à la dérive. La
moitié de l'équipage est à l'avant pour diriger le
bateau au moyen de perches longues de sept mètres :
l'autre moitié, postée à l'arrière, remplit le même office ;
de plus, lorsque la vitesse devient trop grande et les
tournants trop brusques, on file deux grosses chaînes
qui agissent sur le sable du fond à la façon d'un frein.
Ce calme de la descente est délicieux. C'est une paix
parfaite, supérieure même à celle de la campagne, car
c'est une paix remuante, active, entre les merveilles
changeantes de la forêt, où déjà, sur les rares bouleaux, pointe comme une verte promesse de feuillage.

... L'équipage fatigué a reçu (c'est l'Ascension

russe) double ration de *vodka*. Tout dort en ce moment
sur le *Nicolaï* immobile, comme pétrifié, au milieu du
courant inégal. Seul notre gardien, Roman, veille
encore : je l'entends clouer aux semelles de ses bottes
les petites chevilles de bois que je le voyais préparer
tout à l'heure. Il est minuit à peu près, heure de
Tomsk ; le jour se lève... il faut dormir !

*4 juin.* — Nous arrivons, ce matin, près d'un campement de Toungouzes qui se préparent à aller vendre
des pelleteries à Yénisséisk. Il y a là trois familles :
deux vieilles femmes qui fument de grosses pipes,
trois vieux, et des enfants adultes en assez grand
nombre. Ils sont très civilisés, parlent bien le russe,
et se disent chrétiens. Autour d'eux, errent de petits
chiens noirs au museau pointu, des chiens à ours ;
pour les empêcher de s'éloigner, on leur a lié la patte
gauche en bandoulière, et ils sautillent ainsi à cloche-
pied, le plus drôlement du monde. Tous les adultes
fument, et ce qu'ils nous demandent d'abord, c'est du
tabac. Ils ne font pas de difficultés pour nous montrer
leurs fourrures ; ils ont surtout des ours, des écureuils
et une multitude d'élans. Un incendie terrible a, en
effet, éclaté dans la *toundra* [1] de l'Yénisséye, et les
élans ont fui en si grand nombre, que les indigènes
en ont fait d'incroyables hécatombes [2].

---

1. Steppe de tourbe marécageuse de la Sibérie du nord.
2. Cet incendie sans précédent a couvert de fumée et de
cendre toute une partie de la Sibérie, durant le mois de
juillet 1896. La fumée s'est étendue à l'ouest jusqu'à l'Oural,
alors que le foyer a dû se trouver dans les solitudes de la
Toungouzka moyenne, affluent de droite de l'Yénisséye. La
cendre qui s'est déposée sur les prairies qui bordent l'Yénisséye,
devait contenir des substances nuisibles, car elle fit mourir le
bétail. La réalité de cet incendie colossal a été contestée par un
savant de Minousinsk qui en explique l'illusion par la rencontre

Parmi leurs instruments, je remarque surtout la
*palma*, ou pique à ours : elle ressemble à une lame
de faux extrêmement épaisse et lourde, emmanchée
droit dans une solide branche de bouleau. Lorsque
les Toungouzes chassent l'ours, ils vont intrépidement
attaquer la bête en face avec cette arme, tandis que
leurs petits chiens noirs la harcèlent par derrière et
s'accrochent à elle avec leurs dents. Ils commencent
fort jeunes cette chasse dangereuse, et ne paraissent
plus en éprouver d'émotion bien vive. Tout en causant, ils nous apprennent que, cet hiver, le froid a été
si rude dans la *taïga*, que les oiseaux et les menues
bêtes mouraient par centaines. Quelles terribles souffrances doit recéler alors cette sombre forêt vierge !
L'observation météorologique du Canal, que j'ai
relevée, à deux cents kilomètres d'ici, n'a pas signalé
de froids exceptionnels, cet hiver : elle n'a enregistré que deux jours de gelée peu ordinaire : — 54° et
— 55° centigrades. De tels froids ne sont pas suffisants
pour tuer les oiseaux et les bêtes de la forêt : à quelle
température effrayante doit alors correspondre l'observation de nos Toungouzes ! On frissonne à l'idée que
des êtres humains subissent sans maisons fixes les
horreurs de tels hivers, dont un court été torride dans
le bois marécageux ne doit guère les dédommager !...

La petite barque à vapeur nous traîne lentement au
fil de l'eau : nous faisons trois kilomètres à l'heure à

diurne, répétée durant plusieurs jours, d'une portion de la Sibérie
avec un nuage de matière cosmique. Je ne crois pas, pour ma
part, à cette hypothèse : les témoins les plus divers m'ont dit
que c'était bien de la fumée, et l'hypothèse astronomique serait
impuissante à expliquer le déplacement en masse du gibier de
la *toundra*, surtout des élans et des rennes sauvages, qui ont
fui vers le sud.

sa remorque, et il nous faut, aux tournants brusques, écarter l'avant ou l'arrière du *Nicolaï* des rives trop proches, des bancs de sable ou des arbres enlisés qui perceraient la coque. Au bordage de la petite barque qui souffle comme épuisée, pend à une ficelle quelque chose d'informe qui traîne dans l'eau. Qu'est-ce que cela peut bien être? Renseignements pris, je sais maintenant que cette chose informe est de la viande salée, que l'équipage, tout simplement, fait... dessaler !

La verdure, à mesure que nous avançons, devient plus intense : de jour en jour, les bouleaux font des progrès, bien que nous glissions vers le nord; avant-hier, ils étaient nus ; aujourd'hui, ils ont presque leurs feuilles, de délicieux petits pompons vert tendre, que des ramilles invisibles soutiennent dans un vaporeux pêle-mêle, autour du fût d'argent. Ah! que cette première verdure est touchante!

Nous avons atteint vers midi le confluent du *Petit* et du *Grand Kasse*; la rivière devient désormais plus importante, sans cesser d'offrir sur ses bords un admirable décor de forêts. Le courant violent, que ne retiennent plus les écluses, rend désormais inefficace le travail de la barque à vapeur, et nous nous décidons à nous en passer. Désormais, la péniche et le *Nicolaï* vont se laisser dériver simplement au fil de l'eau jusqu'à l'Yénisséye.

*5 juin.* — Nous faisons halte vers le soir, un peu plus tôt que de coutume. J'essaye aussitôt de pénétrer dans la *taïga* ; mais, c'est un tel éboulis d'arbres, dont plusieurs générations gisent superposées, à divers degrés de pourriture, que, au bout de cinquante mètres qui correspondent à un quart d'heure d'efforts,

de sauts, d'équilibre sur les ponts croulants, de faux
pas dans des trous, d'accrocs, d'enfoncement dans
la mousse et la pourriture séculaire, je finis par
renoncer à la chasse. Cette terrifiante *taïga* est bien
l'image de l'impitoyable nature du nord; on retrouve
l'histoire de ses hivers dans ces mélèzes de trois
mètres de tour et dans ces pins de cent cinquante ans
déracinés, couchés lamentablement par on ne sait
quelles formidables tempêtes qui ont rugi à cette
place où maintenant l'eau clapote et miroite. En
même temps, on devine ici la rapide et copieuse floraison estivale de ces contrées; c'est une profusion
d'herbe séchée, de mousses, de baies, de fleurettes
sans odeur, qui partout tapissent le sol moelleux de
putréfaction...

Nos provisions fraîches étant épuisées depuis hier,
nous nous sommes contentés de pommes de terre et
de médiocre viande salée. Mais aujourd'hui, il a été
décidé que l'on abattrait la brebis que nous avions
achetée à un éclusier, et qui, de temps à autre, bêlait
tristement, attachée à notre cabestan d'arrière. Ce
soir donc, Vasili Mikhaïlovitch a pris dans ses bras la
maigre brebis grise, et l'a transportée sur la berge, où,
une papirosse aux dents, il l'a tranquillement égorgée.
Je l'ai regardé faire, tandis qu'il la dépouillait avec la
dextérité d'un homme des bois, et je lui ai donné un
coup de main, tout en enviant son adresse : je suis
très fier de cette utile collaboration.

... Puis, c'est la nuit claire sur la rivière qui bruit
confusément à notre bordage; les matelots chantent,
groupés autour d'un feu, sur la berge; enfin, dans le
silence qui a gagné tout le bateau, je n'entends plus
que le pas sonore de Roman, le gardien...

*6, 7, 8 juin.* — Nous glissons toujours dans la forêt splendide, et ma plume ne saurait noter la diversité des aspects entrevus. Combien peu me croiront si j'avoue que pas une minute d'ennui ne se dégage pour moi de cette verte monotonie! J'y trouve un charme inépuisable, à la fois pour les yeux qu'elle repose, tour à tour, et ravit, et pour la pensée qui, en la contemplant, glisse en une lente et plaisante dérive, comme celle de notre bateau. Le calme souverain de la rivière et de la forêt vierge me berce délicatement, et j'en suis si jaloux, que je cause à peine. Quelles heures bénies que cette oasis de paix au milieu de notre vie inquiète et frissonnante! Mais faut-il donc venir si loin pour les goûter?

Nous avons un temps splendide; la chaleur est accablante. Nous approchons décidément de l'Yénis-séye : la forêt se raréfie, puis fait place à des arbustes touffus. Un dernier seuil de rocher nous arrête : il faut le passer lentement, prudemment, en nous cramponnant à une ancre mouillée en amont, au milieu d'un courant furieux. Ce sont vingt minutes d'angoisses, d'attente silencieuse et d'ordres brefs, criés dans le clapotement de l'eau grise : un câble peut se rompre, l'ancre peut déraper, un mince accident risquerait de nous briser.. Enfin, nous respirons! Le rapide est franchi, nous voguons en eau calme sur la rivière élargie et boueuse, et la barque à vapeur vient nous prendre pour nous donner la dernière remorque. Dans deux heures, nous flotterons sur l'Yénisséye. Je l'avoue, cette perspective de prompte délivrance que tout le monde, à bord, salue avec joie, m'attriste vraiment. C'est pour moi la rentrée dans la vie active, dans la vie réelle dont j'ai presque désap-

pris le désir. Quitter cette rivière et cette forêt vierge,
c'est perdre tout contact, même imaginaire, avec les
lieux où j'ai tant rêvé, et je souhaite à part moi je
ne sais quel accident qui retarderait encore notre
marche...

*Dix heures et demie du matin.* -- Nous venons de
déboucher sur le bras de l'Yénisséye qui reçoit le
*Grand Kasse.* Ce bras peut avoir sept ou huit cents
mètres de large, et sa rive gauche est bordée par une
énorme étendue de buissons et de joncs, où nichent,
par centaines de mille, des oiseaux aquatiques. C'est
un peu une impression analogue à celle que donne le
delta du Danube avec sa forêt marécageuse. La haute
berge de sable est creusée, comme une écumoire, d'innombrables trous sombres : ce sont des nids d'hirondelles. De temps à autre, comme à un signal, toutes
les hirondelles s'élancent ensemble hors de leurs nids,
et le nuage criard se disperse durant quelques minutes, pour rentrer ensuite, gorgé de moustiques,
dans les trous sombres de la berge. Pour la première
fois, depuis que nous avons quitté l'Obi, je vois
devant mes yeux un grand espace dépourvu d'arbres :
l'impression en est plutôt décevante et fade.

Nous sommes enfin amarrés, vers midi, sur le
fleuve Yénisséye, à l'embouchure d'une petite rivière
qui arrose le village de Soukovatka. Au bruit de la
sirène, tout le village est accouru : les paysans se
plaignent de la pêche qui va mal. Ils nous apprennent
que le fleuve a « passé » le 6 mai ; cependant, sur la
rive, des amoncellements de glace, hauts de trois à
quatre mètres, n'ont pas encore fini de fondre au grand
soleil. C'est ici que nous allons remonter notre machine, et, comme ce travail durera bien quatre jours,

il faut nous approvisionner. J'accompagne donc
Vasili Mikhaïlovitch, le chef mécanicien, quand il se
rend au village pour acheter de la viande. Nous
entrons ensemble dans quelques maisons, pittores-
quement perchées sur la hauteur, avec vue sur le
fleuve, et tout encombrées de filets, car tout le monde
ici vit des produits de la pêche. Partout, le bétail que
nous examinons est d'une effrayante maigreur : c'est
que, l'an dernier, le formidable incendie de la *toundra*
a déposé sur les prairies des cendres chargées sans
doute de quelque principe nuisible : les animaux ont
été empoisonnés sur leurs pâturages habituels, et la
perte éprouvée de ce chef par les villages riverains de
l'Yénisséye a été comparable à celle des plus terribles
épizooties. Il a fallu, pour sauver les dernières bêtes,
les nourrir au pain et au sel. Nous achetons enfin
un jeune taureau de six ou huit mois : il est loin
d'être gras, et nous le payons cependant 8 roubles
(20 francs). Nous l'amenons tant bien que mal en face
du bateau, à un kilomètre et demi du village, et, après
l'avoir attaché à un pieu, Vasili Mikhaïlovitch l'abat,
le dépouille et le dépèce avec une adresse merveilleuse.
Seulement, cette fois, il a changé son éternelle papirosse contre un cigare.

Toute la journée, la chaleur a été si forte que je
n'ai su trouver refuge ailleurs que derrière la muraille de glace qui borde le rivage. Ce soir, je jouis
paisiblement du spectacle que m'offre l'horizon.
Devant nous s'étale une énorme étendue d'eau, large
de plus de deux mille mètres (mesurés sur la glace);
elle coule et roule, sans une ride, au pied de montagnes bleues boisées qui semblent border sa rive
droite. Au loin, vers le sud, le fleuve paraît s'arrêter

à une échancrure toute bleue. C'est, en vérité, un grand spectacle, maintenant que le soir a calmé les derniers frissons, éteint l'excès de lumière, mêlé le bleu profond du ciel au bleu pâle de l'eau, et rehaussé l'horizon d'une teinte rose de pastel...

*9 juin.* — J'ai fait la connaissance d'un homme fort curieux, Iégor Trofimovitch : c'est un marchand qui parcourt le fleuve dans une sorte de bazar flottant, pour faire du commerce et des échanges avec les riverains. Pourquoi est-il venu de Russie en Sibérie, il y a quelque trente-cinq ans? je l'ignore : jamais, en ce pays, on n'est indiscret sur ce point. C'est, en tout cas, son bon génie qui l'a conduit; après avoir roulé dans la Sibérie occidentale, il a tenté la fortune sur le haut Yénisséye; puis il s'est occupé de mines d'or, et, voyant que ce qu'il y a de plus lucratif dans les entreprises qu'elles suscitent, c'est le ravitaillement, il s'est adonné à ce genre spécial de commerce. La difficulté qu'on y rencontre ne réside ni dans l'achat ni dans la vente des marchandises, mais dans le transport : les centres miniers se trouvent, en effet, le plus souvent, dans des endroits perdus dont l'accès est extrêmement pénible. Mais, dès qu'on est parvenu à y transporter un lot de vivres et de marchandises, on est sûr de s'en débarrasser avec un bénéfice énorme. Toutefois, les mines d'or de l'Yénisséye ayant commencé à péricliter, Iégor Trofimovitch a flairé une autre affaire : ses voyages l'avaient mis en rapports avec les paysans et les indigènes qui vivent sur les bords du fleuve; il avait pu constater combien étaient grands leurs besoins de certains articles, sucre, sel, cotonnades, fer, tabac, alcool peut-être, et combien les échanges auxquels ils se prêtaient étaient avanta-

geux. Il s'est donc mis à parcourir le fleuve sur sa
barque-bazar, durant les quatre mois de l'été sibérien.
L'hiver, il fait du commerce à la ville. C'est un type
de brave homme finaud : visage aux traits réguliers,
hâlé et comme tanné par le grand air ; cheveux longs
et touffus recouvrant le front, et séparés par une raie
de milieu ; de petits yeux gris et vifs dans lesquels
s'est réfugiée toute la ruse malicieuse d'un visage
plutôt bonasse.

Je suis admis à visiter la barque-bazar, amarrée à
deux portées de fusil du *Nicolaï*. C'est une boutique
flottante, une tartane qui porte environ sept tonnes,
et qui me fait penser à celle du Juif Hakhabut dans
*Hector Servadac*. On y trouve un peu de tout : elle
est indispensable aux indigènes aussi bien qu'aux
paysans. Il est à croire que Iégor Trofimovitch retire
de beaux bénéfices de la vente qu'il y fait au détail ;
toutefois, le principal objet de son commerce est le
poisson. Parcourant les villages de pêcheurs, il achète
du sterlet, de l'esturgeon, de la perche et de la *nelma*
(salmo nelma) ; on lui livre les poissons tout vidés, et
il les sale sur place. Il fait de même pour le caviar. A
sa tartane est attachée une autre barque où il transporte des barils en bois de cèdre : c'est là qu'il entasse
son poisson salé. Lorsque ses barques sont pleines, il
retourne lentement, au cordeau, à Yénisséisk, où il
vend sa cargaison avec un bénéfice net d'environ
30 0/0. Il fait en général trois voyages par saison. Ai-
je besoin d'ajouter que, quand il trouve de belles fourrures à des prix avantageux, il les achète pour les
revendre à la ville ?

Iégor Trofimovitch attend en ce moment le passage
d'esturgeons qui ne doit point tarder ; il est à peu

près sûr qu'il pourra ainsi, en quatre ou cinq jours, compléter sa cargaison dans deux ou trois villages : l'avenir, en Russie et en Sibérie, est à celui qui sait attendre. Le brave homme charme ses loisirs par la pêche à la ligne. Il amarre une petite barque devant une langue de terre près de laquelle le poisson vient jouer dans un remous, et il prend, chaque jour, de trente à cinquante livres de perches, de gardons et de chevannes. J'ai d'abord essayé de l'imiter, mais sans succès : alors, de lui-même, par pure bonté d'âme, il est venu à moi et m'a donné des renseignements : on se comprend si bien, entre hommes accoutumés à taquiner le goujon! Le courant de l'Yénisséye est très violent : j'avais le tort de pêcher avec une ligne volante que les poissons n'avaient pas le temps de happer. Iégor Trofimovitch m'a dit de pêcher à fond, sans bouchon, avec un plomb très lourd, et de bien laisser mordre. En effet, grâce à ce système, je prends désormais autant de blancs, de gardons et de perchettes que je puis désirer; je n'éprouve qu'un seul ennui : la difficulté de me procurer des vers!...

Le troupeau du village, fort de trois cents têtes, a découvert l'endroit où l'on avait abattu le jeune taureau. Tous, taureaux, vaches, génisses, bœufs, veaux, s'y sont rassemblés, et ont commencé leurs lamentations : des mugissements tristes, des meuglements de regret. Nous avons eu beau les chasser : à cinq ou six reprises, ils sont revenus, accourant de deux kilomètres, parfois, au signal de l'un d'entre eux. Rien, je l'avoue, ne m'a paru plus touchant, que cette naïve démonstration des bêtes; pas de pleureuses louées, pas de correction d'enterrement : elles pleurent à leur manière, pour elles-mêmes, et à plusieurs reprises, sur le lieu du massacre. Supérieures à l'homme, au point de vue chrétien, elles ne songent ni à la vengeance, ni même à la défense personnelle. Un tel spectacle vaudrait mieux que la lecture de Tolstoï pour créer des végétariens. J'avoue pourtant, à ma confusion, que le capitaine et moi nous songeons à tout autre chose. Oh! l'excellent Vladimir Ivanovitch! il est tout radieux d'avoir fait passer son bateau sans accident, et son air perpétuellement irrité dissimule mal une joie profonde. Aussi, lorsque la cuisinière vient lui demander comment il faut préparer le bœuf, répond-il chaque fois brusquement, les sourcils froncés : « En côtelettes! » (c'est-à-dire en hachis), après quoi, si je suis là, il se tourne vers moi et éclate de rire. La scène se répète à chaque repas, et je constaterais, si j'avais pu jamais en douter, que le hachis à la crème aigre est un régal pour un Russe.

La chaleur est épouvantable : cependant, tout l'équipage travaille avec ardeur : le bateau retentit de coups de marteau qui ébranlent sa coque métallique. Chose étrange, le voyage a si bien calmé mes nerfs que le vacarme de ce boulonnage à chaud ne me trouble pas un instant, ne m'empêche ni d'écrire, ni de rêver, ni même de faire la sieste dans ma cabine.

Après dîner, je causais avec des matelots appuyés au bordage. Une barque du village vint à passer près de nous : une femme était aux rames, et son mari, tranquillement, tenait la barre. Je plaisantai l'homme sur son peu de galanterie : il leva la tête en souriant et ne répondit rien. Mais, l'un de nos matelots me dit : « Eh! Iouli Antonovitch! que ferions-nous, à la maison, si les femmes ne travaillaient pas? Ce sont elles qui, en notre absence, font tout l'ouvrage.

— Les femmes, reprit comme à part lui le petit
Mochkine, les femmes, c'est comme les chevaux, ça
ne fatigue jamais... » Puis, après un silence, il ajouta
« Ici, en Sibérie, si tu tapes sur ta femme, aussitôt elle
plaide. Il ferait beau voir ça chez nous ! On tape sur
sa femme, et elle obéit. La femme, c'est un être
inférieur, il faut que ça obéisse à l'homme ! » Le petit
Mochkine a vingt-trois ans et il a déjà deux enfants. Il
aime d'ailleurs beaucoup sa femme...

Vers huit heures, lorsque tout s'apaise, lorsque les
pêcheurs de sterlet quittent le bord, et que l'on voit
leurs formes rouges se perdre peu à peu tout là-bas,
un grand calme descend sur l'énorme fleuve. Ses collines, vaporisées d'une buée bleuâtre, se fondent à
l'horizon, et sur l'eau moirée, plus un frisson ne court.
On n'a même plus la sensation du passage de l'eau :
c'est la paix divine, c'est le soir clair qui commence.
En ce moment, il est à peu près neuf heures : des
lueurs roses de soleil couchant traînent sur l'eau
bleue, et les barques des pêcheurs qui, maintenant,
ont atteint l'horizon, ne sont plus que des points
noirs. Le soleil se couche, mais le ciel reste éclairé
d'un lumineux crépuscule. A minuit, sur le pont, on
lit sans peine : avant une heure, il fait grand jour.

*10 juin.* — Toujours une chaleur atroce, et les
moustiques qui nous harcèlent. Iégor Trofimovitch
m'a expliqué comment on pêche l'esturgeon. On se
sert d'immenses filets perpendiculaires à mailles très
larges. On les tend entre deux barques qui s'avancent
parallèlement, et, à un signal, se réunissent. Les esturgeons sont harponnés avec un crochet, à mesure qu'ils
sortent de l'eau, et, chose curieuse, ces énormes poissons, dont quelques-uns ici pèsent jusqu'à soixante ou

soixante-dix kilogrammes, n'opposent aucune résistance. La pêche se pratique deux fois par saison, au
moment où le poisson remonte le fleuve pour aller
pondre, et quand il redescend, avant l'automne. J'ai
vu tout à l'heure peser une femelle : son poids total
était de 40 kilogrammes, sans la tête et les nageoires,
et elle a fourni 9 kilog. 500 de caviar pur.

Le sterlet se pêche d'une façon analogue; mais on
le prend aussi à une ligne spéciale. Cette ligne est
armée de plusieurs centaines de gros bouchons,
auxquels sont fixés, dans une position verticale, de
forts hameçons : un fil de métal saisit l'hameçon dans
le centre de sa concavité, et le maintient à cinq centimètres du centre du bouchon. La ligne, une fois
tendue en travers du fleuve, est abandonnée à elle-
même, sans amorces. Les sterlets, en s'élançant pour
jouer avec les bouchons, s'enferrent sur les hameçons,
de même que chez nous des poissons non carnivores,
mais trop curieux, se laissent accrocher au poisson
d'étain.

On sale plus ou moins le poisson, selon que la saison
est plus ou moins avancée; pour celui qui est pris à la
veille de l'hiver, on compte beaucoup sur la conservation frigorifique, pour suppléer la salaison, procédé
fort coûteux. L'an dernier, paraît-il, la pêche a été
très abondante, et l'on s'est régalé à Yénisséisk. Malheureusement, le dégel étant survenu subitement et
plus tôt qu'on ne l'attendait, une grande quantité de
*nelma* a commencé à se corrompre : on l'a vendue à
la prison !...

Iégor Trofimovitch est décidément un bien brave
homme : je lui ai offert quelques hameçons montés
sur crin de Florence, et il nous a fait cadeau d'un

beau sterlet. Nous causons toute la journée, soit en
pêchant, soit chez nous, en prenant le thé. Je vois
bien, quand il achète du poisson aux paysans ou des
fourrures aux Toungouzes, qu'il est un homme « dur
à la détente », faisant flèche de tout bois et ne dédai-
gnant aucun profit ; mais il enveloppe tout cela de tant
de bonhomie, que nul ne peut lui en vouloir. Il m'apprend que sur sa barque, par économie, il se nourrit
exclusivement de poisson durant tout l'été, et qu'il
mange sans difficulté du poisson cru. Il faut être vraiment taillé, pour faire un tel métier. J'ai mis le comble
à sa joie en le photographiant. Il a pris position sur le
toit de sa tartane : il y a disposé savamment son aide
François, qui gratte un poisson, et son petit domestique, qui s'est mis le doigt dans le nez pour la circonstance. Puis, il a hissé là-haut sa petite fille, parée
comme pour une fête, et l'a placée debout, à un mètre
de lui, un peu en arrière.

*11 juin.* — Chaleur épouvantable : nous cuisons au
soleil, et nous bouillons dans notre paquebot en métal :
cependant, sur la rive, la muraille de glace n'est pas
encore fondue. La barge qui nous a accompagnés s'est
rangée bord à bord avec nous, et les matelots qui la
manœuvraient sont naturellement inoccupés. L'un
d'eux, Zakharie, a un bon visage doux, barbu et che-
velu, il a commencé par se joindre aux inévitables
flâneurs (on les appelle, en russe, des *bâilleurs*, ce qui
peint bien leur bouche entr'ouverte) qui considèrent,
du matin au soir, le montage de la machine et des
roues. Ensuite, il s'est baigné dans le fleuve : il m'a
fait penser au matelot de Paul et Virginie, un hercule
velu. L'après-midi, je l'ai trouvé endormi tête nue, en
plein soleil, sur le pont de sa barge ! Et tout à l'heure,

vers minuit, je l'ai retrouvé là encore, endormi en
dépit de la fraîcheur nocturne et des moustiques : il
est couché à même sur les planches du pont, la tête
un peu en contre-bas, appuyée sur un rondin de bois,
les jambes protégées par son manteau de toile, le
torse seulement vêtu de sa mince chemise en coton-
nade rouge. Je suis stupéfait de cette force de résistance à un soleil qui tuerait l'un de nous, et à cette
fraîcheur d'où nous sortirions perclus de rhumatismes.
Quelle santé de fer, chez ce moujik de trente-cinq
ans! Mais aussi, il a subi de rudes épreuves. J'ai
causé assez longtemps avec lui tantôt, et il m'a appris
qu'il était originaire du *gouvernement* de Tobolsk. Au
moment de la terrible famine de 1891, il avait déjà
« femme et petits enfants » : il a dû émigrer. Le voilà
maintenant éclusier sur le canal de l'Obi à l'Yénisséye : c'est pour lui le bonheur, car il mange à sa
faim. Il me racontait, dans son langage simple et
avec un bon sourire paisible, quelques impressions de
famine : les chevaux, que l'on ne pouvait plus nourrir,
et que nul ne voulait acheter (les paysans russes ne
mangent pas de cheval), étaient chassés dans la forêt;
n'y trouvant pas une herbe, ils y mouraient. Pas de
blé, bien entendu ; pour la *lébéda* [1], dont la graine noirâtre occasionne pourtant de si violentes maladies
d'estomac, on la vendait dix ou douze fois plus cher
que le seigle dans les années moyennes, soit 2 roubles le *poud* (6 francs les 16 kilog.). Les malheureux
paysans avaient imaginé de se nourrir d'une graine
qui pousse dans les marais; mais ils mouraient de

---

1. L'arroche : un succédané du blé durant les années de
famine. Sur son rôle durant la famine russe de 1892, voir notre
livre, *Au Pays russe*, p. 63 sq.

Nos matelots faisant du bois (p. 161)

Zacharie flânant sur sa barge (p. 175)

l'usage de cette plante : les autorités intervinrent et
firent garder les marais. Rien n'y fit : les affamés, la
nuit, organisaient des expéditions pour aller cueillir
la plante mortelle... Les pauvres êtres!... Mais vous
ne savez pas, en France, ce qu'est la famine! et
ces tableaux horribles vous font peut-être, tout au
plus, passer un léger frisson vite oublié. Ah, si vous
aviez vu comme moi les ravages de la famine de 1892
dans le district russe de Loukoyanof; si surtout quelques-uns de mes lecteurs m'avaient accompagné dans
la visite inattendue que j'ai faite, aux environs de
Tomsk, il y a un mois, à un village d'émigrants mou-
rant de faim; s'ils avaient entendu les gémissements de
quelques enfants à demi nus, s'ils avaient aperçu les
traits, rongés par la souffrance et le désespoir, des
hommes qui m'entouraient; s'ils avaient vu pleurer
furtivement des femmes avares de paroles et d'explication; s'ils avaient, enfin, senti comme moi la déso-
lante horreur et la rage de l'impuissance personnelle
à leur porter ou à leur faire porter secours, — alors
toutes ces images déchirantes reviendraient à leur
esprit, et ils sentiraient, comme je le sens en recopiant
ces lignes, leur cœur se gonfler de larmes, au récit
paisible du matelot Zakharie. — Mais, bah! je le sais
bien, peu nous importe un homme qui se roule de
faim, et qui en meurt, à six mille kilomètres de notre
pays!...

... Une misère encore : ce matin, une fumée qui
montait au delà de l'île que nous voyons en aval, nous
faisait croire à l'approche d'un paquebot; mais, vers
le soir, une grande flamme est apparue. C'est la forêt
qui brûle à vingt ou vingt-cinq kilomètres d'ici, chez
les Ostiaks : à mesure que l'heure avance, la flamme

devient plus énorme. Cet affreux spectacle est d'une
belle grandeur.

*12 juin.* — L'incendie ravage toujours la forêt : la
fumée, ce soir, et quelques cendres couvraient
l'Yénisséye, et l'odeur nous en parvenait. J'ai tenté de
chasser sur un lac qui se trouve en bordure du
fleuve. Les canards, les oies et les grues cendrées se
pressent dans ces incroyables marécages, et on ne
peut les en déloger. Deux ou trois malheureux canards
ne valent vraiment pas les piqûres de moustiques
dont je suis couvert sur le visage, sur les mains, le
dos et les épaules, malgré la protection de ma chemise de flanelle. C'est demain que nous devons partir,
et malgré le sentiment pénible que j'éprouve à l'idée
de rentrer dans la cohue des affaires et des villes, je
ne serai pas fâché d'échapper à la torture du soleil
cuisant et des moustiques.

*13 juin.* — La pluie, ce matin, nous a saisis : je
l'avoue, cette première grosse pluie reçue depuis deux
mois et demi, me fait un vrai plaisir : elle rafraîchit
et égaie la monotonie du ciel bleu sibérien. Nous partons à onze heures. Le mouvement du bateau, enfin
rendu à ses propres forces, donne à mes pensées un
autre cours : la rêverie s'envole quand s'efface la silhouette de la *taïga* du Kasse. Le vent siffle, l'énorme
fleuve frissonne et se soulève :

> Hoïho! da kommt der Wind!
> ... Ueber die stillverderbliche Fläche
> Eilet das Schiff,
> Und es jauchzt die befreite Seele [1]...

1. « Hoïho! voici le vent! ... Sur la surface calme et dangereuse, — Le vaisseau se hâte, — Et mon âme délivrée pousse
des cris de joie... » Henri Heine, *Nordsee.*

...Nous voici en marche, sous la pluie. C'est aujourd'hui la Pentecôte russe, aussi tout notre bateau est-il égayé de branches de bouleaux, dont les jeunes feuilles, d'un vert pudique, ne sont pas encore grandes ouvertes. Nous circulons ainsi comme dans un bois, sur le *Nicolaï* pimpant, repeint à neuf, tout en blanc et en gris, avec la coque en rouge. L'Yénisséye, à cette latitude, est un fleuve énorme : depuis cinquante kilomètres, sa largeur n'a pas été moindre de deux mille mètres : à présent, je l'estime à trois kilomètres ! Mais cette masse d'eau ne donne pas à l'œil la jouissance pittoresque des fleuves moyens ; la Kiète et le Kasse étaient des bijoux : l'Yénisséye est un colosse ; l'œil y perd la notion des distances, et l'harmonie des proportions y est détruite.

*14 juin.* — Le fleuve s'est rétréci et présente d'une façon frappante, bien que très amplifiée, l'image du Rhin près de Coblentz : seulement ici, c'est la rive droite toute seule qui se dresse en une muraille verticale toute couverte de mornes sapinières. Nous dépassons des barques qui avancent péniblement, au halage. L'une d'elles est montée par huit hommes : quatre sont endormis et quatre sont aux rames : tous sont également noirs de moucherons. Ils ont l'air misérable, hagard, sous la chaleur qui est revenue. A l'arrière, suspendus à une corde qui pend dans l'eau, traînent trois esturgeons...

Tantôt, j'avais repris à l'avant mon poste familier sur un paquet de cordages. Un matelot, Micha, est venu causer avec moi. Il m'a d'abord demandé s'il était vrai que nous ayons chez nous un souverain élu. Je lui ai expliqué notre système.

— Et à quelle caste sociale doit appartenir votre

Président? (Je crois entendre encore Gavrilo, me posant la même question.)

— Il n'y a pas chez nous de distinctions de castes : *théoriquement*, tous ont les mêmes droits.

— Alors, chez vous, il n'y a pas de ces *zaslougui za tsar i otétchestvo* [1]?

... Il est vrai, ajoute-t-il après un silence, qu'*ils* (les nobles) ont bien eu quelque mal, jadis — mais ils s'en payent joliment aujourd'hui.

— Non! en France, nous n'avons plus rien de cela.

— Chez nous, reprend Micha, c'est le tsar Alexandre II qui a délivré le peuple...

Et, après un silence, il reprend : « Est-ce que, chez vous, on rencontre, autant qu'ici, des difficultés pour s'instruire?

— Mais non, chez nous, on institue des bourses pour ceux qui sont pauvres. D'ailleurs, vous avez ça également en Russie.

— Voyez-vous, Iouli Antonovitch, il y a chez nous au village un médecin homéopathe dont le second fils apprend on ne peut mieux. Eh bien, on lui a fait toutes sortes de difficultés avant de lui permettre de faire son volontariat. Il l'a emporté, à la fin, et maintenant, il s'instruit aux frais de l'État.

— Tu vois bien!

— Ah! le père aurait bien pu payer, mais il a préféré que ce fût au compte de l'État, parce que, bien sûr, comme il dit, on poussera vite son fils, afin d'avoir moins longtemps à l'entretenir!

---

1. « Mérites pour le tsar et pour la patrie »; ces mots désignent, dans la bouche de ce matelot, les *nobles*, dont les privilèges s'expliquent par ce fait qu'ils ont bien mérité du tsar et de la patrie.

— Et puis, vous savez, les allopathes (Micha connaît ce mot) lui jouent toutes sortes de tours, à notre médecin : ils lui arrachent ses malades. Lui, c'est un homme de bien, il ne prend que ce que chacun lui veut bien donner, et, des pauvres, il n'accepte rien. Tous les jours, à sa porte, il y a une foule comme devant un hôpital. Et puis il sait guérir la *sibirskaia iazva* (l'ulcère sibérien) dont la contagion nous arrive avec les peaux de Sibérie. Malheureusement, il n'est plus jeune... Il a des enfants, tous bons sujets. L'un d'eux, qui est artisan, s'instruit à force. Il se lève, été comme hiver, à cinq heures du matin, et le soir, de sept heures à minuit, il lit des livres. Dernièrement, il s'est mis à la philosophie. On paye, comme ça, quatre roubles, on achète des livres, et l'on répond chaque mois à un questionnaire. Quand on a bien répondu, on reçoit un prix. Depuis un an, il a écrit, écrit toujours : pas de réponse... Quelqu'un lui a dit que ses lettres n'étaient sans doute pas encore parvenues à celui qui doit les juger — il attend toujours... Et puis, c'est un chasseur enragé et un tireur hors ligne... » Après un long moment de silence, seulement martelé par les coups de la machine, Micha reprit la parole, et considérant notre chien Jek couché à mes pieds, il dit d'un ton amer que je ne lui connaissais pas : « Oui! tu passeras toute ta vie (c'est-à-dire *je* passerai), tu mourras, ça ne fait rien; et tu ne sauras rien, rien, pas plus que lui (Jek).

— Mais si, Micha, tu sais parfaitement lire et tu connais, en outre, pas mal de choses.

— Lire! lire! Ou bien on a des livres et pas le temps de les ouvrir, ou bien on a du temps, et pas de livres.

— Mais, l'hiver?

— Oh ! chez nous, il y a bien une bibliothèque, mais elle ne. contient que des niaiseries bonnes pour des enfants. On ne permet pas d'acheter des livres inté-ressants... »

Il faudrait un chapitre pour commenter cette con-versation que je viens de traduire mot pour mot : je n'entreprendrai pas cette tâche. Du moins, ces confi-dences m'ont si vivement frappé, dans la bouche d'un jeune paysan de vingt-deux ou vingt-trois ans, que j'ai voulu en fixer le souvenir. Notre entretien s'était réduit à une sorte de monologue, car, je n'avais pas grand chose à dire, moi étranger, à toutes ces réflexions. L'important, pour moi en voyage, n'est pas en effet d'inculquer telle ou telle idée à mon inter-locuteur, mais de distinguer quelles sont précisément les idées qu'il possède : qu'elles soient justes ou fausses, à mon sens, il n'importe, je n'ai qu'à les enre-gistrer. Toutefois, au cas présent, je puis bien ajouter que Micha m'a paru doué d'une intelligence singuliè-rement développée, et pourvu d'une instruction fort au-dessus de la moyenne...

Vers les cinq heures, nous abordons à un village où tous les hommes, à peu près, et quelques femmes, se sont enivrés en l'honneur du lundi de la Pentecôte. C'est un spectacle répugnant, au delà de toute expres-sion. Au milieu d'une rue, j'aperçois entre autres un malheureux, étendu ivre-mort; ses mains, le haut de sa poitrine et son visage sont littéralement noirs de moustiques : la pointe d'une épingle ne trouverait pas une place libre où le piquer! Le pauvre homme, malgré l'insensibilité de l'ivresse, fait des mouvements vagues, comme pour se défendre. Enfin, quelqu'un arrive, et on le traîne dans une maison.

Nous ne savons nous-mêmes, tandis qu'on fait du
bois, où nous réfugier, pour éviter les moustiques.
Un feu de bois vert fume sur la berge, et, pour
éviter les insupportables piqûres, nous nous y rôtis-
sons en compagnie de nos trois chiens. Mieux vaut
pourtant la cabine hermétiquement close, où l'on
étouffe, mais où, du moins, on se trouve à l'abri.
Près de nous, dans une grande barque, des bambins
de huit à dix ans jouent bruyamment : quelques-uns
portent le moustiquaire sibérien ; les autres restent à
visage découvert. L'un d'eux, surtout, rit paisiblement, comme insensible aux moustiques : il a dix
ans, peut-être ; il porte une chemisette bleue, un
veston noir et un grand chapeau noir à larges ailes ;
ses cheveux bruns tombent en boucles longues, et
encadrent un visage rose où rient des dents éclatantes
— ces dents magnifiques qui sont l'innocente parure
du Sibérien. Cet enfant, vu ainsi à quelques mètres,
au travers d'une vitre, a une grâce inexprimable, et
il est si peu en harmonie avec le milieu grossier où
il se trouve, qu'on se demande comment il a pu
tomber là : il évoque des souvenirs de pelouses an-
glaises ; il semble qu'on ait vu quelque part son portrait peint par Gainsborough.

*16 juin.* — Hier matin, nous sommes arrivés à
Yénisséisk, et le bruit de notre heureuse traversée
s'est vite répandu dans la petite ville. Depuis notre
départ de Tomsk, c'est-à-dire depuis un mois, nul ne
savait rien de notre sort.

Yénisséisk peut avoir 17 ou 18 000 habitants ; c'est
un port animé où abordent les péniches de l'Angara qui
apportent du fer et du thé, et les barges carrées qui,
de Minousinsk, amènent le blé et la farine dont se

nourrissent les riverains du fleuve, les pêcheurs, et les ouvriers des mines d'or. La ville a fait beaucoup de bruit en Sibérie, depuis deux ans, par le nombre et la qualité des crimes dont elle a été le théâtre : or, la Sibérie s'y connaît! Néanmoins, elle offre l'aspect le plus riant du monde, et l'on y voit une animation de mariniers qui tranche singulièrement sur les souvenirs de la paisible *taïga* où je viens de passer un mois.

Mes visites s'adressent surtout ici à des propriétaires de mines d'or et de pêcheries établies sur le bas Yénisséye. Malheureusement, si l'accueil que l'on me fait est cordial, ma moisson de renseignements n'en est pas moins médiocre. La première cause de la défiance que j'inspire à ces marchands, c'est qu'ils ne sont pas habitués à voir un homme — surtout un étranger — s'occuper théoriquement de questions économiques : à tel d'entre eux, j'en suis sûr, il semble très singulier que je m'enquière du prix du blé, du sel, de la viande, du poisson, etc. Je devine à la réserve de tel vieillard qu'il craint, en me disant la vérité, de favoriser le « syndicat étranger » dont, à ses yeux, je suis le secret représentant. En outre, j'inspire à quelques-uns de ces hommes une curiosité vive, parce que je viens de traverser le Canal de l'Obi à l'Yénisséye, et puis leur fournir des renseignements à son sujet. C'est que, bien qu'intéressés au premier chef à l'existence de ce canal qui peut leur faire gagner de grosses sommes, ils n'ont jamais eu l'idée de s'y aventurer ou d'y envoyer un homme de confiance : voilà, entre cent autres, un exemple frappant de l'apathie sibérienne. Ils m'interrogent donc avec une impatience évidente, et l'un d'eux ramène à chaque instant la conversation sur un chargement de sel que nous lui avons en partie

escorté jusqu'à Soukovatka. Ces voisins du Canal ne
semblent pas disposés à élargir les questions qui s'y
rapportent, et ne veulent le considérer que de leur
point de vue strictement local et personnel. Admirablement placés pour en tirer promptement parti, propriétaires de bateaux et d'entreprises diverses, habitués au commerce, ils se croisent les bras et attendent.
Ils me font penser un peu à une société française
placée en face d'une belle affaire, et qui n'ose s'y risquer avant que le Gouvernement lui ait fait signe et
promis son concours... D'ailleurs, je ne me fais pas
illusion sur le degré de confiance que j'inspire à mes
aimables hôtes. Comme ils n'hésitent pas à me donner
des chiffres fantaisistes, ils ont tout lieu de croire,
sans doute, que j'en fais autant de mon côté. Malheureusement pour eux, je n'ai ni intérêt, ni plaisir à
leur masquer la vérité, et il arrive ainsi que leur
excès de précautions à mon endroit les fait tomber
dans l'erreur. Combien de fois ai-je observé pareil
fait dans cette Sibérie défiante! Combien de fois,
aussi, ai-je admiré la naïveté des gens qui me ber-
naient, comme ici, de renseignements inexacts, sans
se douter que j'avais sous la main le moyen de les
contrôler!...

C'est, je pense, la population des mariniers et des
ouvriers revenus des mines d'or, qui donne à la gen-
tille ville d'Yénisséisk, sa réputation sinistre. Il ne
faudrait pas juger par là l'ensemble de la société. On
y trouve en effet un noyau solide de gens fort cultivés
et très intelligents, gros industriels, ingénieurs et
fonctionnaires. Ainsi, par exemple, le maire de la
ville, M. Vostratine, a été étudiant en médecine à
Paris, et n'a pas trente-cinq ans. Ses amis, sa famille

sont au courant de la vie intellectuelle de l'Europe,
lisent beaucoup et font de la musique. C'est une
société aussi agréable qu'accueillante, et j'aurais
plaisir à passer près d'elle une semaine ou deux. Malheureusement, le temps presse, des télégrammes qui
m'attendaient poste restante, m'appellent à Krasnoiarsk où je dois retrouver mon ami Gavril Pétrovitch. En outre, je suis malade depuis mon départ de
Soukovatka : l'absorption, en pleine chaleur, d'une
bouteille de *kvass* mal préparé a déterminé chez moi
des troubles intestinaux dont je souffre beaucoup, et
qui menacent de prendre un caractère inquiétant. On
vous demande parfois, à la veille d'un long voyage :
« Et si vous tombiez malade? » Je réponds toujours :
« C'est une éventualité qu'il faut écarter de son
esprit. » Le fait est que la maladie, dans un pays
perdu, est chose terrible, et que, une fois atteint, une
fois terrassé, on n'a plus qu'un souhait : la crise
violente, le coup de grâce, pour en finir...

Oui, il me faut me hâter, et c'est dommage, car je
trouverais au musée, si patiemment, si intelligemment organisé par A. I. Kytmannof, des ressources
vraiment précieuses pour l'étude ethnographique de
la province, et aussi une bibliothèque spéciale dont
nulle part ailleurs, fût-ce à Saint-Pétersbourg, les
éléments ne se retrouvent aussi complets. Presque
toutes les villes sibériennes possèdent ainsi un musée
local : on y trouve, quand on n'est pas un touriste
indifférent, de véritables trésors : on y rencontre aussi,
le plus souvent, un conservateur original et dévoué,
dont tous les loisirs sont consacrés à ses collections,
et qui est un intarissable cicerone, un type curieux à
observer, tenant le milieu entre notre savant de pro-

vince, le spécialiste allemand et le propriétaire de bibelots rares.

Le *Nicolaï* doit être utilisé à Krasnoiarsk pour les travaux du pont, et on l'y attend avec impatience. Mais, entre Yénisséisk et Krasnoiarsk, se trouve un rapide, le *Kozatchinski porogue*, que notre machine de 24 chevaux ne peut franchir à elle seule. Il nous faut, pour un kilomètre ou deux, l'appui d'un remorqueur : or, le puissant remorqueur de l'État, après nous avoir attendus plusieurs jours, est justement parti pour l'Angara la veille de notre arrivée ici. Un particulier nous demande deux mille francs pour nous faire aider par son vapeur; passerons-nous par ses exigences? Nous attendons des instructions officielles, sans savoir quel jour nous pourrons partir. Je devrai donc me résigner à faire en *tarentass* les 350 kilomètres qui nous séparent de Krasnoiarsk, et à précéder là-bas notre cher petit paquebot. J'en suis navré. Il faut se décider pourtant : je vais commander des chevaux qui seront prêts demain. Une dernière promenade mélancolique m'amène le long du port où l'on décharge du blé sur les informes barges de Minousinsk : c'est un tohu-bohu de couleurs et d'hommes, une étrange saleté illuminée de rouge, dans le décor bleu du fleuve ensoleillé. Voici plus loin le marché de bric-à-brac, avec d'invraisemblables débris d'ustensiles que flairent et manient des désœuvrés. A des tables en plein vent, on consomme de la soupe et de la bière que vendent des commères bavardes. Plus loin encore, voici des barques pontées, terminées par une pointe retroussée : elles viennent de l'Angara, l'énorme rivière qui unit, après 1800 kilomètres de cours, le lac Baïkal à l'Yénisséye. C'est partout une animation extraordinaire,

un va-et-vient de voitures, de porteurs, de mariniers,
d'hommes ivres, et de voiles blanches qui se déploient
et glissent lentement sur l'azur du lointain : la vie
remue et bourdonne au bord de la petite ville ensom-
meillée, où çà et là des vaches paissent dans les
rues...

*17 juin.* — A trois heures, je suis parti : j'ai le cœur
gros d'avoir dit adieu au capitaine et au mécanicien
du *Nicolaï,* à ces excellents amis auxquels trente jours
de vie commune dans le désert boisé m'ont affectueu-
sement uni. Je suis triste aussi d'avoir quitté notre
équipage, ces braves matelots simples qui m'ont
fourni la précieuse occasion de causer fréquemment
et sans gêne avec des hommes du peuple, en ce pays
où ils sont si défiants. Oui, ce sont de braves gens que
je viens de quitter, des braves gens dans toute la
force du terme, des hommes éprouvés, dont les ressorts moraux ne sont pas faussés, comme les nôtres,
par une éducation ambitieuse et par la casuistique
du sentiment, des hommes simples et naturels, dont
la simplicité est inclinée, inconsciemment, je le veux
bien, mais qu'importe? du côté de la bonté plutôt que
du côté de l'égoïsme, des hommes dont le contact est
bienfaisant pour ramener à la grande route droite
nos rêveries égarées dans les sentiers. Ce qu'ils m'ont
donné, durant ce mois où ma vie a été mêlée à la leur,
où, sans doute, ma pensée s'est déroulée sans qu'ils y
aient grande part, mais où, du moins, nous nous
sommes physiquement et moralement côtoyés à toute
heure du jour, ce qu'ils m'ont donné là, jamais la
société de mon pays ne me l'offrira, je le sais. Voilà
pourquoi j'éprouve une profonde amertume de regret
à quitter ce vapeur et ces hommes que jamais je ne

reverrai plus, mais que je ne veux pas oublier... Oui !
mon départ est triste...

La route uniformément se prolonge dans la forêt,
non loin du fleuve, que l'on aperçoit par instants au
travers d'une éclaircie : elle est excellente, et, en
outre, je trouve aisément des chevaux. J'ai l'ennui,
ne possédant pas encore de *tarentass*, de déménager à
chaque relai mes volumineux bagages et ma personne : or, comme il faut, pour se caser commodé-
ment dans un *tarentass*, l'expérience de deux relais
au moins, il s'ensuit que je suis toujours fort mal
assis.

J'ai, d'ailleurs, grâce à mes expériences russes, assez
l'habitude de ce genre de locomotion pour ne pas
m'irriter, et pour patienter. J'observe la route aussi
longtemps que mon attention est capable de s'attacher
à un objet précis — car on ne peut pas lire en *tarentass*, et pour dormir, il faut y être installé autrement
que je ne le suis dans les voitures de paysan qu'on
met à ma disposition. La forêt est défrichée sur une
largeur de quinze à vingt mètres environ sur chaque
côté de la route, si bien qu'au lieu de rouler dans
l'obscurité humide et inquiétante, on passe au milieu
d'une prairie ensoleillée, et positivement émaillée de
fleurs. Cette floraison extraordinaire, au milieu de
l'herbe verte, me réjouit et me confond : de tous
côtés, c'est une profusion de fleurettes jaunes,
blanches et bleues, de fleurettes connues pour la plupart, à ce qu'il me semble, mais pour le moins
doubles des nôtres : je vois là des pavots couleur lie
de vin grands comme ceux de nos jardins, des
muguets énormes, une plante à grandes clochettes
blanches, des boutons d'or, puis des fleurs jaunes

dont j'ignore le nom, mais que je vois en France, et
qui sont ici larges comme des roses.

*18 juin.* — L'inondation du fleuve me force à des
détours, mais je ne m'en plains pas, car la route nouvelle serpente par des champs et par des bouquets de
bois embaumés d'aubépine, sous un ciel de printemps
lourd de vie et de fécondité : le premier champ de blé
aperçu m'a donné une émotion...

En arrivant, vers midi, près d'un relai, j'ai dépassé
un convoi de prisonniers : quelques-uns sont en
charrette de paysan : ce sont, je pense, les malades, et
aussi les nobles, auxquels la loi accorde le droit de se
faire voiturer jusqu'au bagne. Les autres vont à pied,
entre des soldats noirs de hâle, sous leur béret sans
visière, et dans leur dolman de toile blanche. Parmi
des prisonniers ordinaires, j'aperçois trois galériens.
L'un d'eux me frappe surtout : c'est un homme de
vingt-cinq ans à peine, un des plus beaux hommes
que j'aie rencontrés dans ce pays, où cependant la
race n'est pas encore déformée par la civilisation ;
c'est positivement une statue d'athlète : grand, admirablement proportionné, la poitrine bombée, les
muscles des bras saillants sous sa chemise claire, il
donne une image de force tranquille que soulignent la
cambrure de sa taille et sa marche assurée, gaillarde,
martiale, scandée par le bruit des chaînes. Sa tête,
trop petite, est laide, insignifiante, avec une expression
hostile et ironique. Ses fers sont constitués par des
anneaux plats, allongés, qui relient à une ceinture de
fer les bracelets rivés à ses chevilles, et qui pendent
librement entre les jambes : ils ne donnent pas une
impression de pesanteur; on les entend seulement
tinter à chaque coup de talon. Pourtant, la vue de ces

jambes enchaînées qui marchent sur la route entre
des gardiens produit sur moi une atroce impression :
elle évoque le souvenir des ours promenés par les
villages — et, là aussi, je plains les ours, — de
quelque chose d'extra-humain, d'inutilement cruel.
Sans doute, cet homme, ce bel athlète que les Grecs
auraient fait poser, est probablement une dangereuse
canaille, un assassin endurci : mais enfin, pourquoi
rougirais-je d'avoir eu pitié de lui?

Arrivé au village, j'y suis bientôt rejoint par le
convoi, qui s'arrête tout à l'entrée, devant la *maison
d'étape*. On appelle ainsi une maison de bois, basse,
sombre, délabrée, humide, sale, aux fenêtres grillées,
qui se trouve dans tous les villages de relais sur les
routes postales. Les prisonniers que l'on conduit parfois d'un bout à l'autre de l'Asie, trouvent là, chaque
soir, un abri momentané. Dans des salles obscures et
infectes, meublées d'une planche de corps de garde,
les pauvres diables s'allongent côte à côte, se séchant
comme ils peuvent, quand ils sont mouillés, et se
nourrissant à peu près de même, car, vu la cherté de
la farine dans certaines contrées, l'allocation de pain
n'est pas toujours suffisante pour apaiser leur
faim.

Ils passent ainsi la nuit et une partie du jour dans
une atmosphère abominable, gâtée par les émanations
de tous ces corps mal soignés, de ces vêtements
sordides, de cette humidité qui sèche à la chaleur
humaine, de cette vermine qui pullule partout...
Ils passent, et, souvent, prennent là le germe d'une
maladie qu'ils transmettent à d'autres avant d'y suc-
comber : typhus, choléra, phtisie. Les maisons
d'étape sont des cauchemars pour les rares touristes

de Sibérie : que doivent-elles être pour leurs hôtes
forcés? Un des plus grands bienfaits du Transsibérien
sera de faire disparaître ces affreuses baraques qui
coûtaient, somme toute, si cher à l'État, et où tant
de souffrance humaine s'est exhalée...

Notre convoi s'est arrêté à la *maison d'étape*, toute
petite, pas sérieuse, celle-là. Vite, on place une senti-
nelle qui s'appuie sur le canon de son fusil, tandis
qu'on prépare le déjeuner. Alors, sous le grand soleil
de midi et la cuisante chaleur, c'est un déballage
inattendu. D'abord, tout le monde se lave un peu :
un prisonnier apparaît sur le perron : de sa bouche
pleine d'eau, il fait glisser un petit filet dans ses mains
ouvertes, qu'il porte ensuite vivement à son visage :
c'est le moyen classique pour se débarbouiller sans
trop employer d'eau; on a l'avantage de pouvoir
avaler ce qui reste. Puis, voici le grand athlète galérien : avec des poses et des cambrures, il vient, d'un
pas martial que scande le bruit des chaînes, chercher
du bois pour la « popote » : il tient toute droite cette
taille que la loi n'a point pliée, et l'on ne peut se dissimuler que cette image de crime impénitent et bra-
veur, que cette attitude de forte bête prise au piège,
n'est pas dépourvue de caractère. Je m'approche,
n'osant pas trop avoir l'air de les regarder, par une
sorte de pudeur que m'inspire la pitié : sur le perron,
un homme développe des bandes et soigne ses pieds
meurtris; un autre déroule un chiffon sale, le déroule
lentement, avec d'infinies précautions, et, à la fin, en
retire deux tasses en faïence à fleurs. A ce moment,
le galérien dont j'ai tant parlé demande très haut, en
me désignant aux soldats : « Qu'est-ce que veut donc
ce corbeau-là! » Toute la compagnie éclate de rire:

Sur le quai d'Yénisséisk (p. 187)

Soldats gardant des prisonniers au bac de Krasnoiarsk (p. 198)

Ils ont raison : mon accès de pitié compliquée est infiniment ridicule.

Des femmes, cependant, sont arrivées du village avec des provisions, et le petit commerce va son train. Je vois l'une d'elles prendre en échange de pommes de terre une paire de vieilles bottes trouées...

Depuis le milieu de la nuit, il est devenu plus difficile d'obtenir des chevaux : les Sibériens, riches paysans, paresseux et jouisseurs, ne se soucient guère de se lever la nuit pour conduire un voyageur, et ils mettent à leur refus d'attelages une obstination que ne peut même vaincre parfois l'appât du gain. Dans l'après-midi, j'ai vu successivement sur le siège de ma voiture un gamin de quatorze ans, qui en portait dix, et une jeune femme. Ils ne conduisaient pas de la même façon : le gamin lança d'abord éperdûment ses trois chevaux dans des descentes vertigineuses, où le moindre faux pas nous eût été fatal; puis, incapable d'enlever son attelage fatigué, il se traîna péniblement durant la seconde moitié du parcours. La femme, au contraire, a conduit lentement, posément, ses deux haridelles blanches; elle a exécuté, entre autres, au pas retenu, une effrayante descente de cinq cents mètres pour le moins. Sans quitter son siège, comme font à tout propos les cochers sibériens, pour redresser les harnais, bourrer leur pipe, ou prendre haleine, elle a conduit, des guides et de la voix, avec un sérieux qui m'a fort amusé. Enfin, lorsque nous avons relayé, j'ai aperçu que, pour me faire honneur, ma *cochère* avait chaussé de bottines fines son pied nu !

Vers le soir, en sortant d'un village, nous passons devant une *maison d'étape*. La porte et les fenêtres en sont ouvertes toutes grandes, et, devant la maison, sur l'herbe fraîche, soldats et prisonniers sont étendus dans un touchant pêle-mêle. Un voisin s'est assis là, et deux femmes, arrêtées devant le groupe, prennent part à la conversation : c'est une idylle de soir de juin !

*19 juin.* — Au petit jour, ce matin, dans un grand village interminable, un veilleur de nuit m'a indiqué une maison où me procurer des chevaux : comme le riche paysan auquel ils appartiennent ne veut pas se déranger, il charge le veilleur de me conduire jusqu'au relai prochain. Ce cocher improvisé est un vieillard à barbe blanche coupée court, et à voix grêle : il est sec comme une planche de liège, dont il me donne exactement l'impression, quand je le vois assis un peu de travers, raide sur son siège. Comme tous les cochers russes, il encourage les chevaux et leur parle sans cesse, leur prodiguant les noms les plus tendres ; toutes ses phrases se terminent par un refrain bizarre qui commence sur des notes aiguës et retombe sur deux notes graves : *â, â, â, â, â, â, oyé, oyééé* : ce refrain, qui m'éveille parfois de courtes somnolences, me fait éclater de rire. Par moments, sur la route cahoteuse, une échappée se déclare sur le fossé, très large et peu profond ; — aussitôt, heureux comme des écoliers d'échapper à la grande route, nous nous engageons dans le fossé, avec de vigoureux *oyé, oyé*. Ce manège m'amuse beaucoup, et cependant, je suis las de trente-huit heures ininterrompues de cahots dans des *tarentass* découverts et sans appuis. C'est chose curieuse que la somnolence qui s'empare de vous, durant ces longs trajets en voitures incommodes : on ferme les yeux sans le savoir, et l'on s'oublie une minute, deux au plus, durant lesquelles on a le temps de faire un rêve très compliqué, différent chaque fois.

Les faits les plus éloignés, les souvenirs les plus confus passent ainsi dans votre vision, et c'est comme une fantasque revue de votre vie passée, coupée en très menus tableaux.

Enfin, vers dix heures du matin, le paysage se découvre; les forêts ont fait place aux champs de blé. Voici au loin des montagnes bleues qui bordent le fleuve. Une pente effrayante mène à la ville, dont on voit les églises blanchir à l'horizon : une plaine pelée, des maisons de bois, d'interminables files de charrettes, des ponts, des rues, de la poussière, l'hôtel enfin : je suis à Krasnoiarsk. Me voici au bout de mon merveilleux voyage de rêve...

# IV

## La Sibérie souriante.

Krasnoiarsk est, sans doute, une ville de bel avenir,
car, de même que Krivochokovo sur l'Obi, elle se
trouve au point de croisement du Transsibérien et
d'un grand fleuve, l'Yénisséye. Par ce fleuve, elle
communique avec la Chine, avec le riche district de
Minousinsk, et enfin, pour ainsi dire, avec l'Angleterre
qui a découvert et qui utilise le passage de la mer de
Kara et des bouches de l'Yénisséye. A Krasnoiarsk,
on se procure certains produits anglais à bien meilleur
compte qu'à Paris. S'il fallait citer à nos indolents
négociants un nouvel exemple de la ténacité anglaise,
on pourrait leur rappeler l'histoire de cette utilisa-
tion du grand fleuve sibérien. Le capitaine Wiggins
montra le premier que les bateaux de mer pouvaient
remonter le fleuve. Seulement, la première expédition
anglaise, mal renseignée sur les besoins du pays, prit
un chargement semblable à ceux qu'on choisit pour
les sauvages : elle embarqua des verroteries et des
haches; pour un peu, elle y aurait joint un lot de cou-
teaux à scalper. Or, faute de sauvages, les verroteries

lui restèrent pour compte; il en fut à peu près de même pour les haches, dont la forme déplaisait aux Sibériens, et pour un lot considérable de souliers ferrés que personne, en ce pays, n'eût voulu chausser.

L'année d'après, les Anglais apportèrent des conserves, des montres, des vêtements; ce choix était excellent, mais ils eurent le tort d'écouler leur stock à vil prix, au détail, faisant ainsi une concurrence écrasante aux marchands locaux. Ceux-ci se liguèrent et obtinrent du Gouvernement qu'il établît sur place des droits de douane sur les produits étrangers. Les Anglais avaient, on le voit, conduit les choses avec beaucoup de légèreté et de précipitation : néanmoins, ils subirent sans se décourager les pertes, les avaries et la douane, et on les voit aujourd'hui faire là-bas de si sérieuses affaires que, déjà, les Allemands et les Danois songent à les imiter.

La ville de Krasnoiarsk est encore assez insignifiante; elle s'étale largement entre la falaise rouge qui lui a donné son nom, et la rive gauche de l'Yénisséye, large de quinze cents mètres à cet endroit. Pour construire sur le fleuve violent et profond le pont du chemin de fer, on a dû chercher un peu en amont de la ville une place où il se resserre entre deux rives distantes seulement d'un kilomètre. Quant à la ville elle-même, elle possède, pour son usage, un bac qui fonctionne sous l'impulsion du courant, grâce à un câble amarré à une longue distance au milieu du fleuve, et soutenu par des flotteurs en forme de barque. Le procédé est simple, mais l'emploi qui en est fait sur une échelle aussi énorme surprend l'imagination. Il va sans dire que le passage est lent; or, comme la circulation est considérable entre les deux rives, il en résulte qu'il ne faut pas compter moins de deux heures au bas mot, tant pour attendre son tour, que pour traverser sur deux bacs les deux bras du fleuve. Une file de véhicules de toute espèce s'échelonne sur la pente qui mène du quai vers le bac, et, chaque demi-heure environ, on y avance de quelques mètres. On attend patiemment, avec quelques injures distribuées ou reçues çà et là. Le lendemain de mon arrivée, allant faire une visite sur la rive droite de l'Yénisséye, j'attendais ainsi, dans une voiture, m'amusant à considérer le paysage, et à bavarder avec Gavril Pétrovitch que j'avais eu la joie de rejoindre ici. Près de nous, était un groupe de prisonniers parmi lesquels se trouvaient trois vieillards. Tous se taisaient. Tout à coup, un homme, placé derrière la balustrade, demande à un soldat :

— Où donc conduis-tu ces vieux-là ?

Le soldat ne répond pas. L'homme reprend :

— C'est à l'asile des vieillards, et non pas en prison qu'il faudrait les mener !

— Bah ! répond une voix, ils ont peut-être commis un crime.

— Ah ! bien oui, un crime ! Non ! c'est parce que c'est des gens comme ça qu'il *leur* faut : les vrais coupables *leur* sont utiles, *ils* les font entrer au commissariat par une porte et sortir par l'autre.

— C'est vrai ! fait la voix, mais patience, à partir du 2 juillet, *chabache* [1]...

C'est que, à la date du 2/14 juillet, le Ministre de la Justice doit venir à Irkoutsk inaugurer le nouveau régime judiciaire, que l'on salue ici avec une joie

1. Exclamation qui équivaut à peu près à notre expression vulgaire *makache* ou : on peut se fouiller.

profonde, comme une aurore de justice, après le
ténébreux arbitraire de la police. Désormais, en effet,
la Sibérie jouira d'une partie des droits octroyés à la
Russie par Alexandre II. Sous le régime qu'elle a
subi jusqu'à présent, c'est l'officier de police, l'*ispravnik*, qui seul est chargé des enquêtes judiciaires;
il les mène, sans contrôle, à sa fantaisie. Désormais,
les juges nouveaux feront leurs enquêtes en personne,
et ne pourront prononcer sans avoir entendu le coupable. Ce n'est pas beaucoup, ce droit si simple :
c'est cependant assez pour que le peuple sibérien tres-
saille de joie, et pour qu'on entende çà et là, dans la
bouche de paysans qui, certes, ne sont pas sentimen-
taux, des exclamations comme celle que je viens de
rapporter.

Je ne suis pas resté longtemps à Krasnoiarsk, mais
j'y ai fait beaucoup de visites et pris de nombreuses
notes techniques. Si je ne puis énumérer toutes les
aimables personnes qui m'ont fourni des chiffres et
des renseignements, qui ont discuté, confirmé ou
rectifié mes idées sur la colonisation et la situation
des émigrants, qui m'ont mis au courant du commerce
que les Anglais pratiquent par l'Océan Glacial et le
fleuve Yénisséye, si, dis-je, je ne puis ici remercier
chacun individuellement, je ne puis, du moins, passer
sous silence le nom de Vladimir Mikhaïlovitch Krou-
tovski. Nul ne passe à Krasnoiarsk sans voir M. Krou-
tovski, pas plus qu'on ne visite Minousinsk sans
rencontrer M. Martynof, le directeur du célèbre
musée archéologique et ethnographique. M. Krou-
tovski est médecin de profession, mais en réalité,
c'est un homme qui sait tout et qui connaît tout le
monde, qui a des relations en Amérique comme en

Angleterre ou en Allemagne. Ses avis sont écoutés
de l'administration, bien qu'il soit aussi indépendant
que possible dans ses idées et dans sa conduite :
bref, c'est un de ces hommes qui deviennent sans
effort, et en quelque sorte nécessairement, le centre
intellectuel d'une ville. Résumer mes conversations
avec lui serait long, car nous avons effleuré toutes les
questions sibériennes, en nous promenant dans son
jardin en fleurs, ou bien en fumant des papirosses
sous la véranda de sa maison. Sur les mines d'or
qu'il connaît à la fois par expérience personnelle et
en sa qualité de médecin, sur l'émigration, sur le
chemin de fer, mon hôte a été inépuisable et charmant. Que de portraits, que d'anecdotes, dans sa
conversation imagée! Je ris encore au souvenir de ce
fonctionnaire, délégué par l'administration pour étudier si les bords de la rivière S... étaient propices à la
colonisation, et qui partit, le malheureux, ignorant
ce que c'était qu'un lieu « propice à la colonisation »,
et anxieux de trouver sur sa route un homme intelligent qui l'éclairât sur les conditions exigées pour
l'installation d'un village russe.

Et le chemin de fer! Vladimir Mikhaïlovitch l'at-
taque avec crânerie comme faisait jadis Yadrinetsef :
les Sibériens, dit-il, vivaient bien, jusqu'à présent;
ils avaient du blé en abondance, de gras pâturages,
des bois, et voici que le ruban ferré amène au milieu
d'eux tous les meurt-de-faim de l'Europe ; ils étaient
riches et satisfaits : ils connaîtront désormais la
misère égalitaire. Le paradoxe est moins réel ici
qu'on ne pourrait croire : les journalistes pressés sont
les seuls à dire que le Transsibérien apporte à la
Sibérie les bienfaits de la civilisation : en réalité,

l'œuvre colossale ne profite qu'à ceux qui désirent
exploiter ce pays : marchands, ingénieurs, colons;
aux détenteurs actuels du sol vierge, elle n'apporte,
au contraire, qu'une menace de ruine, ou, tout au
moins, de gêne économique et morale.

*21 juin*. — Ce matin, au saut du lit, je vois entrer
dans ma chambre un petit homme ventru, noir, frisé,
aux yeux saillants armés de lunettes d'or : c'est un
jeune Privat Docent allemand ; il a été honoré d'une
mission de l'Académie des Sciences de Saint-Pétersbourg, afin d'étudier les éléments du dialecte toungouze dont les origines sont inconnues. Il est satisfait
de lui-même comme un spécialiste, et naïf comme un
poussin qui sort de l'œuf. Il m'a été adressé parce
que l'on espère que je suis en mesure de lui donner
des renseignements sur le lieu où il pourra rencontrer
des indigènes toungouzes. Le petit docteur sait assez
de russe pour se tirer d'affaire. Nous faisons connaissance. Je lui fournis toutes les indications possibles
sur les Toungouzes que j'ai rencontrés, et sur la
meilleure façon de les rejoindre : il accepte tout cela
sans sourciller, comme un Allemand accepte une
amabilité d'un Russe, et il ajoute : « Un Toungouze,
un Toungouze ! donnez-moi seulement un Toungouze
sachant le russe, et je me fais fort d'étudier sa langue.

— Rien n'est plus simple : quelque quatre cents kilomètres à faire en descendant le fleuve, et vous trouverez vos indigènes aux environs de Soukovatka.
Seulement, partez de suite, car ils sont nomades, et,
une fois qu'ils seront rentrés dans la forêt vierge,
vous pouvez perdre des semaines à les chercher en
vain.

— Partir tout de suite ! je ne demande pas mieux :

si vous croyez que je m'amuse ici! Mais j'attends
mes bagages.

— Ils se sont égarés?

— Non, mais, par mesure d'économie, je les ai fait
venir en petite vitesse.

— Voilà de l'économie bien placée! cela vous coûtera
au moins quinze ou vingt jours d'attente à l'hôtel, si
tant est que votre malle ne se perde pas en route.
Quelle singulière idée vous avez eue!

— C'est que, voyez-vous, mon bagage est fort
lourd : il pèse plus de 400 kilogrammes (27 pouds).

— En vérité! Qu'avez-vous donc emporté? un lit,
un canon, des plaques photographiques et un phono-
graphe pour enregistrer l'idiome toungouze?

— Oh non! rien de tout cela! seulement quelques
livres,... et puis... surtout... des conserves alimen-
taires.

— Vous voilà bien équipé! ajoutai-je en éclatant de
rire. Les conserves coûtent moitié moins à Krasnoiarsk qu'à Moscou. Enfin, à votre guise. Seulement,
n'oubliez pas, quand vous partirez en barque pour
gagner un village ou un campement, de prendre avec
vous une bonne provision de farine.

— De la farine, pour quoi faire?

— Eh! pour manger!

— Pour manger... comme ça?... l'excellent Privat
Docent portait à sa bouche ses deux mains disposées
en écuelle, et son visage exprimait le plus naïf ahuris-
sement.

— Mais non! c'est pour faire du pain.

— Alors, il est bien plus simple d'emporter du pain
tout fait!... »

Je suppose que le brave orientaliste a de bonnes

dents qui lui permettent de manger du pain de trois
semaines. Confiant dans son étoile, il ne demandera
conseil à personne, pas plus qu'il ne l'a fait jusqu'ici.
Ses hommes lui feront peut-être prendre du pain
séché au four, et diminué ainsi de son poids d'eau :
ce sera tout. Malgré les difficultés, les contretemps,
les ennuis, les erreurs, il ira droit devant lui, ici ou
là, cherchant le Toungouze typique ; il ira tout doucement, avec son inépuisable patience, sa confiance en
lui-même, son flair bizarre de spécialiste allemand, et
il découvrira un beau jour son indigène : tel un tronc
d'arbre, que les grandes eaux ont détaché de la rive,
et qui s'en va flottant au gré d'une rivière sibérienne :
il flotte, flotte sans trêve au fil de l'eau, ballotté par
les vents, submergé par les vagues, accroché par des
bancs de sable et des compagnons de route, il flotte
toujours ; il atteint, après des mois, le courant d'un
grand fleuve, et un beau jour enfin, il débouche dans
l'Océan qui devra l'enchâsser dans un bloc de glace
polaire.

*22 juin.* — P. N. Méjéninof, l'ingénieur en chef
du *Sibérien Central*, m'a prié aujourd'hui de lui
raconter ma traversée du canal sur son vapeur, le
*Nicolaï.* Il est étonné de mon enthousiasme. Il arrive
en ce moment d'Irkoutsk et me fait part de la difficulté
que l'on éprouve à trouver des chevaux dans les
relais de poste. Souvent, au lieu de deux roubles en
moyenne, prix du tarif, les paysans vous offrent des
chevaux à 10 ou 15 roubles pour le relai : parfois
même, à ce prix, on ne trouve pas d'attelage dispo-
nible. « Avant les travaux du Chemin de fer, ajoute
Pavel Nikolaévitch, j'allais d'ici à Irkoutsk en quatre
jours : cette fois, j'en ai mis sept. Un jour même, que

mes quatre chevaux, fournis par des ouvriers de la
voie, allaient dépasser un *tarentass* qui nous précé-
dait, un jeune homme se montra hors de la voiture,
et me menaça d'un revolver au cas où j'avancerais.
Parti le premier, il entendait arriver le premier à la
maison de poste, et ne pas se laisser souffler les
chevaux disponibles. » M. Méjéninof riait de tout
son cœur! Moi, je réfléchissais...

*23 juin.* — Visites, achats, préparatifs de départ :
Gavril Pétrovitch, que ses affaires appellent à Irkoutsk,
doit prendre le train ce soir avec moi. Un wagon a été
mis à notre disposition, et l'on espère que l'on obtien-
dra l'autorisation d'accrocher ce wagon au train spécial d'un grand personnage qui part ce soir dans la
même direction que nous.

Au cours d'une de mes visites de ce matin, quelques personnes se sont plaintes vivement à moi des
procédés d'un voyageur français qui, pourvu de fortes
recommandations, a considéré un peu trop cette province comme une terre conquise. Mais, que pouvons-
nous, nous autres qui sommes calmes, maîtres de
nous-mêmes et respectueux des usages du pays, contre
ceux de nos compatriotes qui se laissent emporter aux
excès d'une colère trop souvent injustifiée? Ils font
beaucoup de tort à eux-mêmes, d'abord, puis à ceux
qui les suivent. Dans des contrées aussi lointaines, il
faut toujours considérer que les rares voyageurs apparaissent comme des représentants de leur pays respectif : combien l'oublient mal à propos!...

Quatre heures! nous partons. Nous traversons le
fleuve sur un vapeur qui appartient à la direction du
chemin de fer, l'*Evguénii*, frère du *Nicolaï* : hélas!
mon cher bateau du Canal ne sera ici que demain, et

je n'aurai pas la consolation de serrer une dernière fois la main à ces braves compagnons de notre beau voyage !

Quelques ingénieurs du chemin de fer ont installé leurs familles sur la rive droite de l'Yénisséye, et je retrouve là tout un cercle amical qui s'est ouvert à moi cet hiver, à Tomsk. Ernest Andréévitch Bobienski, qui a mis son wagon à notre disposition, et chez qui nous dînons ce soir, est un homme doux et sérieux, peu bavard, mais sur qui la confiance s'appuie en toute sécurité. Je lui donne des renseignements tout frais sur le Canal de l'Obi, auquel il a travaillé, il y a quelque huit ans, sous la direction du baron Aminof. Au milieu de sa charmante famille, la soirée s'écoule doucement. Enfin, dix heures sonnent, et l'on annonce le train spécial, qui bientôt stoppe devant la villa. Un moment d'émotion pour les adieux, puis tout à coup, quelqu'un appelle : « Où est Iouli Antonovitch ? » On me cherche pour me présenter au personnage que nous allons escorter, M. Koulomzine.

S. E. Anatole Nicolaévitch Koulomzine est Secrétaire d'État, Rapporteur du Comité des Ministres et du Comité du Transsibérien. C'est un des plus grands personnages russes. Grâce à ses fonctions, qui lui donnent accès auprès de l'Empereur, il peut exercer sur la Sibérie en particulier, une action toute-puissante. La mise en valeur de ce pays ne peut être en effet commencée que par la colonisation, et le Comité du chemin de fer, dont le Tsar est le président, a compris qu'il fallait mettre tous ses soins à organiser cette grande œuvre : or, c'est justement à M. Koulomzine que le Tsar a, l'an dernier, confié le soin de faire une enquête sur la colonisation sibérienne. C'est donc de ce haut fonctionnaire que dépend l'avenir agricole de l'immense colonie : selon que les mesures conseillées par lui seront bonnes ou mauvaises, l'émigration russe trouvera au delà de l'Oural le succès ou la ruine. On conçoit l'importance et la responsabilité d'une telle mission. J'étudierai ailleurs, en détail, les questions qui s'y rattachent, mais je tiens à dire tout de suite que l'enquête colossale a été menée personnellement, au prix de fatigues sans nombre, par l'envoyé impérial : cinq mille kilomètres en voiture ne sont pas une partie de plaisir pour un homme qui touche à la soixantaine. Le rapport qui a suivi cette enquête vient d'être imprimé et distribué aux principaux fonctionnaires : on en parle, depuis un mois, dans toute la Sibérie. Cette année, M. Koulomzine se rend dans la Transbaïkalie pour y étudier certaines questions délicates relatives aux terres occupées par les indigènes bouriates. Son arrivée est attendue ici depuis longtemps, et voici quelques jours que, tout le long de la route, tous ceux qui portent une casquette de fonctionnaire, sont sous les armes : depuis le plus mince *tchinovnik* jusqu'aux Gouverneurs et aux Gouverneurs généraux, depuis le plus aimable jusqu'au plus grossier et au plus hautain, tous les hommes à qui l'État sert un traitement, attendent avec anxiété la visite de l'Enquêteur. Ceux qui, d'ordinaire, piétinent les autres, peuvent être, d'un mot dédaigneux, déclassés, anéantis... Certes, ils se rattraperont ensuite, comme se redresse le bouleau courbé par la tempête, mais, pour l'instant, leurs yeux sont inquiets.

Telle est la situation du personnage que vient d'amener le train spécial. Je parlerai beaucoup de lui dans les pages qui vont suivre, mais, ne m'attachant

à raconter que nos rapports personnels, je tenais, pour
exclure toute idée de familiarité mal venue de ma
part, à marquer la place qu'il occupe dans le monde
russe. En outre, cette place éminente doit, et il me
faut le déclarer tout de suite, m'interdire les éloges
comme elle m'interdirait les critiques. Je ne tiens pas
plus à passer pour un flagorneur que pour un malo-
tru ; j'espère du moins qu'il se dégagera de mon simple
récit l'impression de ma reconnaissance profonde pour
les procédés dont j'ai été l'objet, et de ma joie en face
d'une des plus belles intelligences que je connaisse
dans le grand monde russe.

M. Koulomzine est descendu de wagon, et son premier soin est de m'annoncer qu'il a donné des ordres
pour que ma voiture ne manque pas de chevaux et
puisse voyager avec les siennes. Me voilà délivré
d'une lourde inquiétude, et je suppose que les yeux
gris perçants de Son Excellence en aperçoivent
quelque chose sur ma physionomie. Après une courte
conversation où, avec toutes les nuances que com-
portent nos situations respectives, nous nous obser-
vons mutuellement, plus attentifs l'un et l'autre à
certains détails caractéristiques qu'au vague bavardage un peu gêné, qui s'élève autour de nous dans le
salon, je demande la permission de me retirer, et je
regagne le wagon que M. Bobienski a bien voulu
mettre à la disposition de son vieil ami Gavril Pétrovitch et de moi.

*24 juin.* — Notre train file doucement dans une
contrée boisée, accidentée, très plaisante à l'œil. Fort
occupé de remettre en ordre mes papiers et mes
bagages, je m'aperçois à peine que nous sommes en
route depuis dix-huit heures, lorsque nous atteignons

la petite ville de Kansk. A la gare, tous sont sur pied
pour l'arrivée du *Général* [1], mais celui-ci, souffrant, ne
peut recevoir personne, et ordonne de faire stopper le
train jusqu'au soir. La foule se disperse à cette nouvelle. Tout à coup, un ingénieur en grand uniforme
s'approche de moi : « Vous êtes un tel? votre ami est
là? Je vous emmène dîner. » Nous nous voyons alors
saisis, enlevés dans une voiture qui part au grand
galop à travers la poussière. Notre ravisseur est Via-
tcheslaf Andréévitch Bers, ingénieur-chef d'une section du chemin de fer, et beau-frère du comte Tolstoï.
La table est servie, nous nous installons en famille,
sans plus d'apparat : n'est-ce pas charmant! Il se
trouve que justement nous avons des relations communes : la comtesse Tolstoï m'avait dit, il y a deux
ans : « Quand vous irez en Sibérie, je vous donnerai
une lettre pour mon frère », et voilà que, sans la
lettre, je rencontre ce jeune frère, ce boute-en-train,
ce délicat et gai et vif amphitryon, en qui je retrouve,
avec l'intelligence de sa sœur, un entrain de méri-
dional qui, positivement, m'enchante. Ce sont des
heures délicieuses de causerie papillotante, de plai-
santeries sans façon, d'intimité à l'improviste.

1. En Russie, et surtout en Sibérie, on donne le nom de
*Général* à tout civil qui a le titre d'Excellence : M. Koulomzine
est, lui, Haute Excellence : il a donc doublement droit à cette
appellation, et on la lui prodigue; je m'en servirai, çà et là,
pour la commodité du récit. Je rappelle en outre que les Russes
n'emploient pas le mot *monsieur* : on désigne donc là-bas
M. Koulomzine par les mots : le *Général* ou Anatole Nicolaévitch.
Si l'on s'adresse à lui, on dit, selon le degré d'intimité : Anatole Nicolaévitch, ou bien : Votre Haute Excellence (*Vaché
Vousokoprévoskhoditielstvo*). Enfin, les Russes n'ont pas de par-
ticule nobiliaire. Je ne l'emploie jamais quand je parle d'eux
en français. Je ne dis pas plus M. *de* Koulomzine, que M. *de*
Méjéninof, M. *de* Bobienski ou M. *de* Korolenko.

Ma cochère (p. 193)

Après un dîner chinois (p. 301)

A Kansk s'arrête la partie de la voie ferrée qui est
ouverte à l'exploitation régulière. Mais les rails sont
posés encore au delà sur une distance de 100 kilomètres, et M. Koulomzine a exprimé le désir d'utiliser
son wagon sur ce parcours. A partir de cet endroit,
c'est par gracieuseté, et aux risques et périls des
voyageurs, que le transport s'effectue par voie ferrée.
On conçoit l'inquiétude du personnel quand il s'agit
de piloter un grand personnage, dans un long et
lourd wagon, sur une voie non ballastée, non essayée,
dangereuse à tous égards, aux tournants comme sur
les remblais. Mais on ne saurait résister à son désir.
Un train nouveau est donc formé : il se compose du
grand wagon spécial, des wagons de deux ingénieurs
de la section, et de quelques wagons de marchandises dans lesquels on laisse s'entasser, pêle-mêle avec
leurs bagages, des « bourgeois » et des moujiks.

Le soir venu, nous nous mettons en marche, lentement, lentement, avec des précautions infinies. Les
rails sont tout fraîchement posés : il n'y a pas trace
de ballast, et, sur certains remblais, des tassements
peuvent se produire et nous précipiter d'une hauteur
de plusieurs mètres. La voie serpente entre des tranchées, grimpe sans hâte sur la montagne, coupe et
recoupe la route postale, avec laquelle elle semble
jouer. Debout sur la plate-forme du dernier wagon,
avec M. Bobienski, le chef de cette section, qui va
passer la nuit à cette place, de peur d'un accident, je
contemple ces petits rails déjà bossués par l'usage
prématuré qu'on en a fait, ces séries de traverses très
rapprochées, ces remblais faits à la hâte, et si étroits
qu'ils n'ont pas l'air sérieux. Je me crois, par instants,
dans l'Allemagne centrale, sur une petite ligne d'in-

térêt local qui file entre des bois fleuris : cela éveille
en moi de vagues souvenirs de Rudolstadt... et *cela*
n'est rien moins que la grande ligne de Sibérie, que
l'immense ruban ferré qui court d'un monde à l'autre
et coupe en deux l'Asie !

On se rend bien compte, à l'examiner de si près,
de tout ce qu'il y a de hâtif dans la construction de
cette ligne. On se sent en présence d'un travail économique et réduit, fait le plus simplement et le plus
vite possible. On devine la hâte fiévreuse qu'ont tous
ces hommes d'arriver au but dans le délai impossible
qu'ils ont accepté dans une heure d'ivresse patrio-
tique. Mettre d'abord bout à bout des rails quel-
conques, puis, revenir sur ses pas, réparer, remplacer,
consolider, telle semble être la consigne : il a du bon,
sans doute, ce hardi mot d'ordre, mais il est si peu
français, et il est si dangereux !

...Nous glissons toujours dans le silence de la forêt,
et une sorte de tristesse douce m'envahit, à considérer,
aux côtés de l'homme énergique et bon que voici, le
double ruban de fer qui, pied à pied, déflore la *taïga*
et conquiert l'Asie. Il y a, dans cette simple ligne de
rails parallèles quelque chose de terrible qui ne nous
frappe point dans nos pays, à cause de l'habitude,
mais qui, dans ces déserts, se dégage brusquement
de leur contemplation. Cette voie modeste est un terrible et brutal instrument de progrès et d'invasion.
Grâce à elle, arrivent dans les solitudes vierges des
hommes qui, n'ayant subi, avant de les atteindre,
aucune peine, aucune fatigue, aucune terreur, n'ont
pas pour elles le respect qu'avaient même les premiers
envahisseurs. Fiers de leur expérience occidentale, ces
hommes apportent dans la *taïga* des idées nouvelles,

des appétits, nouveaux : c'est ce qu'ils appellent la
civilisation. Nulle part je n'ai senti d'une façon plus
poignante ce qu'il y a de cruel dans ce beau mot.
Nulle part non plus, je n'ai mieux percé l'hypocrisie
dont nous nous masquons, quand nous parlons de
progrès et de conquête pacifique. La prétendue « conquête pacifique d'un pays par la vapeur », c'est l'application rigoureuse d'une loi économique, c'est-à-dire
d'une loi méchante, sans égards; c'est la spoliation
réfléchie, impitoyable, monstrueuse, du moins armé
par le plus armé, du plus sobre par le plus affamé.
Voilà tout ce que symbolise à mes yeux ce joujou
d'acier qui serpente à perte de vue par les bois. Certes
les wagons transsibériens ne courent pas le risque de
corrompre l'âme des paysans de ces contrées, que
l'alcool, le vice, et l'exemple funeste d'une population
de criminels, ravagent depuis longtemps; mais, s'ils
leur apportent un peu de ce bien-être raffiné dont ils
n'avaient que faire, et qu'ils ne désiraient même pas,
ils ne contribueront en rien à l'amélioration de leur
vie morale. Tous les mauvais instincts, tous les vices
qui s'étalent en Sibérie sont connus de nos sociétés;
en revanche, nous en possédons d'autres que la Sibérie, peut-être, ne connaît pas. Voilà ce que nous lui
apporterons sur nos wagons, lorsque nous viendrons
chercher son grain, son bois, sa houille et son or...
C'est le progrès...

*25 juin.* — Au matin. La voie court maintenant entre
des bois humides, très clairsemés, criblés de fleurs
éclatantes, et où les moustiques font rage. On ne peut
rester immobile cinq secondes sans être plusieurs fois
piqué. Des ouvriers, qu'on aperçoit par endroits, ont
tous sur la tête une sorte de casque rouge dont la

visière est un morceau de toile noire, qui sert de moustiquaire.

Nous voici enfin à Klioutchi, la dernière station, le *terminus* provisoire de la ligne, l'endroit d'où nous allons définitivement partir en tarentass. Klioutchi est un centre animé : d'abord, c'est là que s'approvisionnent les ouvriers et les employés de toute sorte qui sont occupés à la pose des rails. En outre, c'est un grand marché de voitures. Tous les voyageurs qui arrivent de l'est laissent, en effet, ici leur équipage, que le chemin de fer remplacera désormais si heureusement; tous ceux, au contraire, qui viennent de l'ouest sont contraints de se procurer ici la lourde machine qui les abritera sous sa capote de cuir. Or, Klioutchi et son commerce ou ses commerces, sont entre les mains d'un individu aimable et roublard, M. Tchetverka, entrepreneur, fournisseur de fourrage, de farine, de tout ce que l'on veut. C'est un petit homme haut en couleur, très sobre de gestes et très prodigue de sourires. Il nous conduit, Gavril et moi, sous un hangar où sont entassés une trentaine de tarentass de toutes formes, de toutes dimensions, de toutes conditions. Ces véhicules lui ont été confiés par leurs propriétaires avec prière de les vendre pour un prix donné. Comme il prélève sur tous indistinctement la même commission, il ne prend pas la peine de nous faire l'article. Il nous apprend seulement que ces honnêtes voitures servent, la nuit, de refuge et d'hôtel borgne à tous les sans-toit des environs. En effet, la bougie et les puces, que nous trouvons dans le véhicule n° 31, suffiraient à nous prouver que nous allons, en l'achetant, déposséder un honnête vagabond, et, qui sait, peut-être un couple d'amoureux. Mais, en voyage,

on est sans pitié, et nous versons séance tenante dans
la main de M. Tchetverka la somme de 160 roubles
(environ 450 francs) qu'il exige pour nous livrer ce
large tarentass dont les roues promettent de ne pas
nous abandonner avant Irkoutsk.

.Alors, sans perdre une minute, tandis que l'on
transporte du wagon sur une voiture spéciale les
volumineux bagages de M. Koulomzine, nous prépa-
rons, Gavril Pétrovitch et moi, notre lit de route.
Pour voyager dans un tarentass à soi, on s'installe
confortablement. La voiture n'a pas de siège : elle est
constituée par une caisse en bois ou en osier, longue
de 2 mètres et plus, et large de 1 m. 20 environ, dans
sa partie postérieure : l'avant se rétrécit et vient se
recourber en une proue large sur laquelle est fixée
une planche où s'assied le cocher. Ajoutons que la
caisse du véhicule est protégée par une capote de cuir
et par un tablier qui s'accroche au faîte de cette
capote. L'ensemble est donc celui d'une grande boîte
qui peut être, à l'occasion, presque hermétiquement
close par-dessus son contenu. Cette caisse est fixée
sur des rondins de bois, longs de quatre mètres et
plus, qui reposent eux-mêmes sur un double système
de roues. Telle est notre calèche! Tout au fond de la
caisse, on étale les valises ou les malles, que l'on a
eu soin de choisir très plates, et en cuir résistant.
Lorsque le fond est ainsi surélevé de 0,50 à 0,60 centimètres par une couche de bagages soigneusement
calés et nivelés, on étend sur le tout les vêtements
moelleux dont on peut disposer : pelisses, pardessus,
en plusieurs épaisseurs, matelas même, si l'on en a
pris avec soi. Cela fait, il ne reste plus qu'à s'étendre
sur cette couche moelleuse, en se calant la tête, le

dos, les bras, le siège, avec des oreillers de plume.
Une fois installé de la sorte, on peut franchir impuné-
ment dans la rudimentaire voiture, plusieurs milliers
de kilomètres : les roues et les essieux se fatiguent
plus vite que le voyageur. Si j'ajoute que l'on se
trouve on ne peut mieux dans un tarentass sibérien
préparé de la sorte, j'aurai l'air de me permettre une
aimable plaisanterie : cependant, c'est l'exacte vérité.
Étendu sur une couche moelleuse, on peut, sans
fatigue aucune, rêver ou dormir. Le seul ennui est de
se réveiller ou même de se lever aux relais pour payer
les chevaux que l'on quitte, et pour s'en procurer d'autres. Cet ennui n'est pas mince. On ne saurait croire,
à distance, combien est énervante cette lutte, répétée
toutes les deux ou trois heures, contre l'apathie ou la
cupidité des maîtres de poste. En temps ordinaire, on
en souffre beaucoup; mais, par cet afflux inusité de
voyageurs, se procurer des chevaux est une véritable
torture, si l'on n'est pas un millionnaire ou un grand
personnage. A certaines stations, des familles entières
attendent leur tour depuis dix, vingt, quarante-huit
heures, et, grâce aux mille expédients déshonnêtes
inventés par les maîtres de poste pour les berner,
les pauvres gens voient passer, d'heure en heure, sous
leurs yeux, des attelages qu'on leur refuse. Ce sont là
les dernières convulsions du service des chevaux de
poste, que le chemin de fer, dans quelques mois, aura
tué sans rémission.

Nous partons à un train modéré, en une file
espacée de quatre équipages : d'abord le Général,
puis ses bagages, puis sa suite, enfin Gavril Pétrovitch et moi. Il nous faut bien quinze cents mètres
de développement, pour ne pas rouler dans la pous-

sière les uns des autres. Aux relais, des chevaux
nous attendent, et, en quatre minutes, l'échange est
fait; nous repartons alors, si l'on ne décide pas de
prendre du thé ou de déjeuner.

Après quelques heures de route, nous traversons
sur un bac la rivière Biriouza, et, parvenus sur une
sorte d'îlot que nous parcourons à pied tandis que
l'on opère le transbordement des tarentass, nous apercevons une députation qui s'avance au-devant de Son
Excellence. Ce sont des fonctionnaires du district :
ils attendent là en grand uniforme, par la chaleur
écrasante, depuis onze heures d'horloge. Ils se sont
baignés deux ou trois fois, ils ont bavardé, fait des
gambades : le Général n'arrivait toujours pas! Enfin,
vers le milieu de l'après-midi, une grande poussière
a annoncé sa venue : on s'est rhabillé, rajusté, épous-
seté, raidi. Le malheur veut que celui d'entre eux
qui est le plus élevé en grade soit affligé d'une rage
de dents. A la vue de notre cortège, ce pauvre homme
enlève prestement sa mentonnière, et, comme il est
forcé de prendre la parole au nom des autres, il
domine héroïquement sa douleur. Tandis qu'on lui
pose des questions, je vois sa langue, douloureuse-
ment, mais stoïquement, rouler quelque chose sous
sa joue; mais il tient bon, il est beau de correction.
Je lui dois d'intéressants renseignements sur l'organisation de la corvée pour l'entretien de la grande
route de Sibérie, du *tract*.

M. Koulomzine a décidé de ne pas voyager la nuit;
le trajet sera plus long ainsi; mais, pour ma part, j'en
suis heureux, car j'observerai mieux les détails de
la route. Nous campons dans une maison de poste.
Gavril Pétrovitch et moi nous étendons tout bonne-

ment sur des couvertures, à même le plancher, et
nous sommes imités par un des fonctionnaires de
tout à l'heure, Alexandre Nikéforovitch, qui s'est
joint au cortège pour servir, jusqu'à Irkoutsk, de cicerone au Général. C'est un homme d'une trentaine
d'années, trapu, bronzé, à l'air fort intelligent et
sympathique.

*26 juin.* — Après un bain vivifiant pris dans les
eaux de la Biriouza glacée, nous partons dans le matin
clair. Nous partons, et, le long du *tract*, c'est un perpétuel éblouissement. Des fleurs innombrables se
pressent, se marient, se confondent dans les quarante
mètres de forêt défrichée qui sont ménagés aux deux
bords du chemin. J'aperçois des tapis de larges boutons d'or, des pissenlits triomphants, au bord du
fossé, puis, plus loin, une sorte de fuchsia bleu avec
le bord de la clochette délicatement frangé de blanc,
du muguet blanc et rose, des fleurs blanches, jaunes,
orangées que je ne connais pas, et qui sont délicieuses. Puis, surtout, sur le talus du double fossé,
s'épanouit infatigablement le discret sourire de
l'églantine rose; ici, des fleurs étalant largement
leurs pétales pudiques autour de leur cœur pâle; là,
un ébouriffement de boutons rosés qui vont s'ouvrir.

La persistance de cette floraison d'églantines est
telle que le cœur en est touché, et que, au lieu d'y voir
une simple grâce de juin, j'y associe involontairement
le souvenir de tous les malheureux que, depuis un
siècle, cette grande route a vus passer, de tous les
malheureux pour qui cet épanouissement de la rose
sauvage a été la dernière, la fugitive consolation, —
et, en même temps, la définitive flèche de regret, —

avant que les portes de l'infecte prison se soient refermées derrière eux...

Le grand *tract* sibérien offre à peu près la même largeur qu'une de nos routes départementales. Grâce à l'initiative de deux exilés politiques, on s'est mis, il y a vingt ou trente ans, à l'entretenir avec suite et avec méthode; les péages, dont la somme s'élève à 80 copecs (environ 2 fr. 25) entre Tomsk et Irkoutsk, sont affectés à cette dépense. Le fond de la route n'a pas la même solidité que chez nous, mais il est, en général, assez uni. Durant l'été, on remplit les ornières avec des pierres cassées que les véhicules enfoncent eux-mêmes par leur passage. En outre, certaines parties sont refaites à neuf, et, dans plusieurs villages, j'ai vu des *rouleaux*. Assurément, sur une route aussi fréquentée, les plaies sont nombreuses et la poussière est inévitable; mais il faut avouer que, malgré ces inconvénients, peu de routes russes sont comparables au *tract* sibérien. Lorsque la voie principale est détériorée, ou bien encombrée par le cailloutis, on s'esquive sur les bas côtés : je me demande ainsi parfois à qui sera réservée la pénible tâche de frayer le *tract* caillouté, lorsque les voies latérales seront coupées d'ornières et engluées de boue.

Sur le *tract* voyagent perpétuellement, jour et nuit, les équipages de la poste, les véhicules des voyageurs, et les interminables files des charrettes : par trente, par cinquante, par soixante, elles s'en vont lentement, au pas résigné de leur petit cheval, avec leurs conducteurs jamais pressés, jamais lassés, qui dorment à la grâce de Dieu, se reposent quand mangent leurs chevaux, sous le soleil, la pluie ou le froid, et surveillent sans relâche les 25 pouds (400 kilog.) de marchandises qui sont confiés à leur garde, et dont leur cautionnement répond. Lorsque nous rencontrons une de ces longues files empoussiérées, je me rappelle le mot de Gavrilka, mon cocher du Canal :

. — Ah! bàrine, que je voudrais aller avec vous, voyager! Je ne crains ni le froid ni la faim!

— Qu'en sais-tu ?                    *iamchtchik*

— J'ai fait comme cocher (*iémchik*) la route de Tomsk à Kiakhta, aller et retour : c'est tout dire.

Partout, sur les bords de la route, on aperçoit de grands mélèzes morts et debout. On s'étonne d'abord de voir ainsi dépérir l'arbre magnifique. En réalité, ce sont les paysans qui le tuent : le bois du mélèze sibérien est si dur qu'il faut un travail sérieux pour l'abattre : or, les Sibériens n'aiment pas le travail. Aussi, lorsqu'ils veulent défricher un coin de forêt, ont-ils soin d'enlever à la base des mélèzes un anneau d'écorce; bientôt, l'arbre royal meurt de l'infime blessure, et les hivers le désagrègent, si le feu n'en a pas eu raison. Il y a dans cette façon d'assassiner le géant des forêts quelque chose de bas qui ne s'accorde peut-être que trop bien avec le caractère des paysans logés dans les villages du *tract*...

Nous filons toujours, grimpant ou descendant des pentes vertigineuses, infatigablement. Au loin, des cimes bleuissent; partout, des forêts se dessinent, mais ce n'est plus l'image de la *taïga* inviolée qui accompagnait mon voyage du Canal. A tout instant, nous rencontrons la voie du chemin de fer; elle se tient toujours près de la route, ne s'en écartant que pour éviter les pentes trop brusques. La substructure en est à peu près terminée; des ponts de bois provi-

soires permettront d'attendre les ponts métalliques
qui seront livrés dans cinq ans (?); des piles de traverses sont toutes prêtes, et sur le remblai de la voie,
la luxuriante végétation sibérienne a déjà installé ses
verdures et ses fleurs. Çà et là, des gares sont construites. On n'attend plus que les rails, les petits rails
monotones, insignifiants en apparence, mais qui vont,
comme d'un coup de baguette enchanteur, animer
toute cette contrée qui sommeillait...

Un accident à la roue d'un de nos véhicules nous
force à nous arrêter dans un village, où, à notre
grande joie, nous sommes atteints par une pluie vivifiante. Une bonne occasion pour faire connaissance
avec quelques paysans et prendre des notes sur les
ressources d'un grand village. Il s'y trouve une
*maison d'étape*; je retiens deux choses de la visite que
j'y ai faite : d'abord, l'odeur, l'infection spéciale,
célèbre, des *maisons d'étape*, où se mêlent les senteurs
de l'humidité, de la sueur, des baquets de nécessité,
de la respiration, du renfermé, de la saleté. Une
horreur inoubliable! Et puis, la vue d'une jeune fille
assez jolie, ma foi, mais au regard si affreusement
cynique, que j'en ai frissonné.

Nous partons enfin, sous la pluie battante, et
bientôt, éclate en face de nous un superbe orage qui
éclaire au loin les montagnes et la vallée. Les éclairs
lointains, énormes, prennent des formes bizarres et
se prolongent par une aveuglante phosphorescence
qui illumine le grandiose paysage où nous courons.
C'est un spectacle de toute beauté, au milieu de ces
gorges sauvages, de ces bois sombres, de cette route
aux tournants imprévus. Tout se calme enfin. Voici
au loin des lumières; nous traversons un village

énorme, très bien bâti : la banlieue de Nijné-Oudinsk,
puis un bac nous transporte dans la ville, où un dîner
a été préparé pour M. Koulomzine, qui nous y invite.
Dîner bien servi, domestiques empressés, une bonne
chambre et une mauvaise nuit.

*27 juin.* — Je n'ai guère le temps, ce matin,
d'explorer Nijné-Oudinsk. Je vois seulement que
l'Ouda, une rivière très rapide et très claire, sépare
de la vraie ville constituée par la banlieue (*sloboda*),
la ville des fonctionnaires, où nous nous trouvons ; j'ai,
cette nuit, constaté que la rivière n'avait pas arrêté
l'invasion de la vermine. J'ai été bien puni d'avoir
accepté un lit, et l'on ne m'y reprendra plus !

La route se continue en pleine montagne ; l'un de
mes cochers m'affirme que le blé ne mûrit pas tous
les ans dans ce district, où l'on observe parfois,
durant les nuits qui succèdent aux plus chaudes journées d'été, un abaissement de température qui
parfois va jusqu'au-dessous de zéro. Pourtant, il fait
en ce moment une chaleur accablante. La floraison
des revers boisés qui bordent la voie semblè avoir
pris un caractère un peu différent de celui de la
plaine de la Biriouza. Je vois apparaître pour la première fois de grands lis jaunes et des orchidées
splendides, roses et rouges, grosses comme des œufs
de poule, et qu'on admirerait à la vitrine d'un fleu-
riste. Tout le jour, persiste cette impression délicieuse : la profusion des fleurs semble augmenter à
mesure que nous nous enfonçons dans l'Asie, et
cette découverte inattendue me paraît de plus en plus
touchante.

La journée se passe à courir sans arrêts par d'immenses solitudes vallonnées, dans une chaleur cui-

sante, sous les brûlures du soleil qui nous rôtit la peau, et, à nos faces cramoisies, gagnées aux coups de soleil et à la réverbération des jours derniers, ajoute encore des teintes sombres. Nous parvenons vers le soir au grand bourg de Toulouna, le but que le chemin de fer doit atteindre à la fin de cette saison. C'est une agglomération cossue qui compte 6 000 habitants ; on y voit de belles maisons de brique, des rues dignes d'une ville, une animation qui surprend et fait plaisir. Toulouna est, en effet, un centre commercial de grande importance, et, lorsque le Transsibérien y sera parvenu, il est probable qu'elle détrônera quelque jour Irkoutsk, ainsi que Krivochokovo, la ville champignon, détrônera Tomsk au point de vue des affaires.

*28 juin.* — La route serait peut-être monotone sans les fleurs : mais, de temps à autre, une de nos voitures s'arrête, et, en une minute ou deux, l'un de nous ramasse un gros bouquet multicolore ; c'est une joie saine, un sourire de consolation, sous la chaleur accablante. Voici quelques chariots d'émigrants : nous nous arrêtons pour questionner les hommes. Ils viennent de la Petite Russie, du gouvernement de Poltava ; gênés par le manque de terre, et par des difficultés de toute sorte, ils s'en vont rejoindre un groupe de leurs parents établis sur l'Amour. Leurs charrettes sont couvertes de bâches blanches ; les hommes, qui marchent pieds nus, sont coiffés de vastes chapeaux de paille. Peu à peu, ils s'enhardissent et nous content par le menu les tribulations que leur a fait subir le propriétaire terrien, leur voisin ; ils parlent des amendes qui pleuvaient sur eux s'ils marchaient sur sa terre, ou si leurs pigeons s'abat-

taient sur son champ. Lassés enfin d'une patience
inefficace, ils ont vendu tout ce qu'ils possédaient, et
ils sont partis à la grâce de Dieu, sachant bien qu'ils
arriveraient trop tard là-bas, sur le versant du Pacifique, pour tenter des semailles cette année, mais
comptant sur l'aide de leurs parents installés à cette
place. Ils avancent de trente à trente-cinq kilomètres
par jour, et ils auront ainsi parcouru à pied, durant
la belle saison, six ou sept mille kilomètres! On leur
offre tout près d'ici des terres avantageuses, mais ils
préfèrent parcourir encore 2500 kilomètres, pour retrouver leurs amis; on insiste : en têtus Petits Rus-
siens, ils secouent la tête et n'écoutent rien.

Je passe, dans l'après-midi, dans la voiture du
*zasièdatièle* (officier de police) qui précède M. Koulomzine pour préparer les relais et faire ranger les
files de charrettes qui encombrent la route. C'est un
brave homme, un peu timide. Il m'avoue qu'il est
accablé de travail, avec ses multiples fonctions de
juge d'instruction, de juge, d'administrateur, de policier, et de guide des grands personnages qui traversent la contrée. Ce qu'il ne me dit pas, le pauvre
homme, c'est que son traitement est dérisoire, et que,
pour pouvoir payer son uniforme, nourrir ses chevaux
d'ordonnance, entretenir sa famille et instruire ses
enfants, il est obligé, sans doute, comme ses collègues,
de ne pas fermer la main aux offrandes de ses administrés. Cela, tout le monde le sait bien en Sibérie;
mais on se dit probablement, en haut lieu, que, si
l'on doublait les traitements des officiers de police,
on ne les empêcherait pas de tendre la main, et qu'il
vaut mieux, dès lors, choisir, entre deux maux, le
plus économique. Cela est triste.

J'ai parcouru également un relais dans le tarentass
d'Alexandre Nikéforovitch dont les allures franches,
la conversation animée et la grande connaissance du
pays m'avaient séduit dès la première heure. Il offre
un exemple frappant de ces existences russes ou sibériennes que les accidents de la vie ont bouleversées,
et qui se sont trouvées par là remplies d'expériences
curieuses, et mûries de bonne heure, sans rien perdre
de leur enthousiasme. Natif d'Irkoutsk, il continua
son instruction à l'institut agronomique de Varsovie.
Mais, peu de temps avant la fin de ses études, il en
était exclu pour une gaminerie d'étudiant. Sans ressources, il se mit à apprendre à Pensa le métier de
mécanicien, et obtint son brevet : « J'ai, me dit-il,
conduit des locomotives. » Un beau jour, cependant,
saisi sans doute par le mal du pays, il donna sa démis-
sion, revint en Sibérie, et se mit à défricher un grand
espace de terre, une *zaïmka*. Il se maria alors à une
femme qui savait le comprendre, et il fit prospérer
sa culture. Malheureusement, une grave maladie le
contraignit à revendre sa terre, et il finit par accepter
un poste de confiance auprès du Gouverneur général.

C'est, assurément, un des hommes les plus intéressants que j'aie rencontrés dans ce pays; non qu'il
fasse le moindre effort pour me paraître tel, car il se
tient plutôt sur la réserve, mais parce qu'il a du pays
une connaissance précise, et qu'il parle sans détours,
avec une pointe de malice qui ne me déplaît pas.
Certes, pas plus de lui que d'un autre Russe, je ne
saurais dire ce qu'il a tout au fond de l'âme; mais du
moins, j'ai pour lui une vive sympathie. Je vois en
outre avec plaisir que, bien qu'indépendant par sa

situation, il n'abuse pas de cet avantage, mais en use seulement pour se faire respecter.

Tandis que nous causons, nous voyons surgir de la plaine une sorte de bourgade élégante et toute neuve : c'est une gare avec ses dépendances; on n'y attend plus que la pose des rails, le personnel et les voyageurs; pour le moment, pas un être humain n'y est visible : l'effet en est étrange, inquiétant.

Nous pénétrons enfin dans la petite ville de Zima, dont l'aspect est riant, au bout de la steppe poussiéreuse que nous venons de traverser. Cette fois, c'est l'ingénieur du pont du chemin de fer, M. Maievski, qui a l'honneur de recevoir chez lui le grand personnage que nous accompagnons. Il occupe un premier étage dont les fenêtres s'ouvrent sur les délicieuses verdures qui bordent l'Aka, une rivière limpide, profonde et glacée, qui passe en bruissant au pied de la maison, et qui dégage une fraîcheur vivifiante. Dans les appartements, meublés avec un vrai goût européen, nous retrouvons la civilisation que notre course par les bois et par les villages nous a déjà fait perdre de vue, et le contraste est si piquant entre nos vêtements de route et l'élégance de la table servie, qu'une sorte d'épanouissement intérieur succède aux sentiments affairés des jours passés. En reprenant contact à l'improviste avec notre vie normale de Pétersbourg ou de Paris, nous laissons, comme malgré nous, la conversation prendre un tour particulier, un tour léger, plaisant, mondain. Des mots jaillissent d'un bout à l'autre de la grande table, et, pour ma « légèreté » française, comme peut-être aussi pour la dignité du Général, c'est un repos charmant, une

oasis de gaîté paisible, au milieu de l'affairement de
notre travail respectif.

La municipalité avait retenu des appartements
pour la suite de M. Koulomzine; je suis invité à en
profiter avec Gavril Pétrovitch et Alexandre Nikéforovitch. La bonne nuit simple! Nous sommes tous
trois rompus aux habitudes de la route, et d'un
commun accord, nous refusons les lits que l'on nous
offre. Nous préférons nous étendre par terre, au beau
milieu du salon, côte à côte, comme des soldats. Le
domestique qui nous sert doit bien comprendre les
raisons de notre modestie spartiate!

*29 juin.* — J'ai passé la journée dans la voiture d'un
nouvel officier de police. C'est un homme bien mis,
élégant, aux yeux doux; une figure sympathique, un
peu lassée, abandonnée; au reste, un charmant interlocuteur. J'ai oublié son nom, mais son type moral
me restera fixé. Il a beaucoup lu, en dépit de ses écra-
santes fonctions, il s'intéresse aux grandes questions
qui agitent le monde russe, et, sur plusieurs d'entre
elles, il a une opinion ferme. En revanche, il n'aime
pas la Sibérie, avec son peuple ivrogne qui vole perpétuellement et qui s'entretue après boire; la Sibérie,
qui semble bien être pour lui la maison du crime, la
contrée méchante aux longs hivers. Il doit être sincère, car j'ai entendu des gens dignes de foi louer
hautement sa droiture et sa probité...

D'ordinaire, la voiture de l'officier de police précède
d'un petit quart d'heure celle de M. Koulomzine: il
faut, en effet, avertir le village, préparer le relais, éviter
les attroupements d'hommes et les encombrements
de charrettes, que sais-je encore? Cependant, tout à
l'heure, nous étions partis en retard, précédant de

trois minutes à peine la grande voiture : en outre,
nos quatre chevaux étaient mauvais, et le cocher, un
Bouriate borgne, était pire encore. A chaque tournant franchi, il nous semblait entendre derrière nous
le galop de l'attelage que nous devions annoncer.
Nous pressions le cocher, et le cocher secouait ses
chevaux! La course dura plus de deux heures : nous
avions fini par gagner deux kilomètres peut-être, et
il fallait, durant le court répit de cette avance, faire
mettre le couvert et faire servir le déjeuner commandé .
par dépêche. Enfin, voici le village, une de ces énormes
agglomérations sibériennes étalées aux deux bords
de la route, sur quatre ou cinq kilomètres : nous arrivons ventre à terre, au grand bruit de nos clochettes.
Personne dans la rue très large : par cette chaleur
intolérable, tous les paysans sont à l'ombre. Tout à
coup, un homme se détache des maisons pour traverser la route : il court comme sans nous voir, il
passe devant nous, juste au moment où nous sommes
sur lui. Il nous aperçoit alors, il lève les bras, veut
fuir, se retourne : il est trop tard! « *Stoï, stoï!* » (arrête,
arrête), crions-nous au cocher arc-bouté sur ses rênes.
Mais les chevaux sont trop lancés; l'homme, un instant, se débat devant eux, puis tombe et disparaît :
nous sommes passés... Il faut soixante mètres encore
pour arrêter l'énorme voiture. Je laisse mon compagnon à son office et je cours en arrière pour ramasser
l'homme. Il n'est plus sur la route : il me semble
même voir sa silhouette rouge disparaître dans une
maison. J'accours : « Où est-il? — Ici, bàrine », répondent des paysans. L'homme, à ma vue, se sauve dans
une autre pièce où je le rejoins enfin. Je suis, je pense,
aussi pâle que lui. En me voyant arriver près de lui,

l'homme, un grand diable en chemise rouge, tombe à
genoux, et, joignant les mains, s'écrie : « Pardonnez-
moi, bârine, je ne l'ai pas fait exprès! »

Et il tremble.

— Tais-toi! Qui te fait des reproches? Voyons, as-tu
mal? Déshabille-toi.

— Non! non! je n'ai rien! *Pardonnez-moi*, bârine!

— Imbécile, déshabille-toi, te dis-je!

Il obéit enfin. Ses plaies se réduisent à quelques
écorchures superficielles aux coudes et à un genou.
S'étant trouvé entre le troisième et le quatrième cheval
de flèche, il a miraculeusement échappé au lourd
véhicule qui l'eût broyé. Je respire. L'homme se console et s'esquive. C'était le cocher qui devait conduire
le Général. En l'honneur de cette circonstance, il
s'était enivré et s'était endormi contre un mur : au
bruit de nos clochettes, il s'était éveillé en sursaut et
avait voulu traverser la rue pour courir à son attelage...

*30 juin.* — Nous traversons ce matin l'Angara, car
il a été décidé que nous ferions un crochet pour
visiter la prison d'Alexandrovsk. La splendide rivière
présente ici, près de Malta, une largeur d'environ un
kilomètre : elle coule, limpide, rapide et glacée,
entre des rives escarpées que couronnent des bois;
le paysage est admirable et nouveau pour mes yeux
accoutumés aux fleuves boueux rencontrés jusqu'à
présent. Pour nous traverser, les mariniers remontent
au cordeau leurs longues barques, à plus d'un kilomètre en amont du point de débarquement, puis ils
saisissent leurs avirons et nous passent en biais, uti-
lisant la formidable dérive que leur impose le courant.

La prison d'Alexandrovsk est aux bagnes ordinaires ce qu'une ferme-école est à une exploitation
villageoise. C'est un bagne-école, un bibelot sculpté,
que l'on montre avec complaisance, et qui, en réalité,
est fort beau. Il serait téméraire, sans doute, d'en tirer
la moindre conclusion sur les autres bagnes sibériens;
je me garderai donc de le faire : la question, d'ailleurs,
n'est pas de ma compétence, et la Sibérie vivante
m'intéresse infiniment plus que la Sibérie qui meurt
derrière les colossales palissades des prisons. Il faut
louer, du moins, fût-ce à titre d'exception, l'exem-
plaire propreté qui règne dans les chambrées qu'on
nous fait voir; sans doute, tout cela se ressent de la
visite prochaine du Ministre de la Justice; mais, à
certains détails, on reconnaît de très heureuses inno-
vations. Les fers, par exemple, ne sont pas employés
ici — peut-être parce qu'Alexandrovsk n'est qu'un
purgatoire du crime, où l'on n'accepte pas les forçats
impénitents. En outre, les prisonniers sont assortis
par âge et par crime : on évite de mettre ensemble
des jeunes gens et des hommes faits, des faussaires
et des assassins. Pour les Orientaux, il existe une salle
spéciale : en faire partie est la récompense enviée
d'une bonne conduite : on les voit là, Tatars, Kirghizes,
Tcherkesses, aux visages bronzés, aux yeux blancs.
Ailleurs, voici l'infirmerie, un véritable modèle d'aéra-
tion méthodique; voici des ateliers, une école. Le
bagne d'Alexandrovsk a ceci de particulier qu'il est
dirigé par un homme intelligent et bon. C'est un
exilé politique venu en Sibérie il y a quarante ans.
Persuadé qu'on peut obtenir par la justice et la fer-
meté bien plus de résultats que par une aveugle sévérité, il songe plutôt à améliorer ses hommes qu'à les

punir. Ses ateliers, non seulement sont un heureux ferment de relèvement moral, mais encore, procurent des bénéfices. J'ai donc emporté de ce bagne une impression douce et calmante. Toutefois, on m'y a fait un certain nombre d'affirmations dont j'ai reconnu l'inexactitude par une enquête personnelle et en parcourant un livre publié à Irkoutsk. Cela m'a fâché. Mais, pourquoi, aussi, suis-je si sensible à une affirmation erronée, moi qui connais la Sibérie! Est-ce mon amour-propre qui se révolte à me voir ainsi pris pour un naïf; est-ce plutôt mon habitude de la franchise européenne qui me fait éprouver un malaise devant ces grosses roueries? Je ne sais trop [1].

Un cocher à figure épanouie, qui me promène à travers le bourg habité surtout par des libérés, me raconte qu'il expie, par douze ans de bagne, le meurtre de sa femme surprise par lui avec un jeune homme : « J'avais un peu bu, explique-t-il, je n'étais plus maître de moi, je l'ai tuée. » Voici un portier qui, lui, est innocent de tout crime. Dans son village, on avait lynché un paysan voleur de chevaux : il fallait que la justice trouvât, sinon *le* coupable, du moins *un* cou-

---

1. On nous montra 231 détenus. Il y en avait 700, ce matin-là, ce qui est peu, puisque la prison a été construite pour en contenir 1000 normalement. Pourquoi, cependant, me dit-on, qu'il n'y avait plus personne, alors que je n'avais vu que le tiers de la population? En outre, je demande : « Vous avez parfois une grande presse ? — Jamais! » répond l'inspecteur avec un sourire : or, quelqu'un de la maison m'avait dit auparavant : « Nous avons parfois ici jusqu'à trois mille hommes. » En outre, le livre auquel je fais allusion : *Description des mœurs de la population du gouvernement d'Irkoutsk*, parle d'effrayantes accumulations de détenus, p. 157 et 159. Le fait est donc indéniable. Ce sont des détails sans importance, dira-t-on. — Soit, mais pourquoi me faire tant de menues cachotteries, à moi qui ne demande qu'à admirer ce bagne modèle, et qui l'admire malgré tout!

pable; le conseil du village se réunit, et notre homme s'offrit à se charger du crime, à condition que la communauté prît soin de sa famille et lui donnât, à lui, cent roubles (300 fr.) pour la route! Le directeur, l'inspecteur, tout le monde, s'accorde à louer le caractère et la conduite de ce forçat volontaire. Ne mesure-t-on pas là, pourtant, la distance qui sépare de la nôtre une flexible civilisation comme celle-ci, où un paysan passe au bagne par misère ou insouciance, mais volontairement, et, *surtout*, y reste tel, aussi honnête qu'il était dans la vie ordinaire, où, sans effort d'ailleurs, il rentrera, une fois son temps accompli!...

Vers le soir, enfin, parti en avant, dans mon impatience d'arriver, j'aperçois tout à coup, du haut d'une montagne boisée qui domine la plaine, les délicieuses bordures d'Irkoutsk, la ville blanche. Cette impression de blanc sur l'horizon, au crépuscule de juin, est délicate et charmante. Il faut encore une grande heure de descente vertigineuse, puis de course dans la poussière, pour atteindre les premières maisons des faubourgs; voici maintenant des rues droites, des maisons de belle apparence : mon tarentass s'arrête en face de l'hôtel où mon ami m'a précédé.

# V

## Irkoutsk-la-Blanche.

*1er juillet*. — Il y a un mois et demi que j'ai quitté
Tomsk, et depuis ce jour, je n'ai guère cessé de
flotter ou de rouler vers l'est. J'ai cueilli de merveil-
leuses impressions et réuni des notes importantes :
je crois bien, maintenant, *tenir* ma Sibérie occidentale.
Mais, avant de m'engager plus avant, et d'aborder la
Sibérie transbaïkalienne et amourienne, il me semble
bon de faire station à Irkoutsk pour me reposer,
et surtout pour m'initier aux questions nouvelles que
je vais étudier sur place : l'or, le thé, les rapports
russo-chinois, l'émigration officielle dans la province
du Littoral. D'abord, je lirai à loisir le paquet de lettres qui m'attendait : c'est, on le croira sans peine,
une joie douce que de recevoir une liasse de correspondances vieilles, il est vrai, de plus de deux mois,
pour la plupart, mais qui vous apportent un écho du
pays. C'est le repos moral dans le repos physique,
c'est le retour nécessaire aux préoccupations natio-
nales, bien mesquines parfois, mais utiles, cependant,
à qui ne veut pas se laisser envahir, annihiler par
une civilisation étrangère.

Je suis installé à l'hôtel que l'on considère comme
le premier de la ville, l'hôtel Deko. Vermine et saleté
y sont maîtres. On m'a donné, au premier étage, une
très vaste chambre avec deux alcôves artificielles,
l'une pour le lit, l'autre pour le vestiaire et la toilette;
je paye deux roubles et demi (exactement 6 fr. 75)
par jour. Les deux énormes fenêtres donnent sur la
rue : si, par miracle, je parviens à en ouvrir une, il
pénètre chez moi des flots de poussière que la femme
de chambre se garde bien d'essuyer. Il me faut donc,
ou bien suffoquer de chaleur, ou bien étouffer sous la
poussière. Les fenêtres n'ont ni volets, ni rideaux
opaques, et, durant plusieurs heures, le soleil y
donne en plein. Les meubles sont boiteux, sales,
tachés d'encre et de graisse, et pour comble, tellement remplis de vermine, qu'il suffit, pour se débarrasser d'un importun, de le faire asseoir dix minutes
sur certain fauteuil ou sur le sofa.

Pour toilette, je possède l'instrument ordinaire des
familles pauvres en Russie : un vase en cuivre percé
à sa partie inférieure d'un orifice où passe une tige
terminée par une boule. La boule s'adapte à l'orifice
et empêche — ou à peu près — l'eau de s'écouler
lorsque l'appareil est au repos. Mais, si l'on vient à
soulever la boule en la renfonçant dans le vase, l'eau
trouve un passage, et s'écoule comme elle peut le
long de la tige. Pour se laver, la manœuvre est simple :
on commence par les mains. Soulevant discrètement
la tige, on utilise le filet d'eau qui s'écoule pour faire
mousser le savon. L'eau salie retombe où elle peut,
le plus généralement, d'ailleurs, dans un bassin de
cuivre, large et plat, d'où elle rejaillit à loisir. Les
mains une fois lavées, on les joint en forme d'écuelle,

et on les présente au filet d'eau qui coule le long de
la tige soulevée; on les porte ensuite vivement à sa
figure. On recommence, selon l'humeur, deux ou trois
fois ce manège. Il ne reste plus alors qu'à s'essuyer
les mains et le visage avec une serviette. C'est économique et rapide. Tel est l'instrument que j'ai à ma
disposition : j'en sais, d'ailleurs, l'usage depuis bien
des années, et ne m'en trouve pas trop incommodé.

En face du vestiaire-toilette, se trouve le réduit
tendu de rideaux, où est installé mon lit. Sur ces
rideaux, on voit, avec un peu d'attention, caracoler
des punaises. Le lit est en fer — fort heureusement!
La muraille est nue; le crépi en a été peint d'une
teinte bleuâtre : çà et là, des trous y font tache noire :
on reconnaît la trace de la bougie homicide dont un
de mes prédécesseurs a poursuivi les insectes dans
ces retraites profondes. En outre, les voyageurs qui
m'ont précédé dans cette belle chambre ne se sont
pas gênés pour cracher sur le mur, tandis qu'ils étaient
au lit, ou pour se moucher dans la même direction.
C'est abominable. Vous vous demandez comment je
puis dormir dans ce taudis? Je prends soin, chaque
soir, de semer autour de mon lit une petite barrière
d'insecticide, et de me coucher dans de la poudre à
punaises : je trouve encore, cependant, le matin, des
hôtes imprévus nichés dans les replis de mon drap...
Et l'hôtel Deko est le premier d'Irkoutsk!... Et j'y
vais passer un mois!... Et je trouverai, à mon retour
en France, des gens au teint fleuri pour me dire :
« Ah! comme vous êtes heureux de voyager! »...

Irkoutsk est la résidence du Gouverneur général de
la Sibérie orientale, un des trois vice-rois de la colonie.

C'est le général Gorémykine qui remplit actuellement ces fonctions. C'est un soldat, dans ses qualités comme dans ses défauts : il est, s'accorde-t-on à dire, à la fois rude et bon. Il adore la paperasserie, est capable de colères terribles, et de sensiblerie à la Sterne. On cite de lui plusieurs traits d'arbitraire, mais, d'un commun accord, tous ceux qui l'approchent ou le connaissent de longue date, apprécient en lui une nature honnête et droite. On l'a vu soutenir par pitié des fonctionnaires qui avaient failli; mais on ne dit pas qu'il ait jamais *sciemment* perdu un honnête homme. Il a, dit-on, refusé de laisser établir ici une blanchisserie à vapeur, mais c'était par crainte de ruiner « ces pauvres blanchisseuses ». Il me reste de tous ces on-dit et d'autres renseignements, d'ailleurs plus sérieux, l'impression d'un brave homme, un peu brusque et excessivement formaliste. J'ai d'autant plus de liberté pour faire cet éloge, que je n'ai causé avec le général que trois minutes environ, et d'une façon beaucoup plus officielle que cordiale.

*2 juillet.* — J'ai déjà fait ici des connaissances, et j'ai accepté un déjeuner chez Piotre Pétrovitch, un jeune fonctionnaire de haute intelligence, que, depuis l'an dernier, on m'avait recommandé de voir à Irkoutsk. Nous avons beaucoup causé de l'émigration, et peu à peu, j'ai compris quel genre de questions nouvelles ce problème soulevait en cette contrée envahie par la forêt vierge ou occupée par des colons bouriates. Quinze cents kilomètres, en ce pays, ne semblent pas une longue distance; pourtant, ils mettent entre deux villes comme Tomsk et Irkoutsk une différence extrêmement sensible. Non seulement le caractère du sol se modifie, mais surtout, les conditions de la vie

deviennent tout autres, et il faut quelque effort d'attention pour saisir nettement cette transformation.
A Irkoutsk, nous nous trouvons sur le bord extrême
de la Sibérie russe. Toute la région située au delà
n'est guère exploitée que temporairement par les chercheurs d'or, et est surtout colonisée par des étrangers,
des paysans d'origine mongole, des Bouriates. Durant
tout le voyage à travers la Sibérie, on avance parallèlement à la frontière chinoise ; mais nulle part encore
je n'avais vu comme ici les traces d'une pénétration
jaune. Voilà précisément ce qui complique l'étude
sérieuse de ce bizarre chaos de races qu'est l'Asie
russe. Les touristes n'y voient qu'une exposition variée
de types curieux : moujiks, Kirghizes, Ostiaks, Toungouzes, Bouriates, Chinois, Japonais, Ghiliaks, etc. ;
ils passent sans s'y attarder. Mais, pour qui rêverait
autre chose qu'une description superficielle, que de
problèmes, insolubles pour la plupart, présenterait
ce kaléidoscope de races ! Du moins, pour ne pas
s'égarer ici, faut-il un plan net ; j'ai résolu, pour ma
part, d'étudier quelque chose de l'infiltration slave
dans cette partie de l'Asie que l'on croit à tort, chez
nous, déserte et morte. Il me faut donc ici, d'une part
résumer les observations que j'ai recueillies depuis
l'Oural, et d'autre part, m'armer de renseignements
sur les allogènes que je vais, dans la suite de mon
voyage, rencontrer à chaque pas, mêlés au flot montant de l'émigration russe. Un mois suffira-t-il à ce
travail ?...

Ce soir, le bruit s'est répandu que l'on a, en cours
de route, volé au Ministre de la Justice, qui vient ici
pour inaugurer le nouveau code, une malle contenant,
entre autres effets, son grand uniforme chamarré d'or.

Le cas est amusant : si cela pouvait seulement servir
de leçon et apprendre à un grand personnage que les
routes ne sont pas sûres ici pour les modestes voyageurs !

*3 juillet.* — Je vais faire visite, sur la rive gauche
de l'Angara, dans la verte banlieue de Glascow, à un
jeune homme, M. Pétrof, fort au courant des questions qui m'intéressent. C'est samedi, aujourd'hui, et
dans toute la ville, c'est comme un flux lent de femmes
et d'hommes armés de petits balais en bouleau, et
chargés de paquets. A mesure que mon fiacre
approche du coude de la rivière, les passants
deviennent plus nombreux ; me voici enfin devant la
maison blanche des Bains, et je vois qu'elle est le
centre de tout ce mouvement de fourmilière. Sur un
banc, devant une des portes, un chapelet de moujiks
et de soldats, décrassés à neuf, les cheveux un peu
humides encore, devisent et rient. Qu'ils ont l'air
heureux, dans ce pays, après la lessive hebdomadaire
du corps !

Un pont de bateaux relie à Irkoutsk le faubourg de
Glascow, où sont logées les villas, et où le chemin de
fer va passer. L'Angara, transparente et rapide, roule
au bord de la berge montagneuse, et forme un courant d'air si froid qu'on est forcé de se couvrir ou de
se boutonner en traversant le pont.

M. Pétrof est un tout jeune homme aux yeux noirs
très vifs, aux traits fins, au profil romain. Il est —
c'est une trouvaille pour moi ! — un vrai Sibérien de
Sibérie. Que d'anecdotes il a recueillies, que d'expérience il a pu amasser durant ses courses et ses stations dans les villages ! A la veille de la grande enquête
territoriale à laquelle M. Koulomzine va procéder

dans la Transbaïkalie, pour tâcher de faire une place
aux colons russes parmi les envahissants Bouriates,
M. Pétrof me montre, d'un côté la résignation assez
facile des paysans sibériens détenteurs·du sol, devant
les empiétements des colons, et d'autre part, la ténacité rusée des Bouriates : ceux-ci sont toujours prêts
à soutenir leurs droits par la discussion, par le procès :
ils n'occupent pas un lopin de terre sans prétendre
avoir des actes qui les y autorisent.

*4 juillet.* — Quelqu'un me parlait des difficultés
d'application de la loi forestière. Jadis les paysans
coupaient le bois à leur fantaisie, et saccageaient les
forêts. Une fois la loi protectrice promulguée, ils se
trouvèrent aux prises avec les forestiers, qui ne mon-
trèrent pas toujours le tact désirable. Pour couper du
bois dans la forêt prochaine, il fallait venir chercher
un billet à Irkoutsk : le voyage était trop long parfois.
C'est ainsi que tel village fut réduit à se chauffer avec
le bois de ses ponts, faute de pouvoir, à temps, faire
les démarches exigées par l'administration. Cela, sans
doute, explique certains de ces incendies de forêts
dont les paysans, par vengeance, se rendent coupables. Cela montre aussi que la Russie flexible est
parfois aussi malheureuse dans l'application des lois
nouvelles, que l'est quotidiennement notre pauvre
chère France routinière et administrative...

Quand un voyageur pénètre à Irkoutsk, il a sûrement en poche l'adresse de Dmitri Ivanovitch Perchine, l'homme le plus affable, le plus obligeant, le
plus accueillant et le plus modeste de toute la Sibérie.
Nous avons, ce matin, lui et moi, fait connaissance à
son bureau des contributions indirectes. C'est un gros
homme qui, du premier coup d'œil, vous apparaît

comme pétri de bonté. Il m'accueille fraternellement,
il m'enveloppe de sa conversation allègre et amu-
sante, de ses avis précieux (c'est à lui que je dois le
choix d'une partie de mon itinéraire ultérieur); en un
mot, il me conquiert. Aussitôt qu'il est libre, il m'emmène visiter le très beau Musée historique et ethnographique que possède la Société de géographie [1]. Il
est lui-même mongolisant, aussi se trouve-t-il mieux
que personne en état de me faire apprécier les collections ethnographiques bouriates ou mongoles que
possède le Musée. Il m'explique en détail les rapports
du bouddhisme et du lamaïsme, et me décrit, en me
montrant les objets du culte, la fameuse cérémonie
du *Tsame*, qui a lieu chaque année au temple bouriate
du Lac des Oies. Ensuite, il cède la parole à l'un de
ses collaborateurs, qui me montre des collections
iakoutes : des yourtes en peaux, des *narty* ou traîneaux légers qui permettent aux indigènes du cercle
polaire, de transporter, durant l'été, des fardeaux à la
surface de la *toundra*, l'immense marécage, gelé neuf
mois sur douze, qui recouvre tout le nord de l'Asie.
Voici des berceaux que l'on prendrait pour des chaises
de malade ; une petite gouttière, ménagée dans le bois,
permet à la maman de ne pas changer son nourrisson
plus souvent que son mari ne change la litière de ses
bêtes. Voici des ustensiles de cuisine; on me décrit
les cent manières de mourir de faim inventées par les
pauvres sauvages, qui cherchent couramment, dans
les feuilles ou dans le liber des arbres, des succédanés
du pain! Bref, cette visite de plusieurs heures dans
le Musée me fournit mille détails intéressants et m'ins-

---

1. Le Musée, d'ailleurs, est bien connu des voyageurs français :
telle collection parisienne y a été préparée de toutes pièces.

pire le désir de revenir souvent examiner par le menu certaines vitrines.

*5 juillet.* — Aperçu, en passant dans une rue, cette suggestive enseigne : « Malles et cercueils, tout faits et sur commande. »

A Irkoutsk, par l'étouffante chaleur, ce n'est pas, comme on pourrait croire, le côté de l'ombre que recherchent les passants, mais le côté abrité du vent, car la poussière est telle qu'on n'y voit goutte si elle vous enveloppe.

J'entre, en habit, chez un coiffeur. Pour soustraire mon frac au douteux contact de ses serviettes imbibées de schampoing, je veux me mettre en bras de chemise. Horreur! le patron s'y oppose : « Ne faites pas cela! monsieur. S'il entrait une dame! » J'oubliais qu'en Russie, un homme en *bras* de chemise paraît beaucoup plus indécent que celui qui laisse flotter sa chemise sur son pantalon, et découvre le haut de sa poitrine. J'ai d'ailleurs fait observer à mon coiffeur que, cinquante mètres au delà de sa boutique, les pudibondes Sibériennes voyaient journellement, en traversant le pont, des messieurs qui se baignent dans l'appareil le plus paradisiaque. Le patron m'a trouvé fort inconvenant de discuter ses raisons; j'ai pensé, une fois de plus, que le sentiment de la pudeur est chose vraiment relative et toute de définition!

La ville est vide, endormie sous le soleil qui la couve; tout le monde est à la campagne. Mais, en vérité, je n'ai jamais nulle part, fût-ce à Tomsk ou à Bordeaux, vu autant de flâneurs et de désœuvrés. De plus, ici, quand on ne travaille pas, on s'enivre. La populace est d'aspect rébarbatif, antipathique.

J'ai passé l'après-midi avec Dmitri Ivanovitch; nous

sommes allés faire une promenade à pied sur la
rive gauche de l'Angara, et nous avons gravi la montagne. De là-haut, le coup d'œil est féerique : on distingue tous les détails dans le panorama de la ville
blanche qui sourit aux derniers rayons du couchant.
Voici une église jaunâtre, puis une cathédrale café au
lait, des toits verts et des toits gris, se détachant sur
la blancheur des murailles, et, tout au fond, des montagnes bleues qui s'étagent dans la brume. Le fleuve
glauque, la divine Angara, semble enserrer amoureu-
sement la ville dans une large boucle, avant d'aller
se perdre aux verdures du lointain. Je ne puis me
lasser de cette merveilleuse contemplation.

*6 juillet.* — Devant moi, quelqu'un racontait la vie
que l'on mène sur les confins de l'Asie, à Sredné-
Kolymsk, le dernier cercle, et le plus terrible, de
l'enfer sibérien. Ce sont surtout des exilés politiques
qui sont envoyés là-bas[1] : il faut trois mois pour parvenir de Iakoutsk au village de déportation. Les habitants de Sredné-Kolymsk, au nombre de quatre cents
environ, sont des Cosaques dégénérés, rongés par une
maladie terrible, et par l'ivrognerie, incapables d'ailleurs de travail sérieux. Les exilés s'occupent à leur
guise, les uns de pêche ou de chasse, d'autres, d'écri-
tures, de lecture, de rêve. Ce désert glacé exerce sur
eux une impression déprimante qui va parfois jusqu'à
la folie. Plusieurs s'abandonnent, comme n'étant plus
du monde, ne se coupent plus ni les cheveux ni la
barbe, et ne se lavent même plus. La poste n'arrive
que trois fois par an : alors, on arrache les sacs, on
les vide sur le plancher, et, fiévreusement, on fait le

---

1. Le *Calendrier sibérien* de 1896 fournit de fort intéressants
détails sur cette contrée.

triage des correspondances et des imprimés passés au
crible d'une triple censure. Quatre mois de journaux
à-lire! Quelques-uns les dévorent au hasard, nuit et
jour : d'autres, plus rares, les lisent méthodiquement,
dans l'ordre des dates, pour repasser ainsi par les
mêmes émotions que les gens de là-bas, de là-bas où
l'on vit...

On parlait aussi de l'évasion tentée, il y a une quinzaine d'années, par un écrivain aujourd'hui fort
connu comme romancier et comme ethnographe, et
par quelques compagnons parmi lesquels se trouvait
un Français (?). Ils descendirent en barque la rivière
Iana, tributaire de l'Océan Glacial; mais, pendant une
escale, le Français s'égara en chassant, et ses compagnons, qui voulurent l'attendre, furent repris. C'est
à cette époque que l'Américain Melvil, parti à la
recherche de la *Jeannette*, se trouva en détresse sur la
côte d'Asie, et, par un indigène, envoya une demande
de secours aux autorités russes. L'autorité, là-bas, est
représentée par un officier de police, l'*ispravnik* : or,
l'*ispravnik* ne savait pas l'anglais. Melvil eût été perdu
peut-être, sans un des exilés qui traduisit sa lettre, et
put, avec ses amis, agir sur l'officier de police pour
le déterminer à envoyer des secours. Melvil, sauvé,
vint à Sredné-Kolymsk, et, plus tard, dans son livre,
décrivit par le menu ce qu'il y avait vu et entendu.
Après avoir manifesté l'étonnement qu'il avait éprouvé
à se voir invité à dîner par des déportés politiques qui
mangeaient sans assiettes et sans couverts, à même
la table et avec leurs doigts, il fit un tel récit de leurs
conversations, que plusieurs d'entre eux virent, de ce
chef, leur peine augmentée de quelques années [1]...

1. Je ne me porte nullement garant de cette anecdote :

*7 juillet.* — J'ai fait connaissance avec le maire d'Irkoutsk, Vladimir Platonovitch Soukatchof. C'est un
homme qui use noblement de sa grande fortune, et ne
se lasse pas de contribuer à des fondations généreuses.
Bien des Parisiens connaissent cet élégant Sibérien
du boulevard ; mais bien peu, sans doute, ont visité
la gracieuse villa où il abrite une des rares galeries
de tableaux que possède la Sibérie. Cette galerie a
été pour moi une joyeuse surprise, car lorsqu'on
voyage dans un pays neuf, les émotions d'art sont
rares. La galerie Soukatchof est presque entièrement
russe : c'est la preuve d'un patriotisme que j'apprécie
fort. Elle se compose surtout de paysages, de marines,
et de vues de la Crimée, le pays charmant qui attire
toujours ceux qui, en Russie, délayent des couleurs.
L'impression dominante est celle d'une grande douceur de touche, de contours volontiers un peu flous,
un peu embrumés, facilitant ces envolées de rêve
auxquelles se livre si souvent l'habitant des grandes
steppes ou de la forêt morne.

Nous visitons ensuite l'école que M. Soukatchof a
construite dans un coin de son parc : c'est une
coquette école de filles, admirablement propre (qualité rare en ce pays), ornée, çà et là, de tableaux, de
dessins et de gravures. Elle peut contenir cent quarante enfants. Celles qui ont terminé leurs classes
y trouvent toujours des livres mis à leur disposition
dans la bibliothèque, et celles qui veulent continuer
leurs applications de couture fine, trouvent là une

---

d'abord parce que je n'ai pas eu entre les mains le livre de
Melvil, puis parce que je n'ai pu rien contrôler auprès des intéressés. Vraie ou fausse, l'anecdote circule à Irkoutsk : ne fût-ce
qu'à ce titre, je l'aurais recueillie.

salle et des maîtresses. Comme tout cela est pratique!
On se rend bien compte de l'influence que peut
exercer sur tout un quartier d'une ville occupée de
gains et de plaisirs grossiers, cet essaim de jeunes
filles instruites modestement et pratiquement...

Cet après-midi, j'étais en visite dans une maison
intelligente, et j'y ai pris le thé. L'aimable compagnon qui m'avait amené me montrait, me faisait
valoir, déclarait mon goût pour le thé léger, empê-
chait qu'on ne me mît du sucre, se réjouissait de me
voir servir un verre d'eau à peine teintée, et, comme je
protestais en souriant, disant que, décidément, c'était
un peu trop faible, il insistait : « Prenez, prenez, ne
vous gênez pas! » Et il ajoutait, se tournant vers les
hôtes : « Vous allez *le* voir : il va boire avec *prikouska*
(un morceau de sucre aux dents, à la moujik). » Bref,
on ne montre pas plus soigneusement un chien savant.
La maîtresse de la maison, intelligente et gaie, me
regardait comme on regarde un objet rare dans un
musée, et m'interrogeait comme on fait un Papou à
travers les grilles du Jardin d'acclimatation. Elle ne
pouvait lever les yeux sur moi sans avoir un sourire
un peu inquiet et ce regard interrogateur qui semble
dire aux voisins : « Il ne mord pas, au moins? » — Je
n'ai pas mordu!

*8 juillet.* — M. Soukatchof est venu me prendre ce
matin pour me conduire à l'École d'Arts et Métiers.
Cette institution a eu des débuts difficiles. Fondée
par initiative privée, avec une subvention de la ville,
elle fut presque entièrement détruite par le grand
incendie de 1879. Après de laborieuses négociations,
l'État promit son obole, si les particuliers s'inscri-
vaient pour 130 000 roubles. C'est alors que la tante du

maire actuel donna 150000 roubles, et M. Soukatchof lui-même, 50000 (400000 francs d'une part et 135000 d'autre part); l'École fut reconstruite sur une base plus large, et complétée peu après par l'adjonction d'une classe supérieure faite aux frais du Ministère.

L'École compte, en moyenne, deux cents élèves répartis en neuf classes : l'âge fixé pour l'admission est de dix à treize ans. Parmi les quinze ou seize élèves qui, chaque année, terminent leurs études· avec le diplôme, la ·moitié environ essaient, au grand désespoir du directeur, d'entrer dans un Institut technologique (École centrale) à Pétersbourg ou à Kharkof : ils sortent de là ingénieurs, alors qu'à Irkoutsk, ils n'étaient que *techniciens*. La Sibérie a besoin des uns comme des autres, des seconds plus peut-être que des premiers, car, dans ce pays tout neuf, où l'on se trouve aux prises avec la nature brutale, l'homme pratique est plus précieux que·le savant. Mais, comment empêcher, ici comme ailleurs, la poussée des jeunes gens vers la haute instruction? Ce que l'on appelle chez nous la crise du prolétariat intellectuel se.retrouve en somme jusqu'en Sibérie. Comment, en effet, dire à l'enfant qu'on a instruit : « Tu n'iras pas plus loin! désormais, tu fermeras ton esprit à la science pure pour entrer dans la pratique? »

Je note ce fait assez curieux que, dans cette école d'Arts et Métiers, fraternisent des enfants nés dans des conditions très différentes : on voit ici, côte à côte, les fils d'un Gouverneur général, d'un millionnaire, d'un simple artisan, et... d'un ancien galérien. Aussi bien les Russes, avec leurs très nombreuses familles, n'ont-ils pas ·autant que· nous la superstition des études classiques.

En somme, on le voit, une telle école est de première utilité pour la Sibérie; cependant, l'équilibre de son budget est difficile à maintenir, et la vente des travaux des élèves, fort recherchés dans ce pays qui manque d'artisans, est nécessaire pour qu'on puisse joindre les deux bouts. On trouve ici la preuve de l'abandon où l'État avait jusqu'ici laissé la belle colonie sibérienne. Qu'importait, jadis, aux hommes de Saint-Pétersbourg, que la ville d'Irkoutsk eût ou non des ouvriers d'art et de ces « techniciens » dont elle avait tant besoin pour transformer le riche, mais rude pays où elle régnait? On y envoyait des condamnés, et on en rapportait de l'or : on ne voyait guère plus loin. Aussi, lorsque la Russie étonnée s'est aperçue de la vitalité de la Sibérie, a-t-elle compris que, de toutes parts, il fallait créer, organiser, soutenir des enseignements nouveaux, et qu'elle avait tout à faire dans ce pays abandonné inhumainement à son climat de misère et à ses ferments de vice et de crime. Une transformation de cette sorte ne s'effectue malheureusement pas en quelques coups de baguette...

Je suis monté, cet après-midi, à l'observatoire magnétique, où j'ai reçu un charmant accueil de M. et Mᵐᵉ Voznécensky. Les observatoires du genre de celui-ci sont d'autant plus curieux à visiter que, instruits par les Allemands, les Russes apportent à leur installation un soin méticuleux que nous ne connaissons guère en pareil cas. Nos résultats, paraît-il, sont à peu près aussi bons, et cela me console. Aussi bien les variations magnétiques ont-elles, en ce point de la Sibérie, une fréquence et une intensité vraiment surprenantes. La déclinaison locale de l'aiguille

aimantée subit des écarts énormes à quelques lieues
de distance.

Après que nous eûmes contemplé, du haut de la
tourelle, le merveilleux panorama d'Irkoutsk, avec ses
blancheurs éclatant parmi la verdure, et la nappe unie
de l'Angara enflammée par le couchant, tout là-bas,
une dame rappela devant moi ses souvenirs du grand
incendie de 1879 qui a dévoré toute la ville. Le feu
éclata sur plusieurs points à la fois, ce qui semble bien
prouver qu'il avait été allumé volontairement. Comme
toutes les maisons étaient construites en bois, l'incendie se propagea avec une rapidité inouïe. Les habitants n'eurent que le temps de saisir quelques effets
et de s'enfuir. Par centaines, les familles se réunirent
dans les cimetières, pour camper, en attendant qu'on
pût rentrer dans la ville en cendres. Là, sans autres
provisions qu'un peu de thé, souffrant de faim et de
froid, navrés de la ruine subite, tous durent attendre
que le feu eût consumé le dernier hangar. La situation
de la plupart était affreuse, dans cette ville isolée,
placée si loin des centres de production. Aussi n'a-
t-on pas de peine à comprendre la réaction qui suivit.
Irkoutsk avait été, avant l'incendie, une ville où l'on
faisait la fête, dépensant l'or à pleines mains, buvant
du champagne à quarante-cinq francs la bouteille,
envoyant à Pétersbourg du linge à blanchir. Après le
sinistre, ce fut pis encore. Un grand nombre de personnes avaient touché des primes d'assurances; avec
cette rage de jouissance qui succède aux grandes
émotions, on se rua sur les plaisirs. Ce fut, pendant
quelques semaines, dans les rares édifices encore
debout parmi les cendres fumantes, une délirante
orgie.

Il paraît que, de temps à autre, lorsque la populace est mécontente du Gouverneur général, ce fonctionnaire reçoit des lettres qui le menacent d'un nouvel incendie. L'an dernier, même, ces bruits avaient si bien reçu créance, que plus d'une famille faisait camper des hommes sur le toit plat de sa maison, avec des tonneaux pleins d'eau, et que d'autres tenaient, jour et nuit, des chevaux attelés, pour être prêts à fuir à la première alerte. Vraie ou fausse, l'anecdote est bien typique et donne une impression singulièrement vive de la propagation foudroyante, terrifiante de l'incendie dans ces villes de bois.

*9 juillet.* — Dès onze heures du matin, je traversais en habit la ville empoussiérée sous le soleil brûlant, et, en compagnie du maire qui était venu me prendre dans sa voiture, j'allais, au delà de l'Ouchakovka, mince filet d'eau tout grouillant de baigneurs, assister à la distribution des prix de l'école professionnelle de Trapeznikof. Cette école a été installée grâce à un legs vraiment royal fait à la Ville par un de ses plus généreux millionnaires. Elle n'a pas encore son plein développement, à cause des procès et des compétitions soulevées par un héritage énorme. Mais, bientôt, elle sera reconstruite, le litige étant écarté, et pourra devenir un des centres les plus utiles pour la préparation méthodique de jeunes ouvriers serruriers, ébénistes, menuisiers, etc. Pour cette année, onze jeunes gens seulement reçoivent leur diplôme de sortie. On compte bientôt doubler, tripler ce chiffre, car les jeunes « sous-maîtres » trouvent à se placer avantageusement dès que leur apprentissage est terminé.

Nous passons ensuite à l'orphelinat de M^me Med-

viednikof. Cette institution, qui fut fondée, il y a une
soixantaine d'années, avec une banque, d'abord très
modeste, destinée à subvenir à ses dépenses, s'est peu
à peu développée, grâce au succès de cette banque,
devenue une des plus importantes de la région.
Aujourd'hui, je ne saurais la comparer qu'à une brillante maison d'éducation française. Les bâtiments
s'élèvent au milieu d'un parc et de jardins potagers. La
propreté la plus stricte, et la plus coquette simplicité
règnent partout, dans les dortoirs, les réfectoires, les
salles d'étude, les salles de travaux manuels, les salles
de récréation, etc. Deux cent cinquante jeunes filles,
en uniforme clair, s'abritent dans cette maison de
campagne (elles ont, en ville, une maison d'hiver), et
tous ces visages gais et frais, penchés sur les cahiers
ou sur la broderie, produisent une charmante impression. L'éducation que reçoivent ici les élèves a un
caractère surtout pratique, ainsi qu'il convient à des
femmes : ménage, cuisine, couture, broderie, jardi-
nage, tout cela les occupe tour à tour. Le grand principe est de les habituer à ne reculer devant aucune
besogne désagréable, à passer, sans transition et sans
humeur, du tambour de la broderie, au balai du gros
nettoyage. L'instruction n'est pas non plus oubliée,
et, lorsque les jeunes filles sortent de l'Institut,
elles sont vraiment accomplies en leur genre....Il fait
grand soleil, il fait bon sous les arbres, au milieu de
cette envolée de robes blanches... et je pose indiscrè-
tement une question : Que deviennent ces jeunes
filles, lorsque leur temps est fini?

— D'abord, un grand nombre se marient.

— Très bien, mais les autres? Elles n'ont pas un
sou de fortune, puisque c'est la condition d'entrée :

elles n'ont plus de parents; que vont-elles devenir sur
le pavé de la ville?

— Mon Dieu! elles entrent en service. Elles sont
fort recherchées comme domestiques.

— On le serait à moins. Mais, croyez-vous que la
transition ne soit pas cruelle, entre le charmant Institut et les rudesses d'un service de bonne ou de
femme de chambre? Des maîtres bourrus, souvent
inintelligents, jamais affectueux; la femme revêche,
et, souvent, jalouse d'une domestique plus affinée,
plus adroite qu'elle-même; le mari aimable à l'occasion, trop aimable même...

— Sans doute, sans doute. Mais enfin, l'Institut
fait ce qu'il peut : il fait beaucoup déjà...

Il fait beaucoup, certes, mais ne nous trouvons-
nous pas ici en face d'un des problèmes essentiels de
la charité, celui qui cherche à en déterminer la mesure
et l'à-propos? Je me demande si, au lieu d'aider ces
jeunes filles à sortir de la misère et du vice, on ne les
y précipite pas plus sûrement en les déclassant. Je me
demande si la charité, au lieu d'être uniformément
prodigue, ne doit pas être essentiellement relative,
appropriée rigoureusement aux besoins et aux habitudes de ceux qui en sont l'objet. Je me croirais coupable si je prenais un pauvre homme, et, pendant un
mois, le comblais de bonne chère et de bon vin, pour
le laisser ensuite retomber dans la vie. — Et pourquoi,
dira-t-on, les déshérités n'auraient-ils pas droit aux
mêmes jouissances que vous-même? — Parce que le
bonheur est tout relatif et que c'est augmenter leur
souffrance que de leur révéler des joies inconnues
d'où, demain, naîtront autant de regrets. De ces
orphelines sans ressources, vous faites des jeunes

filles instruites comme si elles devaient entrer de plain-
pied dans des familles riches. Ne leur préparez-vous
pas là un avenir de souffrance et de désillusion?
N'avez-vous pas considéré votre œuvre charitable
comme une broderie que l'on fignole pour elle-même,
sans se préoccuper de savoir si elle pourra servir?
N'avez-vous pas, hélas! justifié ce mot cruel d'un de
mes amis : « Heureusement que nous avons, à Irkoutsk,
à côté de l'Orphelinat Medviednikof, l'Hospice d'enfants trouvés de M^me Bazanof... »

Nous avons accepté, pour finir la journée sur cette
rive droite, ombreuse et fraîche, de l'Ouchakovka, de
dîner chez un médecin, Victor Nicolaévitch D., qui
passe ici, à la campagne, les mois d'été. Nombreuse
famille, des enfants gais et remuants, avec lesquels,
de suite, je noue une camaraderie. Ce sont des bonds,
des courses, des expéditions dans le parc et sur la
mince rivière, des confidences de petits bonshommes,
des espiègleries de petites filles, des caresses d'une
troupe de chiens. Les enfants simples n'ont pas le
sentiment du grotesque : je ne suis donc pas gêné
dans mes ébats par mon habit noir que je porte
depuis le matin. Quel repos, après les visites, les dis-
tributions de prix, les conversations techniques! Je
trouve même là une compatriote, professeur de français de tout ce petit monde turbulent : c'est une
femme charmante et calme, adorée de tous, dans la
paix indulgente de ses cheveux gris : je laisse à penser
la joie qu'elle éprouve à parler de France avec un
Français!... Lorsque, le soir, dans la fraîcheur
piquante, après l'extinction d'un grand feu de joie que
les enfants avaient allumé dans le parc, je suis parti
sous le ciel blanc d'étoiles, je me sentais comme

imprégné de ce calme simple dont les familles russes
savent si bien faire profiter les étrangers, et dont nous
sommes si friands, nous autres Français, bien que
nous ne sachions guère le répandre sur nos hôtes.

*10 juillet.* — Victor Nicolaévitch vient me faire
aujourd'hui visite : qu'ils sont charmants, ces Russes
de Sibérie! Vous dînez chez eux : vite, le lendemain
ou le surlendemain, ils viennent vous rendre visite.
Comme cela fait bien ressortir la grossièreté de notre
coutume de la visite de « digestion » ! Mon hôte d'hier
se réjouit lui aussi, lui millionième, de l'introduction
d'un nouveau régime judiciaire en Sibérie, et il m'énu-
mère les réformes qu'il en attend comme médecin...
Mais, que vont-ils être, ces juges de qui tout un
peuple espère tant de bienfaits? Ont-ils conscience
d'être les Messies attendus, et de ce qu'il y a de
splendide dans leur rôle de distributeurs de cette justice dont tout ce peuple a soif? J'en ai vu quelques-
uns, en passant. Les difficultés de la route les ont
exaspérés : ils ont vu passer devant eux de minces
fonctionnaires, des sous-lieutenants, des policiers,
qui ont pris à leur barbe les chevaux des relais; ils
sont mécontents, désenchantés. Ils viennent, en outre,
de s'apercevoir que, au prix où sont les vivres à
Irkoutsk, leurs traitements seront insuffisants pour
leur permettre de vivre honnêtement. Leur faudra-t-il
donc vendre des acquittements, ou tendre la main,
comme le faisaient avant eux tant de ces policiers qu'ils
remplacent? Conscients, pour la plupart, de la beauté
de leur mission, ils apportaient ici quelques idées
nobles. Voici que la réalité leur apparaît tout autre :
on serait triste avec moins de raisons. Cependant, le
peuple espère en eux; il espère, ce peuple calme, qui

recourt à la justice contre l'arbitraire, qui, ayant depuis si longtemps sous les yeux des exemples de véna-
lité dans les arrêts, rêve encore, cependant, l'équité
absolue, et compte l'obtenir demain! Il espère..¡

*11 juillet.* — M. Perchine racontait aujourd'hui
quelques souvenirs de cette république d'aventuriers
chercheurs d'or, forçats russes échappés, et bandits
chinois, qui s'était formée, il y a dix ou quinze ans, sur
un point de la frontière sibéro-chinoise : la Jeltchoukha.
Le lavage du sable leur fournissait de l'or en quantité
considérable, et le temps se passait pour eux en orgies
de *vodka* et en nuits occupées à battre les cartes, avec
des tas de sable d'or pour enjeux. A la fin, le Gouvernement chinois envoya, à la requête du Gouvernement russe, des soldats contre la « république » : les
chercheurs d'or furent cernés et criblés de balles ; on
écartela, on empala, on tortura du mieux qu'on put
ceux que l'on prit vivants, et les soldats chinois, fiers
d'un si bel exploit, s'en retournèrent...

*12 juillet.* — Une heure charmante passée à contempler l'Angara derrière le monastère. La berge,
très calme, est peuplée de flâneurs et d'ivrognes : au
loin, sur des chantiers, quelques taches rouges qui
remuent : ce sont des ouvriers. L'eau de la rivière est
pure comme celle d'une source, et rappelle certains
petits lacs de Suisse. Elle a des teintes sombres qui se
glacent de moires, au-dessus des remous que forme
le courant terrible. Cette délicieuse eau glacée qui
court si vite avec une puissance incomparable, m'im-
pressionne ; je comprends l'affection tendre que lui
vouent ses riverains [1].

1. L'énorme rivière Angara unit le lac Baïkal à l'Yénisséye :

... Un propriétaire de mines d'or m'a expliqué la crise que subissent ici les petites et les moyennes exploitations. Il se plaint surtout du manque de capitaux et du manque de bras. Les capitaux russes sont engagés ailleurs qu'en Sibérie, ou bien affluent aux grandes compagnies ; quant aux ouvriers, c'est l'administration du Transsibérien qui les accapare. Les frais d'extraction du sable aurifère sont tellement considérables que l'on doit abandonner, comme insuffisamment rémunérateurs, des placers qui, dans tout autre pays, donneraient une fortune. D'ailleurs, comme on sait, le travail ne dure guère ici que quatre mois et demi : durant l'hiver, on creuse des galeries, d'où l'on extrait du sable dont on essaie chaque jour quelques échantillons : il faut attendre le dégel printanier pour en faire le lavage définitif.

En face de ces doléances fort sincères d'un propriétaire de mines d'or, j'ai plaisir à noter quelques renseignements que m'a donnés une personne qui connaît les mines de fort près. Il est toujours, en effet, extrêmement difficile de savoir ce qui s'y passe : si l'on s'adresse aux directeurs, on ne peut s'étonner d'être trompé ; si l'on interroge l'*ispravnik* (officier de police), il n'a garde de vous renseigner sur des irrégularités qui lui rapportent un traitement de 70 000 francs [1] ; si, enfin, l'on s'adresse aux employés

son cours est long de 1 800 kilomètres ; à sa naissance, elle est déjà un cours d'eau imposant où se précipitent les eaux du lac.

1. Exactement 24 000 roubles, qui se répartissent en 6 000 roubles payés par l'État et 18 000 payés par les propriétaires de mines, c'est-à-dire par les administrés de l'*ispravnik*! Je dois ajouter d'ailleurs que, en raison du nouveau régime judiciaire, qui lui enlève l'instruction des affaires criminelles, son traitement officiel et officieux ne s'élèvera plus qu'à 18 500 roubles (exactement 50 000 francs). C'est encore assez coquet.

subalternes, ils mentent par crainte d'être découverts.
Ajoutons enfin que les mines d'or sont, le plus souvent,
situées dans des pays perdus que l'on ne peut guère
visiter sans l'assentiment et sans l'aide des propriétaires eux-mêmes. Comment alors savoir la vérité? —
On ne la sait pas. Pourtant, il se passe bien des irrégularités, bien des horreurs, dans la profondeur de la
*taïga* gonflée de pépites. Les ouvriers sont liés par
un contrat qu'ils ne sauraient rompre sous peine de
prison : ils sont réduits à un état de servitude totale.
Nul n'est là pour recevoir leurs réclamations, puisque
tout se ligue contre eux, l'intérêt de leurs patrons et
celui de la police. Mais, d'autre part, il ne faut pas
ajouter foi à toutes leurs doléances : ils sont fort
remuants, exigeants comme des enfants, insouciants
de la parole donnée, incapables de résister seuls à
l'attrait du renouveau qui les appelle dans la *taïga*
fleurie. Souvent ils volent : quelques-uns commettent
des meurtres. C'est un peuple difficile à tenir, et il
faut se garder de mettre *a priori* tous les torts sur le
compte des propriétaires de mines, bien que la cupidité de la plupart de ces derniers n'inspire à personne
la moindre confiance ni la moindre sympathie.

On ne saurait, d'ailleurs, imaginer la variété des
moyens qu'inventent les propriétaires pour gagner
sur leurs ouvriers. Il y a bien des lois fort sévères qui
régissent les placers; mais, au fond de la forêt vierge,
il est aisé de tourner la loi. Voici un exemple entre
cent. Un propriétaire de mines d'or me disait, il y a
deux ou trois mois, ceci : « La loi nous oblige à
fournir à nos ouvriers, pour leur entretien, une quantité déterminée de pain, de viande, de graisse, etc. Or,
qu'arrivait-il? Les ouvriers, *trop grassement nourris*,

gaspillaient leur ordinaire et jetaient une partie de ce pain qui nous coûte si cher là-bas. Nous avons, *dans leur intérêt*, voulu remédier à cette imprévoyance. A la place des vivres, nous leur en donnons le prix, calculé sur les tarifs officiels affichés dans les boutiques d'approvisionnement qui entourent la mine. De la sorte, ils n'achètent plus que le strict nécessaire et ne gaspillent plus rien. » J'avais ici flairé un mensonge : le bon patron, soucieux de l'épargne de ses ouvriers, est trop rare en Sibérie pour qu'on ne se défie pas tout d'abord. Or, voici en réalité ce qui se passe : les ouvriers peuvent bien *officiellement* exiger qu'on leur vende les vivres au prix du tarif, mais rien ne détermine la qualité des vivres que doit contenir la boutique; c'est donc *telle* qualité qu'on leur *vendrait* à *tel* prix : par malheur, on n'a plus cette qualité; en revanche, on en a une *autre*, qui est seulement un peu plus chère : l'ouvrier doit donc prendre ce qu'on lui offre, et payer plus cher. En outre, les ouvriers, grands enfants sans volonté, sont incapables de garder l'argent qui leur est remis d'avance, ou de ménager le crédit qu'on leur ouvre. Ils dépensent, jusqu'au dernier sou et au delà, leur maigre provision, avant de songer à se nourrir solidement : c'est tout profit pour le propriétaire, qui possède la boutique en même temps que la mine, et encaisse d'un côté l'argent qu'il a dépensé de l'autre. D'ailleurs, si les ouvriers avaient, dans le cas présent, jeté du pain, ce n'était pas par insouciance, mais pour protester contre je ne sais plus quelle mesure arbitraire de leur patron. Autre exemple. Jadis, les ouvriers n'avaient droit qu'à deux jours de repos par mois : une loi nouvelle leur en accorda quatre. Que firent alors les propriétaires? Ils

refusèrent de nourrir leurs hommes durant ces quatre
jours, réalisant, de ce chef, une sérieuse économie,
et imposant des dépenses fort sensibles à ceux que la
loi avait voulu protéger.

On citerait à l'infini des exemples de cette nature;
mais on risquerait, en s'y complaisant trop, de ne pas
laisser voir, en regard, les risques et les dépenses
qu'occasionne aux patrons l'extraction de l'or. Sans
doute, en effet, il est parmi eux des gens tarés,
méprisables, usant sans ménagement les forces de
leurs ouvriers; sans doute, il est des propriétaires
pour qui l'exploitation d'un placer n'est qu'un prétexte à ouvrir là-bas des boutiques où ils écoulent à
des prix fantastiques tous les manqués et tous les
invendus du commerce urbain; mais, en revanche, il
est aussi, parmi eux, des hommes qui exploitent normalement, et, sinon avec une générosité sentimentale, du moins avec sérieux et avec équité, les immenses champs d'or de l'Asie septentrionale.

C'est chez un propriétaire de ce dernier type que
vivait l'employé qui me raconta un jour l'anecdote
suivante. On sait que, aux yeux des ouvriers, l'or
trouvé dans la terre appartient à qui le trouve : ils se
font difficilement à l'idée qu'il faut le remettre au
patron : voilà pourquoi les plus honnêtes d'entre eux
volent des pépites quand ils le peuvent : ils ne sont
pas les seuls. Les vols sont perpétuels sur les placers.
Pour éviter la soustraction des pépites trouvées par
les hommes en piochant, l'administration leur alloue
un droit assez élevé, proportionnel au poids brut de
ces pépites. Une caisse spéciale reçoit l'or ainsi recueilli. Or, dans la mine dont je vais parler, les deux
employés chargés de cette petite caisse qui échappe

au contrôle officiel de la laverie, avaient laissé s'y
accumuler 23 livres d'or (9 kilog. 407 grammes), au lieu
de le verser, livre par livre, à la caisse centrale. Un
beau jour, tous deux s'absentèrent pour assister à une
fête; le soir, le trésor avait disparu. L'intendant, prévenu, accusa ses employés de négligence coupable,
congédia l'un d'entre eux et envoya l'autre servir sur
un placer éloigné. Vers la fin de l'hiver, un homme
vint trouver à la ville, le représentant de la compagnie, et offrit, contre récompense, de faire retrouver
l'or soustrait : on lui promit le tiers prévu par la loi
en pareil cas, et il raconta que le trésor était caché
près de la mine (à 1 000 kilomètres de la ville), dans
le creux d'un arbre fraîchement coupé, où il reposait
dans une enveloppe de cuir et dans une natte. « Le
voleur, ajouta-t-il, est un vieillard qui va, en compagnie de ses deux neveux, faire partie cet hiver d'un
convoi qui transporte là-bas du poisson ; arrivé sur les
lieux, il s'embauchera sur le placer. » A ce moment,
la neige couvrait le sol, on ne pouvait faire de recherches. On attendit le printemps et le convoi de poisson.
Les hommes indiqués arrivèrent et s'embauchèrent
en effet dans l'équipe de la mine désignée d'avance.
On plaça des gardes, on fit des fouilles; mais on
s'aperçut alors que le trésor avait disparu du creux
de l'arbre. Était-ce parce que le Cosaque chargé de
la surveillance, était de connivence avec les voleurs?
On ne savait. Au bout de quelque temps, le vieil
ouvrier, simulant une maladie, voulut faire régler son
compte. L'intendant lui dit alors : « Tu as raison,
va-t'en au diable, nous n'avons que faire de voleurs! »
Alors, le vieux, d'une voix brisée, s'écrie : « Ainsi,
c'est donc toi qui l'as pris? » Interrogé après cet aveu

indirect, il avoua que l'or avait été primitivement volé par un des employés, qui l'avait enterré à un endroit qu'il désigna (on y retrouva en effet la boîte). Quelques ouvriers avaient vu l'opération : ils déterrèrent le trésor et l'enfouirent dans un arbre pour le voler à la saison prochaine. L'un d'eux, alors, voulant s'assurer sans peine le tiers légal, dénonça ses complices : il est probable qu'un troisième larron, plus gourmand encore, s'empara du trésor avant l'arrivée du convoi qui amenait les co-partageants.

On devine, à ces anecdotes, que, au fond de la *taïga*, une vie étrange, anormale, se développe, dans le conflit des intérêts et des cupidités sauvages. La surveillance complète est impossible, avec la meilleure volonté du monde, et l'on me citait l'exemple de ce caissier d'une grande compagnie minière, qui retenait aux ouvriers les centimes, et ne leur payait leurs gages qu'en chiffres ronds. Qu'importait au moujik, qui recevait plusieurs centaines ou milliers de francs, qu'on lui donnât ou non les 10, 20, 30, 50 copecks supplémentaires ? Quand l'indélicatesse de l'employé fut découverte, elle se poursuivait depuis trois ans et lui rapportait, bon an, mal an, une douzaine de mille francs !

En outre, il se manifeste, au cours de ce dur métier, une véritable déviation psychologique de ces esprits mal équilibrés que sont tant d'ouvriers. Parfois, sous l'influence d'une heure d'ennui, d'un regret, d'un rien, tel d'entre eux commet un crime. Un jour, deux ouvriers, marchant en sens inverse, se heurtèrent : « Je songeais, raconta ensuite le premier ; je pensais au pays. L'autre me cogne en passant : inconsciemment, je souris. Il me frappe alors, et moi, je saisis mon couteau et le lui plonge dans le ventre. »

Ce qui surtout, au dire des personnes bien au courant, est fréquent aux mines d'or, c'est le déclassement. L'extraction et le contact du métal précieux rendent les ouvriers et les employés inaptes à tout autre métier : sur les premiers s'exerce directement la fascination de l'or ; quant aux seconds, habitués à être défrayés de tout, ayant perdu la notion exacte de ce que vaut l'argent, dans ce milieu où l'on remue des centaines de mille francs gagnés sans peine, ils deviennent incapables, de leur aveu même, de se remettre à une vie régulière où il faut s'observer et équilibrer son budget. Puis, sans doute, l'amour de la forêt vierge se développe chez les uns comme chez les autres : qu'y a-t-il, en effet, de plus séduisant pour une de ces âmes slaves, indécises et inquiètes du plus loin, que le sourire printanier de la *taïga*? Aussi dit-on couramment en Sibérie, et c'est une amère vérité : « Quiconque a touché aux placers y retournera : c'est un homme perdu pour la charrue. »

*14 juillet.* — C'est aujourd'hui, par un grand soleil, que le Ministre de la Justice, M. Mouraviof, a inauguré le nouveau code qui va régir la Sibérie. Toute la ville officielle était en mouvement depuis le matin. Que d'uniformes, grand Dieu! La salle des fêtes était trop petite pour tout ce monde. Sur ces uniformes, il y a en général trop d'or, et, de plus, on sent trop que ceux qui les ont revêtus ne sont pas habitués à leurs entournures. Il manque à toutes ces tenues, un peu de cachet. Beaucoup de dames : la plupart, hélas! sont en blanc, plusieurs avec des robes à traîne. Le blanc ne va guère aux grosses personnes

qui approchent de la quarantaine, et il y a beaucoup
de grosses personnes dans ce cas, à Irkoutsk. On le
devine : bien des maris ont trop joué, et puis, les
bonnes faiseuses sont trop loin...

On commence par des actions de grâces. Le ministre esquisse de petits signes de croix discrets qui
révèlent le courtisan ; à ses côtés, le Gouverneur
général, raide dans son uniforme, se signe sans
relâche, avec une bonne grosse dévotion, à grands
coups de poing. Si l'on tentait, en Russie, la psy-
chologie du signe de croix, que de découvertes on
y ferait ! Les discours commencèrent ensuite. Le
Ministre de la Justice déclara : « Que, jusqu'à présent, la Sibérie était en proie au régime de l'arbitraire, et qu'on y voyait des exemples de révoltante
iniquité. » Pour qu'un ministre tienne ce langage, il
faut en vérité que le pays ait bien souffert. M. Mouraviof a ajouté que tout allait changer, et, sans partager de tous points sa confiance, j'ai, pourtant, senti
frémir autour de moi, et surtout parmi la foule silencieuse massée en bas sur la place, cette espérance en
la justice vraie qui soulève toute la Sibérie.

*15 juillet.* — La ville a offert au ministre un grand
banquet, et, comme on m'a fait l'honneur de m'y
convier, je suis arrivé, comme l'indiquait ma carte
d'invitation, une heure à l'avance. Presque tous les
convives sont en habit, chose rare, dans ce pays où
tous les fonctionnaires civils ont un uniforme. La
salle, très vaste, est ornée de branches de sapins
entremêlées de drapeaux tricolores[1]. L'attente est
longue. Le ministre arrive enfin, et passe entre les

---

1. On sait que le drapeau jaune avec l'aigle est celui du tars.
En Russie, on pavoise bleu, rouge, blanc.

deux longues tables avec des saluts et des poignées
de mains. L'archevêque l'avait précédé, vêtu de sa
soutane en velours (?) bleu, et cette bonne figure de
Monseigneur Tikhon, avec ses cheveux blancs, me
rappelle d'une façon frappante M. Himly, le doyen de
la Faculté des Lettres de Paris. Le rapprochement,
certes, est imprévu; mais M. Himly n'a pas gagné à
se revêtir d'une soutane bleue : l'archevêque a une
expression naïve que l'on chercherait en vain dans
les yeux du malicieux doyen. J'observe le manège des
salutations. Ceux qui connaissent Monseigneur
s'approchent de lui, lui baisent la main, échangent
avec lui trois baisers sur le coin des lèvres, et lui
baisent la main une dernière fois. Cela se fait vite et
proprement. C'est d'un curieux effet.

On sait que tout dîner russe bien servi commence
par des hors-d'œuvre, que l'on consomme debout
devant un buffet. Au signal donné, cette foule de
deux cents personnes se précipite dans des salles
adjacentes à celle du banquet, et, dans une cohue
indescriptible, chacun cherche à s'emparer, qui d'une
sardine, qui d'un morceau de hareng ou d'une tar-
tine de caviar que l'on arrose de *vodka*. Cela ne peut
s'appeler rompre la glace : c'est plutôt la briser. Plus
que jamais j'aurais ici souhaité des dames, pour
mettre un peu d'ordre et de tenue dans ces appétits.
A table, on ne cause pas entre voisins, à moins de se
connaître d'avance. Le menu est fort beau, le champagne n'est pas épargné, mais, ce que j'apprécie surtout, c'est l'attention de Piotre Pétrovitch, le fin, le
discret ami, qui m'a fait placer à son côté, et me
permet ainsi de passer une bonne soirée.

L'heure des toasts et des discours a sonné enfin :

Dieu! que d'éloquence! A son tour, le ministre prend
la parole; quand il vient à prononcer le nom du souverain, il a un élancement, une extase, un ravissement, un épanouissement de toute sa face illuminée,
un haussement de toute sa personne; il en soupire;
pour un peu, il tomberait en pâmoison. Cela fait très
bien...

Le soir, les rues sont illuminées de lampions :
c'est la première fois qu'à Irkoutsk je puis circuler
sans tâter mon chemin avec une canne!

*17 juillet.* — Irkoutsk, malgré ses voies larges et
ses constructions de bois, est la ville de Sibérie qui
m'a le moins paru avoir le cachet russe : on y entend,
sur les trottoirs en bois, parler toutes les langues de
l'Europe et une bonne partie des langues de l'Asie.
Les Bouriates et les Chinois les plus laids et les plus
invraisemblables peuvent circuler dans les rues sans
faire même retourner un passant.

Il me semble, en revanche, que l'on observe ici
plus nettement que dans les villes de l'ouest, le type
sibérien ou bien, pour mieux dire, une sorte de type
sibérien. Cela tient sans doute à ce que l'afflux d'une
récente population a été moins rapide que dans les
villes où pénètre déjà le Transsibérien. Les traits
généraux qui me font reconnaître un Sibérien sont
les sourcils froncés, l'air dur, la démarche dandi-
nante, avec un port droit, hardi, et une expression du
visage volontiers effrontée ou ironique. D'ailleurs, je
ne prétends pas établir par là les signes infaillibles
d'un type ethnique. Je ne crois pas me tromper une
fois sur cent quand je désigne un Sibérien natif;
cependant, mes remarques sont tout empiriques. Le
costume des paysans ou des ouvriers est également

typique : la chemise-blouse (*roubajka*) se porte ici
très longue; elle tombe jusqu'aux genoux, et, au
lieu de la serrer coquettement à la ceinture, comme
font les moujiks russes, les Sibériens la laissent
flotter comme un ample chiffon, par-dessus leurs
larges pantalons à plis : cela est affreux. Comme coiffure, ils portent un chapeau de feutre rond, à larges
bords.

Irkoutsk, avec ses 250 000 roubles (700 000 francs)
de budget, ne possède ni éclairage, ni pavage, ni
canalisation d'eau. Il n'y a, en tout, que 600 lanternes
à pétrole, bien que la ville soit très large et compte
environ 50 000 habitants : encore n'allume-t-on pas,
les soirs de lune et durant les nuits que l'on juge
devoir être courtes. Les rues sont donc des casse-cou,
avant d'être des coupe-gorge. D'ailleurs, la société
intelligente est unanime ici pour déplorer l'ignorance
épaisse d'un certain nombre de gros marchands qui
forment la majorité dans le conseil municipal, et qui
paralysent les efforts des quelques hommes intelligents et généreux qui défendent l'intérêt public.
C'est de haute lutte qu'on a emporté l'autorisation
d'établir sur l'Angara ce pont de bateaux si commode
qui unit la ville à son élégant faubourg de Glascow
et à la grande route de Sibérie. Pour l'éclairage
électrique, pour les tramways, ils ne veulent rien
faire, ces gros conseillers, incapables de s'élever au-
dessus de leurs petits intérêts de marchands, et ter-
rorisés par l'approche de ces instruments de progrès
qui les empêcheront, à bref délai, de faire leurs bénéfices habituels de 150 à 200 pour 100.

On retrouve ainsi à Irkoutsk quelques vestiges de
l'ancienne Sibérie, ignorante et gavée, que le Trans-

sibérien balaye sur son passage. La ville mériterait
mieux : elle est si jolie, si bien douée de la nature,
si souriante, dans l'amoureux repli dont l'entoure
son fleuve charmant, l'Angara ! Pourtant, elle subira
sans doute, lorsque les rails l'atteindront, une rude
concurrence, du côté du grand bourg de Toulouna,
qui commande le marché de la Léna et de la région
des mines d'or.

*18 juillet*. — Je déjeunais, vers midi, au restaurant
de l'hôtel ; tous les rideaux baissés, fraîcheur relative,
essaim de mouches. La dame du buffet, une excellente personne très brune, qui a un peu l'air d'un
homme déguisé, va et vient, et verse aux clients des
petits verres sur son comptoir, tout en fumant sa
cigarette. Un familier de la maison, un géant à l'air
hébété, un corps énorme que secoue de temps à autre
un rire qui ressemble à un hoquet d'éléphant, dévore
son déjeuner, gloutonnement. Devant lui, un monsieur maigre casse une croûte, et, tous deux, très
haut, causent en polonais. Je déjeune, moi aussi, en
lisant un journal russe ouvert devant moi : on m'a
servi une soupe froide, une *akrochka*, faite de morceaux de viande, de concombres et de toutes sortes
de légumes ; puis une gelinotte avec une salade à la
crème (oh ! tout cela n'est pas fameux !), et un sorbet.
Entre un petit homme que je vois assez souvent ici.
Il est vêtu, car c'est, je crois, dimanche, d'un complet
fait d'une étoffe exactement copiée sur la classique
toile à matelas : ses cheveux gris, qu'il porte longs,
sont peignés à la photographe, et, j'en demande bien
pardon à la confrérie, il a, en effet, vaguement l'air
d'un photographe, bien qu'il soit en réalité comptable.
Il porte une de ces chemises non empesées qui sont,

depuis quelques années, à la mode en Russie. Cette
chemise est jaune soufre; elle est munie d'un col
rabattu de dimensions colossales, un vrai col de comédie; et les bords de ce col, ainsi que ceux des
manches, sont tuyautés au fer. En guise de cravate,
le petit homme porte une cordelière de laine rose
tendre. Cette apparition est si puissamment drôle que
je ris de joie derrière mon journal : c'est une apparition qu'on jurerait tirée des contes d'Hoffmann; et,
comme pour compléter la vraisemblance, le petit
homme hoffmannesque parle l'allemand...

*20 juillet.* — J'ai fait visite à l'inspecteur des prisons
du département d'Irkoutsk, M. Sipiaguine, auquel
j'avais été présenté à Alexandrovsk. Il m'a reçu avec
sa politesse plaisante et son ordinaire affectation de
taquinerie. Il est difficile d'amener à une conversation sérieuse cet excellent apôtre pénitentiaire qui,
à certains moments, a des larmes dans les yeux quand
il parle de ses chers forçats. Il semble se défier
extrêmement de moi, sans doute parce qu'il a deviné
que je vérifierais dans des publications officielles
quelques chiffres inexacts qu'il m'a donnés. Il a raison,
car j'ai vérifié. Je lis dans les yeux du bon vieillard
ceci : « Vous croyez, vous autres étrangers, que
nous sommes des barbares et que nous torturons
nos forçats! Eh bien, il ferait beau voir comparer
mon ancien domaine d'Alexandrovsk avec une colonie
pénitentiaire européenne! » En réalité, je n'ai pas
d'idées sur les bagnes sibériens, puisque je n'ai pas
étudié la question; je crois d'ailleurs les Russes
beaucoup plus humains avec leurs forçats qu'on ne
pense d'ordinaire; il suffit de lire, pour s'en convaincre,
les *Souvenirs de la Maison des Morts*. Mais M. Sipia-

guïne ne pourrait croire sans doute qu'un étranger, assez avisé pour discuter des faits non prouvés, soit capable de dire franchement sa pensée, et il ne croit pas un mot de mes protestations. Il amène tout naturellement la conversation sur la Nouvelle Calédonie, et, comme j'avoue ne pas la connaître, il me prête l'article qu'un criminaliste russe éminent, M. Drill, a consacré à notre bagne[1].

J'ai lu cet article. Des détails que j'y ai trouvés sobrement, mais cruellement rapprochés, sans un mot de blâme ou de louange, il ressort une impression affreuse. Sous l'apparence d'un compte rendu impersonnel, c'est une impitoyable condamnation de notre système pénitentiaire. A-t-on lu cet article, chez nous, l'a-t-on lu entier, bien traduit? Certes, M. Drill y donne l'impression d'une parfaite sincérité; mais ce n'est pas ce qu'il dit qui me fait mal, c'est ce qu'il laisse entendre, ou plutôt, ce que ses lecteurs russes ne peuvent manquer de sous-entendre : cette idée que nous témoignons une cruauté foncière à l'égard de ceux qui ont failli. C'est si bien d'ailleurs l'opinion russe! Un de mes amis les plus chers ne me disait-il pas un jour, là-bas : « Chez nous, les femmes des villages traversés par les forçats vont porter des vivres à ces « malheureux », comme elles disent ; chez vous, au contraire, du temps de la « chaîne », les paysans lançaient des injures, et, si c'était possible, des coups aux forçats qui passaient. » D'où pouvait-il tenir cet abominable mensonge, que réfutent les souvenirs de tous les vieillards qui, chez nous, ont vu passer la « chaîne »? Je ne sais. En tout cas, c'est

1. Revue du Ministère de la justice, 1897, en russe.

une impression analogue qui ressort de l'article de
M. Drill, et il est bon de ne pas cacher ces choses.

Je le répète, je ne me suis jamais occupé de crimi-
nologie, et je ne suis pas venu en Sibérie pour étudier un système pénitentiaire que je ne pourrais comparer avec aucun de ceux des nations européennes.
Voici, cependant, les réflexions qui me sont venues à
la lecture de cet article, et que je communiquerai à
M. Sipiaguine. M. Drill, sans le dire expressément,
montre bien que, pour la majorité des Français, le
criminel est un être à part, un tombé qui ne se relè-
vera plus, et pour qui il n'est guère utile de faire
des frais d'éducation. Notre société moyenne a bien
en effet, ce me semble, une opinion de ce genre. Les
Russes veulent y voir le signe d'une grande dureté
de cœur : ils se trompent. En réalité, cette opinion
que nous avons des forçats tient à deux causes
sociales : d'une part, la spécialisation à outrance de
chacun de nous a pour effet de nous rendre indifférents à toutes les classes sociales en dehors de la
nôtre; d'autre part, le degré élevé de notre civilisation fait que l'homme tombé par le vice ou par le
crime est (ou paraît) beaucoup plus éloigné de
l'homme normal et honnête que ce n'est le cas en
Russie; il est donc (ou paraît) beaucoup plus irré-
médiablement incorrigible. Cela ne veut pas dire
que le niveau de la moralité soit plus élevé en France
qu'il ne l'est en Russie, mais cela signifie que la
dignité morale et que le sentiment de la responsabilité sont infiniment plus développés chez nous, dans
les classes moyennes et profondes, que dans les couches correspondantes de la société russe. Ce qui
fournit à M. Sipiaguine ce contingent de forçats cor-

rigibles dont il est si fier, ce sont surtout les classes
inférieures de la société, les classes rurales ou celles
du petit commerce, qui, restées, faute d'instruction,
très près encore de la nature, commettent souvent
des crimes que, chez nous, elles n'auraient pas
commis. La plupart de ces bons forçats russes que
l'on nous montre avec orgueil, n'auraient pas, chez
nous, commis leur crime, ou bien, tout au moins,
la loi Bérenger ou le jury le leur eussent presque
pardonné : mon cocher d'Alexandrovsk, qui avait
tué sa femme coupable, eût été, en France, acquitté
à l'unanimité.

D'autre part, les Russes n'ont-ils pas, eux aussi,
leurs forçats désespérés, leurs récidivistes, leurs bêtes
brutes, contre lesquelles sévissent Sakhaline et les
horreurs du cercle de Kolymsk? Il y a trois ans, on a
exécuté à Irkoutsk *huit* forçats : étaient-ils donc des
agneaux égarés, ces hommes que, dans un pays qui
n'a plus la peine de mort, sauf en matière politique, on
est cependant obligé de supprimer par la corde, parce
qu'aucune prison n'arrête leurs fureurs? Certes, je
ne défends pas le bagne français que je n'ai jamais
vu, et qui, probablement (j'ai entière confiance en la
véracité de M. Drill[1]), est soumis à un dur régime,
mais je soutiens que ceux qui le peuplent ne seraient,
pour la plupart, guère plus amendés par les Russes
qu'ils ne le sont par nous. Je conclus que notre sévérité, qui semble ici à notre honte, ne prouve rien sur
nos sentiments, et que, tout au contraire, le puissant

---

1. M. Drill traite aussi durement Sakhaline. Je tiens à rendre
hommage à sa haute impartialité et à l'assurer que je ne le
rends pas responsable de toutes les méchancetés que le public
russe lit volontiers dans les pages qu'il nous a consacrées.

contingent des forçats russes corrigibles prouve l'infériorité de la culture dans un pays où tant de braves gens se laissent glisser au crime.

*22 juillet.* — M. Soukatchof m'a fait visiter un hôpital d'enfants installé dans son voisinage par la libéralité de M^me Bazanof. C'est un édifice coquet et pratique qui abrite en ce moment trente lits, mais pourrait certainement en contenir bien davantage. Le caractère qui me semble y dominer, c'est la propreté blanche, et, de plus, la douceur, l'air *pas hôpital.* L'aimable directeur, le D^r Goubkine, me fait visiter les salles en grand détail, et partout, au lieu de cette impression de boîte à mort que m'ont laissée tous les hôpitaux français que j'ai vus, je trouve ici l'impression d'une série de chambres de convalescence. Pas d'odeurs, pas de tristesses. En outre, les enfants disposent d'un arsenal de jouets, on leur montre la lanterne magique, et de temps à autre, on monte pour eux une boîte à musique. En ce moment, la plupart des petits malades jouent dans le jardin, à l'ombre. Qui donc, chez nous, aurait ainsi l'idée de dépouiller un hôpital de son air sinistre, pour y semer la gaîté du sourire et des fleurs? Dans un pavillon séparé, je vois un petit lépreux avec un visage hideux où brillent deux bons yeux fidèles. On voit qu'habitué aux bons traitements, jamais rudoyé par les médecins ni par les infirmières, il n'a pas conscience de sa hideur. Cela aussi est touchant.

*26 juillet.* — Je vais me séparer ici de Gavril Pétrovitch avec qui je viens encore, côte à côte, de passer ce mois à Irkoutsk, à qui je dois, ici comme partout, tant de renseignements, d'encouragements, de bons offices de sympathie affectueuse. Chaque jour, chez

lui ou chez moi, nous avons pris le thé du matin, et,
presque chaque soir, nous nous sommes retrouvés
pour partager, reviser, passer au crible les impressions et les renseignements recueillis. Une telle amitié
m'a fortifié. Aujourd'hui, pourtant, il nous faut nous
séparer : le temps me presse, car j'ai encore à visiter
Kiakhta et des mines d'or, avant d'atteindre le fleuve
Amour. Gavril Pétrovitch m'a procuré un tarentass
léger : deux haridelles y sont attelées, mes bagages
y sont descendus; il est trois heures après midi : il
faut partir. Nous nous reverrons sans doute à Tchita.
De nouveau je suis seul sur la grande route de
Sibérie.

# VI

## Le royaume du thé.

LE LAC BAÏKAL. — KIAKHTA. — LA FRONTIÈRE
CHINOISE. — UNE MINE D'OR.

Après avoir roulé, durant sept ou huit heures, au
trot résigné de deux chevaux maigres, sur une route
fraîche qui côtoie l'Angara, j'atteignis à la tombée de
la nuit l'endroit où l'immense rivière prend naissance
dans le lac Baïkal. Le chemin, depuis Irkoutsk, avait
été un peu monotone ; mais, lorsque le jour déclina,
le paysage sembla grandir en se parant d'ombre et de
brouillard. Bientôt, devant moi apparurent de mys-
térieuses montagnes noyées dans une brume que
la lune argentait, et l'eau d'opale, subitement gonflée, sembla reculer vers la gauche jusqu'à l'horizon
vague. C'était le lac Baïkal, « la Mer », comme le
peuple le nomme ici, et j'arrivais sur la grève où
les lames, à peine bercées par une brise insensible,
déferlaient avec un clapotis rude et fréquent, comme
essoufflées. J'eus grand peine à trouver un gîte
pour ma voiture et pour moi ; j'y parvins cependant,
et, m'entourant de mes bagages, je m'endormis sur
le plancher d'une chambrette nue, où j'avais allongé
ma pelisse.

Le village de Listvénitchnaya, où je venais d'arriver, doit son importance au lac Baïkal ; ses habitants
vivent du poisson qu'ils y pêchent et des gains que
leur rapporte le passage des voyageurs et des marchandises. C'est en effet ici que l'on s'embarque pour
traverser le lac, et même, depuis quelques années,
c'est ici qu'a été transporté le bureau de douane destiné à molester les voyageurs qui arrivent de l'est. Ce
bureau douanier est assez curieux : au sortir du
grand village, il est embusqué sur un côté de la route,
qu'il barre au moyen d'un arbre mobile. Les voyageurs
qui viennent de traverser le lac sont arrêtés à cet
endroit : ils voient leurs bagages fouillés, retournés,
bouleversés, par des mains grossières, et ils ont l'insigne déplaisir de retrouver, au fond du désert sibérien, cette vilaine formalité douanière qui empoisonne
tant les voyages, et dont savent si bien se dispenser
les gens qui réellement se livrent à une large contrebande. Il va sans dire, en effet, que tous ceux qui ont
intérêt à transporter en Sibérie une charge de thé, de
tabac ou de soieries, se gardent bien de passer ici par
la grande route. Certains se glissent tout simplement,
la nuit, par un sentier qui contourne la douane ;
d'autres, et ce sont les plus nombreux, passent en
barque, par les nuits brumeuses, à la barbe des
douaniers qui sont embusqués aux bouches de la
rivière, large, à cet endroit, de cinq ou six cents
mètres. Il est même quelques intrépides qui passent
par des sentiers de montagne ; mais, ceux-là sont
simplement des amateurs de sport, car tant de précautions sont superflues, et rien n'est, paraît-il, aisé
comme la contrebande par le Baïkal. Comme je tiens
ces détails d'un excellent douanier, on ne pourra

soupçonner que je serve d'écho à la vantardise d'un
paysan [1].

J'avais une journée à passer au village : je l'ai
employée à diverses excursions. La première me con-
duisit de nouveau sur la route que j'avais suivie la
veille ; elle était maintenant éclairée par un soleil
radieux, et je pus jouir enfin de ce merveilleux paysage que la nuit m'avait seulement permis de deviner.
La route côtoie constamment la rive droite de la
rivière, et offre sur la rive gauche, abrupte et boisée,
un coup d'œil admirable : on y reconnaît la voie du
chemin de fer en construction, cette voie mince qui
se faufile, comme un ruban, le long de la pente qu'elle
incise à peine, et qui semble suspendue au-dessus de
la rivière glaciale. Je songe, en la contemplant, aux
futurs voyageurs qui passeront par ici en wagon, et
qui, après avoir vu, sans interruption, défiler sous
leurs yeux les infinis paysages de la steppe, puis la
*taïga* robuste, arriveront ici aux Alpes baïkaliennes :
auront-ils encore, après ce long voyage, la force
d'admirer ce sublime horizon?... Car le lac est, en
vérité, l'un des plus beaux que je connaisse au monde.
Ses rives, fort escarpées déjà sur la côte occidentale, où nous sommes, sont constituées à l'est, par
de colossales murailles rocheuses qui tombent à pic
sur ses eaux et ne s'ouvrent que de temps à autre
pour livrer passage à quelque rivière. Au delà de
cette ligne grandiose, se dressent des montagnes
couvertes de neige, dont on voit d'ici scintiller les
pics. Dans l'intervalle, l'eau bleue qui moutonne à

1. Il paraît que le Ministère veut reporter la douane à Kiakhta
ou à Troïtskosavsk : ce serait une faute insigne, car la contrebande est encore plus aisée là-bas que sur le Baïkal.

perte de vue m'a donné, à certains moments, des
impressions analogues à celles de la Méditerranée.
Mais, surtout, à chaque nouveau tournant, et comme
involontairement, mes yeux se reportaient à l'horizon
vaporeux, à cette brumeuse dentelle, à cet ébouriffement grisâtre des montagnes qui, vers l'est,
encerclent cette mer intérieure de l'Asie.

Jusqu'à l'an dernier, le lac Baïkal était mal connu.
Le Gouvernement a envoyé pour l'explorer une expédition hydrographique commandée par un officier de
marine aussi aimable qu'intelligent, Féodor Kirillo-
vitch Drijenko. J'avais eu la bonne fortune de le rencontrer à Irkoutsk : aussi mon désappointement fut-il
sensible, lorsque j'appris qu'il n'en était pas revenu,
et dus reconnaître qu'à bord de son vapeur, l'*Innokenty*, personne ne pouvait ou ne voulait se mettre à
ma disposition pour compléter les renseignements
dont j'avais besoin. Il y avait là un officier de marine
trop occupé de la récente capture d'un jeune cygne,
pour pouvoir causer sérieusement.

L'expédition hydrographique a d'abord pris pour
tâche de tracer la carte du Lac. On s'est aperçu que
les cartes précédentes, tout en lui conservant ses
contours généraux, le faisaient s'allonger d'environ
trois quarts de degré dans la direction du nord-est.
On a ensuite entrepris des sondages sur différents
points, et, notamment, sur la ligne où passent les
paquebots, entre Listvinnitchnaya et Mouisovaya. Ces
sondages ont révélé l'existence, au fond du lac, d'une
véritable chaîne de montagnes qui se détache brusquement de profondeurs énormes, car, en plusieurs
endroits, la sonde est descendue à environ 2000 mètres, sans pouvoir trouver le fond. Cette année,

l'*Innokenty*, après une croisière vers le nord, va explorer la partie méridionale du Baïkal. Il s'agit, en effet, de savoir si la muraille rocheuse qui forme la rive, tombe brusquement sur de grands fonds d'eau, ou bien si, au contraire, elle permet l'établissement, soit à flanc de rocher, soit sur un remblai, d'une voie de chemin de fer. On ne sait pas encore de quelle façon le Transsibérien passera d'Irkoutsk en Transbaïkalie. Le plus simple serait de lui faire gagner directement, depuis Irkoutsk, la pointe méridionale du lac; mais ce tracé nécessiterait plusieurs travaux d'art, des tunnels surtout, dont le coût serait assez élevé; les ingénieurs de cette ligne semblent d'ailleurs vouloir à tout prix éviter la montagne. Un autre projet consiste à faire passer les trains au travers du Baïkal au moyen d'un *ferry-boat*; mais, comme on ne sait pas quel sera le résultat de cette hardie tentative, on a cru bon de présenter, à tout hasard, un troisième projet, celui de diriger la ligne le long de la rive du lac, depuis Listvinnitchnaya jusqu'à Mouisovaya. Ce dernier projet, que vont éclairer les études de l'expédition Drijenko, est celui qui, certes, présente les plus grandes chances de succès, si la rive se prête à l'établissement d'une voie.

Le fameux *ferry-boat*, dont on a tant parlé, et que la presse européenne considère déjà comme à peu près terminé, se construit à trois ou quatre kilomètres de mon auberge, à l'autre bout du village. Grâce à l'obligeante conduite d'un des ingénieurs, j'ai pu en visiter les chantiers. Tout d'abord, on ne voit qu'un amas extraordinaire de poutres assemblées sur plusieurs rangs parallèles. Puis, peu à peu, on découvre dans la cour des pièces de métal, des ailes d'hélice, des arbres de couche, et l'on apprend que ces tourelles en poutres énormes sont la base même du *ferry-boat*. Ce bateau qui doit mesurer, si j'ai bonne mémoire, 70 ou 80 mètres de long, sur 26 mètres de large, se construit en plusieurs sections. Tout l'effort des ingénieurs porte sur la lutte qu'il faudra soutenir contre l'hiver : le *ferry-boat* devra briser la glace, lorsqu'il en sera besoin, non pas en la fendant au moyen d'une étrave, mais en l'écrasant par son propre poids. A cet effet, il contiendra des réservoirs qui, selon les besoins de la marche, pourront être remplis d'eau ou bien vidés. Quant à la machine, elle a été commandée en Angleterre. Outre les hélices destinées à la propulsion, elle sera munie de deux hélices latérales disposées perpendiculairement à l'axe de la marche. Ces hélices auront pour but de retirer l'eau de dessous la glace, tandis que le bateau soulevé fera pression sur cette même glace privée de son élastique appui. Je ne sais si mon explication est très exacte, car je n'ai pas vu les plans du bateau ; je puis dire, du moins, que les constructeurs ne doutent pas un instant du succès. Il est bon d'ajouter qu'en Sibérie, ils sont, à ma connaissance, les seuls à partager cette confiance. C'est qu'en effet le Baïkal est, durant sept mois, emprisonné sous une énorme croûte de glace. Les défenseurs du *ferry-boat* affirment que le chenal sera toujours libre, en raison du fréquent passage des bateaux porte-trains. Ils oublient que, si la glace n'a pas le temps de se reformer bien épaisse sur ce chenal de trente mètres, du moins, sous l'influence des vents et de la dilatation, cette trouée éphémère sera, en quelques secondes, obstruée par les glaçons avoisinants. Ce chenal, ni plus ni moins qu'une de ces crevasses qui

sillonnent le lac durant l'hiver, se bouchera ou s'entr'ouvrira à l'improviste. Malheur au train qu'une
banquise de plusieurs centaines de kilomètres saisira
dans son colossal étau ! Souhaitons tout au moins
de nous tromper; mais, avant de nous réjouir, attendons les premières expériences...

*28 juillet.* — Au matin, je m'installe sur un vapeur
qui doit me transporter sur la rive orientale du lac,
où je remonterai dans ma voiture, qui m'accompagne,
amarrée sur le pont. Le public des premières est fort
peu nombreux : quelques dames, un ingénieur qui
regagne Tchita, et prend plaisir à soutenir dans le
salon.des paradoxes opiniâtres, et enfin, un marchand
d'Irkoutsk, avec lequel je cause longuement de ce
pays qu'il connaît bien. Je tiens de lui une anecdote
assez caractéristique. Un jour, deux commerçants de
la ville, les frères X., furent accusés d'avoir commencé, sans l'autorisation légale, à exploiter une
mine d'or. Ils furent condamnés : comme ils se trouvaient déjà en Sibérie orientale, on ne les exila pas
très loin, mais seulement dans un village perdu,
afin qu'ils ne pussent ni commercer, ni faire instruire leurs enfants. Au bout de deux années, les
pauvres gens obtinrent la permission de rentrer à
Irkoutsk. Ils y vivaient depuis quelques mois, lorsque
le général Gorémykine s'aperçut de leur présence :
il n'en pouvait croire ses yeux. Comment, lui qui
aime tant la paperasserie, il avait pu laisser passer,
et signer sans la lire, une supplique des condamnés?
Non! c'était impossible; il y avait, pensa-t-il, quelque
intrigue sous cette affaire. Qu'eussiez-vous fait à la
place du Gouverneur général? Il avait deux partis
logiques à prendre : ou bien fermer les yeux, ou bien

faire une enquête et punir, s'il y avait lieu, le fonctionnaire qui l'avait trompé. Le général ne ferma pas
les yeux et ne fit pas d'enquête : il prit un troisième
parti! Admettant, sans discussion, qu'il y avait fraude,
il se garda bien de s'en prendre aux vrais coupables :
il exila de nouveau les malheureux marchands :
« Cela leur apprendra, dit-il, à corrompre mes fonctionnaires! » Où trouver une plus vive peinture de ce
caractère candide et fantasque, très bon au fond,
mais si rude dans la forme? Il est bon d'ajouter que
les frères X. furent acquittés par le Sénat...

L'eau du lac Baïkal, comme celle de l'Angara, est
d'une incroyable transparence. On y voit les cailloux
du fond par quinze mètres d'eau et plus. Cette pureté
de ses eaux a si bien frappé les riverains du lac qu'ils
l'ont enjolivée de légendes : ils affirment que le
Baïkal ne peut supporter aucune impureté, et que,
lorsque, par exemple, un homme ou un animal vient
à s'y noyer, il rejette bien vite le cadavre sur la rive la
plus prochaine. Pour ma part, l'eau si merveilleuse-
ment pure, à travers laquelle on ne voit pas un poisson[1], cette eau glaciale et vierge, ne m'est pas sympathique, elle me semble morte, à moi qui aime
tant la mer.... Pour la troisième ou la quatrième fois,
je dois subir, en contemplant le lac par dessus le
bordage, l'histoire du « marchand avare ». Le pauvre
homme, ayant payé passage pour sa voiture et ce
qu'elle contenait, refusa de prendre pour lui-même
un billet, affirmant qu'il ne devait rien, à condition
de ne pas quitter son tarentass. La discussion prit

---

1. Le Baïkal, sans être très poissonneux, alimente cependant
des pêcheries. L'omoule, que l'on y capture, est fort prisée et
remplace le hareng des zakouskis russes.

un caractère aigre-doux, mais le marchand conserva
le dernier. Or, il arriva par malheur que, dans un
formidable coup de roulis, la voiture, mal calée,
glissa dans l'eau, et s'y enfonça avec son propriétaire.
Je suppose, entre nous, que c'est la compagnie de
navigation qui fait circuler cette édifiante histoire,
pour effrayer les passagers trop économes!

Sur l'avant du bateau, des prisonniers sont parqués,
gardés par des soldats plus sales qu'eux-mêmes :
ce sont des forçats que l'on conduit au bagne. Les
hommes ont la moitié de la tête rasée, et les jambes
entravées par les *kandaly*, des chaînes qui relient
leurs chevilles à une ceinture de fer. Les femmes
sont libres; mais, comme les hommes, elles portent
la houppelande du bagne, en grossier drap gris, avec
un losange découpé dans le dos, et remplacé par du
drap jaune. Une toute jeune fille est là, jolie en
vérité : quel crime ont donc commis ses yeux qui
semblent maintenant voilés d'indifférence? Une femme
d'un type oriental, une Caucasienne, qui accompagne
son mari au bagne, pleure silencieusement, en regardant cette « Mer » qui la sépare si bien, pour si longtemps, de là-bas. Une autre femme soigne avec une
touchante sollicitude ses deux enfants, un garçon et
une fillette de cinq et sept ans tout au plus : elle les
enveloppe dans son châle, car il fait frais, et elle leur
partage un morceau de pain blanc qu'un passager
vient de lui tendre. Une dame lui demande, en montrant les enfants : « Ils suivent leur papa? » Et la
femme répond avec une simplicité grosse de regret
pénitent et résigné : « Non! c'est moi qu'ils suivent »...
Ce spectacle est bien triste.

Longtemps, un épais brouillard nous emprisonne,

mais enfin, il se dissipe et nous permet d'apercevoir
la côte : nous avons parcouru une soixantaine de
kilomètres, et nous arrivons à la station de Mouisovaya. Sifflets, coups de cloche; enfin nous accostons
la jetée au milieu d'un grand brouhaha de voitures
remuées, de chevaux qui piétinent le bois et font
tinter leurs clochettes, d'hommes qui causent et qui
s'interpellent. Nous sommes en Transbaïkalie, et il
fait très chaud.

Pour me rendre à Kiakhta, j'ai le choix entre deux
routes : l'une suit la vallée de la Sélenga, en contournant la pointe orientale des monts Khamar Dabane
qui la séparent du lac; l'autre s'engage directement
dans la montagne : cette dernière est plus courte et
plus pittoresque; c'est, naturellement, celle que je
choisis. Cette route qu'on appelle le « *tract* des marchands » a été construite par les marchands de thé
de Kiakhta, désireux de gagner cent ou cent cinquante kilomètres en évitant à leurs rouliers le détour
de Verkhné-Oudinsk : elle est charmante, et elle
repose des monotonies de la steppe occidentale. Les
hauteurs entre lesquelles monte la piste poussiéreuse, sont couvertes de pins, de cèdres et d'arbres
à feuillage; elles sont extrêmement riches en minerai
de fer, et voici que déjà une usine s'y installe. A nos
côtés roule un gave écumant et joyeux, et les éboulis
de rochers sur lesquels il sautille, les pins accrochés
sur la pente, l'horizon qui, peu à peu, se dégage sur
des lointains violets, tout cela me donne des impressions de vallée pyrénéenne. Nous montons toujours;
la route, patiemment, s'élève le long des cimes en
les contournant, et, malgré l'accablante chaleur,
j'éprouve une surprise joyeuse à me retrouver, si

loin, comme dans un paysage connu, presque familier. Le lac, un instant, apparaît, bleu pâle, dans
une buée, puis tout à coup, l'eau bondissante, qui
depuis quelque temps nous avait quittés, se montre
de nouveau, et je m'aperçois qu'elle glisse sur un
autre versant. Sur les sommets que la route côtoie,
j'aperçois, à certaines clairières, des buissons où les
passants bouriates ont, en guise de prière, attaché
aux menues brindilles des chiffons multicolores. Une
descente, au soleil déclinant, vers la vallée qui
s'assombrit dans la fraîcheur croissante, une descente
au grand trot, au grand galop, folle par endroits, une
descente délicieuse et grisante, m'amène à la station
d'Oudounga où je me décide à passer la nuit, afin de
ne pas arriver trop tôt chez un riche Bouriate auquel
je dois rendre visite demain. Le maître de poste lui-
même me conseille de ne pas m'étendre sur un banc
de sa maison : « Il y a tant de vermine, dit-il, que
nous avons failli en perdre notre petit enfant, dont le
corps n'est qu'une plaie! » Reconnaissant du conseil,
je passe la nuit dans ma voiture, ma bonne petite
voiture tapissée de foin.

*29 juillet.* — Une journée pénible, occupée à de
lentes pérégrinations, par une atroce chaleur, à travers des *oulousses* ou campements bouriates. Ces
rusés indigènes profitent de mon ignorance de la
langue mongole pour me jouer, pour m'exploiter, et
pour modifier contre mon gré mon itinéraire. Ils
conduisent lentement mon tarentass, de village en
village, à travers une longue vallée sans arbres et
sans eau. Aux stations, je pénètre çà et là dans leurs
demeures, et j'y trouve chaque fois, dans la pièce
d'apparat, l'étagère sacrée où reposent les statuettes

des dieux, quelques livres saints, des amulettes, et une dizaine de coupes contenant des céréales. Ces Bouriates me font parfois une sinistre impression. Je vois encore un vieillard énorme, nu jusqu'à la ceinture; à mon arrivée, il ricanait sur le pas de sa porte en causant avec deux ou trois compatriotes accroupis sur leurs jarrets, et je crus un instant me trouver en face d'un conciliabule de sauvages.

Le soir enfin, mon tarentass pénétrait dans une sorte de vaste plaine entourée de montagnes, et toute tapissée de plantes aquatiques, comme si elle constituait le fond d'un lac récemment desséché : bientôt j'apercevais le fameux lac des Oies, et faisais mon entrée dans le village sacré qui s'étale sur ses rives plates.

Le grand prêtre, ou *Khambo lama*, du monastère bouriate (*Datzanc*) du lac des Oies, met à la disposition des visiteurs une grande maison, espèce d'hôtellerie confortable à la russe. Deux aspirants lamas m'en ouvrent les portes et transportent mes bagages dans la salle à manger, qui doit me servir de chambre, tandis que le salon est réservé au Prince Oukhtomski, attendu dans quelques heures. Le prince revient de Chine, où il a porté au Fils du Ciel les présents du Tsar. A peine installé, je vois entrer chez moi un lama très obséquieux, très sale et très corpulent : il parle russe et m'annonce qu'il est envoyé par le grand prêtre, dont il est le secrétaire, pour régler les détails de la visite que je dois lui faire demain. L'excellent homme est bavard : comme, aux frais de son maître, on m'offre un dîner précédé de *vodka*, je lui abandonne mon apéritif, et, de suite, nous sommes les meilleurs amis du monde. Il me donne sur toute la société de copieux détails, et quand il me quitte, je suis au courant de la vie qu'on mène dans la sainte bourgade.

Le lendemain, levé dès l'aube, je fais toilette, et j'attends la visite du *Chérétouï*. Le grand prêtre est en effet absent; malade, il se repose dans un couvent moins assiégé de visiteurs que n'est celui-ci. C'est le *Chérétouï* qui le remplace : or, pour des raisons que j'ignore, probablement à cause des préparatifs nécessités par l'arrivée du prince Oukhtomski, il préfère me rendre visite à l'hôtel, plutôt que de me recevoir dans ses appartements. Vers neuf heures, le cortège fait son entrée. Le *Chérétouï*, Baldanichi Djordjiévitch Djorjief, est un petit vieux, un peu voûté, au visage très large, avec un nez écrasé, et des yeux si minces qu'ils se réduisent à une ligne transversale. De toute sa petite personne saluante et souriante se dégage une impression de bonhomie futée. Bien qu'il soit, après le grand prêtre, le plus haut dignitaire de la confrérie, je ne distingue guère dans son vêtement les signes de ses fonctions élevées : il est vêtu, comme tous les lamas de sa suite, d'une robe en soie jaune où sont brochées des images du Bouddha. En bandoulière, il porte, comme eux, une sorte d'écharpe libre en soie rouge, très longue et très large, drapée comme une toge : c'est le symbole des vœux monastiques. Il ignore, ou bien feint d'ignorer le russe, et nous causons par l'intermédiaire d'un lama qui écorche misérablement cette langue. La conversation est peu animée, on le comprend. Nous échangeons des politesses, des souhaits, quelques questions. Les petits yeux du *Chérétouï* observent sur ma figure l'effet de ses paroles tandis qu'on me les traduit, et, dans ce

regard souriant et inquisiteur du prêtre bouriate, je
ne sais trop ce qui domine le plus : la bonhomie, la
moquerie ou l'astuce. J'obtiens de lui la permission
de visiter les curiosités du temple, et nous nous séparons après avoir échangé des cadeaux : je lui offre
une pièce légère d'argenterie russe; il me remet une
grande écharpe en soie bleue, où sont brochées des
images du Bouddha, et une petite statuette en plâtre
de Çakia-Mouni. Nous sommes satisfaits l'un de
l'autre.

Le temple, que je m'empresse de visiter, est un édifice en bois, constitué par trois étages superposés qui
vont en diminuant, et qui se terminent par un toit aux
angles retroussés, à la chinoise. La grande salle d'en
bas est tout encombrée de colonnes grêles; en outre,
d'innombrables bandes d'étoffe y sont suspendues de
très haut, et s'agitent au moindre vent. Les bancs
sont perpendiculaires à la muraille dans laquelle
s'ouvre la porte d'entrée; en ce moment, une trentaine de fidèles psalmodient des prières à la mesure
donnée par un gong, et dans un rythme de plus en
plus rapide qui finit par devenir presque affolant. En
face de l'entrée, au fond de la salle, court une balustrade, derrière laquelle sont des armoires vitrées qui
contiennent des statues de dieux : un Bouddha, un
dieu de la fécondation, des dieux hideux et des dieux
paisibles, puis enfin, une statue en cuivre représentant une déesse, *Nohon Hédékhé*, toute charmante,
avec une taille mince, une poitrine et un cou gracieux,
et une attitude paisiblement hiératique, qui fait comprendre et permet d'accepter sans répugnance le troisième œil qu'elle porte perpendiculairement au milieu
du front. Je ne sais si c'est un véritable lama qui a

sculpté cette œuvre : en tout cas, pour posséder une
telle connaissance de la femme, il a dû prendre son
temps, avant de prononcer ses vœux monastiques.

Au premier étage, nouvelle salle et nouvelles
armoires, avec de nouveaux dieux plus sombres, plus
terribles. C'est là aussi que l'on conserve les oripeaux, les déguisements grotesques et les masques
hideux qui servent aux lamas pour célébrer la grande
fête du *Tsame*, avec ses danses et ses processions
symboliques.

Enfin, une dernière échelle de bois m'amène au
deuxième étage, où, dans deux petits réduits qui se
font face, reposent, à droite, un dieu clair, à gauche,
un dieu sombre, monstre horrible et terrifiant. Les
Bouriates n'ont pas multiplié dans leur temple les
figures de dieux, mais ils les ont soigneusement choisies!... Une petite échelle encore à grimper en compagnie de mon lama empêtré de sa robe jaune, et
je débouche sur la terrasse qui domine le temple.
Les dieux dorés et les dieux noirs s'oublient brusquement dans cette lumière splendide. A nos pieds
s'étalent les toits symétriques du village saint, habité
uniquement par des lamas et par des aspirants à
cette fonction ; c'est une bourgade tranquille, toute
en bois, avec des clôtures de planches enfermant des
cours nues. Du gazon pousse dans les rues, où se
promènent lentement, pieusement, en robes multicolores, les prêtres bouddhiques. Sur la gauche, on
aperçoit des collines pierreuses, dénudées, désolées ;
mais, dès que le regard s'en détache, il erre librement
sur le lac bleu, dont les rives sont si basses, et l'eau
si paisible, qu'on ne distingue plus, par endroits, la
ligne qui les sépare. Je reste longtemps à regarder

ce petit village de planches écrasé par la chaleur, sur
la plaine sablonneuse et nue, et mon guide ne sait
trop pourquoi je prolonge ainsi ma méditation. Je
songe que les Russes, si jeunes encore de civilisation, ont instinctivement trouvé le moyen de s'as-
similer les peuples. Si nous avions la Mecque en notre
possession, nous y enverrions des képis galonnés, des
pantalons rouges, quelques bouteilles d'absinthe, et
toute une série de fonctionnaires : les Russes, dans
cette Mecque en miniature, n'ont pas un *tchinovnik* :
leur seul représentant ici, est, il est vrai, un rusé com-
père, mais il n'est que loueur de chevaux, et ne fait
pas de propagande...

Je continue à visiter des temples. L'un d'eux n'est
qu'une sorte d'énorme hangar dans lequel loge à
l'ombre et au sec une gigantesque statue de Bouddha.
On me fait ensuite visiter l'imprimerie rudimentaire
où l'on tire à la main des épreuves sur planches en
bois gravées. Enfin, ma promenade se termine chez
un vieux prêtre, frère de l'ancien *Khambo-lama* : partout, dans les appartements meublés seulement de
nattes épaisses et de rares étagères sacrées, partout
règne la propreté scrupuleuse à laquelle tient si
opiniâtrément une partie de l'Extrême-Orient. On
m'offre du thé préparé à la façon bouriate : du thé
en briques bouilli, cuisiné avec du lait aigre et divers
ingrédients.

Cependant, tout le monastère est en émoi. Le
prince Oukhtomski, que l'on attendait le matin, ne
doit arriver que dans l'après-midi, et l'on se prépare
à le recevoir. Tous les lamas de distinction ont revêtu
leurs plus belles robes d'apparat, et, depuis une heure,
ils sont debout dans la cour de l'hôtel, tandis que

des guetteurs, perchés au haut du temple, scrutent
l'horizon. Deux fois, tout ce monde est sorti comme
appelé par une alerte; mais, pourvu d'une jumelle à
prismes extrêmement puissante, je les ai détrompés.
Le soleil, impitoyablement, nous grille. De ma fenêtre,
je puis examiner à loisir les costumes qu'ont revêtus
mes hôtes. Les uns sont en robes jaunes, les autres en
grenat, et je ne puis m'empêcher de les comparer à
une assemblée de professeurs de Faculté. Mais les
coiffures bizarres des lamas déconcertent quelque
peu mon imagination : les uns portent de grands
panaches jaunes, les autres des bonnets jaunes, de
forme pyramidale, agrémentés de rubans verts;
d'autres, enfin, ont la tête couverte d'une coiffure
énorme, toute plate, jaune, bien entendu, qui jure
singulièrement avec les hautains couvre-chefs de
leurs collègues. Tous ces hommes bizarrement accoutrés se promènent de long en large en plein soleil,
interrogent l'horizon, échangent entre eux des
réflexions que je ne comprends pas, puis des rires
brefs... Lassé d'attendre, je pars enfin.

*31 juillet*. — Je suis arrivé vers midi, par une
chaleur abominable, dans la bourgade de Kiakhta,
but de mon excursion, et je bénis le ciel qui me
délivre pour quelques jours des tortures du voyage
par les traîtresses ornières de la plaine sablonneuse,
ou sur les bords infestés de moustiques de la rivière
Sélenga. Je suis arrivé muni seulement de trois
lignes de recommandation pour une famille qui, de
suite, s'est ouverte à moi, et, depuis une demi-heure,
je suis l'hôte de MM. Touflef et Voronine, que je ne
connaissais pas ce matin !

J'ai fait aujourd'hui visite à Maïmatchine, la

ville chinoise. Sa muraille d'enceinte n'est pas éloi-
gnée de cent mètres de la dernière maison de Kiakhta.
Les deux villes se touchent pour ainsi dire, malgré
le poteau qui indique entre elles la ligne de la
frontière russo-chinoise. Le mur d'enceinte est fait
de terre glaise, de paille hachée et de lattes en bois
léger : elle s'écaille par endroits, ailleurs, elle s'effrite
à son sommet : elle est pour moi, dès le premier
coup d'œil, comme un symbole de la Chine qui se
désagrège. A l'entrée des poternes sont postés des
flâneurs en haillons ; et, quand on pénètre dans la rue
qu'ils semblent garder, on est d'abord incommodé
par les senteurs qui s'en dégagent : des mauvaises
odeurs de toute sorte, provenant des négligences
de la voirie, et, par-dessus tout, une odeur indéfi-
nissable, fade et pénétrante, écœurante au premier
abord, l'odeur du Chinois. Les rues sont extrêmement
étroites : c'est tout juste si l'on a de quoi s'y ranger
d'un chariot qui passe : elles sont vaguement pavées
de dalles et de pierres disjointes. Chose étrange, les
vastes portes cochères des magasins entre lesquels
on circule, sont en général propres, bien soignées,
ornées d'un auvent festonné et gaufré. Lorsqu'on
pénètre dans les cours ainsi défendues, et qu'on parvient à faire taire les petits chiens à nez camus qui
se jettent à votre rencontre, on est surpris du contraste que présente avec la rue bruyante et sale,
l'intérieur des maisons de commerce. La cour est
en général égayée d'étagères où sont posés des pots
de fleurs joliment soignées : on y voit des lauriers-
roses, des géraniums, des fleurettes de toute sorte.
Puis encore on aperçoit, pendues aux murs de la
cour, de petites cages rondes contenant des oiseaux

du genre des cailles. Le magasin s'ouvre mystérieusement devant vous, et vous pénétrez dans une pièce
sombre, fraîche, soigneusement tenue. Le fond du
magasin est généralement occupé par une espèce
d'estrade basse, qui recouvre la caisse d'un grand
poêle : c'est là que les personnages principaux de
la maison s'allongent, côte à côte, perpendiculairement à la cloison, comme des soldats dans un
corps de garde, sur des feutres épais enveloppés
d'étoffes multicolores. La paroi qui ouvre sur la cour
est constituée par des châssis mobiles en baguettes
de bambou offrant des dessins capricieux; les vitres
y sont rares : on les remplace le plus souvent par du
papier huilé ou par de l'étoffe. Tout est si bien rangé,
si propre, dans cette pièce, que l'on a peine à croire
que la rue chinoise soit si proche. Les meubles, sans
être des pièces de musée, sont cependant, pour la
plupart, élégants; ils sont en bois verni agrémenté de
quelques cuivres. Voici, par exemple, une haute armoire en bois de couleur sombre, sans une corniche,
sans une ciselure, mais avec quatre petites pièces de
cuivre incrustées : cela est d'un goût sévère, d'un goût
sûr qui me fait plaisir. Je m'enquiers de la destination
de ce joli meuble : un jeune garçon s'avance, saisit
des poignées dissimulées dans les cuivres, et ouvre les
deux battants : l'armoire est tout simplement destinée
à cacher un minuscule escalier qui sert à atteindre,
au haut de la pièce, l'ouverture où se loge le couvercle du calorifère! Le fond de la pièce est occupé
par des vitrines. Les marchands, avec de bienveil-
lants sourires, sortent de là cent bibelots : de la
faïence commune, de menus ustensiles de ménage,
des bouliers-compteurs, des baguettes à manger, des

tasses à thé avec leur couvercle, des soucoupes en
métal, en forme de fleur épanouie, des aiguières en
métal pour verser le vin bouillant, des godets de
faïence destinés à recevoir ce vin, en un mot les mille
petites choses nécessaires à la vie courante. Puis,
voici que du fond de placards sombres, on sort
devant nous des paquets enveloppés de papier de soie
et ficelés avec soin : un à un, avec une adresse et
une prestesse singulière de leurs longs doigts effilés,
les commis ouvrent ces paquets, en font voir le contenu, puis, en un tour de mains, les ficellent de nouveau : cette fois, ce sont des bibelots rares : des dieux
en bronze doré, des soieries, des foulards, des pièces
d'étoffe, des mouchoirs brodés en couleur, des thés,
des livres de prière et des livres obscènes, des images...
Les maîtres de la maison se montrent très aimables,
très accessibles à ma curiosité d'Européen. Ils se
laissent questionner sur mille détails, et annoncent
leurs prix tranquillement, sans faire l'article.

Toutefois, le magasin n'absorbe pas la maison tout
entière. On aperçoit des pièces dans lesquelles nul ne
vous invite à pénétrer, des pièces intimes, je pense,
avec un autel domestique. Ailleurs, voici des ateliers.
Près d'une fenêtre, un artiste accroupi grave patiemment des caractères sur une planche. Plus loin, des
commis, leurs larges manches retroussées, comptent
de l'argent russe, des billets, qu'ils feuillettent de
leurs doigts maigres. D'autres causent et rient à tout
instant, subitement, sans qu'un sourire préalable
m'ait fait deviner qu'ils plaisantaient. Un grave
Chinois, étendu sur un banc, lit un livre imprimé de
haut en bas; près de lui, deux jeunes garçons
s'exercent à écrire : le regard attentif, la main droite

à demi tendue, et les doigts recourbés en dedans,
ils tiennent le pinceau fin et s'exercent à des pleins et
à des déliés savants. Il fait si frais, dans ces maisons
chinoises, jalousement closes, que ce doit être, par
cette chaleur, une vraie joie que d'y travailler...

L'escorte mongole qui a eu mission d'accompagner
depuis Ourga jusqu'à la frontière russe le prince
Oukhtomski et sa suite, est encore arrêtée aux
portes de Maïmatchine. C'est une rare occasion pour
moi d'observer un campement exotique. Mes hôtes
m'y ont conduit, après dîner, à la fraîcheur. Les
tentes sont dressées sur un·épaulement de terrain
auquel la ville s'appuie vers le sud-ouest. En ce
moment, tout ce monde dîne ou cuisine. Les soldats
mongols n'ont pas des figures bien rassurantes : je
préférerais, ce me semble, voyager seul plutôt que de
les avoir à mes trousses. Ils sont vêtus de misérables
chemises de coton, et chaussés de bottes lâches. L'un
d'eux, qui passe près de nous complètement nu, me
fait involontairement reculer, comme un sauvage de
mes souvenirs d'enfant. Dans des trous creusés en
terre, les feux sont allumés ; les poêles sont posées
sur le gazon qui leur sert de trépied, et les cuisiniers y font frire, dans une huile abominable, des
choses sans nom ; j'aperçois pourtant des crêpes : le
Vatel chinois les retourne en les saisissant, à même
la poêle, de ses longs doigts, et il les remue de cette
même fourchette naturelle, dont la trace y reste
imprimée en noir. Assis sur un tabouret, devant un
petit banc, un officier chinois, gras et jovial, fait la
dînette avec ses deux baguettes en os. Il absorbe
prestement le contenu des petits bols qu'on lui présente, et, quand il a fini, il entre avec nous en con-

versation, au moyen de ce *sabir* russo-chinois qui
sert ici aux relations de frontière. Il est tout heureux
de nous faire voir une montre en argent qu'il a reçue
en cadeau du prince Oukhtomski, tandis qu'un de
ses collègues mongols, un vieux à bonne figure
bronzée, cherche à nous vendre un cendrier en
forme de tête de chien qui lui a été offert à la même
occasion, et dont il n'a que faire, bien entendu, dans
la steppe. Un soldat, arrêté près de nous, écoute, la
bouche entr'ouverte, cette conversation à laquelle il
n'entend rien, et continue machinalement à gratter,
comme ferait un singe, son corps nu jusqu'à la ceinture. Ces hommes sont accueillants, familiers sans
transition, et, dans leur misère et leur saleté, contents
sans doute de leur vie vagabonde ; ils n'ont pas l'air
trop malheureux.

Pour revenir à Kiakhta, nous sommes passés près
des jardins que cultivent les maraîchers de Maïma-
tchine. Les légumes de toute espèce s'y pressent
comme chez un jardinier de nos pays : la terre, dans
ces petits enclos, semble d'une fertilité remarquable ;
on en comprend la raison, lorsque l'odorat vous
avertit du genre d'engrais que l'on y emploie. Ces
maraîchers produisent à très bas prix des légumes de
première qualité, dont se nourrissent presque exclusivement leurs compatriotes, et que leurs colporteurs
vont offrir de maison en maison, sur leur longue
balance, à Kiakhta et à Troïtskosavsk. En vérité, rien
n'est plus frappant que la différence que l'on observe
des deux côtés de cette frontière : ici, le Russe dont
la maison s'étale largement, avec des cours, des hangars, des dépendances, un terrain énorme perdu en
pure perte, sans profit pour lui-même ni pour son

exploitation ; là-bas, au contraire, le Chinois éco-
nome et industrieux, content de peu, patient et
tenace, qui, sur un espace de terre grand comme la
main, entasse du travail et des produits utiles. Il
semblerait, à première vue, que le grand voisin, qui
aime ses aises et vit au large, soit bien près de
devenir tributaire du patient Asiatique : est-ce par
un singulier caprice que l'histoire a décidé que le
contraire seul se réaliserait de nos jours? Ou bien
faut-il voir la raison de cette apparente anomalie
dans ce fait que, dans la Russie moderne qui prend
son essor, la volonté ferme et la hardiesse d'entreprise sont surtout en haut et dirigent un peuple
docile et malléable — tandis que, dans cette Chine
qui se désagrège, le labeur patient, la volonté de
lutter se retrouvent seulement dans les couches
moyennes de la population, et qu'un gouvernement
faible et incertain ne sait pas les utiliser?

*2 août.* — J'ai passé une partie de la journée à visiter le *Gastinny dvor* ; c'est l'hôtel des thés de Kiakhta.
C'est dans cet énorme bâtiment blanc que passent et
séjournent tous les ballots de thé qui traversent la
Mongolie pour venir en Russie. Depuis que la Russie
possède les grands paquebots de la *Flotte volontaire*
qui établissent des communications directes entre
les ports de l'Extrême-Orient et ceux de la Mer Noire,
la plus grande partie du thé qu'elle consomme lui
est apportée directement par mer de Han-K'éou
à Odessa. Ce mode de transport est naturellement
beaucoup moins dispendieux que le traînage ou le
roulage par les routes et par les déserts du conti-
nent asiatique. Aussi le thé ne prendrait-il plus ce
dernier chemin, si, d'une part, l'on n'avait établi

une douane différentielle grâce à laquelle les thés
de Kiakhta ne payent que 325 francs par 100 kilogrammes, tandis que ceux d'Odessa payent 525 francs,
et si, d'autre part, la Sibérie n'avait elle-même
besoin de thé. C'est, en réalité, cette dernière raison
qui prévaut : la Sibérie, en effet, ne consomme
guère de ce thé en feuilles que nous connaissons,
mais beaucoup plutôt du thé en briques, presque
inconnu en Europe. C'est surtout celui-ci qui pénètre
à Kiakhta et dont s'occupe le *Gastinny Dvor*[1]. Aussi
bien le thé en feuilles ou *baïkhovy* ne donne-t-il ici
que peu de souci. Comme il est de qualité supérieure, les expéditeurs russes ou chinois se donnent
la peine de l'empaqueter avec grand soin. On se contente ici de vérifier le contenu de quelques caisses
prises au hasard dans chaque envoi : c'est cette
vérification qui sert de base à la déclaration douanière. La douane d'Irkoutsk se contente, elle aussi,
de faire ouvrir trois caisses prises au hasard, et établit, sur la moyenne du poids constaté, le bordereau
de paiement.

Les briques de thé donnent beaucoup plus de
travail. Qu'est-ce, d'abord, qu'une brique de thé?
Elle présente l'aspect d'une tablette en bois noirâtre,
longue de 0,25 à 0,35 centimètres, large de 0,18 et
épaisse de 0,2 centimètres. On la fabrique en sou-
mettant à une forte pression les feuilles de thé pré-
parées d'une façon spéciale. Pour l'employer, on en
casse un morceau, que l'on met infuser comme du
thé ordinaire : tous les indigènes de la Sibérie, et
tous les paysans, se contentent de ce thé en briques,

1. Le thé en briques paye 525 fr. de douane par 100 kilog. à
Odessa, et 62 fr. 50 seulement à Irkoutsk.

très bon marché, peu encombrant et facile à transporter. En raison même de leur relatif bon marché,
les briques sont emballées avec peu de soin : elles
arrivent à Kiakhta dans des corbeilles en nattes tres-
sées, et formées de deux moitiés égales qui s'em-
boîtent l'une dans l'autre. Chaque brique, marquée
au nom du fabricant, est enveloppée de papier, et la
corbeille qui les contient est elle-même empaquetée
dans une espèce de tapis de laine rude; mais ces
précautions sont loin d'être suffisantes, et les caisses
parviennent à Kiakhta dans un état lamentable. Trans-
portées en barques, à dos de chameau, et sur des
chariots traînés par des bœufs, manipulées par cent
mains différentes, toutes plus grossières les unes que
les autres, oubliées dans des coins, abandonnées sans
abri, à même la terre et sous la pluie, jetées brutalement les unes contre les autres dans les transbordements, soumises, en un mot, à toutes les aventures
et à tous les dangers d'un voyage de plusieurs mois
à travers la Chine et le désert mongol, ces caisses
présentent, à leur arrivée ici, un bien piteux aspect.
Souvent aussi l'intérieur en est gâté comme l'extérieur : des briques sont cassées, effritées, mouillées;
d'autres manquent à l'appel. Il faut donc constater
toutes ces différences et remédier à tous ces dégâts
dont, il faut l'ajouter, les charretiers mongols sont
responsables. Ce sont eux, en effet, qui volent ou
laissent voler le contenu des caisses, et qui, surtout, enlèvent les tapis d'enveloppe et les cordes,
ces dernières de préférence, car elles sont un des
objets d'échange le plus courant dans la steppe
de Mongolie. Quand, par exemple, un charretier
veut, à Ourga, se procurer du pain, il donne au

boulanger quelques-unes des cordes qui se trouvent dans son chargement, et laisse ensuite, sans
murmurer, le marchand de Kiakhta déduire de son
salaire la valeur de ce précieux article [1]. Grâce à
tous ces désordres, les dégâts causés par le transport
sont si considérables que j'ai pu voir un envoi de
150 caisses dont 130 étaient avariées.

Les briques, une fois parvenues dans le *Gastinny
Dvor*, sont reprises une à une, brossées avec soin et
triées. On forme alors, avec les vieux emballages, de
nouvelles caisses que l'on transporte au cousage.

Le cousage est une spécialité de Kiakhta : il s'applique également au thé en briques et en feuilles. Le
thé, en effet, tant qu'il n'a pas acquitté les droits de
douane, est une marchandise de valeur moyenne :
les avaries qu'il peut subir sont des pertes, sans doute,
mais des pertes peu considérables, en regard de
celles que constitue l'avarie d'une caisse lorsqu'elle
a franchi la frontière douanière. Or, les risques du
transport à travers la Sibérie sont considérables, —
ou l'étaient, du moins, avant l'établissement du
chemin de fer. Lentement, sur des chariots découverts, les transports s'acheminent en longues files
vers le port fluvial le plus prochain : ce sont des milliers de kilomètres qu'il faut franchir au pas, dans la
boue, dans les fondrières, dans la neige, sous la pluie
qui fait rage, et à travers une humidité que ne connaît pas la Mongolie. Des mois et des mois s'écoulent,
avant que le thé parvienne à destination : il faut, de
toute nécessité, l'assurer contre les dangers de ce
voyage. Pour y parvenir, on coud les caisses dans

---

1. Son salaire lui est payé en grosses briques de thé de qualité
inférieure.

des peaux de bœuf préalablement désinfectées au moyen d'un bain chimique, d'où elles sortent aussi molles que de la peau de chamois. Les couseurs entrent alors en scène. Ce sont des ouvriers adroits qui reçoivent 20 copecs (0 fr. 55) par caisse, et sont capables d'en coudre de quinze à vingt par jour. Ils sont armés d'une aiguille de quinze centimètres environ, légèrement recourbée, plate, mais munie, près de la pointe, d'une palette dont les côtés sont tranchants. Avec cet instrument sans apparence, ils sont capables de fendre une peau dans toute sa longueur. Voici comment ils travaillent : la peau une fois étendue par terre, poil en dedans, l'ouvrier y mesure la largeur de la caisse, et fend rapidement ce qui dépasse à droite et à gauche. Il réunit les deux extrémités par un surjet fait avec une lanière molle. Il se sert ensuite des débris de peau pour couvrir les deux côtés restés libres. Ces ouvriers travaillent avec une rapidité fébrile : incessamment, les débris volent autour d'eux, tranchés par la palette de leur aiguille, et la caisse, en un tour de main, se trouve recouverte de la peau qui, en séchant, l'étreindra et lui servira d'imperméable bouclier. Désormais, on pourra la manier brutalement ou l'oublier sous la pluie, elle ne craint plus rien : son emballage la rend à la fois élastique, et insensible aux intempéries. Malheureusement, la couture des caisses de thé revient assez cher : on en estime les frais à 2 rb. 35 en moyenne pour le thé en briques, et à 3 rb. 25 pour le thé en feuilles (6 fr. 35 et 8 fr. 75), et ces frais ne sont rendus nécessaires que par le transport lent usité en Sibérie; dès qu'il sera possible d'utiliser le chemin de fer ou des paquebots, le cousage deviendra inutile, et la

différence sera sensible pour ceux des commerçants
qui expédient, bon an mal an, 20000, 50000, 80000 ou
100000 caisses de thé !

Une fois cousues, les caisses sont livrées à un
entrepreneur qui se charge de les faire transporter
jusqu'à leur lieu de destination, qui est le plus souvent Nijni-Novgorod, ou bien Irbit, où se tient, au
mois de février, la grande foire de Sibérie [1].

Toutefois, avant de quitter le *Gastinny Dvor*, chaque
caisse de thé est soumise à un impôt local qui s'élève,
pour le thé en briques, à 16 + 2 copecs, et pour le
thé en feuilles, à 35 + 3 copecs. Cet impôt, appelé
*akcidensia*, est employé, fort judicieusement, à des
entreprises d'utilité publique : ces 2 et ces 3 copecs
supplémentaires vont au lycée de filles, à l'école
réale, et à l'école municipale. Quant au reste des
fonds, il sert, par exemple, à l'entretien des routes,
et c'est en partie grâce à cet argent que l'on a établi
le *tract des marchands*.

En somme, on le voit, Kiakhta ne subsiste que pour

---

1. Au mois de septembre 1898, le chemin de fer ayant atteint
Irkoutsk, les conditions de transport vont sans doute changer.
L'administration fait aux marchands de thé des conditions très
avantageuses : 2 r. 41 par *poud*, depuis Irkoutsk jusqu'à Moscou.
Dès lors, il suffira de faire transporter les caisses de Kiakhta à
Irkoutsk (par eau, par terre, ou sur la glace), ce qui, selon la
saison, coûte de 2 à 4 roubles. Le grand entrepreneur de Tomsk,
M. Koukhtérine se chargera seulement alors d'assurer la mani-
pulation des caisses durant leur trajet par voie ferrée, d'exécuter les chargements et les transbordements, le tout au prix
de 1 r. 25 ou 1 r. 50 par caisse. Il y aura donc à la fois une
sérieuse diminution des frais actuels du transport, et en même
temps, une accélération considérable dans la longue traversée.
Qu'arrivera-t-il alors? le Gouvernement augmentera d'autant les
droits de la douane d'Irkoutsk, et, une fois de plus, dans cette
Sibérie colossale qui sert de champ d'expérience à toutes les
fantaisies de ses ministres, il tuera une industrie qui allait
renaître en se modifiant.

remédier au mode défectueux du transport des thés à travers la Chine et la Mongolie; le cousage, lui aussi, n'est nécessaire que pour remédier aux dangers du transport sibérien. Le cousage sera peut-être abandonné demain; quant à Kiakhta, son avenir ne semble pas non plus très brillant. Les transports directs et à bonne vitesse rendront inutiles les travaux qu'on exécute dans son entrepôt : elle ne sera plus alors qu'une station frontière sur la route des caravanes...

Par le soleil brûlant, je suis retourné à Maïma-tchine. J'ai passé quelque temps à bavarder chez le brave Syn-taï-loun. Il nous a offert, dans sa boutique fraîche, du thé et cent petites friandises nouvelles pour moi : des fruits secs dont le noyau est sucré, des bonbons au poivre, des lamelles de pommes séchées, une espèce de flan à base de confitures sèches; et enfin même, une pipe et un narghilé. La pipe minuscule se fume en deux bouffées; quant au narghilé tout petit, tout mince et gracieux, sa fumée fraîche n'est pas désagréable.

En continuant ma promenade, j'ai vu la prison, un petit bâtiment en terre glaise et en lattes, bas, sordide, funèbre : l'intérieur, vide en ce moment, en est meublé de poêles et de planches de corps de garde. Près de là, dans un coin, voici la potence. Un groupe de Chinois pauvres et de Mongols, accroupis sur leurs talons, causent et rient bruyamment. L'un d'eux a prié un camarade de lui gratter le dos, et, pour que l'opération soit plus efficace, l'obligeant ami a relevé la robe pour atteindre la peau nue... et il gratte... je me revois au palais des singes!...

Le temple de Maïmatchine fait, du dehors, une jolie impression. Il est logé au fond d'une vaste cour toute

ornée de fleurs et d'arbustes en caisses, et dont la
partie antérieure est occupée par un théâtre. A l'intérieur, c'est à peine si l'on peut circuler, tant est
grand l'encombrement des statues. C'est une salle très
ornée, très sombre, avec des vases, des sculptures, et
d'énormes statues de dieux ventrus et hideux, dont
quelques-uns sont revêtus de robes de soie.

Hors des portes de la ville, sous le soleil et dans la
poussière, s'étale un marché grouillant d'Asiatiques :
Mongols, Chinois et Bouriates, de toutes les formes
et de toutes les couleurs, depuis le blanc jusqu'au
noir, en passant par le jaune citron et le bronze
clair; avec cela, les costumes et les coiffures les plus
variés, les plus disparates : guerriers en robe jaune et
en bonnet conique à bords retroussés; Chinois en robe
bleue; portefaix en haillons indéfinissables, coiffés d'un
chapeau champignon tout blanc, avec un gland rouge;
désœuvrés de toute espèce; mendiants, acheteurs.
Ceux-ci errent en flânant d'étalage en étalage; ceux-
là font la cuisine en plein vent; un troisième, accroupi
devant un petit banc, déjeune à grands coups de
baguettes. Un flâneur qui, sous un auvent en toile,
allongé par terre, cause avec un marchand, a relevé,
pour avoir plus frais, sa robe bleue jusqu'aux épaules.
Oui donc, d'ailleurs, s'offenserait de la nudité qu'il
étale, puisque les femmes n'ont pas le droit de s'approcher de la frontière? Des marchands, accroupis devant
des étalages de bric-à-brac ou de produits alimen-
taires, attendent paisiblement la pratique; des artisans patients travaillent à leur métier, presque dans la
rue; des hommes empoussiérés conduisent de longues
files de chariots attelés de bœufs trapus; de temps à
autre, un haquet bien propre débouche de la ville au

petit trot d'un cheval : deux Chinois rieurs et bien
tenus y sont assis; où vont-ils? A Ourga, la ville
sainte, ou bien à Oulane Bourgasse, le village où l'on
s'amuse?...Puis, enfin, des cavaliers mongols, presque
debout sur leurs petits chevaux vifs et trotte-menu,
passent à toute vitesse, faisant écarter la foule par de
gutturales exclamations. C'est un remue-ménage, un
grouillement, un brouhaha, une saleté, une infection,
un imprévu vraiment extraordinaires, sous ce soleil
aveuglant et brûlant, et parmi cette poussière...

*3 août.* — M. Sidorof, qui, l'autre jour, m'a invité à
la campagne, m'a fait inviter aujourd'hui à un dîner
chinois. Lui et mes hôtes ont déjà expédié chez Tâ-
tchouan-hue, marchand de thé, deux canards, deux
poulets, un cochon de lait, du sel et du vin. Le reste
des victuailles nous sera offert par le marchand lui-
même. J'avoue qu'à l'avance ma curiosité est si
fort excitée, que je me sens nerveux comme à l'approche d'un grave événement. Depuis quelques jours,
je m'exerce à tenir entre le pouce, l'index et le médium
les deux baguettes chinoises, et à les manier sans
contrainte. C'est aujourd'hui qu'aura lieu l'examen :
serai-je capable de me tirer d'affaire, ou bien aurai-je
la honte de recourir à une fourchette?

... Nous sommes enfin au complet dans la belle
salle de notre amphitryon : nous nous asseyons, une
dizaine de Russes et moi. Les Chinois ne se mettent
pas à table avec nous : ils se contentent de surveiller
le service et de donner des ordres, tout en plaisantant avec nous, tandis qu'une nuée de commis trans-
formés en maîtres d'hôtel s'empressent autour de
nous.

La table est littéralement couverte de faïences,

soucoupes ou tasses, dont les plus grandes, qui servent de soupières, sont des bols, et les plus petites,
qui sont les verres à liqueur, ont la taille d'une demi-
noix. Devant chacun de nous est placée une soucoupe
contenant du vinaigre de soya, très épais et très noir.
Les Chinois d'ici y trempent infailliblement la moindre
de leurs bouchées. Ajoutons deux baguettes en bois
noir (car nous sommes chez des gens simples, et les
baguettes d'ivoire sont un luxe qu'ils ne connaissent
pas) et, enfin, des cuillères minuscules en faïence.

Les hors-d'œuvre encombrent la table : il m'est
impossible, tant ils sont nombreux, tant on les change
vite, et tant je suis occupé de mes baguettes, de les
noter tous au passage. Cependant, je retiens : des
espèces de crevettes (ou de vers) très croquantes ; —
des lamelles de chou de mer mélangées à des lamelles
de concombres ; — des oreilles de porc mélangées à
des lamelles de concombres ; — des oreilles de porc
débitées en lamelles ; — des lamelles de viande ; —
des œufs durs tout noirs débités en petits ronds
comme du saucisson, et servis avec de la gelée ; —
quelques autres végétaux mal définis.

Nous sommes, je le répète, chez des gens simples,
représentants de grandes maisons de commerce chinoises. On nous sert donc sans cérémonie : nous
avons un bol pour deux ou pour trois. Nous y
pêchons à tour de rôle, qui avec sa fourchette, qui
avec ses baguettes, et nous trempons dans notre
soucoupe de vinaigre la bouchée ainsi obtenue. Mon
attention est fortement captivée par le décor nouveau ;
néanmoins, je mange, sans sourciller, de tous les
mets.

Paraissent ensuite des potages. Chacun de nous

prend un peu de vinaigre dans le creux de sa cuillère
en faïence, et puise au bol commun. Je distingue :
une soupe aux herbes vertes émincées ; — une soupe
végétale faite avec une herbe odoriférante ; — une
soupe au poulet ; — une soupe inconnue.

Voici encore (d'ailleurs je ne garantis pas l'ordre
d'apparition des mets) des haricots verts émincés et
des choux en lanières dans une espèce de sauce ; —
des cubes de graisse de mouton (*sa-râ-na*) qui, positivement, fondent dans la bouche ; — des boulettes de
hachis, grosses comme des noix, et fortement risso-
lées ; — une espèce de sauce ou de soupe où nagent
des morceaux d'ail sauvage ; — de petits morceaux
rissolés d'excellente viande de mouton ; — du *Kou-chô*
ou espèce de galette épaisse, large comme la paume
de la main, et faite à base d'ail sauvage : à la grande
joie de nos amphitryons, mes compagnons s'en réga-
lent et en redemandent...

Puis encore : une soupe au canard ; — une soupe
d'holothuries ; — un melon farci ; — une soupe de
graisse de porc ; — une soupe de graisse de mouton ; —
des boulettes de hachis bouillies ; — du hachis enveloppé dans de la pâte fade (analogue aux *pête-mêne*
russes) ; — une soupe au macaroni transparent ; — un
cochon de lait fendu par le milieu, aplati comme une
galette, et fortement rissolé dans cette position : c'est
un des triomphes des cuisiniers de Maïmatchine ; —
puis encore, un vase en cuivre, analogue à un samovar sans robinet, et dans lequel bouillent, mélangés
ensemble sans distinction, des restes de tous les plats
qui ont paru sur la table ; c'est assez fade ; — enfin,
pour clôturer, un bol de riz sans sel et sans eau, indi-
quant la fin du repas. L'hôte veut marquer par là que,

après avoir épuisé toutes les ressources de son cuisinier, il n'a plus à offrir à ses invités que le mets le
plus vulgaire, le riz ; les invités doivent répondre à
cette politesse en refusant le riz, pour marquer qu'ils
n'ont plus faim. Malheureusement, tous les Européens
ne sont pas au courant de ce symbole, et, soit par
politesse, soit par goût, ils dévorent souvent le riz final,
au grand désespoir de l'amphitryon [1]. En sortant de
table, on nous offre, enfin, du thé et des fruits secs.
N'oublions pas que, durant tout le déjeuner, on nous
servait, dans les minuscules tasses de poupée, une
espèce d'alcool de riz, appelé *maï-go-lon* : on le verse
brûlant et il faut le boire immédiatement d'un trait ; si
j'ajoute que, la tassette à peine vide, on vous la remplit de nouveau, et que cet alcool monte très vite à la
tête, on comprendra que j'aie dû commettre l'impo-
litesse de le laisser fréquemment refroidir, pour de-
meurer en état de noter le menu !

On fume beaucoup d'opium à Maïmatchine : cela
s'explique par la vie anormale que l'on y mène. La
loi refuse en effet aux femmes chinoises le droit de
séjourner près de la frontière : les habitants de Maïmatchine sont donc célibataires, ou, du moins, ils sont
momentanément séparés de leur famille. En général,
les commis s'engagent pour trois ans. Durant ce laps
de temps, il leur est impossible de mener la vie de
famille, et les passagères distractions qu'ils peuvent
trouver à Troïtskosavsk ou à Oulane-Bourgasse ne
sont pas suffisantes pour adoucir leur exil. De là vient

---

1. J'ai dîné chez un autre Chinois, Si-fà-youn ; il fit servir,
avant le riz final sans assaisonnement, un bol de riz sucré et
mélangé de raisin de Corinthe : il avait souvent affaire à des
Européens et sauvait ainsi la situation. D'ailleurs, son dîner,
assez court, était sensiblement moins chinois que le premier.

Vue générale d'une mine d'or (p. 311)

Un convoi de condamnés dans la steppe, près de Tchita (p. 319)

sans doute que presque tous ceux qui en ont le moyen fument de l'opium. A ma prière, on me donna l'adresse d'un fumeur émérite, et j'allai lui rendre visite. Très aimable, le Chinois se prête à la démonstration. Il sort d'un placard la longue pipe à fourneau énorme, puis, sur une aiguille, il prend une boulette d'opium qu'il présente à une flamme : la boulette se gonfle, durcit, cuit : il la manie de ses longs doigts, et enfin, il la pose sur le fourneau de sa pipe : « Voulez-vous goûter? » me dit-il en souriant. La tentation est forte, je l'avoue, mais je suis retenu au dernier moment par la crainte des nausées consécutives à l'expérience. Le Chinois ne fait aucune difficulté pour aspirer les délicieuses vapeurs : il s'étend sur le côté, et, à coups précipités, fume, fume... « Cela est très bon! » conclut-il, lorsque je prends congé.

*4 août.* — Mes hôtes m'ont mené, en voiture, à Oulane Bourgasse ; c'est une sorte de *Yochiwara* mongol à l'usage des Chinois, un lieu de plaisir où les Célestes se rendent en cachette du préfet de Maïma-tchine, très sévère gardien de la vertu de ses administrés. Nous filons au grand trot sur la piste inégale qui coupe la steppe mongole : une herbe touffue recouvre le sable, et çà et là, des ruminants y paissent. A l'horizon bleuissent des montagnes, et dans tout l'intervalle, si loin que la vue s'étende, tout est nu et désolé. A mi-chemin, nous nous arrêtons pour photographier une yourte de Mongols pauvres, et l'on nous invite à y prendre le thé. La yourte est formée de feutres tendus sur un bâti de branches : des hommes y sont accroupis, et, quand nous y arrivons, à notre rencontre s'avance un enfant tout nu, et chaussé de grandes bottes. La maîtresse du logis est fort accueil-

lante : assez jeune encore, elle n'est point laide, mais
sa coiffure est bizarre : ses cheveux, collés comme
une coque de Japonaise, s'écartent de sa tête en l'en-
cadrant de deux gigantesques oreilles. Au centre de
la yourte est un fourneau surmonté d'un chaudron
où bout un liquide noirâtre ; on nous le sert comme
du thé, dans des tasses en bois, après l'avoir filtré
tant bien que mal au moyen d'un petit balai de bouleau, et y avoir mélangé du lait aigre.

Nous arrivons enfin à Oulane Bourgasse. C'est un
village de yourtes mongoles, aussi mal habité que
mal fréquenté. En nous y promenant, malgré les
efforts de quelques indigènes pour nous écarter, nous
apercevons... la voiture peinte, à carreaux multicolores, dont se sert le Tjur-gou-tchèye, le préfet de
Maïmatchine ! Le vertueux fonctionnaire est plus
sévère pour ses administrés que pour lui-même... Des
femmes en robes de soie de couleurs éclatantes
apparaissent de temps à autre, sous la conduite d'un
domestique sordide : en nous voyant, elles se hâtent,
et détournent leur visage peinturluré, qu'encadrent
les coques monumentales de leur coiffure. Partout,
on voit des vieilles femmes ridées, ratatinées, des
Mongols malpropres, des enfants et des chiens : c'est
un bien laid village, un village sinistre de yourtes
basses.

7 *août.* — J'ai quitté avant-hier la petite ville, et
après trente kilomètres de voiture par les lentes ondulations de la steppe mongole, je suis arrivé chez un des
grands marchands de thé de Kiakhta, A. M. Louchnikof. Nous sommes à Oust-Kérane, une petite loca-
lité où, à grands frais, les principaux marchands de
Kiakhta se sont créé, porte à porte, de belles mai-

sons de campagne. On éprouve une grande surprise à voir surgir de la steppe nue une oasis de verdure ; j'en ai éprouvé une plus grande encore à trouver réunie dans une maison aussi confortable une société aussi nombreuse et aussi brillante. Alexis Mikhaïlovitch, qui souffre de rhumatismes, ne quitte pas son fauteuil roulant ; c'est un homme d'une rare intelligence, et la maladie, qu'il supporte stoïquement, sans une plainte, sans une allusion, comme s'il l'ignorait, n'a pas éteint la vivacité de son esprit, ni voilé la malice de sa conversation de pince-sans-rire. Il a encore onze enfants vivants, six filles et cinq garçons, partagés entre des occupations diverses, depuis le commerce jusqu'aux arts plastiques, en passant par le journalisme et l'armée. Il aime la vie large, et, condamné lui-même à l'immobilité, trouve sa joie dans un mouvement incessant d'invités qui se pressent dans sa maison. Je ne sais pas au juste combien nous sommes ici : trente personnes, au bas mot. La famille d'abord, non pas complète, certes, mais nombreuse pourtant, puis les invités des parents, les amis des enfants, des visiteurs de passage que l'on voit seulement à un repas, et qui disparaissent ; d'autres, au contraire, qui ont leur chambre et qui visiblement — comme moi, je l'avoue — se plaisent et s'oublieraient volontiers dans cette fraîcheur et dans ce milieu choisi.

Notre vie est des plus simples : le matin, un bain glacé dans la petite rivière, puis des promenades à pied dans la prairie, en voiture ou à cheval dans la forêt lointaine, en canot sur la rivière bordée de saules ; le reste du temps, on cause, on lit, on travaille à sa guise, avec la plus entière indépendance. Je me

sens reposé, rafraîchi, par la sympathie rencontrée
partout dans cette hospitalière maison, par cette
accueillante sympathie qui vous enveloppe sans gêner
vos mouvements, et vous caresse sans minauderie.
C'est là une véritable hospitalité russe, et un véritable
accueil de braves gens. Toute cette société variée,
marchands, officiers, ingénieurs, littérateurs, flâneurs,
touristes, va et vient sans gêne autour du maître de
la maison cloué sur son fauteuil roulant. Alexis Mikhaïlovitch, qui joue volontiers avec sa chaîne de
montre, une longue chaîne de cou, ornée d'un gros
diamant, fait rouler son fauteuil de groupe en groupe,
dissimulant sa souffrance, ne troublant pas par une
seule plainte cette jeunesse active, lançant à l'un et à
l'autre des remarques plaisantes ou caustiques, ani-
mant cette société qu'à lui seul il soutient par son
incessant labeur.

J'ai trouvé ici le directeur de l'excellent journal d'Irkoutsk, la *Revue orientale* (*Vostotchnoyé Obozrèniyé*) :
Ivan Ivanovitch Popof, gendre de M. Louchnikof.
C'est un homme tout jeune encore, fort intelligent,
d'un abord captivant; il est très au courant des
affaires de la Sibérie orientale, sur lesquelles son
journal est le mieux informé. C'est avec lui surtout
ou bien avec Véra Alexècvna, sa femme, que je cause
longuement de ces questions sibériennes que je suis
venu étudier. Ils me mettent au courant de la vie
intime de leur journal, plus âgé, plus compact que le
*Stepnoye Kraye* d'Omsk, et de toutes les difficultés
qu'il leur faut surmonter pour lui conserver son
caractère de feuille honnête et courageuse. Ces braves
amis me captivent, et les heures, en leur compagnie,
passent vite. Malheureusement, j'ai peu de temps à

moi : les renseignements, d'ailleurs fort utiles, que
j'ai recueillis ici sur le commerce du thé ne justifient
pas un long séjour à Oust-Kérane, et, d'autre part,
mon enquête précise est terminée à Kiakhta. J'étais,
jusqu'à ce soir, incertain encore de la route que je
suivrais pour atteindre Tchita : reprendre le grand
*tract* en passant par Verkhné-Oudinsk ne me souriait
guère; d'autre part, les renseignements directs que
l'on m'avait donnés ici m'avaient contraint à abandonner mon projet de passage par la vallée du Chilok,
et de visite aux eaux de Yamarovka. Sur ces entrefaites, sont arrivés ici deux ingénieurs : l'un, Nicolaï
Siméonovitch Bogolioubski, est directeur du district
minier du gouvernement d'Irkoutsk : il a le titre
d'Excellence, mais il est, malgré ce titre, parfaitement
simple et bon. Une visite rapide que je lui avais faite
à Irkoutsk m'avait laissé cette impression qui s'est
bien vite confirmée ici. Avec lui voyagent : son fils,
Vikenti, un bavard et charmant bambin de onze ans,
et un ingénieur de district, Antone Antonovitch
Lévitzki, un homme d'apparence distraite, rêveuse,
timide. Or, voici qu'en causant, le *général* (c.-à-d.
l'Excellence) m'a proposé d'aller, en sa compagnie,
visiter une petite mine d'or qu'il doit inspecter avant
de rentrer à la capitale. C'est pour moi un grand
détour, car il me faut, si j'accepte, revenir jusqu'au
sud du lac Baïkal; mais l'occasion est trop belle pour
que je la refuse. Nous partons demain.

*8 août.* — J'ai grand peine à me séparer de mes
braves hôtes de Kiakhta et de toute cette société
accueillante. Cependant, je dois partir. Un dîner chinois, chez Si-Fà-youn, est offert à M. Bogolioubski,
et la virtuosité que j'ai acquise dans le maniement

des deux baguettes m'amuse assez pour me distraire
de ces pensées et de cet énervement du départ qui
sont une des tortures du grand voyage. Une dernière
tasse de thé exquis, et nous nous séparons. M. Touflef tient à m'accompagner dans sa voiture jusqu'à
Troïtskosavsk, et de là, les ingénieurs et moi, nous
partons, chacun dans notre équipage. Mes pensées ne
sont pas gaies : je sens si bien que le temps presse!
Il ne me reste que trois mois de congé, et j'ai à traverser des étendues immenses en Sibérie, avant d'atteindre le Japon, où je voudrais faire un pèlerinage
artistique, après tant d'impressions rudes.

*9 août.* — Nous roulons depuis trente heures, de
station en station; nous avons traversé la Sélenga, la
nuit, dans des ténèbres profondes, avec du vent et
des appels incompréhensibles des bateliers sur le
bac; puis nous avons atteint la vallée de la Djida que
nous ne devons plus quitter. La plaine cultivée par
des Bouriates, s'est monotonement déroulée devant
nous : ce soir, enfin, énervés, lassés, maussades,
nous avons fait halte au village de Kharatsaïka, tant
pour laisser reposer Vikenti que pour aller aux infor-
mations.

*10 août.* — La route a atteint les montagnes, et ce
sont maintenant, de temps à autre, des défilés difficiles ou même dangereux, dont nous récompensent
seulement les échappées de vue sur les hauteurs
arrondies, sur l'horizon fin et les bleus délicats des
lointaines vallées. Des pentes effrayantes nous obli-
gent, sur l'invitation des cochers, à descendre de
voiture : des montées leur succèdent, qui sont si
escarpées, que l'on doit caler les tarentass avec une
barre de fer *ad hoc*, pour les empêcher de rouler en

arrière et d'entraîner les chevaux. Les villages que nous traversons sont peuplés de Cosaques, et, je dois le dire, je les ai abordés avec une prévention de sympathie, réaction innocente contre tout le mal qu'on dit des Cosaques en Sibérie. Mon indulgence a été punie. Nulle part, en ce pays où l'homme est si volontiers hostile à l'homme, je n'avais encore rencontré autant de grossièreté, d'impudence, de paresse, de ruse cauteleuse, non pas envers moi seul, puisque je ne suis rien ici, mais envers le personnage que j'accompagne. Les Cosaques de la Djida méritent hautement la détestable réputation qu'ont acquise leurs frères dans le reste de la Sibérie. J'en suis au point de leur préférer jusqu'aux Bouriates!... Nous sommes enfin arrivés au village de Tsékir, où nous laisserons nos équipages, pour monter dans ceux que le propriétaire de la mine d'or (un de nos voisins, à Oust-Kérane) doit envoyer à notre rencontre.

*12 août.* — La route de montagne qui mène au placer est abominable : elle est tournante, capricieuse, boueuse, creusée de fondrières, vaguement réparée au moyen de troncs d'arbres non fixés, sur lesquels les chevaux glissent et trébuchent, tandis que la voiture bondit follement sur ses ressorts. Nous mettons plus de quatre heures à franchir 25 verstes. Mais tout a une fin : nous sommes parvenus sains et saufs à la mine Glafirovski où l'intendant, en redingote et cravate blanche, a reçu avec de grands saluts Son Excellence monsieur l'inspecteur, et, ce qui était pour nous quatre infiniment touchant, nous a offert un substantiel déjeuner. Après deux jours passés à examiner, soit seul, soit en compagnie d'un ingénieur, les installations du placer et de la mine voisine, Nikolski, voici l'essentiel de ce que j'ai vu de l'exploitation.

Les placers se trouvent à cinq ou six kilomètres de la frontière chinoise, dans le fond de vallées larges, traversées par un mince filet d'eau. Le sable aurifère est ici presque à fleur de terre, et l'on comprend combien cette circonstance est avantageuse : il est transporté, sur de petits haquets à un cheval, jusqu'au bâtiment central auquel on accède au moyen d'un plan incliné : à une hauteur de 7 ou 8 mètres, se trouve une plate-forme munie d'un trou béant dans lequel on verse le contenu du haquet. Cette ouverture communique avec un cylindre creux, percé de trous de grandeur décroissante, traversé d'un courant d'eau, et animé d'un mouvement de rotation. La force centrifuge chasse les gros cailloux qui s'échappent (parfois en compagnie de grosses pépites) d'un côté, tandis que les terres et les sables légers sont entraînés par le courant d'eau, en cascade lente, sur un plan incliné à échelles, muni de feutres, et se rétrécissant de plus en plus. De la sorte, un premier dépôt d'or impalpable se fait sur les feutres ; quant à la boue, généralement assez lourde, qui se retrouve tout en bas des échelles, on la recueille précieusement, et on l'apporte sur un autre tout petit plan incliné où coule un mince filet d'eau, et que surveille un grand Cosaque. Armé d'une palette, le Cosaque délaie lentement la boue dans l'eau glissante. Son œil exercé ne laisse échapper qu'après examen les minces petites pierres et les parcelles de terre. Peu à peu, la boue s'éclaircit, se lave, diminue. Il ne reste plus qu'un tout petit tas qui s'agite au frémissement de l'eau. L'ouvrier y verse

alors du mercure, et, après l'avoir agité quelques
minutes, il laisse échapper au fil de l'eau tout ce que
le mercure n'a pas englobé. Il ne reste plus alors
qu'à verser, séance tenante, dans un creuset, l'amal-
game sans apparence que l'on a ainsi obtenu, et à
soumettre ce creuset à l'action de la chaleur. Le
mercure, vite évaporé, laisse derrière lui un métal
jaunâtre, poreux, laid, très lourd : c'est de l'or...

Mais, patience, cet or n'appartient pas encore au
propriétaire pour le compte duquel on l'a extrait. Il
faut que celui-ci vende sa récolte de métal précieux,
et qu'il la vende à l'État. Non seulement, il fait des
dépenses très importantes pour organiser son exploitation, subit des tracasseries sans nombre, des impôts
directs énormes[1], et des impôts indirects considérables; mais encore, il lui faut payer, nourrir tout
son personnel, et attendre lui-même, pour rentrer
dans ses fonds, que soient remplies les formalités
draconiennes qu'exige la loi russe...

J'ai visité avec intérêt les bâtiments annexes,
l'infirmerie, devant laquelle, enchaînée à un pieu, se
démène une louve, Maroussia, folâtre et caressante,
malgré l'inconsciente menace de sa formidable mâ-
choire; les dortoirs enfin, ou casernes des ouvriers.
Ce sont des hangars noirs, humides, d'une saleté
indescriptible. Les hommes sont là, sales, déchirés,
fatigués. Certes, ils constituent, en leur genre, une
espèce d'écume de la population sibérienne, mais
comment oublier que ce sont des hommes, quand on
sait que ces ouvriers sont esclaves d'un contrat qui
les lie durement sans que, sous aucun prétexte, ils le

1. 5 0/0 sur une quantité de 1 à 3 pouds (16-48 kgr.); —
10 0/0 de 4 à 5 pouds; — 15 0/0 à partir de 6 pouds (96 kgr.).

puissent rompre ? Certes, la loi russe a fait beaucoup
pour assurer leur bien-être ; mais, quel est l'*ispravnik*
qui assure dans les placers l'exécution de la loi, quand
il se voit payé à la fois (et officiellement) par l'État et
par les propriétaires ? Se plaindre ? à qui les mineurs
se plaindraient-ils ? Tous les intérêts sont ici ligués
contre eux, et, demain, quand ils seront libres, qui
donc à la ville, située à 1 000 ou 1 200 kilomètres de la
mine, qui donc se souciera de leur plainte ? Certes,
ce que je dis ne s'applique pas spécialement aux
mines de la Djida : je parle en général (et sur la foi
de renseignements nombreux) des mines répandues
dans les profondeurs de la Sibérie. Je me dis, d'ailleurs, que ces tristesses sont inévitables. Le propriétaire d'un placer ne peut guère, autour de lui, semer
la charité ni créer le bien : le travail auquel il se livre
est hors de proportion avec ce qu'il en retire, gain
ou perte : c'est un jeu qui le peut ruiner, comme
aussi l'enrichir tout à coup : l'argent du jeu est rarement bienfaisant. La besogne des chercheurs d'or a
quelque chose de fiévreux, d'anormal, qui en fera
toujours une exception funeste parmi les travaux de
la grande industrie.

*13 août.* — Comblés de provisions et d'amabilités
par l'intendant, à qui le départ de l'inspecteur enle-
vait sans doute un grand poids, nous sommes repartis
par notre route épouvantable, à la fraîcheur du soleil
levant. La route, malgré ses invraisemblables cahots,
est fort jolie : elle traverse des forêts de cèdres et
de mélèzes de dimensions colossales, des verdures
étranges, çà et là rehaussées par l'argent des bouleaux, des ruisselets murmurants et limpides, des
vallées qui s'étalent, innocentes sous la rosée, mais

dont le fond herbeux est plein d'or. De Tsékir, où
nous avons repris nos équipages, nous avons refait
au soleil une partie de la route qui, dans l'obscurité,
nous avait, à l'aller, paru si périlleuse. La nuit arrivée,
le clair de lune nous est venu en aide, et c'est, cette
fois, sans émotion, que nous avons retraversé les
chemins raides de la montagne. Tous les villages où
nous passons depuis deux jours sont situés au milieu
de ravissantes montagnes boisées qui me font souvent penser aux Vosges, et entre lesquelles, parmi des
rochers abrupts et des éboulis de pierres coupantes,
la Djida, patiemment, avec d'infinis méandres, se faufile en murmurant. Il y a là des sites admirables,
mais, décidément, la vie leur manque, et ce perpétuel
désert fatigue. Peu à peu, la vallée s'élargit et semble
montrer comme le fond d'un lac desséché, où les
grands villages étalés voient, à la moindre pluie, leurs
rues transformées en marécages. Dans ces villages,
je suis frappé par la rareté du verre à vitres : tantôt,
il est remplacé par du papier huilé ou par de l'étoffe,
tantôt, la vitre est composée d'une infinité de petits
éclats de verre habilement soudés les uns aux autres
au moyen de bandes en écorce de bouleau, qui, pla-
cées en dedans et en dehors, et cousues ensemble
avec du fil blanc, forment comme une rainure profonde où les morceaux de verre, sur lesquels elles
débordent, sont retenus assez solidement. Ces bandes
d'écorce qui suivent les arêtes du verre cassé, arrivent
à former des dessins capricieux que je recommande
aux collectionneurs.

*14 août*. — Nous roulons, ce matin, au grand trot,
sur un chemin creusé en corniche au flanc de hautes
collines, et qui passe par des prés touffus semés d'une

floraison dont la richesse et la variété sont incompa-
rables. Je remarque d'étranges marguerites violet
pâle, au cœur jaune, les fleurs lilas de l'ail sauvage,
les grosses boules bleues des innombrables chardons,
des fleurettes blanches, jaunes, roses, et enfin, des
fleurs en étoiles d'un bleu si foncé qu'on les croirait
teintes : quelle joie pour l'œil que ce sourire de la
Sibérie rude, au seuil même de l'automne qui la
guette !

Nous repassons par les mêmes villages qu'à l'aller :
nous y trouvons les mêmes hôtesses, les mêmes œufs
durs, les mêmes concombres! Puis, au lieu de continuer notre route vers l'est, nous obliquons au nord-
est pour gagner Verkhné-Oudinsk. Cette fois, les
*oulousses* bouriates, où nous prenons des chevaux,
me font meilleure impression qu'il y a quinze jours :
le grade de M. Bogolioubski fait merveille parmi ces
Jaunes cauteleux. Il me reste même, au milieu de ma
fatigue, une délicate impression. Ce soir, nous nous
étions arrêtés, Antone Antonovitch et moi, pour
prendre le thé dans une yourte, tandis qu'on préparait nos chevaux. Une femme était là, accroupie sur
ses talons, devant le fourneau qui occupait le centre
de la pièce : elle nous servit du thé bouriate dans des
tasses de bois, puis, consciente de l'admiration dis-
crète que nous inspiraient son délicieux visage
bronzé et ses formes pleines, elle resta près de nous,
à demi souriante, s'attifant ingénument d'un châle,
avec une coquetterie de sauvage cent fois plus
visible, mais plus charmante aussi, que celle d'une
civilisée.

*15-16 août.* — Me voici de nouveau sur le bord du
lac des Oies : de nouveau, je traverse les marécages

où s'ébattent sans défiance grues, hérons, cigognes,
vanneaux, canards ; de nouveau, je gravis l'interminable montagne désolée qui mène à Sélenguisk, et me
fait penser à la montagne des pierres parlantes dans
les *Mille et une Nuits*. Cet après-midi, enfin, j'ai pris
congé de M. Bogolioubski et de son charmant petit
garçon Vikenti. Mais, auparavant, nous avons visité
ensemble, au nord du lac des Oies, les travaux de
prospection de la couche carbonifère. La houille est
ici partout, mais elle est de mauvaise qualité, circonstance fâcheuse, car elle eût été fort utile au chemin
de fer, dans ces parages où le bois fait défaut.

Je n'ai pas parlé encore d'Antone Antonovitch
Lévitzki ; je n'ai pas dit combien il est bon et intelligent. C'est un de ces hommes qu'on n'apprécie bien
qu'à la longue, à l'user. On pourrait passer à ses côtés
sans le remarquer, tant il s'efface, ou sans désirer le
connaître, tant il se renferme. Mais, quand on l'approche vraiment, quand il sent qu'il peut s'ouvrir,
être prévenant sans éveiller de défiance, et affectueux
sans provoquer d'indiscrétions, quel délicieux compagnon de voyage, quel ami on trouve en lui ! Hier
soir, à peine seuls, il m'a forcé à monter dans son
tarentass, tandis que le mien, avec mes bagages, filait
devant nous. J'ai passé à ses côtés, sur le matelas qui
tapisse son équipage, une nuit délicieuse. Il faut dire
que je suis sensible à ce détail, car, depuis Kiakhta,
je n'ai jamais cessé de passer la nuit dans ma voiture,
même quand nous avons fait station durant la nuit.
Ce matin même, qu'aurais-je fait sans Antone Antonovitch ? Lorsque nous sommes arrivés en face de
Verkhné-Oudinsk, sur la rive gauche de la Sélenga,
nous avons trouvé la grosse rivière débordée, comme

le sont en ce moment tous les cours d'eau de la Transbaïkalie. Comment passer? Les mariniers se refusaient à traverser nos voitures : « Nous n'avons pas
de barque suffisante, disaient-ils. — Mais celle-ci?
— Elle n'est pas à nous! » N'importe, Antone Antonovitch la réquisitionne avec une étonnante fer-
meté, et fait si bien que, pour la modique somme de
vingt francs (on en aurait exigé cent qu'il m'eût fallu
accepter), ces hommes démontent mes roues, chargent
mon tarentass, et, en une demi-heure de dérive sur la
rivière, nous amènent à la ville. Le tarentass de
M. Lévitzki est resté sur la rive gauche : on le traver-
sera tandis que nous allons déjeuner chez mon affectueux compagnon, qui habite précisément cette ville.

*17-18-19 août.* — Dois-je noter ici le détail de mes
tribulations, de mes fatigues, de mes agacements ou
de mes colères, durant cette affreuse traversée de
74 heures en tarentass, depuis Verkhné-Oudinsk jusqu'à Tchita où je viens d'arriver? D'abord, la route
est exécrable, coupée de fondrières, de lacs de boue,
d'îlots de sable où la roue s'enlise, de places pierreuses
où l'on n'avance plus. Puis, dans une station, on me
refuse des chevaux; dans une autre, on manque de
cocher; ailleurs, par une nuit absolument noire, il
me faut suivre, au milieu d'une plaine inondée par
les récentes pluies diluviennes, un chemin en contre-
haut, une espèce de digue qui n'est plus visible, sous
l'eau. C'est à mes chevaux de sonder le terrain d'un
sabot fatigué. Et quand, malgré tout, nous tombons
dans un bourbier, ma *troïka*, à bout de forces, ne peut
m'en tirer qu'après avoir soufflé un quart d'heure,
le ventre dans l'eau. Dans ces nuits affreuses, où
l'énervement et la fatigue d'un long voyage vous

enlèvent une partie de votre sang-froid, on commence
par craindre pour ses essieux, dont le bris vous
abandonnerait sans ressource en plein désert; puis
on craint pour ses bagages, enfin, pour soi-même.
J'ai passé là, j'en ai soigneusement pris note, une des
plus pénibles demi-heures dont j'aie souvenir... La
pluie, enfin, s'est mise de la partie, une pluie dilu-
vienne, interminable. Aussi, lorsque j'ai vu paraître la
dernière station et que j'ai senti la proximité de
Tchita, mon énervement était-il si grand que, pour
un peu, je me serais mis à courir à côté de mes
chevaux. Je me hâte d'ajouter que la fatigue explique
seule une pareille surexcitation. Parti de Kiakhta le 7,
à 3 heures après midi, voilà aujourd'hui juste douze
jours et douze nuits que je vis dans mon tarentass.
Sans doute, j'ai passé cinq de ces nuits d'anxiété
dans une cour, et par suite, j'ai bien dormi dans ma
voiture-auberge; mais décidément, l'effort total a été
trop considérable pour moi. Écrasé par tant d'impressions, par le travail intellectuel que m'impose ma
difficile mission, je n'étais pas armé pour entreprendre
d'une seule traite cette dernière chevauchée; j'aurais
dû la faire en deux étapes. J'ai eu le grand tort,
m'étant attardé à Irkoutsk, de vouloir regagner le
temps perdu, coûte que coûte... il m'en a coûté
beaucoup.

# VII

## Le bassin de l'Amour.

TCHITA. — EN RADEAU. — LE FLEUVE AMOUR. — KHABAROVSK
VLADIVOSTOK

On peut croire que, succédant à cette grande
fatigue, Tchita qui m'apparaissait comme la délivrance du tarentass, m'a fait dès l'abord une délicieuse impression. Il faut dire aussi que c'est une des
rares villes de Sibérie, je dirai même la seule, qui possède un hôtel digne de l'Europe par son élégance et
sa propreté, l'hôtel Badmayef. Il a été construit par
un étrange aventurier bouriate dont l'histoire mérite
d'être contée, fût-ce brièvement. Badmayef avait
appris la médecine thibétaine : il eut l'idée géniale de
venir à Pétersbourg pour l'exercer ! Il avait un extérieur agréable et infiniment d'aplomb : il réussit admirablement dans le monde. De protectrice en protecteur, il parvint jusqu'à Alexandre III, auquel il sut
faire valoir les services réels que rendrait à la Russie
l'action adroite que pourrait exercer sur ses compatriotes un Bouriate dévoué à la maison des Romanof.
Il représenta surtout au tsar les services qu'il pouvait
rendre, soit en aidant à la conversion des Bouriates,
soit en assurant, en cas de mobilisation, leur aide

Essayage des sables aurifères (p. 312)

« Notre radeau était vraiment princier... » (p. 329)

personnelle et leur concours en qualité de fournis-
seurs des troupes en campagne. L'empereur finit par
lui donner une somme considérable, pour cette œuvre
si utile, et aussi l'autorisation de fonder un journal
libre de toute censure : *la Vie sur les confins orientaux*,
et de correspondre directement avec lui, c'est-à-dire
en lui donnant une complète indépendance vis-à-vis
des autorités locales, Gouverneur et Gouverneur
général. Badmayef, sûr de sa force, dépensa sans
compter ; il fonda un bel hôtel, une imprimerie, une
ferme modèle, que sais-je encore ? et vécut largement
sur les subsides impériaux. Mais, au lieu de ménager
les autorités locales, il les brava, ne les craignant pas :
elles minèrent sourdement son influence. Aujour-
d'hui, à la suite de différentes affaires très obscures
et très compliquées, auxquelles il a essayé de mêler la
Chine, son influence est ruinée. Son hôtel, par bonheur pour moi, subsiste encore !

Tchita, vue de loin, est fort jolie. Cette ville, âgée
à peine de cinquante ans, est logée au fond d'un
cirque de montagnes boisées : elle y rappelle un peu,
à distance, Stuttgart en plus sauvage, ou bien encore
un peu Zlatooust, en moins abrupt. De près, elle est
moins attrayante. Bâtie en échiquier, sur du sable,
elle est si large et si vide qu'on s'y sent mal à l'aise.
C'est en ce moment une ville morte, écrasée sous la
chaleur ; ses innombrables chiens, assis sur le pas des
portes, s'ennuient et bâillent de n'avoir pas même une
occasion d'aboyer aux passants : ils n'ont même plus
le passe-temps de mordre leurs puces, car il semble
bien qu'ils les aient toutes passées aux hommes.

En ce moment, une récente calamité publique,
l'inondation, ajoute encore à l'aspect désolé de

Tchita. Toute la Transbaïkalie en a souffert : à la suite
d'une pluie incessante de plusieurs jours, les tribu-
taires supérieurs du fleuve Amour : l'Ingoda, la Chilka
et l'Argoun, se sont gonflés, et la vague dévastatrice
a roulé, détruisant tout sur son passage, jusqu'à ce
qu'elle eût atteint le vaste fleuve où elle s'est perdue.
Non seulement la route de Tchita à Strétensk est
rendue impraticable en plusieurs points, non seulement l'inondation a causé d'énormes ravages le long
de la voie du chemin de fer en construction, brisant
les ponts, engloutissant des magasins à Mitrophane
et à Strétensk, tordant les rails déjà posés, faisant
ébouler ailleurs des remblais, et atteignant en certaines places les godets des fils télégraphiques, — mais
encore, ici même, elle a enlevé tout le bois préparé
pour le flottage, et pour le chauffage de cet hiver,
ainsi que toutes les meules de foin amoncelées dans
les prairies. De mémoire d'homme, on n'a jamais vu
semblable inondation en ce pays qui, pourtant, s'y
connaît en pareille matière. Les conséquences pour
la province et pour la Russie en sont incalculables : il
va falloir, entre autres mesures de défense, rehausser
la substructure du chemin de fer sur plusieurs centaines de kilomètres, pour mettre la voie à l'abri de
pareils accidents. Plus spécialement, le contre-coup
de cette calamité est sensible pour Tchita où, n'ayant
plus de foin, on est contraint de vendre ou d'abattre
beaucoup de chevaux, et où, n'ayant plus de bois
préparé, on aura à peine le temps de se mettre en
mesure d'affronter l'hiver.

*20 août.* — Avant de recueillir ici des renseignements sur la province, j'ai tenu à m'enquérir de la
façon dont je continuerais mon voyage. Deux routes

s'offrent à moi : la voie de terre et la voie fluviale,
également mauvaises l'une et l'autre. La route de
Strétensk est ravagée par l'inondation, et le service
de la poste n'y est assuré qu'à grand peine : je suis
peu tenté de l'adopter. D'autre part, l'Ingoda, affluent
de la Chilka, tributaire lui-même de l'Amour, n'est pas
navigable jusqu'à Tchita : les paquebots ne dépassent
pas Strétensk, sauf de rares occasions où, par les
grandes eaux, ils s'aventurent jusqu'à Mitrophane.
Pour descendre la rivière, on n'a donc que le choix
entre une barque et un radeau. Or, une barque est
très difficile à trouver ici, car les habitants de Tchita
n'en fabriquent que pour leur usage. Le radeau est,
au contraire, le mode de locomotion le plus fréquemment employé, parce qu'il offre le double avantage
de porter un lot de marchandises, et de se vendre un
très bon prix à Strétensk, où les belles poutres sont
rares. Malheureusement, l'inondation a enlevé tout ce
qui se trouvait sur les bords du fleuve : les poutres
sont devenues hors de prix à Tchita, et ont perdu
toute valeur de revente, car, à Strétensk, on a repêché
une partie de celles que la dérive avait amenées. Ma
situation n'a donc rien d'enviable, et je ne sais quel
parti prendre. J'ai trouvé à l'hôtel deux ou trois
Anglais et un jeune Russe qui ont fait prix avec un
industriel : celui-ci, pour 150 roubles (400 fr.) leur a
cédé, sur un radeau couvert de marchandises, une
petite place, sur laquelle ils ont fait poser un parquet
les isolant des poutres et de l'eau, et une tente pour
dormir à l'abri. Ils partent demain matin, et je suis
allé ce soir examiner leur installation.

Dans un décor de nuit splendide qui se préparait,
j'ai vu, au pied des collines, un spectacle inattendu.

Sur la berge escarpée, tout humide encore de l'inondation qui la couvrait hier, grouille une foule paisible.
Partout apparaissent des ballots, des femmes, des
enfants : des feux sont allumés, on soupe et l'on boit
du thé. Tous ces gens campent ici depuis deux jours,
attendant patiemment le départ du radeau sur lequel
ils passeront, les pieds presque dans l'eau, quatre ou
cinq jours encore. Certes, la perspective de les imiter
et d'observer de près, lentement, les rives qu'on dit si
pittoresques de l'Ingoda et de la Chilka, me séduit
vivement ; mais, d'autre part, les rhumatismes que je
risque à cette aventure me sourient moins. Nous des-
cendons, un de mes compagnons d'hôtel et moi, pour
visiter ce radeau composé de trois trains de poutres.
Par malheur, trompé par l'obscurité, je mets le pied,
non pas sur les poutres qui font saillie, mais dans
l'intervalle qui sépare deux de ces trains : je m'enfonce dans l'eau glacée ; cependant, je parviens à
saisir une poutre, à laquelle je reste suspendu, incapable, à cause du poids de mes habits, de faire un
rétablissement pour me sortir de l'eau. Une dizaine
de personnes sont témoins du fait : ah ! les bons Sibériens, que ma situation leur paraît donc comique ! de
quel cœur ils rient à voir mes efforts vains ! Quelle
joie, sans doute, pour eux, de voir sans bourse délier
un homme qui pourra se noyer s'il faiblit et disparaît
sous le train, qui sera broyé entre les deux radeaux,
si le courant les déplace, ou bien qui, pour le moins,
souffrira longtemps de ce bain glacé ! Oh ! les bonnes
âmes ! Nul ne bouge pour me tendre la main, et je
reste là jusqu'à ce que mon compagnon, un homme
excellent et gai, M. Elgasse, vienne me tirer d'affaire.
Vite en voiture, et, trois quarts d'heure après, j'étais

dans ma chambre d'hôtel : une fois déshabillé, je me frottai vigoureusement de *vodka*, avec l'aide de mon si aimable compagnon, et, la circulation rétablie, j'allai dîner. Ce bain, je l'avoue, a un peu refroidi mon enthousiasme pour les radeaux...

*22 août.* — Mon temps s'est passé en visites auprès d'ingénieurs et de fonctionnaires. Les ingénieurs m'ont indiqué le tracé probable de la ligne de Mandchourie, et m'ont renseigné sur ce qu'ils savaient des dégâts causés par l'inondation. Il se trouve par bonheur que, en ne se conformant pas exactement à des ordres venus de Saint-Pétersbourg, l'un d'entre eux a tenu la voie plus élevée qu'on n'exigeait : il a par là sauvé beaucoup de matériel. Il est impossible de ne pas songer avec tristesse pour la Russie à l'audace de certains fonctionnaires qui, depuis la capitale, décident des questions de détail pour des travaux exécutés à des milliers de lieues. C'est un ingénieur inspecteur qui a, sur le canal de l'Obi à l'Yénisséye, fait établir une écluse plus étroite de 0,70 centimètres, que les onze autres écluses du système. C'est un de ses collègues, sans doute, qui avait décidé qu'on ne tiendrait la voie du chemin de fer qu'à un mètre au-dessus du niveau atteint par la grande inondation de 1863 : par une heureuse désobéissance, on a doublé ce chiffre, et, en bien des endroits, il a été trop faible encore !

Les fonctionnaires m'ont entretenu des travaux préparatoires à l'installation d'émigrants, que l'on a poursuivis dans la province. Il a fallu pour cela étudier une à une les fermes des paysans russes et des Bouriates, et soixante personnes ont, cet été, collaboré à cette tâche. Malheureusement, les renseigne-

ments qu'ils ont recueillis se trouvent, dit-on, çà et
là entachés d'erreur, surtout en ce qui concerne les
Bouriates, les plus retors des habitants de la Sibérie.
J'ai même entendu dire que ces rusés indigènes ont
tenu des assemblées dans lesquelles ils ont arrêté les
termes des fausses déclarations qu'ils feraient. Ce
n'est pas, sans doute, en quelques mois et sans une
parfaite connaissance préalable du pays que des
enquêtes impeccables peuvent être poursuivies parmi
les indigènes; toutefois, je suis loin de partager la
défiance de quelques-uns à l'égard du travail monu-
mental des enquêteurs. J'y vois, pour le moins, une
magistrale compréhension de la besogne. Les chiffres
pourront y être inexacts, peut-être, en bien des cas;
du moins, la vive intelligence et le zèle de tels de ces
fonctionnaires que je connais personnellement me
sont garants d'une œuvre fortement intéressante,
pénétrante, juste dans ses lignes générales et, aussi,
dans une grande partie de ses conclusions... Oh! je
sens bien qu'en écrivant cette dernière ligne, je plaide
un peu *pro domo mea* [1].

Tchita possède un musée ethnographique, cela va
sans dire, puisqu'il y en a partout en Sibérie [2]; mais,
et cela est plus rare, ce musée, fort riche, est remar-
quablement classé. Il est aux mains de A. K. Kouznetsof, un ancien exilé politique et un homme fort

1. Je viens de recevoir ce magnifique ouvrage en 16 volumes,
et j'ai pu voir, en les feuilletant, que je ne m'étais pas trompé.
Il s'y trouve, entre autres, sur la vie et le mode d'exploitation
des paysans bouriates, des pages singulièrement captivantes.
J'y reviendrai, d'ailleurs, dans un autre ouvrage.
2. A Kiakhta, j'aurais pu parler d'un établissement analogue, où j'ai surtout remarqué une belle collection, absolument
complète, de dessins coloriés représentant les mille et quelques
dieux (bourkhâny) de l'Olympe bouriate.

intelligent, très fier de sa méthode de classement qui
permet de comprendre rapidement le développement
de la contrée. D'abord, les produits naturels (minéraux, végétaux, animaux) et la paléontologie; puis
l'homme (ethnographie locale, histoire des cultes,
archéologie); enfin l'industrie provinciale et l'industrie domestique (*koustarny*). Ce petit musée me plaît
vivement; la faune et la flore locales y sont richement
représentées, et les objets du culte bouriate y forment
une collection fort curieuse. J'y ai remarqué aussi une
vitrine consacrée aux produits de l'industrie de l'or; il
y manque ces modèles de machines qui sont si richement représentés à Yénisséisk, mais il s'y trouve un
coin curieux consacré aux « trucs » du vol et de la fal-
sification. Voici, par exemple, une magnifique pépite,
grosse comme un poing d'enfant, et fort lourde : elle
est fausse. Celui qui l'a fabriquée a volé un voleur :
il l'a en effet vendue pour 450 roubles (1200 fr.) à un
pope oublieux de la loi[1]; elle ne vaut que le travail
d'imitation, qui révèle, d'ailleurs, une adresse considérable, et 25 grammes d'or qui ont servi à la dorer!

Toujours préoccupé de mon départ, j'ai encore
visité le port d'embarquement des radeaux. Près de
là, des Cosaques sont occupés à ajuster un palais de
bois sur un radeau que la ville a fait construire pour
transporter le Gouverneur général des provinces
d'Amour et du Littoral, qui revient de l'ouest. Toujours la même animation sur la rive : on charge des
ballots de marchandises sur un grand radeau, et peut-
être pourrai-je y prendre place, moi aussi, si je ne
trouve pas mieux, d'ici deux ou trois jours. J'ai beau

---

1. Il est interdit aux particuliers d'acheter de l'or, sinon à
l'État.

chercher des poutres : il n'y en a plus sur le marché.

Cependant, aux abords de la ville, la foule s'agite : des ouvriers réparent la route que l'inondation a défoncée; on attend ce soir le Gouverneur général, et ces ouvriers sont des prisonniers, sans doute réquisitionnés pour cette haute circonstance. Des Cosaques paresseux les gardent, le regard dur et indifférent, fumant, ou grignotant des noix de cèdre, vautrés à plat ventre dans l'herbe, près de leurs fusils en faisceaux [1]. En voyant tout ce mouvement inusité, je me rappelle une circulaire que j'ai lue en venant ici, dans une maison de poste, et dans laquelle les autorités faisaient savoir que le Gouverneur allait passer : « Il faudra recevoir Son Excellence avec amabilité, sans cris, sans zèle indiscret. On aura soin de tenir tout prêts du lait frais, des œufs, du lait caillé, des fleurs, un samovar, de la crème », etc. Malgré moi, je pense au Chat Botté : « Manants, si vous ne dites... vous serez tous hachés menu comme chair à pâté »...

*23 août.* — Ce matin, le Gouverneur général m'a donné audience et m'a fait un accueil paternel. Le général Serge Mikhaïlovitch Doukhovskoï est un vieillard à moustaches blanches, aux traits fins, aux manières délicates, à la parole lente et douce. Nous causons longuement de l'avenir de sa province; il me dit ses efforts pour établir des relations commerciales suivies entre l'Europe, et spécialement la France, et Vladivostok. Puis, au moment où je prends congé, il me dit à l'improviste : « J'ai appris que vous voulez continuer votre route : si vous pouvez vous contenter d'une banquette dans la salle à manger de mon

1. Ce jour même, trois de ces prisonniers si mal gardés se sont enfuis.

radeau, je vais ordonner de l'adapter. » Cette offre, acceptée avec une reconnaissance inexprimable, est une des grandes joies que j'aie reçues depuis long-temps. Le général y met le comble en m'invitant à un déjeuner où il célèbre, par un toast vraiment tou-chant, l'arrivée de M. Félix Faure à Saint-Péters-bourg. Ce n'est pas tout encore : par-dessus toutes ces joies, j'ai eu celle si profonde et si douce d'em-brasser mon vieil ami Gavril Pétrovitch, arrivé ce soir d'Irkoutsk après un voyage très tourmenté. Je mar-querai ce jour d'une croix rouge.

*24 août.* — Nous sommes partis après midi. Si j'en avais eu le temps, je n'aurais certes pas abandonné ici Gavril Pétrovitch; j'ai gros cœur de le quitter, cette fois pour longtemps, et il me semble qu'en m'éloi-gnant de lui, je quitte le bon génie de ce voyage, et que je m'en vais être moralement seul, pour accom-plir sur les grands fleuves et les grands paquebots indifférents mon pèlerinage de retour. Jamais je n'ai senti aussi profondément qu'aujourd'hui combien peuvent vous lier des aventures communes, des aspi-rations parallèles, et un même amour du vrai, dans un pays où le mensonge a ses autels et ses grands prêtres...

... Le radeau vraiment princier du Gouverneur général est double. Sur la moitié antérieure, se trouve une construction comprenant quatre pièces séparées par un corridor central. L'autre moitié comprend la cuisine, dont le toit sert de poste de vigie au timonier, et deux réduits, l'un pour l'équipage, l'autre pour nous — on n'a rien oublié! Le personnel se compose du général Doukhovskoï, du Gouverneur de Tchita et de la pro-vince transbaïkalienne, le Général E. O. Matsievski,

et de trois fonctionnaires de Serge Mikhaïlovitch :
M. P. Cherbina, son chef de cabinet; le lieutenant-
colonel P. A. Donaourof, son aide de camp; enfin, son
secrétaire. Nous avons huit Cosaques pour manœuvrer les énormes rames d'avant et d'arrière, et un
sous-officier pour les commander; puis encore un
vieux pilote, ivrogne et bavard, toujours perché sur
le toit de la cuisine; enfin, le cuisinier et le valet de
chambre de Serge Mikhaïlovitch.

Adieu vat! nous partons emportés par un courant
qui fait de huit à dix kilomètres à l'heure. Les rives
filent avec une étonnante rapidité : elles sont rongées,
ravagées par l'épouvantable inondation d'il y a dix
jours. Quant à la rivière, l'Ingoda, elle est fort pittoresque. Avec d'infinis méandres, elle s'allonge entre
des rives boisées, le plus souvent montagneuses, sur
lesquelles on voit perpétuellement, au-dessus de la
berge ou à flanc de montagne, tantôt la route de
Strétensk, tantôt la voie future du chemin de fer, à
laquelle on travaille sans relâche. A tout instant, on
aperçoit des feux, des fumées, ici une nuée de mouches rouges qui sont des moujiks, là des Chinois que
l'on distingue à la jumelle, plus loin, des Italiens, et
aussi, m'assure-t-on, des Japonais et des Coréens.

Au crépuscule tombant, nous faisons halte au
village cosaque de Kroutchina fort éprouvé par l'inondation. Huit maisons sur dix s'en sont allées au fil
de l'eau, et, en outre, les jardins potagers, qui étaient
placés en bordure de la rivière, ont été recouverts
d'un mètre de sable, durant les quelques heures où
l'Ingoda s'est créé un lit temporaire. Enfin, le pont
en bois de la grande route a été enlevé par les eaux,
transporté à plus d'un kilomètre en aval et déposé

au milieu des champs. C'est une effrayante image de
dévastation brutale et instantanée. J'ai honte pourtant de dire que ces Cosaques, écumeurs légaux du
*tract*, où ils font payer des prix exorbitants aux voyageurs et aux cochers de passage, ne m'intéressent
que médiocrement, malgré leur misère. Ils ont un
faux air content qui me déplaît. En somme, leurs *isbas*
enlevées, ils en construiront d'autres, et ce sera tout
bénéfice, car ils se placeront juste à côté du chemin
de fer qui s'écartera ici quelque peu de la route.

*25 août.* — Nous nous sommes éveillés ce matin en
plein brouillard, et l'on n'a pas osé lancer le radeau
dans une aventure. Longtemps nous avons épié une
éclaircie : nous sommes tous si impatients d'arriver!
Enfin, la brise s'est levée et nous avons largué nos
amarres. Nous glissons toujours, dans la paix du courant qui nous entraîne, dans le silence que troublent à
peine, de temps à autre, le clapotis d'un tourbillon et
les ordres brefs du pilote. La rivière, toujours aussi
rapide (une dizaine de kilomètres à l'heure), continue
à présenter le même aspect : des collines boisées, des
rives rocheuses qui la contiennent, et toujours encore,
à flanc de rocher, la voie du chemin de fer à laquelle
des ouvriers sont occupés. En vérité, sur cette voie,
que depuis Kansk on côtoie perpétuellement, cette
continuité de travail et d'effort est belle et imposante. Nous accostons quelques villages éprouvés
par l'inondation, puis nous repartons après avoir noté
le nombre des maisons enlevées, et avoir promis des
secours. Vers six heures du soir, l'un d'entre nous
croit tout à coup remarquer une fumée dans le lointain, entre les arbres : on la jurerait semblable au
panache d'un paquebot, si l'on ne savait que les pa-

quebots ne peuvent remonter jusqu'ici. Après quelques
détours, une perspective droite s'ouvre à nous, et,
tout là-bas, nous apercevons en effet la coque d'un
bateau à vapeur : les commentaires vont leur train.
Ce paquebot qui nous atteint enfin, s'appelle la *Zéia*.
Il appartient à un riche marchand de Blagoviéschensk
dont la femme et le fils se rendent à Irkoutsk. Désirant
leur épargner quelques centaines de kilomètres en
tarentass, ce père et cet époux modèle a choisi son
plus vieux paquebot, celui dont la perte lui serait le
moins sensible, et a permis au capitaine de le risquer
sur les eaux de l'Ingoda. La dame connaît justement
le Gouverneur général : c'est pour elle une belle
occasion de demander une feuille de recommandation
qui lui facilitera l'obtention des chevaux de poste ;
elle offre, en échange, le passage sur son paquebot
aux généraux et à leur suite. Certes, le radeau nous
plaisait fort, par sa nouveauté, par sa relative commodité, par la douceur paisible de sa marche, et
nous avons tous grand peine à nous en séparer; mais
la raison l'emporte enfin : nous sommes pressés, et
la *Zéia*, à la descente, fait 25 kilomètres à l'heure.
Demain matin, un peu plus bas en rivière, nous pas-
serons à bord du paquebot.

*26 août.* — Vers dix heures, à un tournant où le
courant nous entraînait avec une belle rapidité, nous
avons aperçu des hommes qui, d'un îlot, nous ont
fait des signes d'appel. Le général Doukhovskoï a
exigé que l'on stoppât pour s'informer : malgré la
résistance du capitaine, peu soucieux de perdre son
temps pour des particuliers, nous sommes revenus en
arrière, nous avons jeté l'ancre, et nous avons opéré
le transbordement d'une vingtaine de naufragés. Ils

avaient pris place sur ce grand radeau de marchandises sur lequel, à tout hasard, je serais parti, sans
l'invitation gracieuse de Son Excellence : après deux
jours de voyage paisible, la force du courant avait
séparé deux des tronçons de ce long radeau, et jeté
les passagers sur un îlot, tandis que les marchandises
allaient s'échouer, deux kilomètres plus bas, sur la
rive droite. Les malheureux n'avaient pas de barque,
ils n'avaient pas non plus une seule amarre que,
malgré la violence du courant, quelqu'un d'entre eux,
peut-être, eût portée à la nage sur la rive voisine. Ils
étaient là prisonniers, dans un lieu désert, à la merci
du hasard. Un radeau qui les avait dépassés n'avait
pas pu — ou voulu — leur porter secours, et ils
seraient sans doute restés là bien longtemps, sans
la rencontre inespérée, inouïe, du premier paquebot
qui, depuis trente-cinq ans, ait osé se risquer dans
ces parages ! Une fois en sûreté à notre bord, les
naufragés, parmi lesquels se trouvaient plusieurs
dames, ont pris une attitude nouvelle : la joie chez
eux était si bruyante, si naïve, que, à table, on eût
dit une troupe de collégiens en vacances. Mais, a
bien ri qui a ri le dernier ! Le capitaine, en homme
avisé, leur a fait prendre des billets de passage !

La journée s'écoule monotone. Partout, nous con-
statons des dégâts causés par les eaux : de Galkino
à Mitrofane, le chemin de fer fonctionnait sur une
distance d'environ 60 verstes ! l'inondation l'a ravagé.
A la seconde de ces stations, les bâtiments de service
sont éventrés, les baraques sont déplacées, une locomotive est à demi enfoncée dans l'eau. Cependant, à
Mitrofane, le paquebot *Atamane* attend le Gouverneur
général. Ce paquebot appartient aux Cosaques de

l'Amour que commande S. M. Doukhovskoï; ils .le
mettent à la disposition de leur chef pour tous ses
déplacements. Ce petit vapeur est très coquet, tout
blanc, tout pimpant, un peu défiguré seulement par
les grilles qui protègent les vitres du rouf. Je suis
invité à y prendre passage, et j'accepte d'autant plus
volontiers que, tous ici payant leur place au profit
de la caisse des Cosaques, il me sera possible de m'ac-
quitter d'une partie de mes obligations autrement que
par des pourboires. D'ailleurs, comment résister à
l'exquise amabilité du général Doukhovskoï? Il sait
si bien le monde, et devine si bien qu'un mot déplacé
peut profondément blesser! En outre, il comprend
fort bien le sens de mon travail, et l'utilité que présente pour ces pays perdus la visite du plus humble
des voyageurs qui les décrira.

*27 août.* — Ce matin, nous avons atteint Strétensk,
le point extrême où s'arrête, à la remonte, la navigation de l'Amour et de la Chilka. La ville a beaucoup
souffert de l'inondation qui a détruit le môle et plusieurs entrepôts de marchandises. L'hôtel *Voxal*,
situé sur la berge, repose lamentablement sur des
étais, une partie du sol qui le portait ayant été minée
par les eaux furieuses. Après quelques visites d'affaires, je rentre à bord où déjeune avec nous un
célèbre pianiste polonais, Konski. Il a jadis reçu,
en qualité d'enfant prodige, quelques indications de
Beethoven — on le dit du moins : en tout cas, la
Russie l'estime beaucoup, et il a quatre-vingt-un ans
sonnés. C'est un petit homme à impériale blanche,
avec des moustaches cirées, et l'apparence générale
d'un vieux grognard du second Empire; il a de petits
yeux, un front déprimé, une rosette multicolore

grosse comme une noix; au doigt, une énorme améthyste d'archevêque; avec cela, une bonne humeur
vaniteuse et bavarde vraiment surprenante chez un
homme de cet âge. Puis aussi, quelle énergie ! En
compagnie de sa femme, il vient d'entreprendre une
tournée autour de l'Asie, et il la termine par la
Sibérie, sans s'effrayer de 2000 kilomètres de tarentass !

*28 août.* — Hier soir, par grande pluie, et dans
l'obscurité la plus profonde, nous avons abordé à
Oust Kara, un village sans grand intérêt, il est vrai,
mais situé à quelques verstes des célèbres mines de
Kara, où tant de forçats politiques ont été internés.
C'est avec une vive curiosité que j'ai, ce matin, interrogé du regard les croupes boisées derrière lesquelles
se cache la *katorga* (bagne) illustre; mais la pluie
embrumait l'horizon et rendait la berge presque impraticable. Aussi bien, de l'ancien bagne, ne reste-t-il
plus que des souvenirs : ici, un bâtiment de prison
désaffectée; là-bas, des bâtiments vides, une fabrique
de cuir, et six exilés que gardent deux geôliers et un
surveillant. L'un des prisonniers est fou, et les autres
s'occupent surtout d'agriculture. La raison qui a fait
déserter Kara, est la crise de l'argent. L'administration des Domaines n'a plus trouvé ici son compte
à l'exploitation du métal blanc, et elle s'en est peu à
peu désintéressée. Pour les condamnés, on a trouvé
d'ailleurs des lieux plus sûrs, à deux ou trois mille
kilomètres vers le nord.

A Oust Kara, l'inondation a fait de terribles ravages :
on en voit les traces jusque sur l'autel d'une église
qui, placée dans un creux, a été inondée; des *isbas* ont
été emportées au fil de l'eau, et, à quelques kilomètres

plus bas, les habitants d'un village cosaque respecté
par les eaux, loin de porter secours à leurs voisins, se
sont au contraire élancés dans des barques pour piller
le contenu des *isbas* qui descendaient au fil de l'eau.
Ce n'est pas là un conte, une calomnie, sans doute,
car le fait m'est rapporté par le pope, un jeune homme
grand, gras, brun, avec des yeux bridés, et une mince
moustache qui semble dessinée au fusain autour de
la petite bouche ronde qui troue son visage en pleine
lune.

Nous repartons par l'admirable Chilka, et, jusqu'au
soir, se succèdent sans interruption des paysages
surprenants de beauté sauvage : une double ligne
ondulée et boisée de rochers abrupts, de montagnes,
de collines, offrant des tournants imprévus qui bar-
rent l'horizon, et qui se résolvent par de subits chan-
gements de décor. Je ne crois pas avoir vu encore
de rivière aussi sûrement et continûment pittoresque : certes, je préfère, pour ma part, la Kiète ou
le Kasse, mais, à la Chilka, il ne manque que l'homme
et les châteaux du Rhin pour en faire un lieu de
grand tourisme international. Mais, actuellement, la
solitude perpétuelle des montagnes y est fatigante.
Nous nous trouvons dans une partie de la Transbaïkalie qui n'offre de communication que par le fleuve,
et qui se trouve complètement isolée du monde au
moment des premières gelées et à celui de la débâcle.
Qui donc croirait à cette vie perdue, en voyant passer
ici ces fréquents paquebots à deux étages, qui, mus
par une roue à leur arrière, remontent les eaux impé-
tueuses ?

*29 août.* — Arrivés ce matin à la station de Pakrovka
où la Chilka, en s'unissant à l'Argoûn, donne naissance

au fleuve énorme qui porte le nom de fleuve Amour,
nous parvenons à trois heures à la station d'Ignachina
en face de laquelle, sur la rive chinoise, est situé
un poste chinois, nommé Mokho, centre de surveillance et d'administration d'importantes mines d'or
situées à peu de distance. Ce poste compte environ
500 soldats. Le général Djao-Mian qui commande
Mokho, a invité à déjeuner le général Doukhovskoï,
et celui-ci a accepté. Nous traversons le fleuve, et,
quand nous approchons de la rive chinoise, nous
y voyons rangées des troupes : soldats mandchous
en blanc, et soldats chinois enturbanés de noir, vêtus
d'une tunique bleue bordée d'une raie rouge, et
ornée, par devant et par derrière, d'une lune blanche
chargée d'inscriptions. Ils portent des fusils très longs
dont ils tirent des feux de salve, tandis que sur les
flancs de leur ligne, des mortiers saluent le débarquement du général russe. Certains soldats sont
armés de hallebardes comme on en voit à l'Opéra-
Comique : d'autres ont des tridents... sont-ce des
armes de guerre, ou bien des harpons à esturgeons?

Les troupes se forment en haie et nous précèdent
dans la direction du village. Nous traversons une
série de cours, puis une chapelle où se trouve un
autel domestique, et nous pénétrons enfin dans les
appartements du général, qui était venu attendre son
invité au débarcadère. Djao-Mian est un homme de
trente-cinq à quarante ans, aux traits extrêmement
fins et jolis, aux grands yeux noirs très doux, volontiers souriants : c'est un magnifique type d'homme,
et il a bien peu l'air chinois. On le dit extrêmement
riche : il est visible, en tout cas, qu'il est remarqua-
blement intelligent. Quelle déception de ne pouvoir

causer dans sa langue avec un homme si peu commun, et de passer peut-être à côté d'une belle intelligence sans la pouvoir pénétrer autrement que par
l'éclair des yeux!

Tandis qu'on prépare le dîner, nous nous asseyons
autour de tables où sont servis des verres de thé, des
cigares, des cigarettes. Les généraux causent au
moyen d'un interprète chinois. Cependant, le général
russe s'impatiente; ordre est donné de hâter le dîner
et de réduire le nombre des plats. Nous passons
enfin dans la salle à manger, où j'ai la déception de
voir un mélange de couverts chinois et européens.
Évidemment, c'est par délicatesse que notre amphitryon a fait couvrir la table selon nos habitudes; mais
comme je regrette la couleur locale! Djao-Mian, lui-
même, mange avec une fourchette. Je demande à un
servant de m'apporter des baguettes : c'est le seul
mot chinois que j'aie retenu de Kiakhta — encore ne
le comprend-on pas ici! Interprètes et officiants se le
répètent interrogativement; tout à coup, un domestique qui entre entend ce conciliabule et donne une
explication : les baguettes ont ici un nom tout différent de là-bas; j'oubliais que les Chinois ne se comprennent pas de province à province, et que parfois,
à l'étranger, deux d'entre eux, ravis de se rencontrer, en sont réduits à converser par signes... ou en
anglais! On m'apporte deux charmantes baguettes
d'ivoire, et, sûr de mon effet, je les manie avec aisance,
à la grande joie des Chinois présents. Aussitôt, cela
devient un jeu : tous les Européens veulent avoir des
baguettes et s'essayer à les tenir entre le pouce, l'index
et le médium. On s'amuse beaucoup. Le dîner est
évidemment très riche, très recherché, mais j'avoue,

à ma honte, que je le trouve sinon moins chinois, cependant moins nourrissant que ceux de Maïma-tchine. Par malheur, l'interprète ne sait pas lui-même toujours le nom des mets qu'on nous offre : je suis donc obligé de nommer au hasard, et de souvenir, ce que j'ai retenu :

D'abord, des hors-d'œuvre sans fin, très étranges çà et là, et le plus souvent indéfinissables : des pâtes de fruits ; — des poissons séchés débités en lamelles minces comme du papier ; — du poisson doré ; — des noix marinées dans du vinaigre ; — des noix sèches ; — des amandes ; — du chou de mer ; — que sais-je encore ? Puis, des œufs noirâtres ; — des soupes variées ; — du macaroni transparent ; — de ces mau-viettes minuscules que l'on capture sur les rizières et que l'on expédie à grands frais ; — du mouton rissolé ; — des holothuries ; — des ouïes de requin, croquantes et sans goût ; — des champignons noirs ; — des vers ; — un liquide sans apparence dont on me dit qu'il est fait à base de nids d'hirondelles ; — des cartilages d'esturgeon, sans goût et croquants ; — des pousses de jeune bambou, en guise d'asperges ; — puis, des pâtes sucrées, très variées ; — puis, subitement, encore des soupes, entre autres, une soupe aux petits pois ; — enfin, le bol de riz traditionnel. J'oublie cent choses, mais, le moyen de tout retenir [1] !

L'amphitryon souriant mange, cause, et écoute à la fois les deux traductions de l'interprète : il est coiffé d'une toque ornée d'une crinière raide qui

---

1. Le dîner n'ayant pu être servi tout entier, vu l'impatience du général russe, on nous a cependant remis un beau menu calligraphié sur du papier rouge. Un savant l'a traduit à Khaba-rovsk, en nous expliquant que chaque plat inscrit est lui-même l'indication de toute une série de plats dont le détail n'est pas

saillit en arrière, et d'un bouton de cristal bleu. Son
vêtement, tout neuf, est des plus simples ; les soies
dont sont faites ses tuniques, sont de couleurs neutres,
modestes, de très bon goût. A ses côtés, un vieux
colonel à lunettes s'empiffre sans dire mot et sans
lever la tête : c'est plaisir de voir manœuvrer ses
mâchoires...

Le dîner fini, on nous reconduit avec le même céré-
monial que pour l'arrivée, et, par une enfantine gen-
tillesse que mes compagnons russes ne semblent pas
tous comprendre ainsi, un officier vient apporter à
notre bord un plat de je ne sais quel dessert dont
nous avions tous mangé avec plaisir...

*31 août.* — Tous les soirs, lorsque le général s'est
retiré dans sa cabine, le capitaine de l'*Atamane* commence à raconter des anecdotes et à faire des imi-
tations. Il est tout jeune encore, charmant compagnon, bien né et bien doué, tout pénétré de goûts
artistiques légers : il chante des opérettes, barbouille
des aquarelles et esquisse des nouvelles. C'est un de
ces Russes extrêmement bien préparés à la produc
tion, et qui pourtant sèment leur vie et leurs dons

---

donné ici. Je transcris ici la traduction française de la traduction russe de ce menu chinois :

Nids d'hirondelles
Poro rôti
Ouïes de requin
Mouton rôti
Holothuries
Cartilages de poissons
Petits oiseaux cuits aux fleurs de nénuphar
Pousses de bambou
Œufs de poule avec des haricots verts
Précieuses plaques parfumées ???
Huit mets précieux ???
Racine de pommier sauvage
Hors-d'œuvre
Beurre avec de l'aromate de sabot de cheval
Beurre de Formoso

sans compter, avec la résignation de l'au-jour-le-jour,
avec l'insouciance qu'imposent les horizons sans fin;
un de ces Russes trop nombreux pour qui demain
n'existe pas, et qui rêvent parfois d'escalader la mystérieuse colline, mais n'ont jamais *voulu* sérieusement s'y risquer. Quoi qu'il en soit, Dmitri Afana-
siévitch L. est un homme avec qui les heures coulent
vite. Fort gai, doué d'une mémoire singulière, et
d'une extraordinaire faculté d'imitation, il est également apte à reproduire des cris d'animaux, des drô-
leries d'accent et des langues vivantes; il prononce
à merveille l'anglais qu'il parle fort bien, ainsi que
l'allemand et le français : enfin, il est irrésistible lorsqu'il imite un Bouriate, un Chinois, un Juif, ou un
Allemand, parlant russe.

Ces innocents passe-temps font couler les heures
que me laissent libres mon travail ou les entretiens
du général; désireux, en effet, de me mettre à même
de comprendre les renseignements que je recueillerai
sur la province, le Gouverneur général me prend
chaque jour à part pour m'exposer quelque nouveau
détail d'organisation. Il insiste aussi avec prédilec-
tion sur les avantages qui sont offerts à ceux de
nos compatriotes qui établiraient à Vladivostok ou
dans l'intérieur du pays, des comptoirs d'importation
directe...

Les paysages grandioses et vides, les rochers
sombres se succèdent sur les bords du grand fleuve
où nous glissons. L'un de nos compagnons de
voyage, le colonel V. F. Pétrof, qui escorte le général, m'explique comment on chasse le tigre dans les
forêts qui bordent la rive chinoise. Le tigre est en
effet très commun dans ces parages, et il étend ses

déprédations presque jusqu'au Pacifique, tout au
moins jusqu'au-delà de l'Oussouri. C'est un tigre
énorme, le plus grand, dit-on, qui existe au monde,
et, en hiver, sa fourrure, qui devient longue et touffue,
est particulièrement appréciée. Le colonel me dit
qu'il a dans son service deux sous-officiers cosaques
dont l'un a déjà tué 6 tigres, et dont l'autre en a
abattu 13. Voici, dit-il, comment ils s'y prennent. Ils
s'enfoncent dans la forêt vierge tout seuls, avec leur
carabine et leur chien. Si celui-ci évente le tigre, on
a chance de tirer sans être surpris; si au contraire
le fauve prévient le chien, c'est cette pauvre bête
qu'il choisit toujours pour victime, de préférence à
l'homme. Dans les deux cas, on a chance de tuer le
tigre, si l'on a le sang-froid de lui tirer une balle derrière l'oreille, l'endroit qui, chez lui, est vulnérable
par excellence.

*1ᵉʳ septembre.* — Nous approchons de Blagoveschensk. Tout à l'heure, un paquebot de service
nous a accostés et a déposé à notre bord le général
K. N. Gribski, le sympathique Gouverneur de la province, et quelques officiers, parmi lesquels, remarquable par sa modestie, son attitude énergique et son
énorme carrure, se trouve le colonel Gromtchevski, le
célèbre explorateur du Pamir et de l'Asie centrale. Il
vient précisément de diriger une exploration sur la
rivière Soungari, le grand affluent chinois de l'Amour,
et d'y déterminer, au prix de bien des fatigues et de
véritables dangers, des points de repère pour les
futures expéditions en Mandchourie.

Blagoveschensk est une ville moderne bâtie à
l'américaine, au cordeau, sur la rive gauche du fleuve
Amour, près de son confluent avec son puissant tri-

butaire septentrional, la Zéia. Les rues s'étendent infiniment, et sont si larges qu'elles paraissent vides. Sous la conduite d'un officier de police chargé de me guider en ville, et qui ne me quitte pas d'une semelle, je fais d'abord la connaissance d'un savant local, Alexandre Vasiliévitch Kirillof, professeur de latin au lycée, géographe et statisticien passionné. C'est un des plus fins connaisseurs du pays, et en outre, ce qui ne gâte rien, c'est un homme profondément serviable et cordial. Il me comble de prévenances, me donne des livres, des brochures sur cent questions curieuses, et m'offre aussi le précieux dictionnaire géographique dans lequel il a versé la somme de ses connaissances sur la province. Ah! l'aimable savant, et qu'il a peu de cette raideur que communique parfois l'érudition! Le bon et souriant latiniste! Il trouve encore, malgré sa multiple vie intellectuelle, le temps de cultiver son verger : il m'offre de succulentes mirabelles — qui sont pour moi les premiers fruits de cette année! — poussées sous ses fenêtres, et me fait apprécier certaines confitures faites avec des framboises que l'on a cueillies tout auprès. Comme on aime, dans une vie pressée, marquer au passage le profil d'un si aimable homme!

Outre les visites relatives à l'émigration et au service des mines d'or, j'en dois noter une curieuse, celle que j'ai faite à un jeune Français, M. Gay, établi depuis deux ans à Blagoveschensk. M. Gay, auquel font visite, désormais, tous ceux de nos compatriotes qui montent ou descendent le fleuve Amour, a fait connaissance avec la Sibérie à la suite d'une expédition scientifique à laquelle il s'était trouvé adjoint. Fort intelligent, entreprenant, sérieux de bonne heure, ce

Lyonnais reconnût vite que, dans ce pays neuf, on pouvait trouver des occupations plus intéressantes que celles qui avaient retenu ses compagnons de route à Irkoutsk durant l'hiver 1895. Avec un de ses amis, il s'établit à Blagoveschensk; là, tout en étudiant quelques entreprises de grande envergure qui ne sont pas mûres encore, ils s'occupent ensemble de constructions et d'importation. Sûrs de voir présider à la disposition des immeubles quelque chose du goût français, et, à l'emploi des fonds, une honnêteté occidentale, les particuliers et la municipalité accablent nos jeunes gens de commandes. MM. Gay et Mangini viennent, à l'admiration générale, de construire en soixante-douze jours un coquet Palais de justice où s'installeront les nouveaux juges, et déjà plusieurs maisons particulières qu'ils vont élever leur sont louées sur plan. Ils profitent, et c'est justice, de cette fièvre du bâtiment à laquelle sont en proie quelques villes de l'Extrême Orient sibérien, depuis que le monde est rempli du bruit répandu sur la richesse fabuleuse de leurs districts miniers.

En outre, M. Gay et ses associés s'occupent d'importer des articles français qu'ils revendent au demi-gros, à des bénéfices tellement rémunérateurs qu'ils peuvent supporter les dépenses et les risques du fret, placé tout entier aux mains des Allemands. Vladivostok, Nicolaevsk et toute la Transbaïkalie sont encore à cette heure exempts de douane. Seuls, les alcools, vins, liqueurs, sucres et tabacs, acquittent à l'entrée des droits d'accise égaux à ceux que payent les fabricants russes. Dans ces conditions, le prélèvement d'un bénéfice net considérable permet encore aux importateurs de fournir des produits à des prix que l'on considère là-bas comme très peu élevés.

J'ai fait une excursion par les magasins de la ville ; j'ai vu ceux d'un Américain naturalisé, M. Éméri, qui importe des machines agricoles, ceux d'un Russe, M. Tchourine, qui importe de très médiocres articles moscovites, et, enfin, la succursale de la puissante maison Kunst et Albers de Hambourg, où l'on trouve, à des prix exorbitants, presque tous les produits de l'exportation camelote de l'industrie allemande. Il y a certes là beaucoup à faire pour nos compatriotes.

En somme, Blagoveschensk laisse l'impression d'une ville qui se développe : à causer avec ses commerçants, ses administrateurs, ses rentiers, on reçoit l'impression d'un mouvement rapide d'ascension et d'entreprise. Il semble même qu'à voir dans cette ville russe le grouillement inaccoutumé d'une foule chinoise et de tout un peuple de jonques mêlées aux barges et aux paquebots, on saisisse sur le vif ce mouvement confus, et que l'on devine l'endroit où la fourmilière va se creuser.

*3 septembre.* — Reparti sur l'*Atamane*, je me suis levé au point du jour pour voir, sous les reflets verdâtres et laiteux de l'aurore, se dérouler l'énorme embouchure de la Zéia dans le fleuve Amour : c'est une mer calme, un lac sans rives. Au loin, des feux marins qui brillent encore ; au ciel, des étoiles très hautes qui pâlissent... Et bientôt, l'énorme fleuve est pris d'un roulis qui complète l'illusion marine. Tout le jour, le vent nous a secoués sur ses eaux immenses élargies encore par l'inondation, et nous avons marché vers l'est dans un paysage plat et attristant. Sur le soir, dans un village cosaque, des hommes se sont plaints de ce que, depuis quelques années, les Chinois de l'autre rive ne leur afferment plus leurs meilleures terres : « Mais patience, ont-ils ajouté, la bête de fonte (la locomotive) viendra, et nous les prendrons, ces terres... »

*4 septembre.* — Le défilé des monts Petit Khine-Ghâne que nous avons traversé ce matin, est une des curiosités de l'Amour moyen : deux énormes éperons rocheux, subitement rapprochés, tiennent prisonnier le fleuve colossal étalé hier sur deux kilomètres de largeur. Ces montagnes boisées, devenues brusquement si proches que l'on y reconnaît sur la pente les essences d'arbres, sont vraiment imposantes. Il règne, dans ces défilés longs de vingt-cinq lieues, une paix sombre et comme religieuse : on dirait que le fleuve paresseux, mais remuant, s'est recueilli pour passer par cette longue épreuve.

En ce moment, il est onze heures du soir ou minuit; la nuit est très sombre, et nous sommes à l'ancre au milieu d'un bras inconnu du fleuve débordé. L'eau, qui monte toujours, bruit et clapote sous notre quille, avec une violence inquiétante. Après nous avoir laissé marcher longtemps sous un rayon de lune projeté en travers des flots, notre pilote s'est égaré, et nous avons failli échouer. Au loin, à perte de vue, dans l'obscurité que les regards finissent par percer, le fleuve, plutôt deviné qu'aperçu, s'étale dans un paysage plat, froid, un vrai paysage de mort. Et je sens remonter en moi des souvenirs du printemps passé, de l'Obi boueux, de la Kiète ferrugineuse, de la *taïga* sombre où les premières caresses de juin faisaient éclater les bourgeons des bouleaux. Est-ce la seule différence entre le printemps et l'automne qui me fait éprouver aujourd'hui des sensations si différentes de celles d'alors?

Est-ce plutôt la fatigue, l'énervement d'un voyage pressé? je ne sais. En tout cas, sur ce versant du Pacifique, je me sens envahi d'appréhensions, de froid humide, de détresse noire, et je comprends les émigrants qui, malgré tous les efforts du Gouvernement, sont si prompts à déserter ces terres, fertiles, il est vrai, mais marécageuses et lugubres...

*7 septembre.* — Je viens de passer trois jours à Khabarovsk, la capitale de cette immense province priamourienne. Il m'en reste quelques impressions vives. D'abord, l'aspect général de la ville, admirablement située sur des épaulements ondulés qui forment la rive droite de l'Amour et de l'Oussouri, son puissant affluent. Sa position est magistrale, en face de l'immense horizon où se mêlent les eaux gonflées des deux énormes fleuves. Les maisons sont en bois, pour la plupart, mais les bouquets de verdure qui les séparent leur donnent une apparence riante, malgré la poussière, et ôtent à la cité ce caractère de grand village qu'offrent encore tant de villes sibériennes.

Khabarovsk est une ville toute récente, et, comme telle, pourvue de nombreux établissements d'utilité publique. La politique russe a depuis longtemps caressé l'espoir d'établir dans cette contrée un centre solide d'influence russe, en face de la Chine, que l'on guette, et du Japon, dont on redoute les forces naissantes et la concurrence. Peut-être l'idée primitive du Transsibérien est-elle due en partie à des considérations de cet ordre : en tout cas, elles sont clairement exprimées dans le rapport du Gouverneur général à l'Empereur, pour l'année 1896, rapport qui se trouve dans la salle de lecture de la bibliothèque publique. Or, pour créer une influence russe dans ces

parages, il faut d'abord y amener des hommes : de
là le développement de l'émigration officielle sur
l'Amour et l'Oussouri, et les avantages accordés aux
colons volontaires. Il faut, ensuite, développer dans
la province le grand commerce : on y a tâché par la
suppression des droits de douane, et, comme on crai-
gnait de voir la contrée prise d'assaut par les étrangers forts de leurs capitaux, on a d'abord, par une
loi, d'ailleurs récemment rapportée, interdit à toute
personne qui n'était pas sujet russe, d'acquérir des
biens-fonds dans la Priamourie. On a enfin tenté d'oc-
troyer aux villes quelques-unes des commodités occidentales. C'est évidemment pour cette raison que
Khabarovsk, médiocre village il y a quelques années,
a été élevée au rang de capitale de gouvernement,
et pourvue d'une foule d'institutions civiles et militaires. Je n'en ai pas fait, certes, une étude appro-
fondie, et j'avoue même n'avoir porté sérieusement
mon attention que, d'une part, sur la bibliothèque,
riche de 40 000 volumes, et le musée ethnographique,
et d'autre part sur le champ d'essai.

Le musée est fort joli. Outre les collections obligées de la faune et de la flore locales, il possède une
magnifique collection d'idoles (*bourkhany*) du culte
bouriate, la plus riche et la plus élégante de celles
que j'ai vues en ce genre en Sibérie.

Le champ d'essai, dont l'institution rappelle celui
qui fonctionne à Barnaoul, dans l'Altaï, est destiné,
d'une part à faire des essais d'acclimatation de
plantes nouvelles avantageuses pour les cultivateurs,
et, d'autre part, à fournir à ces derniers des semences
irréprochables et des plants d'arbres fruitiers. Il y est
adjoint un rucher dont les paniers sont distribués

gratuitement aux paysans ou aux colons qui en font
la demande, à la seule condition de transmettre eux-
mêmes des ruches à leurs voisins, au moment de la
séparation des essaims.

Toutes ces tentatives sont intéressantes, et la contrée mérite certes mieux qu'un arrêt de trois jours;
mais, en raison des difficultés que présentent les communications, c'est deux ou trois mois qu'il m'y faudrait passer pour l'étudier dans le détail : cela m'est
impossible. Il a donc fallu prendre congé de l'homme
excellent dont j'ai été l'hôte durant près de quinze
jours, le général Doukhovskoï[1]. Une station encore
doit me retenir sur le sol russe, et mon travail prépa-
ratoire sera clos...

J'écris ces lignes dans une petite station du chemin
de fer oussourien, perdue dans la forêt, la station
Doukhovskaya, près de laquelle, dans trois jours, doit
se faire la réunion officielle des rails qui établiront
le passage définitif entre Khabarovsk et Vladivostok.
J'écris dans le bureau d'un très aimable ingénieur,
Vasili Vasiliévitch Persianof. La nuit est splendide,
sous le clair de lune. Dans le bureau, une pendule
bat à coups pressés, et le télégraphe ticote sans se
lasser sur une table voisine de la mienne; le jeune
cuisinier chinois de Vasili Vasiliévitch va et vient
doucement, sans bruit, comme un chat, et met le
couvert, tandis que, sur le lit, derrière un paravent,
ronfle discrètement, à paisibles intervalles, mon guide
charmant, A. M. Tchernof. M. Tchernof m'a piloté
dans Khabarovsk, m'a reçu avec insistance dans sa
famille, et, en fin de compte, m'a accompagné jus-

---

1. Nommé depuis Gouverneur du Turkestan russe.

qu'ici pour me faire voir des villages d'émigrants.
Arrivés ici il y a deux heures, nous avons dîné de
provisions qu'il avait apportées, entre autres, d'une
succulente boîte de conserves militaires contenant de
la soupe aux choux avec du sarrasin (*chtchi ckâchoye*)...
Mais il est temps de noter le détail de cette journée.

Nous avons quitté Khabarovsk en *drézina*. J'ignore
le nom français de cet instrument que je ne saurais
mieux désigner que par le surnom de cycle sur
rails. La *drézina* se compose d'un siège posé sur
quatre roues de wagon. En arrière de ce siège se
trouve une manivelle double actionnant, au moyen
d'une chaîne de bicyclette, deux pignons à multipli-
cation. Deux ouvriers, debout sur un marchepied,
tournent cette manivelle, et la machine s'élance sur
les rails... On éprouve d'abord un sentiment très
étrange. Je ne suis pas habitué à circuler si près des
rails, et à en remarquer ainsi les inégalités. Ces
petits rails sibériens, tout minces, tout chétifs, sont
déjà bossués et tordus; en outre, tous les dix ou
quinze mètres, des bâtons, destinés à marquer le
futur niveau du ballast, font saillie entre les traverses. Faute d'habitude, il semble à chaque instant
que ces bâtons, sur lesquels on arrive rapidement,
vont arrêter la *drézina* et la culbuter. Puis, ce sont
les courbes, puis les descentes, puis les côtes qui
vous inquiètent; j'éprouve, durant le premier quart
d'heure, une appréhension délicieuse qui me fait
courir dans le dos de petits frissons de joie enfantine.
Puis, je m'habitue à ces inégalités de la voie comme
on s'habitue, sur une bicyclette, aux accidents de la
route : la jouissance du voyage est alors complète.
La vitesse moyenne que les hommes, fréquemment

relayés, impriment au véhicule, est d'environ 15 à
16 kilomètres à l'heure : on irait aisément beaucoup
plus vite, mais la prudence le défend sur une voie
non encore achevée. Nous passons ainsi entre des
bois vierges, parmi l'herbe haute que nous effleurons,
entre des tranchées et sur des remblais qui peu à peu
nous font contourner une série de hauteurs qui sem-
blaient barrer l'horizon. Tout le long de la ligne, des
ouvriers travaillent; les uns élargissent la voie en
excavant le rocher; d'autres achèvent des remblais,
ou construisent des tours qui seront des réservoirs
d'eau.

Ces ouvriers sont de toute espèce : soldats
licenciés et galériens de Sakhaline, hâlés, vêtus de
blanc sale; puis, des Jaunes, Chinois en bleu,
Coréens en blanc, Japonais. Presque tous ces Jaunes
travaillent le torse nu, un torse de bronze aux bras
grêles; ils travaillent sans hâte, mais sans arrêt.
C'est un étrange mélange de peuples, ces Blancs de
toutes les catégories sociales, ces Jaunes à cheveux
noirs, avec leur tresse, ou leur chignon, et leur insé-
parable pipe en métal. Tout cela se croise, se mêle.
Quelques soldats et des gardes-chiourme maintiennent
l'ordre; des contremaîtres dirigent le travail; et, de
toutes ces forces combinées, de ces forces vulgaires,
obscures ou malsaines, croît le ruban de fer porteur
de ce que nous appelons la civilisation : il s'allonge
sans relâche à travers l'impénétrable *taïga* et la
prairie marécageuse où le tigre, de temps à autre,
prend une victime; il s'allonge, fluet, bossué, il en-
jambe des ravins secs qui, demain, seront des rivières,
et des rivières dormantes qui, demain, seront des
fleuves impétueux; il va toujours, infatigable, admi-

rable de ténacité, il va ainsi sans hâte, et il ne s'arrê-
tera plus qu'à l'Océan...

Cependant, nous roulons toujours dans notre *drézina*, et nous arrivons enfin au bout des rails posés,
ayant fait ainsi 60 kilomètres en quatre heures. Nous
nous arrêtons chez un surveillant de forçats, un grand
gaillard brun et doux. Sa femme, une forte personne
bien en chair, accueillante et souriante, se plaint,
tandis que nous prenons le thé, d'être obligée de
retourner bientôt dans l'île de Sakhaline, bien que,
« après tout, on y puisse vivre gentiment, entre soi,
dans cette île des forçats, où l'on a pour cuisinière
une empoisonneuse, pour cocher un assassin, et pour
portier un vagabond de Sibérie ». On nous procure
enfin une voiture défoncée et un mauvais cheval, et
nous partons. La route est abominable, surtout
lorsque nous nous dirigeons du village vers la station sous le clair de lune enchanteur qui semble
narguer notre misère... Lorsque nous sommes arrivés
ici, tout à l'heure, j'avais bien gagné la soupe aux
choux au sarrasin !...

*9 septembre.* — Depuis deux jours, nous glissons
en train spécial sur la voie encombrée d'ouvriers.
Mais, le moyen de s'ennuyer avec des hôtes si pré-
venants et si cultivés? D'abord, Nicolaï Serguiévitch
Krouguelikof, constructeur de la ligne Oussouri-Nord;
puis Dmitri Léonidovitch Khorvat, directeur de la
ligne Oussouri-Sud; enfin, Féodor Ivanovitch Knor-
ring, directeur de la traction. Nous causons beaucoup des questions techniques relatives au chemin
de fer qui nous emporte. J'apprends, par exemple,
que l'immense plaine marécageuse, que nous traversons en ce moment, et où les inondations d'automne

sont si fréquentes, est formée d'un sous-sol de glaise
imperméable et d'une mince couche d'excellente
terre noire. Il en résulte que l'eau des pluies estivales
séjourne en lacs sur la prairie, au point que, parfois,
des kilomètres entiers de voie ferrée, détachés de terre,
flottent, soutenus par les innombrables traverses.
Mais il suffit, pour assainir la plaine et les vallées,
de creuser des canaux de dérivation : c'est ce que
font les rares colons intelligents qui sont installés le
long de la voie. Cette plaine est une steppe impénétrable où alternent des plateaux marécageux et des
mares d'eau stagnante ; mais elle est recouverte
d'une végétation si touffue qu'on n'y peut atteindre
le sol, et si haute que, par endroits, les vaches qui
paissent n'y sont plus visibles. Dans cette splendide végétation, des fleurs sont semées par milliers :
je remarque en particulier des œillets roses que je
crois cueillir au jardin. Quant à la forêt, elle est de
toute beauté : on n'y compte pas moins de 22 espèces
d'arbres, dont quelques exemplaires ont de royales
allures.

Cependant, à mesure que nous avançons vers le
sud, la plaine se déboise et les villages apparaissent
plus nombreux, alignés en longs chapelets sur les
éminences. Ils sont habités surtout par des émigrants petits-russiens, qui vivent maintenant dans
l'abondance. Je visite un de ces villages : j'y vois
d'admirables jardins potagers : ce sont, naturellement, des Chinois ou des Coréens qui les ont loués
aux paysans, et qui les cultivent de leurs mains. La
culture des paysans russes ne brille pas, à côté de
celle de leurs fermiers. Dans toute cette partie de la
Sibérie, toutes les fois que l'on voit un jardin maraî-

cher et potager dans un florissant état, on peut être
sûr que le Russe n'y a pas mis les mains, sinon pour
y cueillir des fruits et des légumes, et que les jar-
diniers jaunes y ont tout fait. Les Russes se conso-
lent en disant : « Bah! un beau jour, nous chasserons
les *Manzis* (sobriquet des Chinois). » Mais cela ne
sera pas si aisé, peut-être...

Nous avançons toujours. De la plaine herbeuse se
lèvent, au passage du train, des faisans et des canards
sauvages, et leurs vols sont les seuls à moucheter
l'horizon désert. Nous entrons enfin dans la région
des fruits : raisins, melons, melons d'eau, abondent
aux stations où notre train fait halte. Le sud
approche rapidement : voici Nicolskoyé où sera le
raccord du transmandchourien; dans quelques
heures, sans doute, nous atteindrons l'Océan, nous
serons à Vladivostok, au bout de l'Asie...

*10 septembre.* — Nous sommes arrivés dans la nuit
et nous avons achevé notre somme en gare. A mon
réveil, je me trouve sur le port : à gauche, des collines se dressent avec des étages de belles maisons
blanches, et, devant moi, se développe une baie
splendide, où de gros cuirassés gris fer dorment à
l'ancre; de toutes parts, j'aperçois des navires, des
embarcations qui circulent, des jonques chinoises
qui lèvent leur voilure quadrillée, et s'en vont doucement, portées par la brise, vers le large, au long
des collines vert sombre. Je ne puis me rassasier de
ce spectacle, contemplé à la vitre de mon wagon.
La mer, cette grande baie, cette Corne d'or, comme
on l'appelle, est pour moi la délivrance, le trait
d'union, et, en même temps, le but d'arrivée. Sur la
gare, je lis une plaque innocemment orgueilleuse :

« Vladivostok, depuis Saint-Pétersbourg, 9877 verstes 10 558 kilomètres) », et je songe que, ces milliers de kilomètres, je les ai parcourus lentement, sans presque y songer.

La ville est pleine de monde : les hôtels sont pris d'assaut ; ils sont d'ailleurs tous plus exécrables les uns que les autres, et c'est après de longues négociations que j'obtiens à l'auberge allemande *La Corne d'or*, un mauvais coin de chambre où m'abriter.

Vladivostok, il faut le répéter, est une ville charmante d'aspect, la plus jolie, certes, de toute la Sibérie, avec ses collines où les maisons blanches s'abritent dans la verdure, et avec sa belle rade qui s'allonge toute bleue entre des montagnes. En outre, c'est un port de mer très animé, dans lequel se remarque par-dessus tout l'indolente cohue des Jaunes. Les Chinois et les Coréens se voient partout, couvrent tous les chantiers de construction, encombrent les carrefours et l'embrasure des portes cochères ; ils sont presque toujours mal vêtus, les Coréens de vêtements amples en toile blanche, les Chinois, de coton bleu ; souvent, ils sont déguenillés, ou circulent le torse nu. Rien ne donne plus vivement l'image de la pauvreté tenace à vivre : à les voir, on comprend l'invasion dont ils nous menacent. Tout ce mouvement de la rue est nouveau pour celui qui vient de passer six mois dans la Sibérie sommeillante. J'y prends plaisir, et j'en détaille les éléments. Je m'amuse à voir ici des Chinois employés à tout faire, et aussi, des Japonais aux cheveux rudes, au visage bien lavé, aux petits yeux noirs très mobiles, et avec cela, dans leurs vêtements européens, l'air de valets de chambre qui auraient hier ciré vos bottes, et viendraient, ce matin, d'hériter d'un gros lot.

Nous avons des compatriotes à Vladivostok :
d'abord, un ingénieur, M. Lebrun, qui a servi la
Russie durant trente-neuf ans, et qui, par une fierté
admirable, n'a jamais voulu, au prix d'une pension,
se faire naturaliser Russe. Notre pays, qu'il sert indi-
rectement par sa noble attitude, saura-t-il, au bon
moment, faire quelque chose pour lui, et le brave
marchand de bois qui va devenir notre agent commercial saura-t-il attirer sur ce vieillard l'attention de
notre ambassadeur?

Après M. Lebrun, il faut citer M. Monset qui fait, à
une lieue de la ville, le commerce du bois; puis
M. Ménard, qui, naturalisé Russe, fait de l'élevage
dans une île, et s'occupe très intelligemment, en ville,
d'en écouler les produits.

*11 septembre.* — C'est jour de fête pour les Jaunes,
et on ne voit plus qu'eux dans la rue, Chinois nattés et
rasés de frais, Coréens à l'air brute, Japonais, Japonaises menues trottinant sur leurs socques de bois.
Un peu en dehors de la ville, voici un champ de fête
chinois. J'y aperçois un temple près duquel brûle un
four dans lequel on jette des feuilles de papier où
sont imprimées des prières. Des pétards crépitent
non loin de là, je ne sais pourquoi. Un théâtre en
plein vent amuse vivement ses spectateurs, qui
restent debout ou bien accroupis sur leurs talons.
Enfin, une multitude de marchands forains étalent
des chatteries que la foule énorme et désœuvrée achète
sans relâche.

*12-13 septembre.* — Tous mes repas sont retenus par
l'un ou par l'autre : jusqu'au bout, l'hospitalité russe
semble m'étreindre. Ce sont d'abord mes compagnons
de chemin de fer, puis M. de Traubenberg, l'homme

le plus connu de Vladivostok, puis l'un, l'autre, jusqu'à
un très aimable officier de marine qui me fait visiter
en rade le cuirassé : *Pámiate Azova*. Bref, on s'ingénie
de toutes parts à me fournir des renseignements, à
me ménager des impressions, à me laisser de ces
dernières heures sibériennes un souvenir doux. Cependant, qui donc, parmi les habitants de cette jolie ville,
ne se plaint de son climat funeste, des vents terribles
qui y règnent l'hiver, de son humidité, et, par-dessus
tout cela, de la difficulté matérielle qu'on éprouve à y
vivre, même avec des appointements coloniaux? Vladivostok est un port franc de douane, mais tout y est
hors de prix, parce que tout y vient de l'étranger, et
que les importateurs, trop peu nombreux, sont sans
scrupules. Une bouteille de bière coûte 1 fr. 50 à
l'hôtel — c'est de la bière japonaise. La maison Kunst
et Albers de Hambourg, qui réunit dans ses redou-
tables tentacules tous les commerces imaginables, y
compris le change, la banque et le fret maritime,
vend à des prix fabuleux de la camelote allemande —
et le public s'en déclare presque satisfait. Une bouteille d'eau de Cologne *allemande*, qu'ils ont apportée
sur leurs bateaux *allemands*, et pour laquelle ils n'ont
acquitté que des droits d'entrée minimes, vaut au
détail, 0 fr. 70 en Allemagne : ils la vendent ici 2 fr. 75.
Ainsi de tout le reste. Nos compatriotes compren-
dront-ils qu'ils ont intérêt à travailler dans ce pays,
et se laisseront-ils longtemps lier les mains par l'en-
têtement des Messageries maritimes, qui ne veulent
pas pousser une ligne annexe du Japon à Vladivostok?
Laisserons-nous, nous autres Français que l'on appelle
ici, tout le profit tomber aux mains des Allemands
plus tenaces, des Japonais plus rusés et des Améri-

cains plus hardis, qui, non contents de fournir déjà
des traverses à la ligne de Mandchourie et des machines agricoles aux colons, vont ouvrir un service
de paquebots entre un port californien et la rive sibérienne du Pacifique, faisant ainsi concurrence à la
compagnie japonaise Nippon-Youchen-Kaïcha[1]?...

Vladivostok, en somme, laisse l'impression d'une
de ces villes qui sont charmantes au premier coup
d'œil, mais dans lesquelles on ne reste que par
intérêt. La moitié de sa population est composée
de fonctionnaires, et si l'on veut avoir une idée nette
de ce qu'il y a d'incertain dans cette population, il
suffit de considérer que les femmes n'y entrent que
dans la proportion de 18 pour 100 ! Une telle pré-
dominance de la population masculine indique nettement qu'on ne vient pas ici pour son plaisir ni pour
un long établissement. Malgré tous les efforts du
Gouvernement russe pour y attirer des habitants, la
ville ne sera longtemps encore, sans doute, qu'un
camp volant. On peut même ajouter que, quand
poursuivant jusqu'au bout cette déplorable politique
douanière qui consiste à frapper de droits excessifs
les nouvelles voies de pénétration qu'il faudrait au
contraire encourager, le ministère se décidera à
enlever aux ports sibériens du Pacifique la franchise
de douane, Vladivostok tombera rapidement au-dessous de ce qu'elle est aujourd'hui[2]. La vie matérielle y

---

1. J'ai tant insisté sur cette idée dans des conférences publiques, que j'ai peur d'y revenir ici trop longuement. Je dois
dire cependant que, l'hiver dernier, deux de nos compatriotes
sont partis pour Vladivostok, et que la compagnie de paquebots, *Nord maritime*, s'organise pour établir des relations
directes entre Pétersbourg, les ports français, nos ports
d'Extrême-Orient, la Chine et Vladivostok.
2. Si mes renseignements de 1898 sont exacts, cette suppres-

est déjà extrêmement coûteuse : que sera-ce, lorsque
l'on sera réduit à passer par toutes les exigences des
marchands russes, délivrés désormais d'une concurrence étrangère sinon bien dangereuse, du moins un
peu gênante? Cependant, c'est dans deux ou trois ans
que cette mesure sera prise, mesure orgueilleuse, qui
veut à tout prix développer l'exportation lointaine d'un
pays qui, pourtant, déjà se suffit à peine à lui-même
dans l'intérieur de ses colossales frontières européennes. A Saint-Pétersbourg, on sait exactement le
nombre des soldats échelonnés ici depuis Nicólskóyé
jusqu'aux forts qui dominent la rade et le goulet,
mais, en revanche, on ignore le prix d'une livre de
viande, d'un litre de pétrole, et d'une charge de bois,
à Vladivostok. On favorisera sans y prendre garde
deux ou trois fabricants russes, au détriment de
quinze ou vingt mille pauvres hères pour qui la vie
deviendra ici presque impossible...

Ces réflexions viennent d'être interrompues par un
brouhaha sous ma fenêtre : information prise, ce sont
des prisonniers chinois que l'on mène dans la rue : ils
passent en effet, déguenillés, sales, leur tresse roulée
autour du crâne, l'air sinistre et gouailleur, entre
un piquet de soldats et la foule qui les regarde. On
vient de les capturer d'étrange façon. Un avocat de
la ville, étant allé avec des amis chasser dans une île
voisine une espèce de cerf dont les bois se vendent
fort cher en Chine, fut, durant la journée, assassiné
dans la forêt. Ses amis retrouvèrent son corps, et

sion de franchise est décidée. La Transbaïkalie sera bientôt
également soumise à des droits de douane. Cela paraît tellement
surprenant qu'il faut supposer que les Russes y trouvent un
avantage que nous ignorons.

le Gouverneur informé envoya un détachement de
trois cents soldats battre l'île boisée, pour rechercher
les assassins, tandis qu'une canonnière croisait alen-
tour pour empêcher, de leur côté, toute tentative de
fuite. Ces traqueurs d'hommes ont travaillé plusieurs
jours, et leur chasse vient de se terminer par la
capture de cinq brigands chinois. En vérité, ce pays
est plein de surprises.

*15 septembre.* — *En mer.* — Depuis hier matin, je
fais route vers le Japon, à bord d'un grand paquebot
de la *Flotte volontaire*, le *Péterbourg*. La plupart de mes
compagnons de voyage ne se rendent qu'à Nagasaki
ou à Chang-Haï. Ceux qui continuent leur route vers
l'Europe passeront à bord d'un bateau français, au
risque d'un double transbordement. La mer est bleue,
la mer est verte; elle est unie comme un lac à peine
ridé de brise. Nous avons laissé derrière nous les
vertes collines qui protègent la rade de Vladivostok,
et voici déjà qu'après vingt-quatre heures nous venons
d'apercevoir l'île de Matsu-Sima: le Japon est proche...

Ainsi donc, j'ai quitté la Sibérie, le pays mystérieux
dont jadis j'ai tant rêvé! J'ai quitté cette énorme terre
qui pour moi s'est désormais diversifiée, séparée en
provinces, en villes, en villages, en sites hostiles ou
sympathiques, en coins aimés. J'ai quitté la Sibérie
féconde, la Sibérie souriante, la Sibérie triste. Je viens
de lui donner de longs mois, d'essayer de la pénétrer
intellectuellement et moralement. Je l'aimais d'avance,
d'instinct, comme j'aime les horizons tristes de la
Russie : j'y ai maintenant trop travaillé, j'y ai ressenti
trop d'émotions diverses, pour que cette sympathie
n'ait pas jeté en moi des racines profondes, et ne soit

pas devenue consciente et raisonnée. Sans doute, j'ai,
vers la fin, perdu quelque chose de mes premiers
enthousiasmes. Mais, pour bien connaître les défauts
et les faiblesses irrémédiables de la terre aux hivers
cruels, je ne lui laisse pas moins dans mon affection
une place de choix. J'y retournerai, je l'espère, pour
étudier en détail certaines questions que j'ai seulement
effleurées, et, n'y étant pas tombé par hasard, comme
un touriste, je ne l'oublierai pas demain, comme on
fait d'une connaissance de voyage. Est-ce à dire que
je regrette de la quitter? Non certes! depuis Verkhné
Oudinsk, j'ai été trop pressé pour ressentir de ces
émotions douces, dont se tisse le regret sentimental.
J'ai besoin de repos physique, en même temps que de
réveil, après le désert ensommeillé; j'ai besoin de sensations d'art, après les impressions de nature brutale; j'ai besoin de rire, enfin, après la traversée du
lugubre bassin de l'Amour : la visite que je vais faire
en passant au Japon, m'apparaît d'avance comme
une folie de mi-carême...

# VIII

## Flânerie de retour.

IMPRESSIONS JAPONAISES

Le mois fort court que j'ai passé au Japon m'à
déridé, a détendu mon esprit en amusant mes yeux.
Ne connaissant pas un mot de la langue du pays, èt
ne possédant malheureusement ni le pinceau d'un
écrivain descriptif, ni la belle confiance d'un enquêteur pressé, je n'ai pas la prétention d'avoir rien
découvert dans les îles Jaunes. J'y ai certes tenu
beaucoup de conversations, mais toujours en anglais,
à moins que ce ne fût par signes : ces moyens d'in-
vestigation sont trop insuffisants à mes yeux pour
que j'y attache quelque importance. J'ai suivi, le
*Murray* en main, et un guide à mes côtés, la route
classique des touristes, et j'ai vu les temples qu'il faut
voir. Mais, à quoi bon les décrire en prose pâle,
lorsque Murray nous en transcrit fidèlement l'histoire
et les dimensions, et que Pierre Loti, qui les a vus
comme au travers d'une lunette grossissante, nous en
donne une description lyrique, sentimentale, délicieuse? C'est tout juste si quelques-unes de mes sensations et de mes réflexions n'auront pas le caractère
du « déjà dit » : en tout cas, elles seront brèves.

NAGASAKI

Arrivée par une après-midi splendide en rade de
Nagasaki. La baie célèbre s'allonge à l'intérieur des
terres, et l'on éprouve presque une déception à voir
fumer des usines si près de la colline où chantent
les cigales et où grimpait Madame Chrysanthème.
On la découvre tout au fond de la rade, cette jolie
ville : mais elle est si modestement tapie dans la
verdure et dans l'ombre des cèdres capricieux, que
d'ici, on la distingue à peine.

Aux beuglements de la sirène, des sampans sont
accourus. Ce sont des bateaux plats, allongés, sur-
montés en général d'une petite cabine, comme une
gondole vénitienne; un homme les manœuvre au
moyen d'une très longue godille; il est le plus souvent
vêtu d'un pagne blanc, si tant est qu'on puisse donner
le nom ambitieux de pagne à cette mince bande de
toile qui serpente autour de ses reins bronzés. D'autres bateliers, plus coquets, ont revêtu leur chemise :
elle descend à peu près jusqu'à la ceinture. Ils sont
très vifs et très adroits, ces bateliers, et ils sont laids,
grand Dieu! Voici déjà des Japonais à bord. Un monsieur à lunettes, vêtu d'un *kimono*, et l'air fort respectable, m'accoste; je prête l'oreille poliment : horreur!
il me dit en russe de très vilaines choses! Il est cocher,
déclare-t-il avec un engageant sourire, ses jambes sont
excellentes, et il connaît à fond la ville. Et moi qui
l'avais pris pour un fonctionnaire!

Me voici descendu en ville. La traversée dans un
sampan, secoué par le balancement de la godille, a été
charmante. Et quelle adresse a le batelier! Comme il

sait se glisser parmi les centaines d'embarcations qui
encombrent la rade et les quais! Vite, un cocher, un
*djin-rik-cha*, un *pousse-pousse*. Mais, comment choisir
entre tous ces drôles à demi nus qui m'interpellent
et m'assiègent, tirant tous, des deux mains, leur élégante petite brouette? En voici un qui sait un peu
d'anglais : je le prends et nous partons pour visiter
la ville. Tout m'amuse ici par la nouveauté. La
coiffure aux grandes coques, la ceinture bouffante
des femmes, puis, le *kimono*. C'est un manteau très
long, à manches pagode; il croise très loin sur la
poitrine, laissant libre un losange sur le cou. On
le fixe par une ceinture. Ce vêtement, commode et
simple, est fort élégant; mais il a l'inconvénient de
ne pas couvrir les jambes; aussi, quand un monsieur
marche devant vous, voit-on à chaque pas apparaître
ses mollets nus. Aux pieds, on porte des chaussettes de coton blanc, avec le pouce détaché, comme
dans une mitaine; cela permet de saisir la corde au
moyen de laquelle on retient et manœuvre les sandales plates ou les socques de bois sur lesquels on
marche au Japon. Les hommes du peuple vont tous
la tête nue : leurs cheveux noirs et rudes, coupés
court, semblent s'accommoder malaisément d'une
raie ou d'une indication quelconque donnée par le
peigne. Les personnes bien mises semblent tenir à
honneur de porter une coiffure; je crois, cependant,
remarquer que le genre de chapeau ou de casquette
leur est indifférent : chapeau de paille, chapeau melon,
casquette de jockey ou de touriste, tout leur est
bon. C'est qu'ils ne s'inquiètent pas, sans doute, de
se protéger la tête, mais seulement de se distinguer
de la foule : le chapeau semble, dans leur vie, tenir

une place analogue à celle des gants de peau chez nous.

Mon *djin-rik-cha* m'entraîne par de toutes petites rues montantes, et je considère avec une joie curieuse toutes les boutiques dont elles sont bordées. Ces magasins sont minuscules. Ils s'ouvrent directement sur la rue, sans devanture. Le plancher en est surélevé de 0 m. 80 environ, et, comme il est couvert de nattes, on s'y assied ou bien on s'y accroupit. On a bien soin, en entrant, de laisser ses sandales au pied de l'estrade : c'est fait en un petit mouvement d'orteil. Comme cela est commode! pas besoin de balayer, de frotter, de cirer! tout reste propre, malgré la pluie fréquente. Tous ces magasins sont occupés par des personnages gravement assis par terre, ou accroupis sur leurs talons. De temps à autre, un client s'avance, se déchausse, monte sur l'estrade : ce sont alors des révérences, des sourires, des bavardages sans fin. Outre les magasins, on voit également s'ouvrir sur la rue des ateliers, dans lesquels, assis par terre, accroupis ou à genoux, des hommes à moitié ou complètement nus travaillent à mille métiers de patience : sculpture sur écaille ou sur ivoire, broderie fine, laquage, etc. Des lampes à pétrole les éclairent, et, sans distraction, bien que l'heure soit tardive, ils travaillent. Combien gagnent-ils, ces pauvres hères si aisément contents de peu? A les voir ainsi appliqués, à circuler dans cette ville fourmilière où, à part les étrangers, nul n'a l'air de flâner, j'éprouve un véritable sentiment de plaisir : après l'apathie et la paresse du Sibérien, l'activité japonaise est réconfortante. Sans doute, je m'amuse aux détails de la rue, mais je ne puis m'empêcher de songer à la puissance

que tient en réserve un peuple où le travail est si
intense. Dès la première journée, je suis moins
frappé du Japon joujou et du Japon rieur, que du
Japon concurrent futur de l'Europe.

### KOBÉ

Kobé, une bien jolie ville aussi, entre la mer et la
montagne, et si propre! Après une journée de courses,
me voici au milieu de la gare, vers six heures du
soir. Avec la funeste habitude contractée en Russie,
je suis encombré de bagage à mains, et personne ne
s'offre à me le porter; par cette lourde chaleur de
septembre, j'étouffe sous un gros pardessus : je suis
perdu au milieu d'une foule japonaise qui attend le
train de Kioto. Elle donne l'impression d'une foule
revenant des courses, à Auteuil. Je suis seul, avec des
bagages, et j'ignore la langue! Un Anglais, fort à
propos, m'empêche de monter dans le train du sud,
d'où il descendait : instinctivement on se fait bonne
mine entre Européens. Enfin, me voilà casé dans un
wagon de seconde, et, faute de place, je m'assieds
sur ma valise.

Le wagon ressemble à l'intérieur d'un tramway : il
a des bancs latéraux qui se font face : il est d'ailleurs
assez petit. A mon grand étonnement, le train file fort
vite, il fait bien 65 ou 70 kilomètres à l'heure. Je
regarde mes compagnons de voyage avec une certaine admiration. A part quelques petites femmes
drôlettes avec leurs yeux rieurs, avec les coques noires
de leur coiffure, et leur grosse ceinture bouffante, je
vois surtout des hommes très graves, serrés dans leur
*kimono*, qui prend des airs de draperie antique, de

toge, pourrait-on dire. Avec leur visage imberbe ou rasé, ils me font un peu l'effet de Romains en voyage, tant ils sont dignes et silencieux, quelques-uns surtout, qui sont restés debout faute de place. Oui, en vérité, ce sont bien des Romains au teint mat : voici le masque de Cicéron ; voici un vieux Caton avec des lunettes, des lunettes énormes, évidemment exhumées d'une fouille antique. Seulement, Cicéron a, sur la tête, un panama, et Caton une casquette de jockey. Ils sont très beaux.

Après une heure de route, nous voici à Osaka, une ville énorme, de 300 000 habitants, commerçante et manufacturière. Dans mon wagon, tout le monde se lève, et beaucoup s'en vont. Voici donc enfin un peu de place : pas beaucoup certes, mais du moins, chacun de nous peut maintenant s'asseoir. J'examine longuement le va-et-vient de la gare. Bientôt, le train part et je me retourne... Dieu ! qu'aperçois-je ! Sous la longue banquette d'en face, au lieu des jambes nues de mes Romains qui y pendaient tout à l'heure, je ne vois plus que des paires de sandales et de socques à hauts talons ! Qu'est-il donc arrivé ? où sont les tibias ?... Hélas ! mes Romains, étaient fatigués de tant de dignité : lorsqu'ils ont eu un peu de place, la nature a repris ses droits : crac ! leurs jambes nues sont remontées sur la banquette, et voilà maintenant tout ce monde accroupi en tailleurs. Tous accroupis, tous, enfants, mousmés, mamans frêles, papas bronzés, Caton et Cicéron ! Au bout d'une seconde, je trouve cela irrésistiblement drôle, cette dignité perdue brusquement, cette fausse attitude de Romains, et j'en ris intérieurement de tout mon cœur.

En face de moi, une petite fille et un petit garçon

se sont endormis à genoux sur la banquette, la tête appuyée au rebord de la fenêtre : la petite fille a une grande ceinture de dame et les cheveux collés en coques monumentales; son petit frère est en soldat! Au bout d'un quart d'heure, leur maman a imité leur exemple : elle a tourné le dos au public et s'est endormie appuyée contre la fenêtre; puis une autre femme a été gagnée par la contagion, puis une autre encore, puis toutes s'assoupissent dans la même position enfantine... Un peu plus loin, deux jeunes gens, leurs jambes nues ramenées sous eux, causent, et, c'est sans doute très drôle, leur conversation, car ils rient sans cesse, et gesticulent, et se trémoussent... Au bout de quelque temps, un voyageur s'est levé, a chaussé ses socques, et, bruyamment, a gagné le petit réduit mystérieux ménagé au fond du wagon; l'idée a été tout de suite trouvée excellente; et maintenant, on y va à tour de rôle, là-bas, au bout du wagon-tramway. Une petite mousmé, qui est sans doute embarrassée, revient pour demander l'aide de sa maman. Un peu après, l'un des deux jeunes gens demande quelque chose à son ami, et celui-ci tire de cette manche qui sert de poche au *kimono*, le rouleau de papier dont les Japonais ne savent point se priver... Tout se passe en famille, positivement, sans gêne aucune, et tout cela paraît fort drôle à tout ce petit monde.

Voici enfin Kioto, une petite gare et beaucoup de monde : un *rik-cha* enlève mes bagages, et je le suis dans une autre voiture. Nous voilà partis au petit trot allongé des coureurs, et cette course en pleine nuit à travers la ville sainte est délicieuse. Certes, le tramway électrique gâte un peu la couleur locale;

mais il existe encore assez de rues étroites pour
amuser les yeux. Ce sont des ruelles pour mieux
dire : elles sont bordées de maisonnettes frêles, inter-
minablement. Des lanternes en papier huilé y sont
suspendues, et toutes sortes de choses sont tracées
en noir sur ces lanternes. Ce grimoire japonais, que
ma curiosité ne peut comprendre, m'inquiète un peu ;
je remarque, tout en passant, comment l'écriture
lente et isolée des Chinois passe peu à peu, chez les
Japonais, à une écriture cursive, avec des lettres liées
entre elles et déformées par la rapidité. Je n'ai jamais
vu un Chinois, même se hâtant, cesser de dessiner,
quand il écrivait : un Japonais pressé griffonne.

Dans ces ruelles circule la foule. C'est une foule
calme, qui n'a pas de hâte, une foule en chaussettes,
qui fait claquer ses sandales ou ses socques, et qui
traîne ses amples *kimonos*, en découvrant des mollets
nus. Des femmes toutes minces nous croisent, trot-
tant menu, très étonnées, toujours, de voir passer un
étranger. Dans les ruelles plus sombres, les gens
marchent en portant des lanternes, et, par derrière,
on ne voit rien dans l'ombre, sinon leurs mollets nus
éclairés par intervalles. Cela est très bouffon, en vérité,
cet éclairage par en-dessous, et ce langage des tibias
charnus ou maigres, flâneurs ou pressés !... Toujours
des ruelles, des tournants, des recoins sombres, où
mes cochers poussent des *haou! haou!* qui font ranger
les passants. Nous courons longtemps, puis tout à
coup, voici des lampes électriques : nous sommes à
Kioto-Hôtel. On m'y donne une grande chambre
bien propre, et recouverte d'une natte moelleuse :
pour un peu, par habitude sibérienne, je m'y étendrais
par terre.

### KIOTO

Un marché se trouve sur la route d'un temple; je m'y arrête. Il est constitué par une ruelle couverte d'une claire-voie en bambous. J'y vois étalés, crus, cuits, vivants, morts, salés ou grillés, les poissons les plus divers et les moins affriolants. Puis, voici des légumes, des dizaines de choses que j'ignore, tout cela bien soigneusement, bien proprement rangé. Je vois que le bambou, ici, sert à tous les usages : on le pèle pour en tresser l'écorce; on l'assemble pour en faire des nattes; on en fait des grilles, des clôtures, des chevaux de frise, des perches de toute sorte, et des manches à balai...

Voici la pluie : dans la rue, tous les passants, grands et petits, sont juchés sur des socques hauts de dix centimètres; on entend incessamment ce bruit de sabots trotte-menu, et l'on voit les corps penchés en avant se déhancher à chaque pas pour traîner l'incommode chaussure. Puis, les parapluies s'ouvrent, des parapluies en papier, grands, rigides, clairs, multicolores, semblables, de loin, à de gigantesques immortelles.

Le guide m'a proposé hier de commander des danseuses; j'ai consenti. Nous entrons, ce soir, dans une maison de thé : on me fait enlever mes bottines, et, par des escaliers très propres, très secs, très frêles, qui craquent sous mon poids, on me conduit à une grande salle, où il me faut m'accroupir en tailleur ou m'allonger en odalisque. Autour de la salle brûlent dans de grands flambeaux posés à même le sol, des bougies de cire. On nous sert du thé dans

dès théières de poupée, des boulettes de pâtisserie,
du *saki* (vin de riz), et une espèce de pâté au poisson.
Alors, paraissent les trois danseuses : Kikou (chrysanthème), Narouko et Komyo : ce sont des fillettes
de douze et de treize ans, étranges, mais gentilles,
poudrées à blanc sur leurs petites joues fardées,
coiffées de grandes coques noires très savantes, et
vêtues d'une étoffe rouge damassée, à ramages.
Deux femmes mûres, des joueuses de *biouâ*, une sorte
de longue cithare, sont accroupies à côté de nous, et
la danse commence. Les musiciennes pincent des
accords faux, aigrelets, qui rappellent étrangement
les couacs du jaloux dans les *Meistersinger*; en outre,
ces femmes chantent quelque chose de vague et de
très aigu. Les enfants dansent d'abord séparément.
Voici d'abord une danse lascive, à ce qu'il semble : la
fillette se remue, avance, recule, avec des pas étudiés,
très lents, et des gestes d'amour. Puis, c'est une
danse gaie, comique; puis, une autre, puis toutes les
trois se mêlent dans une mimique savante. Dans les
entr'actes, les petites viennent s'asseoir près de moi,
et picorer quelque friandise, ou engloutir d'énormes
morceaux de pâté au poisson. Elles ont l'air de
petites chattes très fardées; leur petit rire est à la
fois naïf et perverti : mais qui donc le comprendrait
au juste? qui donc d'entre nous sait deviner ce qui se
passe dans ces petites cervelles jaunes? Du moins,
la présence de ces danseuses finit par devenir positivement insupportable.

Je suis allé voir l'école de danse. On y enseigne aux
petites élèves un peu de tout : écriture, couture,
musique, chant et danse mimée. Voici justement une
leçon de mimique. Sur une petite estrade, une élève

est debout; en face d'elle, la maîtresse est accroupie
sur le plancher : les camarades font cercle. La maîtresse détaille les gestes de la scène qu'elle veut
mimer, et, de son mieux, la petite élève reproduit ces
gestes compliqués. La maîtresse a trente ans, peut-
être, c'est-à-dire qu'en ce pays, elle est vieille et déjà
fanée; mais son talent est admirable; je n'ai jamais
vu mimer avec tant d'art, avec des gestes si sobres
et si justes, et des mouvements d'yeux si discrets, la
jouissance d'aimer.

Toutes ces petites Japonaises, parmi lesquelles je
reconnais mes danseuses d'hier (c'étaient donc, excu-
sez du peu! des élèves du Conservatoire!) qui me
font des signes, toutes ces enfants s'amusent de voir
l'étranger, et sourient. Quelques-unes sont charmantes, mais vraiment charmantes. Elles le savent,
malheureusement.

Par les rues, on voit, dans l'après-midi surtout dans
certains quartiers, pulluler les petits enfants. Les
tout petits sont horribles, avec leur crâne rasé sur le
front et sur la nuque. Mais, ceux qui marchent déjà
seuls sont impayables, avec leur mine sérieuse, et la
tranquillité avec laquelle ils portent, attaché sur leur
dos, leur petit frère ou leur petite sœur, à peine plus
mignons qu'eux-mêmes. Un gamin, ainsi affublé d'un
précieux petit frère endormi sur son dos, s'est accroupi
sur ses talons, en pleine rue, et joue aux billes, sans
plus penser au bébé gênant dont la tête ballotte....

Pour gagner Yokohama, j'ai pris un billet de première classe : je m'y attendais, cette classe est infiniment moins intéressante que la deuxième. Longtemps

je suis seul avec un couple : le mari, un gros lourdaud lippu qui a l'air d'un mulâtre, et la femme, distinguée, frêle, jolie à force de tenue et de mise simple et élégante. Chose curieuse, elle est aux petits soins avec son mari ; elle donne l'impression d'une esclave s'empressant autour de son maître. Le gros lourdaud se laisse faire et sourit [1].

Dans le wagon de 3° classe accroché à la suite du nôtre, je vois, par la porte grande ouverte, que l'on est fort serré. De là-bas, on me regarde beaucoup : villageois et mousmés s'intéressent au moindre de mes gestes. Arrive un beau soldat, un cavalier, en bottes, culotte de gros drap garance, dolman bleu sombre à brandebourgs jaunes, et une tête bestiale de singe. A peine assis, il enlève ses bottes, puis, quand il achète son dîner à la station prochaine, ses voisines s'empressent autour de lui pour faciliter sa dînette.

Le train s'arrête à peu près à toutes les stations, bien que ce soit un train rapide : pour deux ou trois milles, il se lance ensuite avec la vitesse d'un express européen, puis il s'arrête tout court. On dirait un jeu d'enfants. Cependant, on arrive aux gares à l'heure indiquée, et, malgré 55 stations, le train fait 500 kilomètres en quatorze heures.

Aux stations, on vend de la bière, de l'eau minérale, du *saki*, des fruits, du thé dans de petites théières en terre qui deviennent la propriété du voyageur, des déjeuners contenus dans deux boîtes en bois, l'une pleine de riz, l'autre remplie de cent petites choses

---

1. En feuilletant les albums désopilants et si cruellement vrais dessinés par M. Bigot (édités à Yokohama), j'ai vu souligner cette attitude humble des femmes de la bonne société : elle est donc générale.

végétales, sucrées ou salées, franchement détestables à mon goût.

Le paysage est fort joli. Après les déserts de la Sibérie, je ne sais rien de plus gracieux et de plus réjouissant pour l'œil que l'aspect des champs cultivés entre lesquels notre train circule maintenant. Où que l'on passe, soit par la plaine où s'étale le lit d'un large fleuve à sec en ce moment; soit au bord de la mer qui monte au loin, à l'horizon, toute bleue et pointillée de barques noires; soit entre les défilés des montagnes que, de temps à autre, perce un tunnel; soit enfin au pied des falaises sablonneuses, — partout, dans tous les coins, la terre est cultivée avec le soin qu'on donne chez nous à un jardin potager. Beaucoup de rizières, avec leurs bords surélevés pour contenir l'eau; pas un pouce de terrain n'est perdu : sur les pentes les plus ingrates, on a rapporté de la terre, et on la soutient par des terrasses. Comment ne pas admirer la continuité de travail, l'ordre et la volonté fixe de ce peuple qu'on nomme le Japon rieur? Quelle différence, à quelques centaines de milles, avec la Sibérie apathique, endormie dans ses vastes plaines! Et, si réellement l'Empire russe doit longtemps protéger l'Europe contre l'invasion jaune, comment ne pas ressentir un frisson, en constatant la supériorité de ce peuple de singes sur les populations de l'énorme Russie d'Asie?

## YOKOHAMA ET TOKIO

Yokohama est une grande et belle ville, qui possède une magnifique concession européenne : elle sert de port à Tokio, la capitale administrative du Japon, où l'on se rend en vingt minutes par chemin de fer.

Tokio est énorme; elle contient des coins merveilleux, des temples remplis de meubles et de bibelots
admirables, des parcs aux arbres gigantesques, des
quartiers étranges; mais tout cela, depuis les sanc-
tuaires de Shiba jusqu'au monstrueux Yochiwara, a
été décrit par Pierre Loti avec cette précision fleurie,
et cette discrétion savante qui lui permettent de tout
effleurer sans inquiéter personne. Cependant, à côté
des monuments sacrés et des marchés humains, il
est bien des coins curieux encore.

Voici, par exemple, le musée de la guerre : il est
tout neuf, à peine rangé : il s'y étale, avec une naïveté
surprenante, l'orgueil de la jeune victoire. Près de là,
un musée industriel : des étoffes et quelques vases de
toute beauté y captivent mon attention, et, tout à
coup, quelques touches d'un pinceau noir représentant
un butor sur un paravent de soie, me font éprouver
cette émotion de joie que vous cause l'art souverain...

Le quartier Asakusa contient une sorte de vaste
parc clairsemé, où s'étale une grande foire perma-
nente installée parmi les temples. C'est un des coins
les plus curieux de Tokio. Les dévots japonais circulent dans les temples, faisant leurs prières, leurs gestes
pieux, frottant l'épaule ou le nez d'une statue de dieu
en bois, et se frottant ensuite la partie correspondante
du corps. Ils ne s'inquiètent pas de la fête qui bourdonne autour d'eux, et les gens qui s'amusent ne sont
guère, eux non plus, troublés par la vue des temples.
Il y a là des marchands forains de toute espèce qui
vendent mille bibelots dont je renonce à comprendre
la nature ou l'emploi. Une gaîté tranquille, un calme

parfait de désœuvrement règnent dans cette foule,
où je vois des milliers d'enfants, ahuris de toutes les
merveilles étalées.

Je suis entré dans une baraque de saltimbanque.:
les premières places coûtent 2 *sen* (1 sou). Je remarque,
entre autres, un enfant qui promet : il est équilibriste
sur fil de fer, et je le trouve de première force. Il y a
quelques bancs à l'usage du public, mais surtout des
nattes où l'on peut s'accroupir. Devant moi, précisément, un monsieur en casquette de soie grise et en
sandales est assis en tailleur. Il est très grave, très
laid, et porte des lunettes. Tout à coup, il tire de sa
manche gauche l'inévitable rouleau de papier de soie,
en détache une feuille, s'y mouche soigneusement, la
plie en huit, et la remet paisiblement dans sa manche.
Puis, du même réduit, il extrait un thermomètre, il
le secoue, l'examine, le place avec soin sous son
aisselle, et, tranquillement, tandis que s'inscrit sa
température, il se remet à considérer le spectacle....

\*
\* \*

Tous les jours s'écoulent ainsi, en promenades
lentes et curieuses par les rues et dans les boutiques,
maintenant que j'ai achevé le tour de ce qu'il faut
voir dans la ville. Il y a trop d'étrangers à Tokio pour
que nous y attirions beaucoup l'attention, et il ne me
semble pas que, même dans les quartiers populeux,
on m'injurie autant qu'on le faisait récemment dans
les villages de la côte. Chose curieuse, venu au Japon
pour me détendre l'esprit, avec la ferme intention de
ne m'y appliquer à rien, sinon à regarder de jolies
choses et des choses curieuses, je me sens pourtant

comme entraîné malgré moi à réfléchir au développe-
pement de ce peuple. Est-il aussi superficiel et antipathique que le disent ceux qui passent pour le bien
connaître? A-t-il autant d'avenir que semble l'indi-
quer sa fébrile agitation industrielle? Cette volonté
de travail que je remarque à tous les étages de la
population, au fond des ateliers et des minces boutiques, comme parmi les étudiants que j'ai pu apercevoir, cette étonnante application au métier, est-elle
une nécessité vitale, ou bien un précieux instinct?
Le Japonais sait-il mettre en réserve ce qu'il a su
acquérir? Ce peuple qui ne connaît pas l'alcoolisme,
qui semble à peu près ignorer la paresse, et auquel
ses adversaires ne savent guère reprocher que sa vie
dissolue, son manque de conviction religieuse, sa
mobilité, son orgueil et son aversion pour l'étranger,
ce peuple est-il capable d'un grand effort qui sèmera
un levain d'action dans toute l'énorme Asie jaune?
Dans un rapport officiel, le Gouverneur général de la
Priamourie entretient le tsar d'un projet de chemin
de fer transasiatique conçu un instant par les jeunes
vainqueurs de la Chine : y aurait-il donc réellement,
dans ces cervelles, une vue d'avenir grande et
hardie?...

Mais comment résoudre ces problèmes qui me han-
tent dans mes courses désœuvrées? Les Européens
que je rencontre ici, sauf trois ou quatre, sont butés
à la haine du Japonais : ils ne savent pas sa langue
et dédaignent sa faculté d'assimilation : ils ne peuvent
me renseigner...

Je ne sais si jamais je reviendrai visiter ces four-
milières jaunes, et rêver sous les cerisiers fleuris, au
bord des étangs couverts de lotus bleus; en tout cas,

j'ai conscience du problème inquiétant qui se pose
ici aux Occidentaux, quand ils ne songent pas exclusivement aux bibelots rares et aux plaisirs faciles. Il
me semble que toute une face de la question sibérienne s'éclaire de ces préoccupations japonaises.
Nous aurons beau, nous autres gens d'Europe, nous
partager la Chine : il est certain que notre civilisation
pénétrera plus efficacement chez ce colosse endormi,
par l'intermédiaire des petits hommes jaunes, que par
celui de nos commissionnaires en thé, en soieries ou
en armes. Or, lorsque cette pénétration sera réelle,
qu'adviendra-t-il de ce morceau de Sibérie, désert
limoneux et triste, que baigne le fleuve Amour, et dans
lequel, jusqu'à présent, les seules cultures sérieuses
sont faites par des Chinois ou par des Coréens? Voilà
certes une conclusion très inattendue de mes vacances
japonaises, et une matière à méditer longuement,
tandis que mon paquebot voguera vers San Fran-
cisco à travers les déserts du Pacifique; tandis que
mon *Pullman car* glissera, sans se hâter, de la Cali-
fornie à New-York, à travers l'Amérique entrevue;
tandis, enfin, que je passerai, aux mugissements lugubres de la sirène, par les brumes de l'Atlantique, au
bout desquelles la patrie m'attend, avec les mesqui-
neries absorbantes de la vie quotidienne...

# INDEX ALPHABÉTIQUE

# TABLE DES MATIÈRES

TABLE DES MATIÈRES

## VII

### Le bassin de l'Amour.

## VIII

### Flânerie de retour.

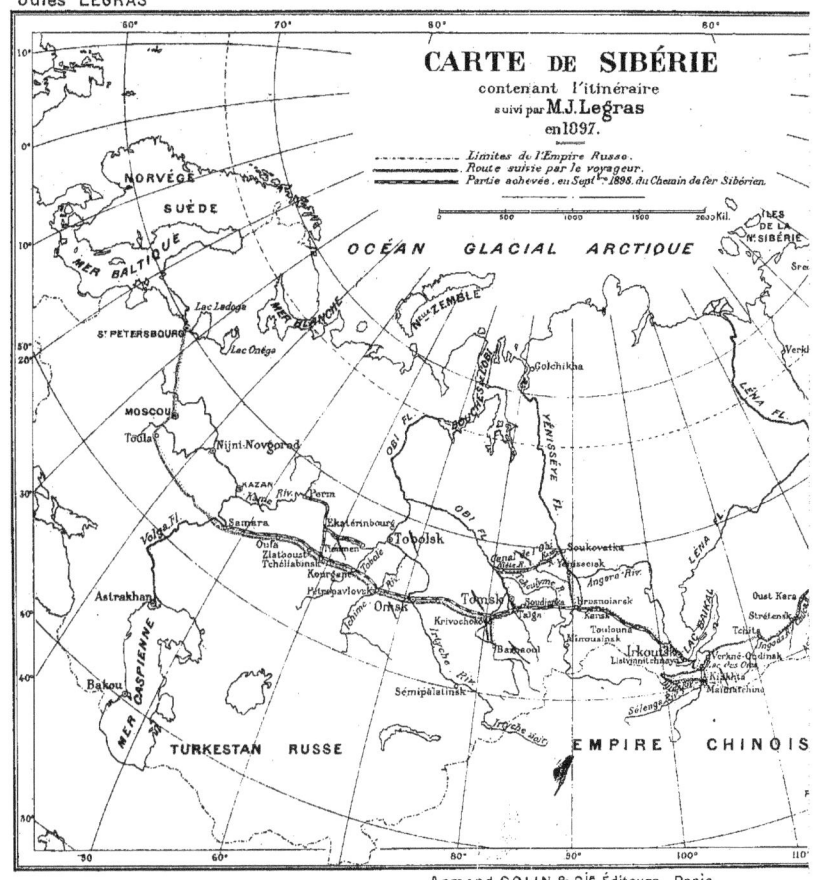

CARTE DE SIBÉRIE
contenant l'itinéraire
suivi par M.J. Legras
en 1897.

·········· Limites de l'Empire Russe.
———— Route suivie par le voyageur.
━━━━ Partie achevée, en Sept.re 1898, du Chemin de fer Sibérien.

Armand COLIN & Cie Éditeurs, Paris.